兰岳兵唐诗之路学术研究文集

竺岳兵唐诗之路学术研究文集

白杨集

竺岳兵　著

俞晓军　编

浙江大学出版社 · 杭州

ZHEJIANG UNIVERSITY PRESS

图书在版编目(CIP)数据

白杨集：竺岳兵唐诗之路学术研究文集 / 竺岳兵著；
俞晓军编. —杭州：浙江大学出版社，2023.8
ISBN 978-7-308-23892-2

Ⅰ.①白… Ⅱ.①竺… ②俞… Ⅲ.①唐诗—诗歌研
究—文集 Ⅳ.①I207.227.42—53

中国国家版本馆 CIP 数据核字(2023)第 108192 号

白杨集:竺岳兵唐诗之路学术研究文集

竺岳兵　著　俞晓军　编

书名题字	薛天纬
策　　划	宋旭华
责任编辑	徐凯凯
责任校对	蔡　帆
封面设计	项梦怡
出版发行	浙江大学出版社
	（杭州市天目山路 148 号　邮政编码 310007）
	（网址:http://www.zjupress.com）
排　　版	浙江时代出版服务有限公司
印　　刷	杭州宏雅印刷有限公司
开　　本	880mm×1230mm　1/32
印　　张	12
字　　数	378 千
版 印 次	2023 年 8 月第 1 版　2023 年 8 月第 1 次印刷
书　　号	ISBN 978-7-308-23892-2
定　　价	78.00 元

序　言

当我提笔写这篇序的时候，我是百感交集的，一个铁骨铮铮又重情重义的老竺扑面而来。

我跟老竺太熟了。十年前我过八十大寿，竺岳兵先生写了一篇《莫逆之交的秘密》的文章，详细叙述了我俩之间情投意合的深厚友谊。从1983年我们开始交往，到2019年竺君仙逝，整整36年，我们书信、电话往来不断，其间我们不但共同组织了多场高规格的国际、国内学术会议，甚至在生活上也常互相关照，我俩是最好的知己。

早在1983年，竺君读了我的《李白丛考》，就写信给我，说他对拙著很有兴趣。浙东有许多名胜古迹，李白和许多唐代诗人都到过浙东，他希望我有机会到这里作实地考察。1985年，他担任新昌县旅行社经理和风景办主任，正式来函邀请我考察剡中。于是我请西北大学安旗教授、著名版画家黄丕谟先生和夫人、我的弟子伍天玉等五人，组成"晋唐文化剡中考察团"。是年5月，竺君派车来南京迎接我们到新昌，下榻于新昌大佛寺。在竺君陪同下，我们参观了天姥山、沃洲湖、天台山华顶峰、国清寺、石梁飞瀑等浙东的名胜美景，给我们留下了深刻的印象。后来，我又或率弟子、或邀友人多次赴新昌，都得到竺君的盛情招待。我们之间的友谊日益加深。20世纪90年代初，竺君发起成立了新昌县唐诗之路研究开发社（即今新昌浙东唐诗之路研究社），竺君担任社长，我被聘请为名誉社长。自此，研究社承办了多次国际、国内学术会议。1994年11月，中国唐代文学学会和研究社联合主办的"中国唐代文学学会第七届年会暨唐代文学国际学术讨论会"在新昌召开，由我担任组织委员会主任，竺君担任秘书长，会议的一切具体工作都由竺君操办，我们的相互配合使会议取得了圆满成功。1999年5月，中国李白研究会与新昌县政府联合召开了一次由八个国家的学者参加的"李白与天姥国际学术研讨会暨李白研究会特别会议"，由我担任学术委员会主任，竺君又担任秘书长，会议的一切具体工作又都是竺君操办。这次我们两人的合作使海内外的学者非常满意，被誉为是一次真正的高级国际学术研讨会。2018年，浙江省委宣传部和新昌县政府联合举办了"全国唐诗之路与天姥山学术讨论会"，竺君又是实际操办者，我应邀参加了该会。这是我们最后一次会面。我离会的那天，竺君特地赶来送别，言辞殷殷，惜惜别离，此情此景，恍若昨日！

竺君知识面广博，早年从事教师、交通、建筑等方面工作，对每种事业都能深入研究，曾发表过许多篇建筑、园林艺术方面的文章。他对诗词、美术、音乐、佛道乃至农林畜牧，都有浓厚的兴趣，发表过具有一定专业水平的文章。其中有些本来与文学似乎没有关系的专业知识，却为他的唐代文学研究提供了很大的帮助。如1991年他发表的《剡溪——"唐诗之路"》一文，就是充分运用了他最熟悉的古代地理知识和其他综合性知识。

竺君以51岁的年龄提前退休，用他自己的话说是"躲到地球的某个角落研究某个人",这个人就是李白,在此之前他已经发现剡中山水对唐代诗人有着特有的吸引力。他早期的论文,如《李白行踪考异》《李白东涉溟海行迹考》等,以及他早年的学术随笔《开辟中日佛教之旅》《自爱名山入剡中》都表明他的"唐诗之路"研究已初见端倪。后来随着研究的深入,他提出了"唐诗之路"概念,在《剡溪——"唐诗之路"》一文中,明确了"唐诗之路"的定义和三要素,框定了"唐诗之路"的区域,论述了唐代诗人漾舟剡溪的形态和唐代诗人偏爱剡溪的缘由等学术问题。这是"唐诗之路"的奠基之作,意义重大。

俞晓军女史主编的这本《白杨集:竺岳兵唐诗之路学术研究文集》(以下简称"文集"),汇集了竺君部分学术研究成果。"文集"分三部分,一是"唐诗之路"考论,二是文化与文学散论,三是学术随笔。我看后觉得本书很好地体现了竺君的学术思想,本书从整体着眼,从细节入手,编排合理,是对竺君学术成果很好的汇总和展现。

第一,本书整体感、历史感强,从宏观上把握了竺君的学术研究成果。如前所述,竺君几十年来从事学术研究,撰写了许多论文和著作,在社会上和学术界有深远影响。特别是关于"浙东唐诗之路"的研究,已受到海内外学界和社会的广泛关注。汇编"文集",就需要先对竺君有一个客观而整体的认识,小俞说她"在竺先生仙逝后对竺先生和整个的'唐诗之路'事业有了更新更深的认识",说她"总览竺先生作品和手稿,发现他涉及面广,上及远古,目环宇宙,正因为他有开阔的视野,历史的眼光,凝为喷发的一点,这一点就是'唐诗之路'"。我为小俞有这样的认识而高兴,这是编辑本书的基础,也是继续"唐诗之路"研究事业的基础。竺君提出并研究"唐诗之路"是基于宏阔的历史视野,小俞能从宏观上审视观照"唐诗之路"，已经是对"唐诗之路"很好的传承和发扬了。

第二，本书按现在的学术规范补全了注释。看到这书稿，一幕幕往事涌上我心头。早期的一些论文，比如《李白行踪考异》《李白"东涉溟海"行迹考》等都是竺君写于 20 世纪 80 年代的，很多论文我都是最早的读者，有些还是我推荐给学术刊物刊出的。当年的学术规范跟如今有很大的不同，在注释上没有现在严苛。本"文集"中，小俞按照今天的出版规范，补齐了注释。这项工作，工作量大，难度也大。要完成这项工作，差不多就是要把竺君当年看过的书籍、论文等重新翻看，而且有相当一部分还不一定能找得到原书、原文。这就需要编者对找不到出处的地方作适当调整。我详细地看了其中几篇，感觉挺好，尊重原作，注释规范。可以说，这是对竺君论文的一次细化和实化。

第三，全书编排合理，既兼顾了竺君"唐诗之路"的研究成果和非"唐诗之路"研究成果，凸出其在"唐诗之路"研究中的成就，也兼顾了学术性和文学性，凸出其学术性的研究成果。

竺君以前多次跟我说过："'唐诗之路'是客观存在的，我只是第一个发现了她。"社会科学领域的发现，相当于自然科学领域的发明，一项发现足以名垂青史。"唐诗之路"是中华文化的一块基石，竺君找回了中华文化的一块瑰宝，它不但在学术史上具有开拓性，而且有其更普遍的意义。"唐诗之路"不但是一条文化之路，也是振兴之路、发展之路。当下浙江正努力推进共同富裕，共同富裕的基础是找到共同价值，"唐诗之路"所蕴含的学术价值、文化价值就能引领大家走向共同富裕。

早在 1993 年，我就说过"新昌'唐诗之路'的开发必然引起世界各国人民和研究者的注意，从而产生巨大的世界影响"，如今"唐诗之路"研究开发已作为浙江省的战略决策,"浙东唐诗之路"建设进入高潮。在这样的历史时刻,本书的出版尤具时代意义,"唐诗之路"在学术界和社会上的影响也会愈加深远。据悉,本书是《白杨集》(竺岳兵全集)中的第一本,其他几本也会陆续出版,这真是一个好消息,也是对竺岳兵先生最好的告慰!

郁贤皓

2022 年 5 月

目　录

上　编　"唐诗之路"考论

剡溪——"唐诗之路" ……………………………………… 3

《梦游天姥吟留别》诗旨新解 ………………………… 22

天姥山得名考辨 ……………………………… 37

李白行踪考异 ………………………………… 62

李白"东涉溟海"行迹考 …………………………… 84

李白"移家东鲁"考 ………………………………… 99

王羲之晚年居住罕岭考

　　——兼论罕岭在"唐诗之路"上的地位 ………… 110

晋唐名人与沃洲山水

　　——白居易《沃洲山禅院记》考释 ………… 134

替东晋隐士翻案 ……………………………… 153

试论鄞州在"浙东唐诗之路"上的地位及其他 ………… 171

重视地域文化　促进学术繁荣

　　——以"浙东唐诗之路"为研究重心 ………… 207

渔浦——"浙东唐诗之路"的起讫点 ………… 223

中 编 文化与文学散论

"三家村"成语的源流和影响

　　——兼论陆游故里景观之一"三家村"的恢复 ………… 235

昙济住孟山考 ……………………………………………… 248

李白《与南陵常赞府游五松山》是首政治诗 …………… 257

"南陵"考辨 ………………………………………………… 261

"此心郁怅谁能论"

　　——李白安徽五松山诗诗旨初探 …………………… 279

论李白人格力量的现实意义 ……………………………… 300

下 编 学术随笔

中国唐代文学学会第七届年会暨唐代文学国际学术讨论会

　　综述 …………………………………………………… 311

"李白与天姥"国际学术研讨会暨中国李白研究会特别会

　　议纪要 ………………………………………………… 317

傅璇琮先生与"浙东唐诗之路" ………………………… 320

莫逆之交的秘密 …………………………………………… 330

一部填补文学史研究空白的佳作

　　——《融合与超越——隋唐之交诗歌之演进》读后感

　　…………………………………………………………… 346

殿堂建筑的时代特征 ……………………………………… 349

词与园林 …………………………………………………… 355

真实的比例与比例的真实 ………………………………… 361

文章出处 …………………………………………………… 366

后　记 ……………………………………………………… 370

上编

『唐诗之路』考论

剡溪——"唐诗之路"

　　"剡溪是'唐诗之路'"这一说法,实际上笔者在 1984 年底就提出来。不过,那时称它为"古代著名旅游线"[①]。1985 年底,笔者又以"建设'浙东三环旅游线'"的名义,在"浙江省旅游规划论证会"期间,作了发言。此后,才改称为"唐诗之路"。

　　令人欣慰的是,这种种提法都曾得到学术界、新闻界或政府的重视。自那时起,有许多国内外著名学者、专家分多批赴实地考察,并给予肯定。《经济生活报》最早于 1985 年 7 月 13 日对此作了专题报道,迄今大约已有 20 多种报刊报道了此事。国家有关领导曾题词:"开发旅游资源,振兴浙东经济。"1990 年 11 月,在南京召开的"唐代文学国际学术讨论会"上,有 23 位国内外著名学者、专家联名致信浙东四市(地)政府,建议开发这条旅游线。接着,绍兴市政府经济技术协作办公室邀请浙东四市(地)协办和旅游部门召开"联谊会",研讨开发利用"唐诗之路"。这样,"唐诗之路"开发之势,蓄积已久,重建工作似将展开。在此之际,笔者趁"中国首届唐宋诗词国际学术讨论会"的机会,撰

---

　　① 　竺岳兵:《李白"东涉溟海"行迹考》,《唐代文学研究》(第一辑),山西人民出版社 1988 年版,第 229 页。

成本文,献于方家之前,旨在推动"唐诗之路"早日重放光彩。

依笔者所见,所谓"唐诗之路"是指对唐诗特色的形成有载体作用、具有代表性的一条道路。根据这一定义,这条道路由以下三个要素构成。

(1)范围的确定性:在一个相对独立的地区,有大量的名望甚高且格调多样的唐代诗人游弋、歌咏于此。(2)形态的多样性:诗人在这一区域旅游的表现形式丰富多样。(3)文化的继承性:这一地区的人文景观、自然景观与唐诗有着整体性的渊源关系。三要素中的任何一项,都不能单独构成"唐诗之路"。因此,剡溪当是一条名副其实的"唐诗之路"。

一

所谓"相对独立的地区"是指景区结构完整、周边明确、有别于别处景观的地区。为此,这里必须先说清楚剡溪的位置和浙东的地形。剡溪,在浙江省东部地区;唐诗中的浙东范围是指浦阳江流域以东、括苍山脉以北至东海这一地区。台州以南,唐诗中往往称其为"北闽"。因此,唐诗中所称的浙东区域是极为清晰的,它的总面积有 2 万余平方公里。

浙东的地形呈一个倒放着的"爪"字形,底面(即南面)一撇是括苍山与大盘山,上面自左而右(即自西而东)三撇,依次为会稽山、四明山、天台山(以下有时简称"三山")。这三座山脉,由西南向东北倾斜,天台山位于东海之滨,其余两山止于宁波、绍兴平原。历史上所谓的"平原",比今天要小得多。而屡见于唐诗的镜湖却比今天的镜湖大 110 倍,总面积达 206 平方公里。[①]
它的南面是会稽山麓线,北面的湖堤即今杭州至临海的公路,西
面接钱塘江,东至曹娥江。如李白"东海横秦望,西陵绕越台"诗
句,就把越国古都说成是水流围绕着的一个台地。

在倒"爪"字形的南面——三山交会处——是剡中,即今新
昌县、嵊县(1995 年后称嵊州市)盆地,盆地略呈三角形。西北边
以会稽山为界,东北边与四明山接壤,南边为天台山麓线,总面
积数百平方公里。唐代时,这里尚是湖泊沼泽地,地面与海面的
高度相差无几,[②]涨潮时,就出现海水倒灌,如唐代诗僧贯休有
"微月生沧海,残涛傍石城","石城"即位于今新昌城关西侧。

在三角形的底边(南面),有一个较小的、更为封闭的盆地,
即今新昌长诏水库处,它是与晋、唐文人关系极为密切的"沃洲"
所在地。为了叙述方便,姑将之称为"沃洲盆地"。盆地的南面,
有李白说的"侧足履半月"的石梁飞瀑;盆地的西南,有天姥山;
东北有鳌峰、水帘洞;西北是盆地的豁口,古称铁壁关。

唐诗中的"剡溪"发源于天台山华顶峰以北山麓,至石桥汇
集成溪,流至沃洲盆地,与另一条溪流汇合,沃洲就在这一汇合
处。它在当时,是一块"长里许"、四面环水而烟树迷离的绿洲。
溪流过此,出铁壁关后,斗折蛇行,中穿剡中盆地,至今沈家湾村
附近,受四明、会稽两山束约数里才放开,李白"扪涉穷禹凿"之
"禹凿"即指此岸束处。水流过此又数里,流入东海一段称曹
娥江。

前文说过,在今绍兴平原上,唐代时期有一个很大的镜湖。
此外,还有一条由西晋贺循(260—319)开凿的"浙东运河",它西

---

① 参见李宁:《浙江地理简志》之三,浙江人民出版社 1985 年版,第 183 页。

② 参见李宁:《浙江地理简志》之三,浙江人民出版社 1985 年版,第 64 页。

起钱塘江,过镜湖东至明州(今浙江宁波)。剡溪、曹娥江则由南而北出海,与从西而东的浙东运河呈"＋"形交接。可知"唐诗之路"是由浙东运河西段、曹娥江、剡溪构成,总长约 190 公里。

不过,剡中盆地受浙东三山环抱,三山向盆地一面的水系均呈向心形,汇集成剡溪、曹娥江;而向背的一面水系与浙东运河西段、甬江、奉化江、始丰溪、永安溪、好溪、东阳江、浦阳江等各水流连接。这样,诗人们无论是从何处来或到何处去,均需经过剡溪。如刘振娅先生考证宋之问由洛至越的路线,是"从东都出发经郑州抵汴州,乘船沿运河东南行,经楚州、扬州、苏州到达越州"[1]并进入剡中的。而崔颢"鸣棹下东阳,回舟入剡乡",则是从金华江上游入剡,尔后经浙东运河回归的;杜甫"饥食楢溪橡"[2]"归帆拂天姥",则是由临海方向经剡溪北返的,等等。因此,剡中是游览浙东名山的集散地。这在古人心中,就像今天坐飞机去北京,一定要在首都机场降落那样的清楚。如李白"此行不为鲈鱼脍,自爱名山入剡中",游三大名山就必须入剡中。而位于集散地的剡溪,也就远近闻名,乃至浙东运河、曹娥江之名被它所取代。如贺知章"表请为道士",唐玄宗"诏赐镜湖剡溪一曲",意谓诏赐在镜湖与剡溪交接处的一块隐蔽的地方让他居住;而实际上是曹娥江与镜湖相接,可知曹娥江也被称作剡溪了。故本文的题目,也就径题为"剡溪——'唐诗之路'"。

如上所述,由浦阳江、括苍山和东海围成的地区,其范围是十分清晰的。境内的一条剡溪把镜湖、剡中盆地这两个景区和三大名山,紧密地联结成一个相对独立的整体。

---

① 刘振娅:《宋之问两谪岭南新考》,《文学遗产》,1988 年第 6 期,第 79 页。

② (宋)陈耆卿纂,徐三见点校:《嘉定赤城志》,中国文史出版社 2004 年版,第 353 页。

另外,从诗人的数量和质量上,来审视文人荟萃浙东、泛游剡溪的情况。

其数量方面,以收入《全唐诗》的人名为准,根据对浙东各地历代方志的统计和拙著《唐诗之路唐代诗人行迹考》,已考出共有 451 位唐代诗人游弋于浙东,留下了 1500 多首唐诗,约占《全唐诗》收载的诗人 2200 余人总数的 20.5%。[①] 唐代全国国土面积约 1500 万平方公里[②],浙东的面积仅占全国的 0.13%。换句话说,只占全国面积七百五十分之一的浙东,却有八分之一的唐代诗人来此游弋、讴歌。还应说明的是,诗人主要是通过剡溪游览浙东三山的,而剡溪只是一条山间小溪,它的长度仅为长江干流的 3%、黄河干流的 3.5%;它的功能远不如长江、黄河那样多样,然而却有那么多的诗人鱼贯而游,歌呼啸傲于此,这是罕见的。

特别是在质量方面,上述的 451 人多数是有唐一代诗坛上的杰出人物。如《唐才子传》收才子 278 人,这里就有 173 人,占其总数的 62%。其中,一人称绝的有郑虔、王维、喻凫等。而李峤、沈佺期、宋之问、鲍防、元稹、温庭筠、李绅、李德裕、罗邺、罗隐、罗虬、包融、皎然、灵澈、陆羽、王勃、杨炯、卢照邻、骆宾王、齐己、曹松、方干、郑谷、崔融、杨衡、孙逖、颜真卿、马戴、杜牧、窦巩、窦庠、贺知章、张若虚、任涛、喻坦之、周繇、郎士元、钱起等人,被唐人按其成就、名望而概括并称为"苏李""沈宋""鲍谢""温李""元白""三俊""三绝""三罗""三包""四杰""四友""四名

---

① 参见竺岳兵:《唐诗之路唐代诗人行迹考》,中国文史出版社 2003 年版,第 2 页。

② 参见中国历史地图集编辑组编辑:《中国历史地图集》,中华地图出版社 1975 年版,第 32—33 页。

士""十哲"等,反映了这些人在当时有极高的知名度。

论者一般都认同李白与杜甫是中国诗歌史上的"双子星"的说法,近来陈铭先生在《唐诗美学论稿》一书中称昂扬壮阔气势与稳健精深气度是唐诗的两大特征,又说这两大特征的代表人物分别是李白与杜甫。而他们两人恰好与浙东山水情深意切!杜甫20岁时就入台、越,游冶忘归达4年之久,到50余岁流寓西南,仍追怀昔游。李白四入浙江,三入越中,两上天台山。即使身在他处,凡遇有佳山水,总以剡中风光作比拟;及至晚年,有终于剡中之志。可见诗人与剡溪的关系之一斑。

以上说明唐代时浙东诗人众多的盛况。

二

唐代诗人漾舟剡溪、驰骋三山过程中表现出的旅游方式和审美方式,是十分丰富多彩的。概括起来,有以下六种。

(一)壮游:指怀抱壮志而游。其中有三种情况:一是胸怀壮阔而又耻于科第,借远游以博取声名,实现济世之心。如李白:"故知大丈夫必有四方之志,乃仗剑去国,辞亲远游,南穷苍梧,东涉溟海。""溟海"即剡中。又如罗隐"待诏初离海上峰",身在三山而志在朝阙。二是应举之前远游。如杜甫,20岁由洛入越"气劘屈贾垒,目短曹刘墙",直至24岁才归东都赴京兆贡举。三是困踬之游。此类诗人,是在失意时幡然来游,以示不屈于权贵。如孟浩然,原守护家园数十年,后来他在长安为权臣沮抑。这时,他轻视权贵的气魄反而昂扬起来,说:"谢公积愤懑,庄舄空悲吟。"寻谢公足迹南来吴越、永嘉,毅然与仕途决绝。其他如温庭筠、杜荀鹤、方干等均与之类似。以上三种情况,其实质都是壮游。

（二）宦游：指朝廷正常派任与被朝廷贬黜在浙东任地方官的士人之游。前者如李绅、李讷、元晦、孟简、杨汉公、徐放、罗虬、窦弘徐、柳泌、李敬方、李伉等，后者如薛戎、杨于陵、裴光庭、张嘉贞、吴兢、李宗闵、骆宾王、宋之问、耿讳等。唐代士人多不乐于外仕，但均以于浙东为官而为幸。如前者杨汉公任浙东观察使，李商隐祝贺他："越水稽峰，乃天下之胜概。"[①]后者如宋之问被贬为越州长史，其云："虽叹出关远，始知临海趣。"元稹被贬至越州后，即在镜湖之东的诗人张若虚故宅处建起了背山临水的蓬莱阁，得意地唱道："我本玉皇香案吏，谪居犹得住蓬莱。"他还广招文人，辟为幕僚，结社于镜湖秦望，每月三四次相互酬唱，时号"兰亭绝唱"，后人竞相仿效。

（三）隐游：谓淡泊红尘、投闲山水之游。隐游分三种：一是处士。如王贞白、郑巢、徐凝等，多因仕途坎坷而归隐山林。如著名诗人张志和，肃宗"命待诏翰林"，他借故亲丧而归隐镜湖之东。又如刘商，先仕后隐，云："醒来还爱浮萍草，漂寄官河不属人。"而严维则先隐后仕，在东镜湖置名播远近的园林住宅。他还多次组织"文辞会"，规模最大的一次有鲍防、吕谓、朱迪、吴均、郑概等31人参加，世称"浙东唱和"。二是仙游。其代表人物是曾受唐朝三位皇帝召见的道士司马承祯，次如施肩吾，他进士及第后即东归入道，与陈陶、顾况、吴筠等皆颉颃于玄化之中。三是僧游。时称"江南多名僧"，而僧人成名，必借交游，并不是潜身修死者，故称"僧游"。如灵澈、灵一、皎然、贯休、寒山、拾得，皆为名著一时、声驰千里的诗僧。他们其中多数是本地人，

---

① （清）董诰等编纂《全唐文》卷七百七十六，中华书局1983年版，第8096页。

其余则是长期活动于此。他们与处士、道士一道以回归自然为乐。

（四）避乱游：此种旅游，多因时局艰虞、进言无路而避乱于此地。如刘长卿"时危身适越"；綦毋潜"见兵乱，官况日恶，挂冠归隐江东别业"①；秦系避乱剡溪，自称"东海钓客"；李涉"荷蓑不是人间事，归去沧海有钓舟"。韦庄、卢纶、张之容等亦如此。不过，其中如朱放之卜隐剡溪、鲍溶之羁旅四方，则因避年荒饥馑、战乱频仍，才来此与黄花白鹭为伍的。

（五）经济考察游：唐代经济繁荣，出现了一批以考察风景名胜、地方土特产和手工业品的诗人。兹择举数例如下：

风景名胜：浙东三山，以会稽山开发最早，天台山次之，四明山又次之。而四明山与天台山两山山脉似断非断，因而两山成了包涵与被包涵的关系。李白"天台连四明"说的即此。唐贺知章"少小离家老大回"，回到浙东后，他对四明山作了考察，并一一图其形状，命其景名。又经皮日休、陆龟蒙"酬唱九题"后，四明山遂名振寰宇，成了不同于天台山的景区。

茶：茶作饮料，盛于唐，时诗人多以饮茶为雅事。如陆龟蒙、崔国辅、皎然等，斗茶品茶，各呈新奇。由严维、李洞组织的"云门茶宴"（云门，在今绍兴东），可谓茶叶品鉴会。被称为"茶神"的陆羽，遍历浙东，撰成中国第一部《茶经》。在诗人的揄扬下，此地遂产生出一条往来中日的"茶叶之路"。

瓷：陆羽还对瓷器有深入考察，他认为以越瓷为最佳，于是又产生了"瓷器之路"②。

---

① （元）辛文房：《唐才子传》，古典文学出版社 1957 年版，第 21 页。

② （日）三上次男著，李锡经、高喜美译，蔡伯英校订：《陶瓷之路》，文物出版社 1984 年版，第 15 页。

药:仙境多仙药。李白"攀条摘朱实,服药炼金骨"、皮日休"金庭仙树杖……挑云觅白芝"、贯休"黑地生红术,黄援领白儿(白术)……"都含有考察的意思。而唐宪宗时,诗人柳泌为采集仙药而自请为台州刺史;唐敬宗宝历年间,敬宗曾遣中使往天台山采药,此药传到日本后,被日本人称为"长生不老药"。

手工业品:如杜甫、白居易把越州的丝绸产品与全国各地的丝绸产品作比较后,认为越州的产品是最好的。因此,杜甫屡屡称赞之,白居易则将它比作天台山的瀑布。

纸:纸是诗人须臾不可离的"文房四宝"之一,因而诗人对它也更为关注。韩愈通过品评以后认为越纸最好,称它为"会稽楮先生"。其中舒元舆经过调查,发现人们对剡藤、剡纸、剡捶、剡溪玉叶纸等的需求量过大,担心资源枯竭,而写了《吊剡溪古藤》文,劝人少用剡纸,以保护资源。另如兔桔、奇花、名树、名产、印刷、冶金业等,均为唐代诗人所注目。

(六)神游:爱而未到,写有与"唐诗之路"相关的诗文的,谓之神游。此类诗人是否曾到过浙东,非一人一时所能究悉。如白居易刺杭州,与元稹频频酬唱,然而他是否曾渡过钱塘江游三山,尚未可知。他的《缭绫篇》云:"缭绫缭绫何所似,不似罗绡与纨绮。应似天台山上月明前,四十五丈瀑布泉。"此"瀑布泉"即石梁飞瀑。他将月黑时的石梁飞瀑描绘得如此逼真,其似应到过。惜无史实,只好将他众多歌咏浙东的诗篇列为神游类。

以上所举各种类型,虽因各人的际遇所致,但给我们一个整体印象:他们都在剡溪得到了精神寄托。

三

江山何处不风流，为什么唐代诗人偏爱剡溪？笔者以为，佳景殊胜固然是一个原因，但更重要的是这里具有不可替代的文化积淀，吸引着他们。

（一）汉及汉代之前的文化

南岩与严光：唐诗中屡见的"钓鳌""钓竿"与南岩、严光有密切的关系。南岩在剡溪岸边，今新昌县西北处。它是呈鼓丘形、洞穴众多的丹色巨岩。唐李绅《龙宫寺碑》云"南岩海迹，高下犹存"，意谓这里曾经是海。根据现代专家考证，距今 7000 年前，浙江沿海发生了一次叫卷转虫式的海侵，把浙东的海岸线推进到了三山的山麓，迫使当地居民迁移到别处。著名的余姚河姆渡文化遗址就是明证。[①] 这就是《列子·汤问》与《庄子·外物篇》里都说到的钓鳌寓言故事的背景。尤其是任公子"蹲乎会稽，投竿东海"钓巨鳌的寓言，因具有胸怀壮志、锲而不舍的内涵而被后人传颂，后世以"钓"为风雅之举，实由此起。至东汉严光（余姚人）拒不受禄而归隐富春，又赋予"钓"新的寓意。这样，任公子钓鳌与严光"钓富春"，就成了唐代文人开阔胸襟、熏陶情操的催化剂。唐诗中的"钓公""钓叟""钓竿""钓翁""钓烟波""钓六合""钓鳌客""钓鳌心""钓沧浪""钓东海""钓吞舟鱼""钓白龙""钓夕阳"等都源于此，它们对唐代诗人产生过巨大影响。因此，南岩成为诗人们用来表达壮阔胸怀的寄情物，严光则成为他

---

① 参见李宁：《浙江地理简志》之三，浙江人民出版社 1985 年版，第 327－332 页。

们精神的平复剂。

(二)魏晋遗风

魏晋之风的特质是个性解放,及至繁荣昌盛、政治开放的唐代,产生出恢弘奔放、个性鲜明的唐诗。魏晋遗风与唐代诗歌,虽狭阔殊别而又紧密地联系着。

魏晋之风始于魏而成于东晋,因此对活跃在东晋的政治、文化、道教、佛教舞台上的人物与浙东关系的分析,是研讨"唐诗之路"的重要突破口之一。兹据《晋书》《高僧传》及其他史志,依次分述如下。

1."今之会稽,昔之关中"

能够影响东晋政局、占据文化舞台的士族,侨姓有王、谢、司马、殷、何、庾、桓、郗、许、曹、江以及阮籍的后裔,江南士族有周、贺、顾、纪、孔、戴、袁、虞、干、葛等。其中多数游止或世居会稽,故旧史称:"今之会稽,昔之关中。"[①]他们是:

玄学家有郗超、许珣;玄学诗文的代表人物有孙绰、殷仲文。

文学家有"会稽三康"、殷仲堪、干宝、袁宏、郭璞、虞预及孙绰、谢安的子孙。

书法家有王羲之、王献之。

画家有曹龙、杨惠、顾恺之。

雕塑家兼音乐家有戴逵、戴颙,还有以吹柯笛名世的桓伊。

"江左第一"的弈棋能手王恬。

儒学大师贺循。

道学家王敬伯、庾嘉德、孙泰、葛洪。

---

① 张元济辑:《缩印百衲本二十四史·晋书》,商务印书馆 1958 年版,卷七十七,第 5360 页。

天文学家虞喜。

政治家有郗鉴、何充、王坦之,还有与王导共同辅佐朝政的庾亮的子孙,其父官于会稽,子孙世居于此。东晋最著名的宰相王导,其子侄多世居剡中。

军事家有一代英雄桓温。其子桓卫、桓玄,一个参加了王羲之"兰亭修禊",另一个几乎夺了司马氏的政权。还有敢与桓温抗衡的殷浩的族人殷融、殷仲文、殷旷之。另有谢石、谢玄等。谢玄之孙谢灵运,在剡溪岸边(今绍兴市上虞区、嵊州市交界处)建有规模很大的"始宁别墅"。以上仅是略举,已见当时文物衣冠萃集浙东的盛况。

以上这些人多为唐人所称道。如李白"入剡寻王许"、杜甫"王谢风流远"、崔颢"谢客文愈盛"、孟浩然"能令许玄度,吟卧不知还"、赵嘏"正怀何谢俯长流,更览余封识嵊州"、刘禹锡"自言王谢许同游,凭将杂拟三十首"、张籍"谢家曾住处,烟洞入应迷"……初唐王勃,效王羲之而于西镜湖的王敬伯亭行修禊事,晚唐于濆、邵谒、刘驾、曹邺等为纠正轻浮诗风,效戴颙携斗酒,往树下听黄鹂之音医"俗耳"的故事,"而忽洗云和"作《古风》。

特别是"东山再起"的谢安,他高卧于剡溪东岸(今绍兴市上虞区上浦东南的"东山"),屡征不起,后一举击败苻坚劲旅的事迹,更深得唐人之心。尤其是李白,他一遇挫折,就自称"东山",以励节亢志。追慕先贤必欲亲至,故浙东成了当时的旅游胜地。

2. 仙源道踪

前面已经说到,史前的一次海侵,使浙东三山成为传为"仙人所居"的蓬莱。东汉乱起,这里又成了避难的乐土。剡溪之名,据传与曹操的主簿杨修有关。杨修向一位长者问路,长者云:前面遇两位仙子持火觅刀,此溪名也。既行,果见之,故溪曰

"剡溪"。流行于那时的还有"两火一刀可以逃"的谶语,意谓剡中是避难之地。

流布最广、文人最感兴趣的是剡中刘晨、阮肇上天台山采药遇仙子的爱情故事。由于其中描述了敢于冲破封建礼教的束缚、追求爱情自由的奔放的女性形象和仙子与凡人自由成婚的故事,而为唐人所传颂。连那与女子无缘的僧人,竟也把画着这故事情节的画卷贴在寺院之壁,[①]这就难怪李白、李商隐、孟浩然、韩偓、王焕、张鹭、牟融、元稹、司空图等都为之讴歌了。其中,尤值得一提的是女道士李季兰和广西桂州(今桂林)诗人曹唐。李季兰渴望成为仙女,冲出闺阁,往来于剡中,与陆羽、皎然意甚相得。刘长卿称她是"女中诗豪",她6岁就能写出"经时不架却,心绪乱纵横"的直抒胸臆的好诗,是一位豁达自由的人间仙子。曹唐追慕仙子,写了许多刘阮遇仙的诗,最终以梦中见仙子而卒。又据《晋书》《三国志》载,刘阮确有其人。生于唐神龙年间的著名歌仙、广西贵县的刘三姐,就是刘晨的后代。[②] 刘阮的传说,为浙东山水涂上了扑朔迷离的神仙色彩。

浙东道教"佛道双修"的特色,是唐人接踵而来的又一个原因。所谓"佛道双修",就是"炼心""养气"以求长生的苦修方法。两者融合,便是仙佛共同的理想。这个理想,唐代在天台山隐居30年的著名道士司马承祯,在精通道教上清派茅山宗气功炼养的基础上,又融合佛教天台宗止观修习法而实现。上清派茅山宗的创始人,是六朝时期的"山中宰相"陶弘景。他"为浙东一好县"而于南朝齐永明九年(491)辞官隐居于天台山与括苍山多

---

① 参见(宋)李昉:《太平广记》(全四册),中华书局2020年版,第705页。

② 参见(清)王士禛撰,勒斯仁点校:《池北偶谈》,中华书局1982年版,第183页。

年,首开"佛道双修"之风。但他的理论,至一百多年以后的司马承祯出现,才臻完善。

司马承祯曾受到武后、睿宗、玄宗的四次召见,可见他的理论受欢迎的程度。他与诗人李白、孟浩然等并称"仙宗十友"。特别是李白,他在《大鹏赋(并序)》一开头就说:"余昔于江陵见天台司马子微,谓余有仙风道骨,可与神游八极之表,因著《大鹏遇希有鸟赋》以自广。"[①]临终时仍以大鹏自比。而司马承祯既为河南人,距其家不远有王屋山清虚洞天,又有嵩山福地,却为何舍近求远来到浙东? 因为浙东占有天下十大洞天的 3 处,还占有三十六小洞天的 9 处,七十二福地的 9 处。[②] 其中沃洲、天姥这两处福地紧邻,为"鸡犬之声相闻"之地。这里又是陶弘景"佛道双修"的发源地和佛教天台宗的圣地,为了研习成功,所以他千里来此修习。由此亦见浙东道流对唐人的"引力势能",是大于其他各地的。

(三)佛国香城

在佛教中国化的进程中,有两处地方对"唐诗之路"的形成起到了重要作用。一处是支道林等高僧活动的剡中沃洲;一处是智颛在天台山的石梁和佛陇创立的天台宗,最后在天台山南麓发展成为规模宏大的国清寺。智颛集南北朝各家学说之大成而创立天台宗,在中国佛教史上长期占有重要地位。这是学界皆知的,毋需赘述。问题在于,此地不但为常人所淡忘,就是佛学史专家,也鲁鱼亥豕。例如由任继愈主编的《中国佛教史》一书,刚刚说了"中国佛学走上独立的道路是以这股般若学思潮的

---

① (清)王琦注:《李太白全集》,中华书局 1977 年版,卷一,第 2 页。
② 参见闵智亭、李养正:《道教大辞典》,华夏出版社 1994 年版,第 164 页。

兴起为标志的"①的话,却又把在这股思潮的高潮中具有突出地位的剡县说成在江苏省的镇江,从而既歪曲了佛教史,也阻碍了我们对诗歌的研究。

首先,山东有个"郯县",浙东有个"剡县",这是常识。"郯"与"剡"误写似可谅解,而专家在镇江又找出一个"剡县",不知出自何据。

其次,该书作者同意汤用彤关于般若学思潮中"六家七宗"的代表人物的考证。而这些代表人物中的大多数,是在本文所说的剡中。汤先生的考证见下表("六家七宗"代表人物列表)。

"六家七宗"代表人物列表

六　家	七　宗	代表人物			说　明
本　无	本　无	道　安			加"＊"者,均根据《高僧传》记载,在剡中
	本无异	竺法深＊	竺法汰(竺僧敷)		
即　色	即　色	支道林＊	(郗超＊)		
识　含	识　含	于法开＊	(于法威＊何默)		
幻　化	幻　化	道　壹＊			
心　无	心　无	支愍度　竺法蕴＊	道桓	桓玄＊ 刘遗民	
缘　会	缘　会	于道邃＊			

上表中加"＊"者均在剡中,即其代表人物总数的 60％ 以上在剡中。该书又说,所谓"六家七宗",从实质上区分,只有"本无异""即色""心无"三家,则这"三家"都在剡中,也即"中国佛学走上独立的道路"的里程碑在剡中沃洲,是无可争辩的事实。

---

① 　任继愈主编:《中国佛教史・第 2 卷》,中国社会科学出版社 1985 年版,第 207－208 页。

　　对此，古人是明白的。如南朝梁刘勰在《梁建安王造剡山石城寺石像碑记》中说："般若炽于香城，表刹严于净土。"①意思是：因为剡中般若学说非常炽盛，所以在这里建造起庄严的佛寺。石城寺即今新昌大佛寺，如唐代诗人赵嘏有《早发剡中石城寺》诗。

　　明乎此，也就明白了智颛为何也像司马承祯那样远离河南故土、定居在天台山，创立了中国佛学史上的第一个宗派。就是说，这两块"里程碑"竖立在浙东，是因缘际会，而非偶然。同时，也明白了唐代诗人为何最喜爱沃洲。如孟浩然、李白、杜甫、崔颢、刘禹锡、贾岛、李嘉祐、严维、秦系、罗隐、方干、邱为、温庭筠、孟郊、陆龟蒙、皮日休等著名诗人，都曾放怀于此。如追缅支道林等人的诗："支公身欲老，长在沃洲多""此地饶古迹，世人多忘归""谢客文愈盛，林公未可忘"……有许多诗，则是借支道林、竺法深等人的事迹以自勉的，如"松间倪许幽人住，更不将钱买沃洲""支遁初求道，深公笑买山""忆君南适越，不作买山期""天生支公与凡异，凡情不到支公地""闲来共蜡登山屐，一旦扬眉望沃州"等，不胜枚举。皎然《支公诗》中"山阴诗友喧四座，佳句纵横不废禅"的诗句，是对当时诗友如云、雅集沃洲的生动描述。沃洲在会稽山之南，故曰"山阳"。

　　沃洲原是以幽静可隐吸引人，这时竟成了喧闹的旅游区，这就难怪刘长卿劝别人"莫买沃洲山"，说是"时人已知处"。而他自己则邀他的诗友来共隐，说"沃洲能共隐，不用道林钱""定攀岩下丛中桂，欲买云中若个峰"。

　　如上所述，唐代诗人来浙东的重要原因是追慕魏晋遗风与

---

　　①　　马宏山：《文心雕龙散论》，新疆人民出版社 1982 年版，第 173 页。

汉及先秦文化,乃至史前传说。由此我们得出这样一个结论:唐诗就像斑斓可爱的"迭层石",细细观察,可以见到像长期沉积起来的各种藻类的遗迹那样,唐诗与浙东悠久的文化有着深厚的渊源关系。

唐代诗人四处漫游,祖国各地都留有他们的足迹和诗文。然而,倘按前述三要素作综合比较,剡溪的综合优势是极为显著的。因此,我们有充分的理由说:剡溪是一条"唐诗之路"。

四

笔者认为,开展"唐诗之路"的研究,至少具有下述两点现实意义。

(一)拓宽唐诗研究路子。林庚先生在他的《唐诗综论》一书里提出这样一个问题:"作为大自然的河山,其实千百年来并没有多大不同,为什么在唐诗中就那么引人入胜呢?"①这是一个值得深思的问题。千百年来,人们对此有过多种多样的解释,其中以唐代繁荣昌盛、政治开明为答案者居多。这就又有一个疑问:时代是前进的,诗歌却为什么迄今仍以唐诗为巅峰呢?

对此我们应当更新观念和改变研究方法,除了继续研究唐诗与时代的关系外,还要重视诗歌创作主体在诗歌客体之间的主观能动作用,研究他们是怎样把由客体激发出的美的情绪升华的,这就需要作些实地考察。"唐诗之路"以其具有的综合优势,为此提供了条件。

(二)前已有所述及,"唐诗之路"的内涵并不单单限于唐诗

---

① 林庚:《唐诗综论》,人民文学出版社 1987 版,第 2 页。

本身，它还涉及文学、书画、音乐、哲学、伦理、民俗、宗教、园林建筑、社会心理、社会经济等众多领域。"唐诗之路"对东南亚汉文化圈的形成也起了特别重要的作用。因此，"唐诗之路"为众多学科、行业的研究、利用提供了条件。

五

　　下文将简述"唐诗之路"的现状与重新开发利用的近况。今与唐代时比较，景观变化主要是镜湖的缩小和景区水路变旱路。

　　镜湖：自北宋熙宁以后，豪绅在湖中建筑堤堰，盗湖为田，湖面锐减。今湖塘、容山湖、贝石湖、白塔洋皆其遗迹。湖上堤桥蜿蜒，扁舟时见，远山四围，水清如镜，为江南水乡的典型，仍可领略"荷花镜里香"的意境。

　　剡溪中下游今建有沿溪公路。剡溪上游即沃洲至石桥村一段，古时可通扁舟或"竹筏""木筏"，后水源不足，河道失修，功能消失。20 世纪 70 年代，在沃洲盆地修建了大型水库，盆地成湖，恢复了 8 公里长的水路。这里有小岛二三，再现晋唐沃洲风味，"云中若个峰"，更胜昔时天姥情韵。由此向南，须沿溪步行，两岸岩石危危，谷风鸣鸣，使人想起李白"萧飒鸣洞壑，终年风雨秋。响入百泉去，听如三峡流"的诗来。这里是唐末裘甫起义军与唐朝王式官兵苦战之处。行约 6 公里，到了茅洋村。从茅洋沿溪向南至"上海"村，有一条建成于 20 世纪 80 年代的公路。翠屏夹岭，中有红豆、楠木等珍贵名树，更有鸟声、兽声、瀑声，野境醉人，古人"一路听泉到上方"的诗句是对其的描述。从"上海"村至石桥村，又需步行两公里许。石桥因石梁飞瀑而名，唐孟浩然有"问我今何适，天台访石桥"，便是指此。在它的附近，更有鲜为人知而景观价值极高的"龙游涧""铜壶滴漏"两瀑布，尚未开发。由此登山，便是著名的华顶峰。它们都位于剡溪的源头。其余各景俱在，唯后人锦上添花而已，不一一胪列。

综上所述，"唐诗之路"的内涵十分丰富，景观维护完好，开发利用价值极高。为此我们已组织起性质为民间社团的浙东唐诗之路研究开发社，旨在通过多种渠道，团结和组织国内外仁人志士，促进"唐诗之路"的重建，弘扬民族文化，挖掘旅游资源，为增进国内外交流作贡献。我们相信，我们的愿望一定会得到学术界的支持。

《梦游天姥吟留别》诗旨新解

　　李白在被唐玄宗"赐金还山"后的第三年,即天宝五载(746)时写的《梦游天姥吟留别》(一作《别东鲁诸公》,以下简称《天姥吟》),是李白最重要的作品之一。但对于这首诗的诗旨,至今众说纷纭,莫衷一是。概括起来大体有四种:第一种是"世事虚幻"说,如明代唐汝询"托言寄梦,以见世事皆虚幻也"①;第二种是"光明象征"说,认为梦中仙境是光明的象征,是诗人追求的理想境界。这种说法在中华人民共和国成立以来特别流行;第三种是"神仙世界"说,"诗中表现对神仙世界的热烈向往与追求"②;第四种是"回首宫殿"说,"太白被放以后,回首蓬莱宫殿,有若梦游,故借天姥以寄意"③。

　　笔者认为上述前三种说法,是不合诗旨的。第四种说法有部分可取之处,但它把天姥山说成是朝廷的象征,把诗文中从开

---

　　① 　(清)蘅塘退士编,史礼心等注:《唐诗三百首》,华夏出版社 1998 年版,第 57—59 页。

　　② 　复旦大学古典文学教研组编:《李白诗选》,人民文学出版社 1961 年版,第 92 页。

　　③ 　武原、安旗、薛天纬、阎琦:《李诗咀华:李白诗名篇赏析》,北京十月文艺出版社 1984 年版,第 165—169 页。

始到梦游的全过程都说成是李白对供奉翰林期间的回忆，则是错的。细察全诗，笔者认为李白在朝廷遭到谗言诽谤后，自感与谢灵运有着类似的人生遭际和追求，而借天姥山以自比，与谢公意气相接而作梦游。梦游过程的前半部分是寻谢公踪迹，后半部分是对宫廷生活的回忆。挣脱樊笼，争取自由，是这首诗的诗旨。为了叙述方便，兹将全诗抄录如下：

海客谈瀛洲，烟涛微茫信难求。

越人语天姥，云霞明灭或可睹。

天姥连天向天横，势拔五岳掩赤城。

天台四万八千丈，对此欲倒东南倾。

我欲因之梦吴越，一夜飞度镜湖月。

湖月照我影，送我至剡溪。

谢公宿处今尚在，渌水荡漾清猿啼。

脚著谢公屐，身登青云梯。

半壁见海日，空中闻天鸡。

千岩万转路不定，迷花倚石忽已暝。

熊咆龙吟殷岩泉，栗深林兮惊层巅。

云青青兮欲雨，水澹澹兮生烟。

列缺霹雳，丘峦崩摧。

洞天石扉，訇然中开。

青冥浩荡不见底，日月照耀金银台。

霓为衣兮风为马，云之君兮纷纷而来下。

虎鼓瑟兮鸾回车，仙之人兮列如麻。

忽魂悸以魄动，恍惊起而长嗟。

惟觉时之枕席，失向来之烟霞。

世间行乐亦如此，古来万事东流水。

别君去兮何时还?且放白鹿青崖间。须行即骑访名山。
安能摧眉折腰事权贵,使我不得开心颜!①

全诗层次分明,共分为三部分:第一部分从"海客谈瀛洲"到"对此欲倒东南倾",写梦游的起因;第二部分自"我欲因之梦吴越"到"失向来之烟霞",写梦游过程;"世间行乐亦如此"以下为第三部分,写对梦游的感慨。

过去各家对此诗诗旨的说法虽然不同,但切入的角度却是相同的,这就是都把第二部分的梦游过程作为理解本诗的关键,又以第三部分梦破以后之感慨、回顾梦中之事为寓意。而梦中之事恍惚迷离,神奇玄奥,难觅所指,这就出现了智者见智、仁者见仁的情况。由此又都把第一部分"天姥连天向天横"这句诗,片面理解成山极其高峻而忽略了对"横"的研究。"世事虚幻"说、"光明象征"说、"神仙世界"说者,说它高耸入云有仙国景象;"回首宫殿"说者则云其高峻,且一句连用三个"天"字,可知其象征朝廷。各说互相抵牾,迄无定论。今天我们试换一个角度观察,即李白为何选取天姥山作为全诗立意的景物,来求索诗旨。更具体地说,就是把诗的第一部分作为理解这首诗的关键,把"天姥连天向天横"这句诗作为中心句加以细细研究,也许我们就找到了打开这座神奇而又玄奥的迷宫的钥匙。

首先,从字面上说,"天姥连天向天横"这句诗,主要不是说天姥山高耸入云,好像与天连着,而是横亘的山势由此端望彼端,好像天接远山、山连遥天那样苍茫无际。譬如王维"白草连天野火烧"(《出塞作》)、白居易"绕田无垠草连天"(《李白墓》)之

---

① 《唐诗观止》编委会编:《中华传统文化观止丛书·唐诗观止(上)》,学林出版社 1995 年版,第 111 页。

句,是说无涯无际的广阔的野草,而不是说草长到了天上。又譬如李白《黄鹤楼送孟浩然之广陵》中"孤帆远影碧空尽,唯见长江天际流",描写的是诗人登楼遥望,直到友人的船儿远去、消失,只见水天连接、了无际涯的情景,而不是说水从天上流下来。由此可见,"连天"主要是形容横亘的山势,不是形容山之孤高峻拔。以上是将天与天姥山作横向的对比。以下三句,诗人换了一个角度,将其他高山与天姥山的横的气势作纵向比较,说它的气势超拔,盖过赤城,就连位于它附近的比它高得多的天台山,对此也会倾倒折服!

当然,天姥山又天姥岑。"岑"者,"山小而高曰岑"①,譬如江西庐山,亦称庐山岑。同时,"连天横"的本意亦有高的意思,但诗人在这里通过上述横纵比较,意在夸饰、渲染天姥山连天横亘、不可阻挡的气势,这是很清楚的。

笔者在这里讨论的并不单是天姥山的审美特色是横还是高的问题,而是想进一步探求"向天横"的寓意。因为诗的第二部分首句("我欲因之梦吴越")说得很明白:梦是因天姥山而起的。众所周知,天下名山很多,诗人为何选取以横为特色的天姥山作为诗的题材?天下以横为特色的山何止一座,诗人为何以天姥山作为立意的题材呢?可见这里必有更为重要的因素在起作用。用松浦友久先生的话说,就是题材的特性(属性)在起作用。他说:"某一特定的山河湖泊,成为诗歌题材的时候,它恐怕不是随意地、无原则地变成题材的。其中,山河具有的风光土地方面的、历史方面的、文学方面的特性(属性)在题材化上,作为重要

---

① (晋)郭璞注,王世伟校点:《尔雅》,上海古籍出版社2015年版,第113页。

的一点发挥着作用。"①他是在考证李白《登金陵凤凰台》中"一水中分白鹭洲"之"白鹭洲"究竟是在秦淮河还是在流经金陵的长江中心时，说得上述这番话。这对于我们现在要讨论的问题也有着非常重要的意义，就是说，因为天姥山"横"的特色和与此相应的文化底蕴，与诗人创作动机、诗歌立意相契合，才理所当然地成为李白这首诗的题材。据此，我们来分析一下天姥山以横为特色的文化内涵。

天姥山的文化内涵是非常丰富的。这一带有许多志怪传说，还有诸多晋宋名流芳躅遗踪。单以谢氏一族来说，有谢安、谢安之兄谢奕、弟谢万、从子谢朗、从女谢道蕴等人，均长期活动于天姥山下剡溪岸边。谢灵运的祖父谢玄、父谢涣，均葬于剡中。他们当中许多都是李白屡屡称道的人，但与本诗关系最为密切的则是谢灵运。谢因朝廷"不相实许"而"称疾去朝"，在剡溪岸边修建"始宁别墅"和石门故居。"常自始宁南山，伐木开径"，经天姥"直至临海"，写有"暝投剡中宿，明登天姥岑"诗句。李白十分景慕谢灵运，常以谢自比。如"远公爱康乐，为我开禅关"（《同族侄评事黯昌禅师山池二首》），"置酒送惠连，吾家称白眉"（《泾川送族弟錞》），"兴与谢公合，文因周子论"（《与周刚清溪玉镜潭宴别》），都是自比谢灵运。他有时也把友人比作谢灵运："闻道稽山去，偏宜谢客才"（《送友人寻越中山水》），"且从康乐游"（《与谢良辅游泾川陵岩寺》），甚至穿上了友人送给他的绣有山水图案的五云裘，也油然想到了谢公："顿惊谢康乐，诗兴生我衣。襟前林壑敛暝色，袖上云霞收夕霏。"（《酬殷明佐见赠

---

① （日）松浦友久著，陈植锷、王晓平译：《唐诗语汇意象论》，中华书局 1992 年版，第 184 页。

五云裘歌》)在《天姥吟》中,诗人一入梦最关心的便是谢灵运的石门故居。《天姥吟》诗后,诗人来到剡中,又常以谢自比:"楚臣伤江枫,谢客拾海月"(《同友人舟行游台越作》),"我乘素舸同康乐,朗咏清川飞夜霜"(《劳劳亭歌》),等等。其景慕之情,可谓弥襟。

景慕者与被景慕者,必有许多相似之处。概言之,谢与李有以下几点相似:一个自谓"才能宜参权要",一个自谓有"申管晏之谈,谋帝王之术",此是其一;一个"吐言天拔,出于自然",一个"或吐为长虹,而聚为华星",此是其二;一个"为性偏激,多衍礼度""倔强于新朝",一个"戏万乘如僚友,视俦列草芥""目无开元天子",此是其三。一个虽名动京师,被文帝称为诗书二宝,但"朝廷唯以文义处之,不以应实相许"而自叹"工拙各有宜,终以返林巢",几次被排挤出京,考卜东山;一个亦名动京师,玄宗为他调羹,将军为他脱靴,但朝廷也把他看作文学弄臣,而自叹"本是疏散人……林壑忆游眺",被迫自请还山,此是其四。

这种种相似凝聚到一点,即气质上的相似。论者在说到他们两人的悲剧时,往往说他们"生不逢时""时背运停"。然而,若对以荣宦为追求的常人来说,则谢公"武帝义帝两朝遇之甚厚,内而卿监,外而二千石"(宋葛立方《韵语阳秋》卷八),太白"明皇重其名,召见如绮李"亦不为不逢矣!但正如唐魏颢《李翰林集序》所云:"禄位拘常人,横海鲲,负天鹏,岂能笼荣之!"[①]他们追求的不是利禄,而是自己的理想和抱负。他们不满的不是刘宋或李唐的政权,而是刘宋或李唐政权中的黑暗势力对他们人生价值的贬低。因此,当受到谗毁、戏弄、排挤的时候,便一个"欲

---

① (清)王琦注:《李太白全集》卷三十一,中华书局 1977 年版,第 1449 页。

抑一生欢,并奔千里游",一个"乍向草中耿介死,不求黄金笼下生",轻视权贵的气魄就昂扬起来。这使人想起李白在《大鹏赋(并序)》里说的两句话:"不矜大而暴烈,每顺时而行藏。"就是说,"横被六合"的大鹏并不自以为大,只是依照"用之则行,舍之则藏"(《论语·述而》)的准则行事而已。当它被舍弃的时候,它就奋翅纵横,"怒无所博,雄无所争",视三山五岳似"屑屑米粒"(裴敬《翰林学士李公墓碑》),何足道哉!

大鹏的气势就是"横"的气势,充溢莫能当者的气势。用横来修饰、形容的例子,在古典文学中是很多的。譬如陆游《冬暖》"老夫壮气横九州"就是一例。又如谢灵运《入道至人赋》说:"荒聪明以削智……横四海于寸心。"意思是:当不被重用时,就以大智若愚的态度,不去计较利害得失,而把横溢四海的气概藏于自己的胸中。明高棅《唐诗品汇》说李白《天姥吟》善于"驱驾气势",而李文叔以项羽用兵横行沙场、世莫能当者为比,说"李白之于诗,亦皆横者"(转引自张邦基《墨庄漫录》)。这些都是以"横"修饰气势的例子。这种气势,往往是在受抑制时才能得到最充分的发挥。如白居易"壮士郁不用,须有所泄处"(《白氏长庆集》卷七),说谢灵运的诗文是"郁不用"的产物,亦即天姥山以"横"为特色的文化底蕴。李白当被抑身不用、排挤出京的时候,他需要一种类似大鹏那样压倒一切的形象,来支撑他那颗高昂的头颅。于是一个势拔五岳诸山的天姥山形象和一个"倔强于朝廷"的谢灵运形象便结合在一起,浮现在他的心中,喷泻于他的笔端。这就是诗人夸饰、渲染天姥山连天横亘气势的寓意所在。

由此观之,诗人选取天姥山作为诗的立意是当然的事。不然,倘按人们说的那样,诗人夸饰的是天姥山的高耸入云,那么以高为特色的泰山,曾被李白比喻人的气节,如"谁道泰山高,下却鲁连节"(《别鲁颂》),说鲁仲连的气节比泰山还高。但泰山陡立海隅的特色与鲁仲连功成不受赏、蹈东海而终的经历,对于壮志未酬而愤懑离京的李白来说,显然不能构成梦游的立意对象。

明白了梦的起因以后,也就容易打开梦之迷宫了。从梦的意境上分析,在"欲雨""生烟"这两句诗前后,是迥然不同的。也就是说,梦有前梦与后梦之分,前梦记寻找谢灵运芳躅的过程,后梦是对供奉内廷经历的回顾。这里先说前梦:

第一,在梦的时间上,该诗显然是模仿谢公《登临海峤初发强(彊)中作与从弟惠连可见羊何共和之》"暝投剡中宿,明登天姥岑"而安排的。谢公夜宿剡中,次日游山,时间是一天一夜。李白"一夜飞度",说明梦游从晚上开始,到"谢公宿处",就似"暝投剡中宿"了。后来听到"清猿啼"时,是东方欲晓的时分。谢公有诗句云"朝发悲猿",意思是在猿啼声声的早晨出发。李白在这个时候穿上谢公屐,开始登天姥山,也就是"明登天姥岑"了。到天色忽暝,用的时间正好也是一夜零一天。这与谢公的两句诗,竟如出一辙。

第二,李白在登山途中以及登上山巅时看到、听到的,与谢公《山居赋》中所描绘的剡中景象大同小异。《山居赋》中描绘的景物,是以石门一带为中心,涉及东南西北各山。远山的景象是"山下则熊罴豺虎……掷飞枝于穷崖……蹲谷底而长啸,攀木杪而哀鸣",熊罴豺虎在山谷攀援树木而吼啸哀鸣,折断了树枝顺穷崖飞下来。《天姥吟》中"熊咆龙吟殷岩泉,栗深林兮惊层巅",说的是在山巅上听到山下熊咆龙吟和群兽攀爬折断树枝的声音,使山巅也为之震动。这样,在景物的描写上,《天姥吟》受《山居赋》影响之深,可见一斑。

第三，值得特别注意的是，李白还在供奉翰林期间，就有拂石天姥、继踵谢迹之意。他在《翰林读书言怀呈集贤诸学士》里写的"观书散遗帙，探古穷至妙。片言苟会心，掩卷忽而笑"这几句诗，与谢灵运《山居赋》"谢子卧疾山顶（按即石门）览古人遗书，与其意合，悠然而笑"联系起来读，就会发现，与李白"会心"的正是谢灵运。同诗尾联"严光桐庐溪，谢客临海峤"和《天姥吟》诗接着出现的"谢公宿处""谢公屐""青云梯"等，均可以为证。由此说明，前梦乃寻谢公，是无可疑的。

第四，梦游从"一夜飞度"到"迷花倚石"，写的是一路上看到的山水风光。接着天色突然冥暗，什么也看不见了，只能在听觉中辨别熊咆龙吟和树枝被折断的声音，却忽又能看到"云青青兮欲雨，水澹澹兮生烟"。这说明什么呢？说明这种烟雨相接的景象，正符合梦与梦交替之间的模糊错乱的生理现象。就是说，前梦到此结束，后一个梦正在徐徐拉开的帷幕中展现。

以上说明，前梦是记述寻找谢踪的一个完整的梦。

这里顺便解决一下本诗第一部分"越人语天姥"之"越人"是谁的问题。过去不解其由，都把他说成是从越州到山东来的人，现在我们可以认为此"越人"就是指谢灵运。按谢生于会稽，在剡中石门故居写有许多首诗，其主题是叹息美妙的景物无知音共赏。如《登石门最高顶》："惜无同怀客，共登青云梯。"《夜宿石门诗》："美人竟不来，阳阿徒晞发。"《石门新营所住四面高山回溪石濑茂林修竹诗》在叙述幽居云卧之乐后曰："匪为众人说，冀与智者论。"希望有知音来同赏美景、共叙衷曲。又有"暝投剡中宿，明登天姥岑。高高入云霓，还期那可寻"诗句，意思是永绝仕途而穷山海之游。300多年后的李白，自感生平遭际与谢灵运相似，故今昔一接，灵犀相通，在翰林任上与谢神交符契，后毅然辞京,因梦天姥,寻找知己谢公。本诗第三部分"别君去兮何时还?且放白鹿青崖间,须行即骑访名山"三句,意与谢公诗"高高入云霓,还期那可寻"近似。前者说此一去后,是否再回来就很难说了。后者对归期作了骑白鹿访名山的侧面回答,但意思同样是归期难知。且两者指向明确,均是天姥。"片言苟会心"之"言",即"越人语天姥"之"语";"云霞明灭或可睹"即"高高入云霓"之云霓。其所云"越人"即谢公,可说是历然无碍了。

从"列缺霹雳"开始到"仙之人兮列如麻"为止,为后一个梦。这后一个梦,才是李白对入侍翰林经历的回忆。李白在许多诗里直言不讳地说过,供奉翰林是一场梦,如"一官即梦寐"(《对雪奉饯任城六父秩满归京》)、"即事已如梦,后来我谁身"(《长绳难系日》)、"鲁客向西笑,君门若梦中"(《鲁中送二从弟赴举之西京》)、"长安如梦里"(《送陆判官往琵琶峡》)、"银台金阙如梦中,秦皇汉武空相待"(《登高丘而望远》)等。《天姥吟》即是记梦之作,焉能不言及平生愤懑之事,何况诗尾明确指向权贵,而通篇没有提到"摧眉折腰事权贵"的事实,可见他欲借梦境而寄托人生之感慨。

但问题在于,过去各家都不注意对"仙之人兮列如麻"这句诗的研究。即使"回首宫殿"说者,也对此置之不论,以至其说得不到有力的支持。其实,它是读懂这段诗的重点句,是诗人精心结撰之处。为了说清楚这一点,我们先来分析这段诗的结构:"欲雨""生烟"两句,用了骚体的"兮",给人有帷幕徐徐拉开的舒缓感觉。接着连用四个短促的四字句,其中第一句"列缺霹雳"还连用四个仄声字,更增强了短促、急迫之感。紧接着用了两个七字句,顿使急迫感消散,让读者用舒缓的心情来欣赏即将出现的"仙境"。接下去四句诗,每句都用"兮"字,字数也比上句增加了;"云之君兮纷纷而来下"一句,连用"之""兮""而"三个虚词,更趋向从容舒缓。这就组成了"缓—急—缓—轻缓"的节奏。

分析这个结构的目的,是说明倘若"仙之人兮列如麻"句没有别的寓意的话,那么梦应该是在突如其来的雷电交加声中、节奏急迫时,就惊破了,怎么反而在轻缓的节奏中惊得"魂悸""魄动"呢?

再从诗句来看也如此。我们知道,李白在奉诏入京前夕作的《游泰山六首》,写仙境呈现与《天姥吟》极为相似:"洞门闭石扇,地底兴云雷。登高望蓬瀛,想象金银台。天门一长啸,万里清风来。玉女四五人,飘摇下九垓。"但仙人出现以后,诗人对待仙人的态度,竟判若两人,《游泰山》中见到仙人在他面前时,他"稽首再拜之,自愧非仙才"。而在《天姥吟》里,当飘摇而下的仙人排列在他面前的时候,他竟吓得魂飞魄散,其原因何在?

从上面的分析中可以得出,由诗人对待所谓的"仙人"的两种截然不同的态度可知,《天姥吟》所云的"仙之人"不是天上的"仙人",而是地上的人;他的梦不是在雷鸣电闪中惊醒,而是在"仙之人"出现后惊破,联系梦醒后的感慨和诗尾"权贵"两句诗,这地上的人是王公贵人、奸佞权臣或许多令李白反感之人,当然还有那位信谗言而疏远、冷落他的皇帝。

"仙之人兮"句后,便可知此句以上的 12 句,都是李白对供奉翰林中前期的回忆。这 12 句诗都可在他侍奉内廷时期所作的诗中找到出处,例如:

> 自言管葛竟谁许?长吁莫错还闭关。一朝君王垂拂拭,剖心输丹雪胸臆。忽蒙白日回景光,直上青云生羽翼。

幸陪鸾辇出鸿都，身骑飞龙天马驹。(《驾去温泉后赠杨山人》)①

羽林十二将，罗列应星文。霜仗悬秋月，霓旌卷夜云。严更千户肃，清乐九天闻。(《侍从游宿温泉宫作》)②

三千双蛾献歌笑，挝钟考鼓宫殿倾。……三十六帝欲相迎，仙人飘翩下云轺。(《春日行》)③

举足蹋紫微，天关自开张。老胡感至德，东来进仙倡。(注:张衡《西京赋》:"总会仙倡，戏豹舞罴。白虎鼓瑟，苍龙吹篪。")(《上云乐》)④

朝入天苑中，谒帝蓬莱宫。……谬题金闺籍，得与银台通。(《效古二首》)⑤

从比较中可知，上列5首诗是把人境比作仙境;《天姥吟》中的几句诗，是把仙境比作人境。譬如，奉诏前，仕途不通，就是"还闭关"。而"一旦君王垂拂拭"，"洞天石扇"就"訇然中开"了。"日月照耀金银台"中的"日月"指的是大明宫，李白有"霜凋逐臣发，日忆明月宫"可证。"金银台"中的"银台"，就是"得与银台通"的银台。银台即翰林院，在大明宫内金銮殿侧，故得言银台受日月照耀，亦即"忽蒙白日回景光"了。根据1957年后的考古发掘，唐大明宫城周围边长有7628米，顺山坡而建。从丹凤门入口处向内望，犹如通向天上，所以李白有诗云"长安宫阙九天上"(《单父东楼秋夜送族弟沈之秦》)。而

① (宋)宋敏求等增补:《李太白文集》，巴蜀书社1986年版，第42页。
② (宋)宋敏求等增补:《李太白文集》，巴蜀书社1986年版，第93页。
③ (宋)宋敏求等增补:《李太白文集》，巴蜀书社1986年版，第15页。
④ (宋)宋敏求等增补:《李太白文集》，巴蜀书社1986年版，第16页。
⑤ (宋)宋敏求等增补:《李太白文集》，巴蜀书社1986年版，第112页。

从金銮殿向丹凤门望去，则似"青冥浩荡不见底"了。以上是李白对奉诏入京，受到帝王宠渥时期的回忆。接着以"霓为衣兮"句为转折，写仙人之出现，暗示翰林后期的生活。诗文完整地记述了这一段使他常常为之扼腕的经历。

如上所述，梦是因见到"仙之人"而被惊破的，其受惊的程度达到"魂悸魄动"。现在要问，是什么原因将其惊吓到如此程度呢？这与他辞京时的险情有关。

在谗言初起时，李白尚敢把心底话写在《翰林读书言怀呈集贤诸学士》中，送给同事们看，说明同情他的人是很多的。但到后来送别友人裴图南时，他只好"临当上马时，我独与君言"（《送裴十八图南归嵩山》），心里话要在没有第三者在场时说了。其时的险情，已如有一柄随时会掉下来的达摩克利斯之剑，悬在他的头上。其中，应是李林甫在起作用。关于这一点，笔者将在另文中予以讨论，这里只想说明前梦与后梦的内在联系。我们知道，谢灵运虽知酷祸将至而仍徘徊去就，"涕泣非徐广，隐遁非陶潜"，待到自悔"恨我君子志，不获岩下泯"（《临终诗》）时，脑袋就被人家割落在广州街头了。既然李白自感身世与谢灵运相似而梦访谢踪，则当他站在天姥山之巅、仰看天空中呈现的"仙境"和可怖的"仙人"时，必然会把谢公的悲剧与自身的遭遇联系起来而"魂悸魄动"。这就是贯穿前梦与后梦的一条主线。

上面说的虽是关于李白被逐的原因，为梦被惊破和前后梦的联系作了解释，但同时也为本诗的第三部分作了背景性的说明。

前文说过，迄今的四种说法都是以梦后之感慨去反推梦中之意的。现在，明白了李白早在供奉翰林中期就与谢公兴会；《天姥吟》因谢公之语而梦游天姥；又因谢公终遭酷祸而触及自身、梦破后长嗟。由此理解"世间行乐亦如此,古来万事东流水"和"安能摧眉折腰事权贵,使我不得开心颜"这几句诗,就容易了。

先说"行乐"之"乐"的含义。关于"乐",各人的审美趣味和人生观不同,其答案也各不相同。有的人视荣华富贵为乐而苟且于上,而谢灵运则云:"人生谁云乐?贵不屈所志。"(《游岭门山诗》)当外力欲屈其志时,他就"欲抑一生欢,并奔千里游"(《登临海峤》),以保持志气与节操为乐。李白所说的"乐",是人格得到尊重,否则,"钟鼓不为乐"(《赠任城卢主簿潜》),在音乐伴奏下喝酒也不快乐;是抱负得以实现,否则,"虽有匡济心,终为乐祸人"(《避地司空原言怀》);是自由自在,在秋月空山中,一边听着琴声,一边饮酒,就非常快乐了,"人生且行乐,何必组与珪"(《夜泛洞庭寻裴侍御清酌》)!当得不到这一切时,他就"且放白鹿青崖间,须行即骑访名山",去寻找属于他的快乐,以励节亢高。他借汉武帝批评玄宗之乐为"淫乐",如《古风·周穆八荒意》:"淫乐心不极",《上之回》:"淫乐意何极";《天津三月时》诗,历叙权贵荣华、豪奢之乐,说这种乐无非瞬息烟云,是不可取的。在对待"乐"的态度上,谢、李也是相似的。当然,李白也在一些诗中,夸耀过受到明皇恩宠的快乐。但这是在对明皇抱有幻想,以为从此可以一展宏图时的快乐,后来他亦说过"谬登圣主筵"(《送杨燕之东鲁》),因此,他对"乐"的看法是颇为清楚的。也就是说"世间行乐亦如此"之"乐",是指在朝得意时之"乐",不是指人世间的一切赏心乐事。不然,何有"访名山"之乐呢?紧接着"古来万事东流水"句,字面上说万事如水、去而不返,但诗承上句之感慨而发,其本意亦指上句"行乐"之"乐",认为这一切终将成为过去,生前事既不必执着于利害得失,身后事也不必悲叹挂怀，不如骑白鹿访名山来得逍遥自在。感情抒发至此，于是便有"安能摧眉折腰事权贵，使我不得开心颜"这两句振聋发聩的诗句，得出了他要像大鹏横扫八极那样自由的诗旨。如果说谢灵运因造"虚声为罪"（《宋书·谢灵运传》）而死于非命的话，那么李白有鉴于此，在诗中下的是一道与黑暗朝廷决裂的宣言书。

至此，回头看"天姥连天"这四句诗，其指归益觉豁然。我们知道，天姥山小于天台山，但它竟能使天台山折服，还能超拔为历代帝王祭祀、被唐玄宗封为"王"的五岳，这显然是以天姥山之势自喻而以超拔五岳诸山以凌驾权贵之上的。由此可知，诗以天姥横眉五岳诸山起兴，借梦中谢公之事，一吐供奉翰林时之愤懑，言自己不可屈服之志。全诗血肉相连，一气呵成，诗人的形象与性格得到了鲜明完整的体现。

综上所述，李白选取天姥山作为诗的题材的原因，在于天姥山横空的气势和与此相应的不可替代的文化内涵，与他的诗思相契合；梦的前半部分不是什么仙国景象，也不是宫廷写照，而是寻觅知己谢灵运。后半部分为回首翰林往事，但不是所谓"恍若梦游"，更不是所谓"光明象征"，而是记述为豪门所抑之经历。不肯屈事权贵，挣脱黄金樊笼，洁身自好，争取自由，是《天姥吟》的旨意所在。

天姥山得名考辨

李白的《梦游天姥吟留别》可谓是"浙东唐诗之路"的一首主题诗。为此,1994年笔者曾写了《〈梦游天姥吟留别〉诗旨新解》,发表在《唐代文学研究》第六辑上。

笔者在这篇文章中,曾引用日本著名李白研究专家松浦友久先生的大作《唐诗语汇意象论》中的一段话:"某一特定的山河湖泊,成为诗歌题材的时候,它恐怕不是随意地、无原则地变成的。其中,山河具有的风光土地方面的、历史方面的、文学方面的特性(属性)在题材化上,作为重要的一点发挥着作用。"[①]此外,松浦先生在同书中还说,注解在读懂古典诗歌中具有特别重要的作用。笔者认为松浦先生的话是很正确的。为此,本文打算对于"天姥山"的得名由来作如下考辨。

一

自古迄今对位于浙江省新昌县(古剡县一部分,又称剡东、

---

① [日]松浦友久著,陈植锷、王晓平译:《唐诗语汇意象论》,中华书局1992年版,第184页。

剡中)境内的天姥山得名之由来有五种说法：

1."天姥"一词，最早见于东汉张衡《同声歌》："众夫所希见，天老教轩皇。"①逯钦立按："天老、天姥本同。"②但以此词名山，则最早见于谢灵运《登临海峤初发强（彊）中作与从弟惠连可见羊何共和之》"暝投剡中宿，明登天姥岑"诗句。《后吴录·地理志》："剡县有天姥山，传云登者闻天姥歌谣之响。"③本文将之简称为"歌谣"说。

2.《天台县志》："山状如髻女，因名。"④本文姑称之为"髻女"说。

3.近20年来，有人把"姥"字释为外祖母，山因外婆而名，这里姑称之为"外婆"说。

4.近来又有人把"姥"释为女师，云："姥者，女师也。妇人五十无子，出不复嫁，以妇道教人者"⑤，又提出了"天姥命名之由应是天台之姥的意思"。这里姑称之为"女师"说。

5.1998年5月31日，有人发表文章，把位于万年山北麓、依附于"猫岩"下面的一块高约10米的石头，改称为"天姥岩"（后来又称天姥峰），说"天姥"之名源于这块石头，一些电视台、报刊出于猎奇而竞相报道，一时有掩千古定论之势。下面姑称之为"石头"说。

以上五种说法，就其实质来说可分两大类，即"歌谣"说为一

---

① 逯钦立辑校：《先秦汉魏晋南北朝诗》，中华书局1983年版，卷六，第178页。

② 逯钦立辑校：《先秦汉魏晋南北朝诗》，中华书局1983年版，卷六，第179页。

③ （清）王琦注：《李太白全集》，中华书局1977年版，卷十五，第706页。

④ （民国）金城修，陈畲等纂：《新昌县志》，成文出版社有限公司1919年版，卷二，第252页。

⑤ （清）梁章钜撰，李延沛整理：《称谓录》，黑龙江人民出版社1990年版，第163页。

类,这一类是把"天姥"两字作为一个不可分割的、独立的语言单位,一个地名的专用名词。第二类"髦女""石头"说,系"望字求形"——从"以形命名"上提出的;而"外婆""女师"说,则是"望字生义"——从一字多义中撷取其中一义用以说明山名之由来。此四种说法的共同特点,是避开"天""山"两字,单取"姥"字为考察对象,故可归纳为另一类,即第二类。

二

为了便于叙述,这里先对"姥"字作一番追本溯源的回顾。按"姥"字从产生至今,大致已经历了由本义和由本义派生出来的延伸义、比喻义等不同时期。现在,笔者以《佩文韵府》《骈字类编》两种类书为据,列表(各历史时期"姥"字字义表)如下。

各历史时期"姥"字字义表

朝代		姥字字频	姥字字义							出 处	
纪年	公元		美称(自称)	母	婆	贬称	仙道	动植物	地名		
西汉	前206—25	1							西姥	《佩文韵府》	《淮南子》
东晋	317—420	2				西姥				《佩文韵府》	《郭璞不死树赞》
						余杭姥				《佩文韵府》	《神仙传》

续表

朝代		姥字字频	姥字字义						出　处	
纪年	公元		美称（自称）	母	婆	贬称	仙道	动植物	地名	
南朝宋	424	1							天姥岑	《佩文韵府》	《谢灵运诗》
南朝宋	420—479	1	周姥							《佩文韵府》	《世说》
南朝梁	502—557	3			公姥					《佩文韵府》	《孔雀东南飞》
		1			老姥					《佩文韵府》	《孔雀东南飞》
隋	581—618	1					骊山姥			《佩文韵府》	《集仙传》
唐	618—907	2	老姥							《佩文韵府》	《晋书·王羲之传》《南史·傅琰传》
		1	吕姥							《佩文韵府》	《南史·韦睿传》
		2	杜姥					杜姥		《佩文韵府》	章孝标诗《晋书·杜皇后传》
		2				姅姥			山姥	《佩文韵府》	《晋书·王道子传》
		1							酒姥	《佩文韵府》	施肩吾诗
		1	孤居姥							《佩文韵府》	《晋书·王羲之传》

续表

朝代		姥字字频	姥字字义							出 处	
纪年	公元		美称（自称）	母	婆	贬称	仙道	动植物	地名		
唐	618—907	1	越姥							《佩文韵府》	《北史·陆法和传》
		1				段姥				《佩文韵府》	《隋史·段达传》
		1	孟姥							《佩文韵府》	张说诗
		1					仙姥			《佩文韵府》	马臻词
		4							天姥	《佩文韵府》	李白、杜甫、张祐诗
		6							天姥	《骈字类编》	李白、杜甫等诗
五代	987—960	1				陈姥				《佩文韵府》	《唐书·杜伏威传》
北宋	960—1127	1	石姥							《佩文韵府》	刘宰诗
		1							姥岭	《佩文韵府》	苏东坡诗
		1	婢姥							《佩文韵府》	孔平仲诗
		1	酒姥							《佩文韵府》	孙觌诗
南宋	1127—1279	1				裴姥				《佩文韵府》	《方舆胜览》
		2	东姥						天姥	《佩文韵府》	陆游诗
		1							天姥山	《佩文韵府》	方舆胜览

续表

朝代		姥字字频	姥字字义							出　　处
纪年	公元		美称(自称)	母	婆	贬称	仙道	动植物	地名	
元	1206—1368	1					仙姥			《佩文韵府》马臻词
		1							岊姥峰	《佩文韵府》仇远诗
		1							慈姥	《佩文韵府》贡师泰诗
		2							天姥	《佩文韵府》陈樵、张翥诗
明	1368—1644	1			后姥					《佩文韵府》沈周诗
		1							天姥峰	《骈字类编》《明一统志》

上表说明：

1.在谢灵运"暝登天姥岑"诗句前，"姥"本义为"仙"：《淮南子·览冥》："西老（姥）折胜，黄神啸吟。"郭璞《不死树赞》："不死之树，寿蔽天地。请药西姥，乌得如羿。"此后，便是谢灵运的"暝投剡中宿，明登天姥岑"中的"天姥岑"了。至于前面提到的张衡《同声歌》中之"天老（姥）教轩皇"句中的"教"，当作"使"解。"轩皇"即得道成仙的轩辕黄帝。就是说，"姥"是"仙"的代名词。

2.谢灵运之后至唐代，"姥"字的使用范围很广，成书于南朝梁末的《玉台新咏·孔雀东南飞》，儿媳对公、婆、丈夫、兄、妹的称谓计达 55 个,其中对婆的称谓有 20 多个,作者为了避免词汇的贫乏、单调,多次使用"公姥""老姥",这可能是汉字史上第一次为"姥"字赋予"婆"的意义。到了唐代,"姥"字的转义更为丰富,譬如"杜姥",既指皇后母裴氏,又可指雀麦草。"酒姥"既是对妇人的尊称,又用作地名。"吕姥""老姥""孤居姥""孟姥"等是对老年妇人的尊称。而"姑姥"则指专用好听的话奉承人的老妇,"段姥"则是"怯懦者的贼号"。而唐代李延寿撰《北史·陆法和传》中云:"衣食居处一与戒行沙门同……初在荆郢,有少姬,年二十余,自称'越姥'。"①说明"姥"还被用作年少女子的称谓。

这时期以"天姥"入诗者特别多。除李白《梦游天姥吟留别》外,杜甫有"归帆拂天姥""悄然坐我天姥下,耳边已似闻清猿",还有刘禹锡、李贺、贾岛、张祐、马戴、薛逢、拾得、孙逖、白居易、张为、谢昉、赵嘏、许浑、储光羲、皇甫冉、刘得仁、李敬方、戴良、王维、温庭筠等诗人,都写有有关天姥岑的诗篇,无需赘述。

3. 五代至南宋,"姥"字的使用频率显著下降,主要作为对老年妇人的统称。而用作地名的仍只有天姥山。

4. 元代以后,除"姥""仙姥"主要用于地名,"姥"已转音为"妈"。王力《同源字典》中说"按妈是母的转音,莫补切计,正是妈的古音"②。清梁章钜《称谓录》云:"妈,姥也。"③"江南曰阿妈,或作姥,皆母之转也。"④又南宋汪应辰《文定集》中"二十祭女

---

① (唐)李延寿:《北史》,中华书局 1974 年版,卷八十九,第 2941—2945 页。
② 王力:《同源字典》,商务印书馆 1982 年版,第 104 页。
③ (清)梁章钜撰、李延沛整理:《称谓录》,黑龙江人民出版社 1990 年版,第 32 页。
④ (清)梁章钜撰、李延沛整理:《称谓录》,黑龙江人民出版社 1990 年版,第 32 页。

四娘文"云："维年月日爹爹妈妈以清酌庶羞之奠。"①元俞琰《席上腐谈》云："今人称妇人为妈妈。"②可证宋元之际"妈"已取代"姥"了。

以上是据《佩文韵府》和《骈字类编》编录的，这两本类书是清代官修的收集诗文典故最为完备的书，由此证明"姥"字之义在不同时期的分合情况当是可信的。当然，除此两书外，以"姥"与它字并列为词的还有很多，如张衡诗中的"天老（姥）"。但本文所讨论的是天姥山之命名以前"姥"字之义为限，余可从略。

从上述对"姥"字的梳理中，我们可知"姥"字本义是"仙"，其他如对年老妇女的尊称和贬称的引申义及对动、植物的比喻义，都是派生出的转义。而其本义，正是研讨"天姥山"得名的重要依据之一。

三

文学史上常常有一些难以理解的现象，但一旦进入当时历史中去，就变得很好理解。对于"天姥山"得名的考证来说就是这样：既然"天姥岑"之名起于谢灵运的诗句，则究其命名来由，当以谢灵运和谢灵运以前时期的"姥"字之义为限，否则就会产生出许多歧义。而据本文"各历史时期'姥'字字义表"：在谢灵运之前，只有"西姥"和"余杭姥"。"西姥""余杭姥"是什么意思呢？先看"各历史时期'姥'字字义表"中第一时期的两个"西姥"，即《淮南子》中的"西姥"，与郭璞说的"西姥"有一个转义过

①　鲍海涛、王安节编著：《亲属称呼辞典》，吉林教育出版社 1988 年版，第 19 页。

②　韩省之主编：《称谓大辞典》，新世界出版社 1991 年版，第 534 页。

程。朱起凤《辞通》卷十五云："西老:《淮南子·览冥》'西姥折胜'。高注'西王母折其头上所戴胜,为时无法度'。(朱)按:'母字古通作姥,老即姥字讹误。高氏释西老为西王母是矣。'"①《辞通》同卷据《竹书纪年》西王母多次向虞舜、周穆王朝贡的记载云:"是则书传所载西王母,乃西方侯国。"②据清代毕沅考证,此侯国在肃州西 35 公里(见臧励龢《中国地名大辞典》)。又云西王母"自郭氏如人之说起,后世遂以仙佛目之"③,意思是所谓的"西王母"本是西方侯国国名。自从郭璞在注释《山海经》《穆天子传》中把西王母塑造成一个与人间天子同席宴饮、雍容平和、能唱歌谣的妇人后,人们就把西王母看作是"仙""佛"了。而"余杭姥"出自葛洪《神仙传》:"王方平以千钱与余杭姥,相闻求其活……"④此"姥"当是降临余杭(今浙江余杭)有长生术之仙了。

今既知"西姥"就是西王母,那么我们也就知道了"姥"也就是王母、王母娘娘、龟台金母、金母。由此说来,则朱起凤先生"自郭氏如人之说起"云云,尚可商榷。按:在郭璞以前,侯国西王母早已渐变为仙国中的西王母。成书于战国时期的《列子》云:"(穆王)遂宾于西王母,觞于瑶池之上。西王母为王谣,王和之,其辞哀焉。"⑤同时期的《庄子·大宗师》云:"黄帝得之,以登云天……西王母得之,坐乎少广,莫知其始,莫知其终。"⑥说明那时已视西王母为仙。郭璞的《穆天子传》盖本于此,西汉司马相如的《大人赋》"吾乃今目见西王母曤然白首,戴胜而穴处兮,亦

---

① 朱起凤:《辞通》(上),美成印刷公司 1934 年版,卷十五,第 107 页。
② 朱起凤:《辞通》(上),美成印刷公司 1934 年版,卷十五,第 107 页。
③ 朱起凤:《辞通》(上),美成印刷公司 1934 年版,卷十五,第 107 页。
④ 马陵合校注:《钱神志校勘》,安徽师范大学出版社 2019 年版,第 109 页。
⑤ (晋)张湛注:《列子》,上海书店出版社 1986 年版,第 33 页。
⑥ (清)王先谦集解:《庄子集解》,上海书店出版社 1986 年版,卷二,第 41 页。

事有三足鸟为使"和《汉书·扬雄传》"想西王母欣然而上寿兮"之"西王母"，已勾勒出一位白首、戴着首饰、长寿、有三足鸟供其役使的仙的模样了。东汉时，崔骃、马融、魏伯阳等对此有传述。而三国嵇康说："受道王母，遂升紫庭"（《嵇康乐府》）之"王母"，显然是位道教神仙。还有曹植的《仙人篇》："驱风游四海，东过王母庐。"则说明西王母在东方有寓所。

最值得注意的是，东汉张衡的《同声歌》实为开后来道家说的西王母配东王公（后来又称玉皇大帝，详见后）的先河。《同声歌》中"衣解巾粉御，列图陈枕张。素女为我师，仪态盈万方。众夫所希见，天老教轩皇"①，如前所述，"天老"即"天姥"，"天老教轩皇"句意谓西王母使轩辕黄帝快乐。黄节《汉魏乐府笺注》以张衡《七辩》有"假明兰灯，指图观列。蝉绵宜愧，夭绍纤折。此女色之丽也"②之句，证"皆黄帝养阳方遗说也"是颇可信的。张衡是浑天仪的发明者，他虽以天文学家的思维方式，想象西王母在天上，以"仪态万方"取悦得道升天的黄帝，比喻世上臣子之事君主。但当时人们似乎更乐道于在天之西王母与成仙的黄帝，当时的童谣云"着青裙，入天门，谒金母，拜木公"（木公，即上面说的东王公、玉皇大帝）便是明证。这也是后来《逍遥虚经·西王母》里的"龟台金母也……配位西方与东王公共理二气，调成天地，陶钧万品"，又说世上升天之仙，"其升天之时，先拜木公，后谒金母。受事既讫，方得升九天，入三清，拜太上，觐元始天尊"的由来。"三清"，谓三清宫，"道德天尊""元始天尊""灵宝天尊"，指住在三清宫中三位地位最高的神仙。也就是说，秦汉以前，西王母已开始被人们视为仙。到汉代时已被道家说成是审

---

① 逯钦立辑校：《先秦汉魏晋南北朝诗》，中华书局1983年版，卷六，第178页。
② 逯钦立辑校：《先秦汉魏晋南北朝诗》，中华书局1983年版，卷六，第179页。

查世上升天之仙是否有资格上九天拜见最高位神的神仙领袖了。

不过,朱先生的话是非常值得重视的。因为他说了这样一个史实,在"姥"由一个侯国国名转义为一位仙佛的过程中,东晋是一个关键的时期。那时,中原板荡,智士纷纷南渡,与南方士族和少数民族杂居,产生了许多神话传说。尤其是"仙""佛"几乎是同步走上了新的历史阶段:在佛教方面,以般若学说的兴起为标志,中国佛教走上了独立的道路①,而般若学说的"六家七宗"中有五宗创始人隐居在沃洲、天姥一带②。竺道潜创本无异宗、竺法蕴创心无宗、支道林创即色宗、于法开创识含宗、于道邃创缘会宗。在道教方面,这一时期是自身改造和充实的时期。道书载:"剡多名山,可以避灾。"又有"两火一刀可以逃"的"谶语"。被道家经典《真诰》称为"总括吴越鬼、神之司"的杨羲,宣称诸仙下凡说道,并借托仙人口授,记录东晋时期西王母以及她的几位女儿降临,与他唱和游乐之事。许谧、许翙、许黄民均有所传述。还有著名道家葛洪、许迈、褚伯玉、孙文韬等以及以王羲之为代表的上层人物,均在天姥、沃洲留下了足迹,这一带成为"仙灵圣宅,烟霞原委"。朱先生说后人视王母为"仙""佛"的话,反映了佛道两教争论在上述"西姥"转义过程中所起的作用。不久,西王母被人们视为一位道教神仙。而弥通儒、释、道三学,隐居在剡东岇山(今浙江新昌县境内)长达30余年的顾欢③撰成

---

①　参见任继愈:《中国佛教史第二卷》,中国社会科学出版社1985年版,第208页。

②　参见任继愈:《中国佛教史第二卷》,中国社会科学出版社1985年版,第218页。

③　参见竺岳兵:《顾欢是剡县文教之祖吗?》,《绍兴学刊》,1998年第5期。

《真迹》一书，记述仙人行迹。他撰的《夷夏论》被后人称为佛道史上佛、道两教的第一次大辩论。此后陶弘景对《真迹》进行编次增饰，撰成《真诰》，意为仙人诰谕。他还编排神系，出现了"玉皇道君""高上玉帝"的名称。西王母配东王公的传说从汉代到这时进一步得到充实和发挥，并成为一个掌管神仙名籍、世人升天要先拜见的神仙领袖。

至此，关于由一个侯国国名是怎样转义为一位天仙——王母、王母娘娘的问题，似已讨论完毕。但也许有人会问，谢公为何不直称此岑为"王母岑"而称"天姥岑"呢？在回答这个问题之前，我们不能忘记上面已讲过的两点，即张衡的《同声歌》和佛、道两教人物在天姥山、沃洲活动的情况。然后，我们再从"王母"神话中的四个重要组成部分，以及分析谢公《登临海峤初发强（彊）中作与从弟惠连可见羊何共和之》诗，来阐明"天姥"即"天上之王母"。先说神话王母的四个重要部分：

1. 从关于王母的出生看"天姥"即"王母"：最早记述王母出生的是葛洪的《枕中记》：西王母为盘古氏之后代，盘古氏位于天的中心叫玉京山的宫殿里。后来从崖石灵水中诞生了天姿绝妙的太元圣母，又后来盘古与太元圣母通气结精而生西王母，后被盘古"召回玉京宫"。前面说过，东晋时期大批北人南渡，与南人杂居。因此，这里说的王母的出生，当是南人、北人共同创造的神话。而南方人称盘古（为盘剖的转音）为"盘古皇帝"，是南方人的共同信仰。三国吴徐整《三五历记》、南朝梁任昉《述异记》、宋陈葆光《三洞群仙录》等十多种传述仙道的书，都有记载说：天与地原是混沌的，盘古是开天辟地首出创世的人。唐代刘禹锡有《蛮子歌》云"时节祠盘剖，忽逢乘马客"，反映的是南方人纪念盘古的活动。与此有关的另一则传说：盘古氏开天辟地时，特意留下了一座离天很近的山，以方便仙与凡人的交往。这个传说对唐代诗人的影响颇深，如徐夤《夜》："剡川雪满子猷去，汉殿月生王母来。"意谓王母从汉殿宴罢回到天姥岑。又如张祐《梦李白》："忽闻海上骑鹤人，云白正陪王母宴。"唐代时今剡中盆地尚称"溟海"①，"骑鹤人"当指李白，意谓李白正在天姥岑上空陪王母宴饮。在南人、北人共同创造神话的过程中，传为汉东方朔撰的《神异经》说"昆仑山有天柱"，也就"移植"到了这座谢灵运诗句中的"天姥岑"。

2. 从蟠桃树看"天姥"即"王母"：蟠桃树为神话中王母形象的重要组成部分。《汉武帝内传》："武帝仰慕神仙，于七月七日王母诞辰日，虔诚斋戒，请王母下降，王母赠三千年一结果的蟠桃给武帝，武帝食后留下桃核以备种植，王母谓中土地薄，种亦不生果。"②刘禹锡云"仙翁遗竹杖，王母留桃核"，说的就是这件事。因此，审视这一传说中的蟠桃树出自何处，亦是天姥即王母之一证。

据《大戴礼记·五帝德》和《史记·五帝本纪》记载："颛顼……乘龙而至四海……东至于蟠木。"③这里说的虽是个地名，但因有根、干盘曲的树木作地名，因此它已是蟠桃树传说的雏形。《山海经·海外传》云："东海中有山焉，名曰度塑。上有大桃树，屈蟠三千里……天帝使人守之。"④这就是蟠桃树了，但不知"度塑"究竟在何处。《述异记》云："东南有桃都山，上

---

① 参见竺岳兵：《李白"东涉溟海"行迹考》，《唐代文学研究》（第一辑），山西人民出版社 1988 年版，第 229 页。

② 闵智亭、李养正：《道教大辞典》，华夏出版社 1994 年版，第 1003 页。

③ 高明注译：《大戴礼记今注今译》，商务印书馆 1977 年版，第 238 页。

④ （汉）司马迁撰，（南朝宋）裴骃集解，（唐）司马贞索引，（唐）张守节正义：《中国史学要籍丛刊·史记·1》，上海古籍出版社 2016 年版，第 10 页。

有大树，名曰桃都，枝相去三千里……"①

　　这里的桃都山在何处呢？神话不等于科学，不能坐实，但也不能忽视，特别是代代相传的上古传说，应该说是上古人类对自然历史的投影。据陈桥驿先生考证，距今七千年前，浙江沿海发生过一次卷转虫式的海侵，使今杭嘉湖平原、宁绍平原成为浅海，居住在平原上的原始人类逃到了浙西、浙东的山上和舟山群岛，今余姚河姆渡文化遗址就是最好的证明。② 从上述"蟠木"在"东方日出之处"到"大桃树"在东海中，再到"东南有桃都山"这一演变中，我们似乎看到了海侵之后海水逐渐退去的过程。根据《浙江通志》记载，至今浙江省境内有不少与蟠桃有关的地名：定海有蓬莱山，奉化有蓬岛山、武陵山，龙泉有桃都山，开化有蟠桃山等。宋末元初天台县又有个桃源。这些地名，都可说是"东南有桃都山"的投影。但流传最早、最广的，则是东汉永平五年（62）剡县刘晨、阮肇入山采药与两位仙子成婚的故事。唐代吕岩《七言》云："曾随刘郎醉桃源，未省人间欠酒钱。"温庭筠《反生桃花发园题》云："未知王母千年熟，且共刘郎一笑同。"而李白寓鲁，因先已"拂石卧秋霜"于天姥而作诗曰："西王母桃种我家，三千阳春始一花。"（《庭前晚花开》）均说明发生在天姥山的这一刘阮故事中的"桃"与王母的关系。

　　3. 从"天鸡"看"天姥"即"王母"：《述异记》等书云蟠桃树"上有天鸡，日初出照此木，天鸡则鸣，天下鸡皆随之鸣"③，又储光羲"天鸡弄白羽，王母垂玄发"（《题应圣观》），说明天鸡与蟠桃一

　　① （清）王琦注：《李太白全集》，中华书局1977年版，卷十五，第707页。
　　② 参见李宁：《浙江地理简志》之三，浙江人民出版社1985年版，第327—332页。
　　③ （清）王琦注：《李太白全集》，中华书局1977年版，卷十五，第707页。

样,同是王母神话的重要内容。按谢灵运在剡中写的《于南山往北山经湖中瞻眺》中有:"海鸥戏春岸,天鸡弄和风",这里的"天鸡",过去论家释为"野雉"。然《尔雅》有"翰天鸡",《说文解字》曰:"翰:鸡肥,翰音者也。"①段玉裁注:"各本作雉肥翰音者也,今正……若作雉,则下文丹鸡不通矣。"②据此,笔者认为此"天鸡"应作神话中的"天鸡"解。笔者在《〈梦游天姥吟留别〉诗旨新解》一文中说过:梦的前半部分为寻访谢踪,后半部分为回顾翰林往事。现在笔者仍认为:《梦游天姥吟留别》中的"半壁见海日,空中闻天鸡",亦出自谢灵运"海鸥戏春岸,天鸡弄和风"句。也就是说,这里谢灵运说的"天鸡",指的是蟠桃树上的天鸡。而李白《梦游天姥吟留别》"空中闻天鸡"中的"天鸡",可谓神话中的"天鸡"在"天姥山"上空的确证。

4. 从"歌谣"看"天姥"即"王母":郭璞《穆天子传》中穆天子宴西王母于瑶池上,西王母为穆天子唱《白云谣》:"白云在天,山陵自出。道里悠远,山川间之。将子无死,尚能复来。"③穆天子答之:"予归东土,和治诸夏。万民平均,吾顾见女。比及三年,将复而野。"④西王母又为天子吟曰:"……我惟帝女,彼何世民……"⑤此外,还有杨羲记录的王母命汉武帝侍女四非答歌以及王母第四、第十三、第二十位女儿下凡歌谣。除此之外,不见有记载比这更早的其他天仙之歌谣了。今既知"母"与"姥"同音

---

① (汉)许慎撰,(清)段玉裁注:《说文解字注》,上海书店出版社1992年版,第156页。

② (汉)许慎撰,(清)段玉裁注:《说文解字注》,上海书店出版社1992年版,第156页。

③ 逯钦立辑校:《先秦汉魏晋南北朝诗》,中华书局1983年版,卷三,第36页。

④ 逯钦立辑校:《先秦汉魏晋南北朝诗》,中华书局1983年版,卷三,第36页。

⑤ 逯钦立辑校:《先秦汉魏晋南北朝诗》,中华书局1983年版,卷三,第36页。

义,则《后吴录》中"剡县有天姥山,传云登者闻天姥歌谣之响"①之"天姥歌谣",就是王母歌谣无疑。

下面,我们来探究把此岑命名为"天姥"的最早的一首诗——《登临海峤初发强(彊)中作与从弟惠连可见羊何共和之》,来回答此岑为何不谓"王母"而称"天姥"的问题。

读懂这首诗,先要读懂诗题中的下述两点:

1. 按:此诗题涉及三个人:惠连即谢惠连,谢灵运族侄,"羊"为羊璿之,"何"为何长瑜。《宋书·谢灵运传》云谢灵运与他们"以文章尝会,共为山泽之游",时人谓之四友,后人则称之为"谢客四友"。对于这一点,过去论者均已说过,但因不知"天姥"即"王母",故对诗尾"傥遇浮丘公,长绝子徽音"两句的理解不够准确。

2. 过去论者每以题中有"临海"两字就把"临海峤"释为"今浙江天台"②,又据《宋书·谢灵运传》所说谢"自始宁南山伐木开径,直至临海"时作此诗。然而《字书》引《尔雅·释山》云:"锐而高曰峤,又凌绝水曰峤。"③由此知"临海峤"三字不能破读为"临海""峤",而应解作"凌绝海边的尖山"。又"岑者,山小而高曰岑"④,就山形而言,笔者疑"临海峤"就是天姥岑,即今"斑竹山"。首先一"登"字,说明此行目的地就在临海峤,为专门登高之游,非为开山路时路过天姥山之游;其次,"峤"与"岑"义近,天姥山与天台山均临近东海,但天台山西南起括苍山,东北入海再起而

---

① (清)王琦注:《李太白全集》,中华书局1977年版,卷十五,第706页。
② 吕晴飞:《汉魏六朝诗歌鉴赏辞典》,中国和平出版社1990年版,第687—688页。
③ (晋)郭璞注,王世伟校点:《尔雅》,上海古籍出版社2015年版,第113页。
④ (晋)郭璞注,王世伟校点:《尔雅》,上海古籍出版社2015年版,第113页。

为舟山群岛，号称"八百里"，显然不是"峤"。而在唐代时，今剡中盆地尚是"溟海"，天姥岑在"溟海"南边，与"峤"字义合①。其所以诗题云"登临海峤"，诗句云"明登天姥岑"者，意谓靠近海边之岑，题与句是一致的。再次，诗中明白地说登上天姥岑后"高高入云霓，还期那可寻"，不像书上所说谢灵运此行带数百人"伐木开径直至临海"。最后，谢灵运诗句称"天姥岑"，是因为"岑"与"天姥"连在一起的时候，它往往就是天与地、神与仙的结合点。前面说过的西王母及几位女儿时常降临人间，与杨羲等人接触多在"岑"上。振衣千仞之岑，那翠微重烟、鹤绕其间的自然环境，直使人飘飘欲仙了。理学大师朱熹"恨无双飞翼，往诣蓬山岑"之叹，就是这种心态的表现。也许是这个原因，在唐代和唐代以前，没有一篇诗文称"天姥岑"的。唐代以后，则称"天姥岑"为"天姥山"，反映了演变的进程。谢灵运诗中说的"明登天姥岑"，意谓登上"岑"后能听到"在天之姥"（即王母）的歌谣。只有这样理解，才与以下四句诗贯通。而山体并不是天姥，山体的某一部分或某一部分中的某一景物更不是天姥。对诗题作如上说明后，理解谢灵运此诗就较容易了。

全诗共三十二句，八句一层，分四层。本文重点讨论第四层，即"攒念"后之八句诗。这八句诗的第一句"攒念攻别心"是承前三层叙述"山泽之游"的种种离合悲欢之后，诗人不堪新愁旧悲转相交煎而力图振起出游的意思。第二句"且发清溪阴"，有些论家把"清溪"说成"鬼谷子修行的溪"，大误。按鬼谷子隐居之清溪，有数种说法，但均在北方，古时顺水行舟一天行百余里，岂能一日由北方而达剡中乎？又诗题为"初发强（彊）中"，而

---

① 参见竺岳兵：《李白"东涉溟海"行迹考》，《唐代文学研究》（第一辑），山西人民出版社1988年版，第230页。

"强中"即今嵊州市强口，故此"清溪"当即强口所在之剡溪。"剡溪阴"即由强口溯剡溪向南舟行。第三句"暝投剡中宿"，"剡中"为剡县的一部分，即今新昌县县城。由强口至剡中，水程约40公里，按古时逆水行舟速度，正需由旦达暮的一天的时间。第四句"明登天姥岑"，登高曰登，知次日为陆行。按强口至今新昌县城，为剡中盆地，地势平缓。过此向南行约10公里，有一座山体虽小，但高有891米的山，从平地陡起，这就是谢灵运《山居赋》中所谓"临绝壁而起岑"的山了。第五、第六两句"高高入云霓，还期那可寻"，意谓登上陡然高出平地的岑巅，在云霓中徜徉，归期就不复计虑。第七、第八两句"傥遇浮丘公，长绝子徽音"，浮丘公传为黄帝时之仙人，他曾携周灵王太子王子乔升仙。"子徽音"谓美好之音，王子乔喜欢吹笙作凤凰鸣。他升仙后，世人就听不到他的凤凰声了。这里借喻为谢灵运与惠连等人的唱和，谢有"穷年弄音徽""且取长歌欢""倾耳听淑音"等诗句，述其唱和之乐。这里言自己倘若在天姥岑上有幸遇到浮丘公，就随他修道去谒西王母而永远不能与惠连及诸友唱和了。正因为浮丘公传为黄帝时之仙人，谢公爱以张衡"天老教轩皇"句之"天老（姥）"，云"明登天姥岑"，该是十分自然的事。

如上所述，"姥"与"西王母"之"母"，同音同义；"西王母"或"西姥"，由侯国国名转义为仙名，经过了很长的时间。后从东晋郭璞开始，经过北人、南人的共同活动和一些册籍的增饰，这一神话不但已经相当丰富、完整，而且主要植根于剡县"天姥山"。谢灵运"明登天姥岑"诗句之"天姥"，乃诗旨之需而用张衡诗句中之"天老（姥）"。谢公"登天姥岑"，意在登上此山岑巅，摆脱尘嚣，能像王子乔遇到浮丘公那样去见"天姥"。《后吴录》中关于

"天姥山"之名出自"登者闻天姥歌谣之响"①,与谢灵运诗意及关于王母的神话是完全符合的。

四

第二类说法,即"髽女""石头"和"外婆""女师"说,都是把"天姥岑"三字拆开来,单取"姥"字的一义去求山之命名之由来,这显然是错误的。设若"天台山"亦单取"台"字解释其名之来历,则或说它形如瞭望台或拜将台,故名"天台山"可否?因此,对于这些单取"姥"字一义而轻易否定千古定论的四种说法,亦应一一予以疏辨:

1."髽女"一说出自《天台县志》,民国七年(1918)成书的《新昌县志》予以采录,上距"天姥岑"一名已有1100年左右。

《说文解字》曰:"髽,丧结也,女子髽衰。"②指古代女人之丧服。这丧服是什么样式呢?郑玄注丧服曰:"髽,露紒也,犹男子之括发,斩衰括发以麻。"③"紒"是束发为髻的意思;"露紒"是髻露在外面的意思;"括发"就是束发;"斩衰"是说把麻布用刀割后不修边幅,让麻的纤维露出来。全句的意思是指一种把头发束起来后用不修边幅的麻布包扎的丧服,这麻布就像古代男子束发的头巾。按古代丧服以亲疏分有五种,"斩衰"为五种服中最

---

① (清)王琦注:《李太白全集》卷十五,中华书局1977年版,第706页。

② (汉)许慎撰,(清)段玉裁注:《说文解字注》,上海书店出版社1992年版,第429页。

③ (汉)许慎撰,(清)段玉裁注:《说文解字注》,上海书店出版社1992年版,第429页。

重之一种。《礼》曰："女子子在室，女为父布总箭笄、髽、哀三年。"①就是说未出嫁的女子，在父亡故后要用不修边幅的麻布把束好的头发包起来守丧三年。女坐在东面朝着父亲尸体哭，叫"东髽"；假如女子头上没有头发可挽，那就叫"秃不髽"。一国之君死了，全国的女子也要"髽"。苏轼《五丈原诗》中"一朝长星坠，竟使蜀人髽"就是此意。

这样，《天台县志》就天姥山"山状如髽女，因名"，无异是说天姥山像一个为父守丧的女子，这是十分乖谬的！该《天台县志》作者的原意大约是想说天姥山之大尖、细尖、拨云尖三座山峰，像头部两边打着髻的女子。然而"髽"与"髻"的音与义均不同，只有当"髽"与"髻"连为词时，才可作梳在头部两旁的髻的解释。如苏轼诗云："相逢衣尽草，环坐髽应髻。"高启《丫髻峰》诗："双绾云环作髽髻，小姑当日嫁谁家。"《天台县志》的作者未加深考，遂有此误。

2."女师"说乃辗转字误。《康熙字典》"姥"字条云："姥，同姆。又山名，天姥山在绍兴新昌县东……"别无他意，更没有说"姥"即"以女道教人者"之"女师"。其他字书亦未说"姥"为女师。而"女师"说者可能只看到"姆"与"姥"同音而致字义错乱。字书"姆"字条云："姆……并莫补切，同姥，女师也。妇人五十无子，出不复嫁，以妇道教人者。"②"姆"作"女师"，只是"姆"诸义中的一义。字书又云："又弟妻谓夫之嫂曰姆……弟妻呼兄嫂为

---

① （汉）许慎撰，（清）段玉裁注：《说文解字注》，上海书店出版社 1992 年版，第 429 页。

② 汉语大词典编纂处整理：《康熙字典·标点整理本》，上海辞书出版社 2008 年版，第 194 页。

姆,即母母也。"①又,王力《同源字典》曰:"姆……若今时乳母矣。"②则女师就是乳娘。又,朱熹诗云:"承家赖女师",则女师是位女佣人。可知字书说的"姆……并莫补切,同姥"③,是说音同"姥",不是义也同"姥"。若把"天姥"之"姥"解为女师,进而又推导出"天台之姥",那么"天姥"是天台之女师、乳母还是女佣人呢? 还是"天姥山"是天台山的兄嫂、"母之母"呢? 这显然是说不通的。又譬如"姄",古音、义同"姆",亦作女师解。称女师的还有"师化""戊师""傅姆""姆傅"等,唯"姥"字不见有女师之义。何况如前文所述"越姥"之"姥",年仅二十余呢? 可见"女师"一说只能引起对"天姥山"命名由来探讨的混乱,而难以中的。

3. "外婆"说亦系辗转字误。持此说者将"天姥山"改为"天姆山",尔后引字书"姆,即母母也"而成"外婆说"。然如上文所述,"姥""姆"音同义异,不能混淆,毋需赘述。

4. "石头"说者,是1998年5月才有人提出来的,此说一出,就广为流传,甚至一些报刊、电视台竞相报道。然而它纯属荒诞无稽之谈。

第一,所谓的"天姥岩"并不在天姥山,而是在天台万年山。《天台山方外志·山源考》云:"水以地载,山以水分,考山犹当考水,知水之所由,后能知山之发脉也。"④意思是,水是此山与彼山

---

① 汉语大词典编纂处整理:《康熙字典·标点整理本》,上海辞书出版社2008年版,第194页。

② 王力:《同源字典》,商务印书馆1982年版,第104页。

③ 汉语大词典编纂处整理:《康熙字典·标点整理本》,上海辞书出版社2008年版,第194页。

④ (明)释传灯:《天台山方外志》,台湾丹青图书公司1985年版,卷一,第68页。

的分界线，这是与我国传统地理学相一致的。该"志"又说："天姥为石城之胚胎，自万年藤公岭发脉，已为仙人浪、黄杜溪截断，是天台西北干也。关岭过脉处，北以黄杜，南以左溪，界水极分明。"①上述"石城"今称新昌大佛寺，"万年"即万年山，地属天台，为天台山西北支；"仙人浪"今称"万马渡"；"关岭"就是唐代诗人许浑《早发天台中岩寺度关岭次天姥岑》中之"关岭"。"度"与"次"是行程的次序，即过关岭之后，才是天姥岑。可知关岭就是关岭，不属天姥山，而是天台县与新昌县之界岭，天台县在南，新昌县在北；"黄杜溪"又称"王渡溪"，其源有数支，其中一支由藤公岭脚向北折西流 2 公里到"仙人浪"（万马渡），再 1 公里到雪家坑村后，又再 2.5 公里，经里桥、里珠到横渡桥村，尔后继续向西流入澄潭江（剡溪支流）；"左溪"发源于新昌境内之里岙、青山，向南过关岭流入天台县境内，经白鹤殿入始丰溪。左溪与黄杜溪，一由北而南，一由东南而西，恰呈"八"字形，在"八"字一撇一捺的交接处，仅隔着斜长 1 公里左右的小山峦。就是说，从黄杜溪过此小山峦与左溪这条连线，就是天姥山与万年山的分界线，天姥山在界线之北，万年山在界线之南。故李白的"天台四万八千丈，对此欲倒东南倾"诗句，把天台山与天姥山分开。而所谓的"天姥岩"在远距界线之南约 6 公里的万年山半坡上，不属于天姥山，"天姥"之名怎么可能来自并无关联的万年山的一块石头呢？如果凡是形如老妇之石者，不论它是否在天姥山，就可作为天姥之名，那么，寿昌县（今浙江建德市寿昌镇）的石姥岩、仙居的王姥、衢州的双髻山、缙云的大姥、开化的王母山……不都是李白诗歌中的"天姥"了吗？

---

① （明）释传灯：《天台山方外志》，台湾丹青图书公司 1985 年版，卷一，第 73—74 页。

　　第二，所谓的"天姥岩"未见于历史典籍，倒是在 2000 年 5 月以前，当地群众一直叫它"猫岩"，说这里有三块巨石，一块叫"谷仓岩"，一块叫"老鼠岩"，说是老鼠想偷谷仓里的谷吃。"猫岩""谷仓岩"与"老鼠岩"下面（万年山），说是猫守着谷仓，所以老鼠不敢去偷谷。2000 年有人发现的所谓"天姥岩"，则是"猫岩"的一部分，你说它像什么就像什么，而说"天姥"得名于这块石头，甚至进而推论说"天姥即此，此即天姥"，这样的臆造可谓浅俗如小儿之言也。按天姥山乃有掩赤城之势，怎么会是一块石头呢！

　　第三，"仙人浪"（万马渡）实际上是地形陡峻、堆积物丰富、在特大暴雨的作用下突然发生的泥石流形成的，在半干旱山地地区所常见。"仙人浪"位于新昌境内雪家坑村以东约 1 公里内，地势比较平缓，是泥石流前锋地段，所以是"万马渡"的主要景区。而所谓的"天姥岩"地处这一景区以东约 1 公里的黄杜溪上游万年山的半山坡上，这里都是摇摇欲坠的乱石。又西南距谢灵运开辟的谢公古道有 6 公里，北距谢公"明登天姥岑"之"岑"约 18 公里，不要说古人，就是今天也人迹罕至，谢公木屐安能至此，李白焉能为此乱石而由东鲁千里下江南？然而，"石头"说者云"谢灵运、李白都到过这里"，不知有何证据。

　　第四，"石头"说者把《天台县志》之"鬐"，形、音、义均转为"髻"，说："鬐，意为脑后发髻，这是古代老妇人（姥）典型的发式。"这里姑且不论此石何时名谓"老妇"，还是传说中的"猫岩"，即使照此解释，则这块石头亦是一生守丧的老妇的偶像。然而论者又说"天姥岩"："天姥宽衣博大体态丰盈，可谓雍容华贵，风度非凡。朝板（笏）岩，似乎特地为天姥向玉帝奏事而设。"一字之易，丧妇就成了老妇。须知在谢公生活的年代，是没有一个仙女手持朝板的，又说李白作《梦游天姥吟留别》诗前到过这里，这真是咄咄怪事。按李白有"申管晏之谈，谋帝王之术""戏万乘若僚友，视同列如草芥""目无开元天子"，民间说他"腰里藏有傲骨"，李白选取天姥山作为诗的题材的原因，在于天姥山横空的气势和天姥山与谢灵运的关系，与他的诗思相合。"天姥连天向天横，势拔五岳掩赤城。天台四万八千丈，对此欲倒东南倾"，是把五岳及天台山、赤城比喻高高在上的朝廷和权贵，而以天姥横眉五岳及天台山、赤城自喻不屈事朝廷、权贵之意。他在这首诗的诗尾明白无误地说道："安能摧眉折腰事权贵，使我不得开心颜！"他的这首诗，是他与朝廷决裂的宣言书，怎么会辞别朝廷，而又拜倒在"石榴裙"下呢？李白生前遭张垍、高力士之流谗毁，死后近 1300 年还要受此厚诬，真是"悲也乎，笑也乎"矣！

顺便说明两点：1. 笔者在这里说李白选取天姥山为诗歌题材的原因，在于天姥山横空气势和天姥山与谢灵运的关系，与他的诗意相契合，这与本文前面说谢灵运强调"天姥岑"之高度，从题材论上说是一致的，因为诗是诗人心底的歌，即使同一诗人面对同一诗歌题材，亦会因作诗时的心境不同而有不同视角和取舍。如李白 26 岁时写的《别储邕之剡中》与 46 岁时写的《梦游天姥吟留别》，两诗均写"天姥"而诗意不同，就说明了这一点为"说"。2. "鬒女""外婆""女师""石头"等，均未能成"说"，本文为了叙述方便而姑且称之为"说"。

综上所述，"天姥"一词，最早见于张衡《同声歌》，而以"天姥"命名则始于谢灵运"暝投剡中宿，明登天姥岑"诗句，"母"与"姥"同音义。在谢灵运之前，"西王母"（西姥）已由一个西方侯国国名"西王母"转义为一个仙名——"西王母"或"王母""王母娘娘";"天姥岑"为山之专用名词,而"天姥"谓在天之"姥";登上岑巅能"闻天姥歌谣之响,因名天姥岑(山)"[①]。《后吴录》的阐释准确,其余皆不可信。

---

① （清）王琦注:《李太白全集》,中华书局 1977 年版,卷十五,第 706 页。

李白行踪考异

近来,笔者读了一些关于李白的"年谱"和论著。在慨叹作者所取得的卓越研究成果的同时,也感到各家的说法很不统一,特别是对李白奉诏入京前的行踪,分歧最大。笔者认为其原因除了李白在这个时期的交游和传世著作少以外,主要是诸家曲解了李白的一些诗文。本文就此拟分五点申述己见,以求教于诸家。

一、"移家东鲁"说辨疑

各家都说开元二十三年(735)李白北游太原,作有《太原早秋》等诗。此后李白的行踪,众说纷纭,归纳起来有以下四种:

第一种,如王琦说:"有《五月东鲁行答汶上翁》诗,是初游鲁地作。"①詹锳、郭沫若、王瑶等同志均依王说,认为"是年夏,白遂去之东鲁,寓家任城"②。第二种,说"李白从太原回到安陆,然后

---

① (清)王琦注:《李太白全集》,中华书局1977年版,卷三十五,第1583页。
② 詹锳编:《李白诗文系年》,作家出版社1958年版,第19页。

经洛阳移家东鲁"①,持此说者,多为历史人物丛书类作者。第三种如安旗、薛天纬《李白年谱》,说李白开元二十八年(740)"五月移家东鲁、寓居任城"②,此前未到过山东。第四种如郁贤皓《李白丛考》,说李白由太原南下经洛阳、嵩山,接着"到山东去了"③。对"移家"一事,未置可否。虽然以上说法不一,但都把《五月东鲁行答汶上翁》一诗当作是李白"初游鲁地之作"。笔者认为上述各种说法均存在可商榷之处。

按李白在太原时有《忆旧游寄谯郡元参军》诗,云:"琼杯绮食青玉案,使我醉饱无归心。"意思是他受到元演和元演父亲的热情招待,不想回家了。《太原早秋》诗云:"梦绕边城月,心飞故国楼。思归若汾水,无日不悠悠。"这里的"故国楼"即指安陆的家,"思归"当指思回安陆,便知李白在太原,其家在安陆。第一种说法把由太原径直去东鲁说成是"移家东鲁",是不能成立的。

按第二种说法,李白春天由太原经洛阳回到安陆,然后举家经洛阳,五月至东鲁,则行程在两千公里以上,这显然是不可能的。

第三种说法亦与史实不符。我们知道,开元二十八年(740)以前李白早已到过山东。李白有《任城县厅壁记》,云:"白探奇东蒙,窃听舆论,辄记于壁,垂之将来。"④文中盛赞任城县令贺公"宽猛相济,弦韦适中"的政绩。又据游方《任城县桥亭记》:"邑大夫荣阳郑延公华……开元二十六年秋七月旬有四日云。"⑤可

①　乔象钟:《李白》,中华书局1982年版,第18页。
②　安旗、薛天纬:《李白年谱》,齐鲁书社1982年版,第51页。
③　安旗、薛天纬:《李白年谱》,齐鲁书社1982年版,第51页。
④　(清)王琦注:《李太白全集》,中华书局1977年版,卷二十八,第1300页。
⑤　詹锳编著:《李白诗文系年》,作家出版社1958年版,第19页。

知贺之宰任城当在郑延华之前，也就是说，李白在开元二十六年
（738）以前就已在山东。可见第三种说法与事实不符。

需要做进一步讨论的是第四种说法，即李白经嵩山去山东
的说法。因为李白在《题嵩山逸人元丹丘山居并序》中说："白在
庐、霍，元公近游嵩山，故交深情，出处无间，岩信频及，许为主
人，欣然适会本意。当冀长往不返，欲便举家就之，兼书共游，因
有此赠。"①过去的研究者都把此诗、序系于天宝九年（750）作，据
郁贤皓先生考证其作于开元二十年（732），又说开元二十二年
（734）"李白果然到了嵩山"②。若此，则李白有可能把家迁去嵩
山，后来由太原回到嵩山，再迁去山东。然而李白这次在嵩山向
元丹丘告别时写的《颍阳别元丹丘之淮阳》一诗，说明他是只身
来嵩山的。诗云："已矣归去来，白云飞天津。"（"天津"即洛阳，
"归去"即回到安陆）此后不久，元丹丘和元演邀请李白，三人同
到随州（今湖北随州市）从胡紫阳学道，许夫人也同行，并寄居在
离随州不远的春陵（今湖北枣阳市），李白《寄远》十一首中说到
这时的情况，云："妾在春陵东，君居汉江岛""玉箸落春镜，坐愁
湖阳水。闻与阴丽华，风烟接邻里"。后来写的《赠从兄襄阳少
府皓》也说"小节岂足言，退耕春陵东"，指的即是此事。学道以
后，两人都回到安陆。《忆旧游寄谯郡元参军》诗云："余既还山
寻故巢，君亦归家渡渭桥。"所谓"君亦归家渡渭桥"是指元演回
长安，而李白与许夫人一起都回到了"故巢"安陆。不久元演又
邀李白去太原，从这样频繁的往来中分析：有可能是李白专门送
夫人回安陆"故巢"，以便自己远游的。如上所述，既然李白未回
安陆，则仍不能说"移家东鲁"。

---

① （清）王琦注：《李太白全集》，中华书局1977年版，卷二十五，第1152页。

② 郁贤皓：《李白丛考》，陕西人民出版社1982年版，第103页。

从以上的考察中得知,目前史学界对李白"移家别鲁"一事的各种说法是错误的。诸家所以做出错误判断的重要原因之一,笔者认为是错把《五月东鲁行答汶上翁》一诗看成是李白初入鲁地时的"名刺",把诗中"五月梅始黄,桑凋蚕柘空。鲁人重织作,机杼鸣帘栊。顾余不及仕,学剑来山东"这六句诗,当作是李白到达鲁地的时间和到鲁地的目的。因此,上举之持一、二两说者,看到了开元二十四年(736)李白在山东的史实,就说是"移家东鲁";持第三说者看到这时候李白的家尚在安陆,就说李白入鲁的时间在开元二十八年(740)。持第四说者也把《五月东鲁行》看成是李白初游鲁地之作,①只是没有点明"移家"的事,笔者以为在这里诸家都搞错了。《五月东鲁行答汶上翁》不是李白初游鲁地之作,而是去鲁时之作。从诗的七、八两句"举鞭访前途,获笑汶上翁"中可以看出,此时李白正受到汶上翁们的讥笑。我们知道,自从李白一入长安被贺知章夸为"谪仙"以后,其已"名动京师","名动京师"的李白到鲁地怎么会受到汶上翁的讥笑呢? 这实在令人费解。有人把"笑"解释为李白自谦的意思,这显然对李诗的特点缺乏了解。李诗的结构,往往大起大落,形象集中而完整,"举鞭访前途,获笑汶上翁"就是这种大起大落的转折句,此两句后接着说:"下愚忽壮士,未足论穷通。我以一箭书,能取聊城功。终然不受赏,羞与时人同。"意思是说:"你们自己愚昧,还要轻视壮士。你们根本不足以与我来谈论政治上的得失。我有鲁仲连那样的抱负和才能,能够以一封书信取得一举而鸣天下的成就。即使我做不到这一点,也耻于与你们同流随俗。"我们读着这些诗句,汶上翁的讥笑声似在耳畔,而李白肃

---

① 参见郁贤皓:《李白丛考》,陕西人民出版社 1982 年版,第 107 页。

然动容的神色也似在眼前。

李白的这种愤懑情绪,似乎到晚年仍未消失。《奔亡道中》说:"仍留一枝箭,未射鲁连书。"《赠何七判官昌浩》中说:"羞作济南生,九十诵古文",像这样对讥笑者们耿耿于怀的情况,在李白的诗文中是不多见的。俗语说"三尺之冰,非一日之寒",李白与汶上翁们之间的矛盾如此之大,双方都需要有一个相互观察的长期过程,绝不是初到鲁地就致此。

诗的最后四句说:"西归去直道,落日昏阴虹。此去尔勿言,甘心如转蓬。"其中"落日昏阴虹"句,宋杨齐注谓"指李林甫,杨国忠辈昏蔽其君"[①]。复旦大学古典文学教研组编《李白诗选》中注谓:"比喻朝廷上多谗谄之臣。"詹锳先生注谓:"按二语当是实写,并无寓意。"[②]詹锳先生否定了比喻朝廷之说,笔者以为此句是比喻汶上翁。这四句诗的意思是:"我坚持我的一贯信念,勇往直前,去争取我的前途,而你们就像日落时的虹一样,很快将失去光彩。现在我离开鲁地,用不着你们多说废话,我即使失意飘零,也在所不计。"在这里,李白去鲁之意不是十分明白的吗!现在回头去看那前面的六句诗,前四句既为点明作诗的季节,又用"唧唧"的机杼声来比喻汶上翁的陈词滥调。后两句则是反调正唱,它的本意是:"我到东鲁来的目的,并不是通过你们的关系,获得一官半职",所以他用学剑术的话来搪塞。按李白确喜欢弄剑,据说曾写信给剑术家裴旻,但这只是一个爱好,没有事实证明他想从剑术中寻找出处,在《上安州裴长史书》中,他就说

①　(唐)李白著,郁贤皓选注:《李白选集》,上海古籍出版社1990年版,第128页。

②　詹锳:《李白全集校注汇释集评》,百花文艺出版社1996年版,第2617页。

过"误学书剑"的话,可见他到山东"欲在剑术上深造,以谋出路"①的说法是不足信的。

综上所述,把《五月东鲁行》一诗当作初游鲁地之作是错的。开元二十四年(736)李白确实到过山东,但没有带家室,不能说"遂去之东鲁,寓家任城"。

二、"移家东鲁"行踪考索

詹锳、郭沫若的《李白年谱》说开元二十四年(736)李白去东鲁,到开元二十六年(738)"旋西之洛阳""由洛阳去淮南""秋至巴陵""又北游,访孟浩然于襄阳""二十八年""春游南阳""旋归东鲁",没有说其曾回过安陆。稽考史实和李白自己在诗文中说的话,笔者认为上述说法是不符合实际的。

首先,李白不但回过安陆,而且"移家东鲁"之事,可能就发生在这期间。按李白《赠从兄襄阳少府皓》诗云:"归来无产业,生事如转蓬。"这里的"归"字就是归安陆的家,诗当作于由安陆去襄阳之时。从下述情况考察,当时许夫人可能已经去世。

1. 从隋末到唐开元年间的一百多年中,许家一直是名门望族。许夫人的曾祖父是隋末夷陵的地方官,曾祖父许绍系唐高祖李渊的同窗好友,被封为谯国公,后任峡州刺史;许夫人的祖父许国师,在唐高宗朝居宰相位四年,他共生三子,许夫人的伯父钦寂官至泽州刺史。江淮民谣云:"贵如许郝,富若田彭。"②可以推知,李白的才华和许家的名望,是促成李白与许氏结合的重

---

① 詹锳:《李白全集校注汇释集评》,百花文艺出版社 1996 年版,第 4025 页。
② 林德保、李俊、倪文杰注:《详注全唐诗》(下),大连出版社 1997 年版,第 3343 页。

要因素。李、许婚后曾对家业作过一番谋划和建设，《安陆白兆山桃花岩寄刘侍御》诗云："入远构石室，选幽开山田。"又说："归来桃花岩，得憩云窗眠。"不难想见，他们的生活至少达到了"小康"水平，若许夫人在世，为什么仅三四年后就败落至此呢？何况"生事如转蓬"之"生事"两字亦可作事奉死者之解释。

2. 李白第一次出走安陆与这次离开安陆的情况大不相同，第一次是因受到地方官吏的逼迫、诽谤而出走的。《古风》第三十六首说："抱玉入楚国，见疑古所闻。良宝终见弃，徒劳三献君……"《鞠歌行》说："玉不自言如桃李，鱼目笑之卞和耻。楚国青蝇何太多。连城白璧遭谗毁。"终于离开安陆，"西入秦海，一观国风"，意在伸张大志。而这次回到安陆，李白叹息家业凋敝，功业无望，大有一蹶不振的状况。《寄淮南友人》诗云："红颜悲旧国，青岁歇芳洲。不待金门诏，空持宝剑游。"显为抚今思昔，詹锳注此诗中"复律淮南客，因逢桂树留"谓"即宝元参军诗发谓'我向淮南攀桂枝'也"①。笔者认为应是指李白从随州回到安陆的那一次，而这一次与元参军了无牵涉。"复作"两字亦指明经远涉后回归之意。再从上引《赠从兄襄阳少府皓》诗来看，它是一首求人援助的诗，为了达到这一目的，诗人采用了软硬兼施的手法，诗一开头重提先前在安陆遭人抗议的事，自认为那些事是在"结发未识事"时所做的，事属"小节"不足道矣，诗接着夸奖被求者的"然诺闻诸公"的慷慨气度，诗末"棣华倘不接，甘与秋草同"两句的意思是：若老兄不肯接济，我将甘愿像秋草一样任其飘摇枯萎了。此诗与前述《上安州裴长史书》比较，前者大谈其才能和抱负，后者叹思"百缗黄金空"的惨状；前者是雪谤求荐，

---

① 詹锳主编：《李白全集校注汇释集评》，百花文艺出版社 1996 年版，第 1915 页。

后者是求人给予经济援助；前者出门是"一观国风"，大有衣锦还乡之意，后者则"出门悲路穷"，前途将像秋草一样，莫可指望。这首诗读起来就像是最后通牒那样，这在李白的诗文中是罕见的，如果没有出过大事，也不会如此。

3. 一年多以后，李白应玄宗诏，别家时在南陵，《南陵别儿童入京》中其只提儿女，未及夫人；浙江转北去长安，无诗表明，夫人同在安陆的家中。

4. 在此前所作的诗中思念安陆的家的诗句可看出，说明那时有家可归；此次以后，他飘零四方，虽有时也言家，终是指寄寓的家，不是指安陆。

5. 这五年李白离开襄阳，除在南阳作过停留外，即到东鲁，很不像一般的漫游。

上述诸点说明，其时许夫人似已去世，李白移两子去鲁之事当在这一次。

其次，笔者认为这一次的行踪不是由洛阳去淮南。"秋至巴陵""又北游"，然后，这样来回地折腾，而是由吴越至巴陵，到安陆经襄阳、洛阳归鲁的。史学界公认开元二十七年（739）秋，李白到过巴陵（与王昌龄交游），詹锳先生对此作过精辟论述，[①]但他没有将李白的另外一些诗——《与从侄杭州刺史良游天竺寺》《送侄良携二妓赴会稽戏有此赠》《见京兆韦参军量移东阳》联系起来考察，以至把李白的行踪搞反了。

按，孙逖有《授李良杭州刺史制》。孙逖在开元二十四年（736）至开元二十六年（738）为中书舍人，二十六年丁父忧免，二十九年服阕复为中书舍人。又据劳格《读书杂识》卷七"杭州刺

---

① 参见詹锳《李白诗文系年》，作家出版社 1958 年版，第 21—23 页。

史考"，李良任杭州刺史时介于杜元志、陈彦之间，杜、陈为开元年间杭州刺史，则知陈不迟于开元二十九年(741)，亦知李良任期必在开元二十四年(736)到开元二十六年(738)间。又据李白《见京兆韦参军量移东阳》二首，诗云："潮水终归海，流人却到吴。"知李、韦相遇之地在吴。"吴"亦指杭州一带，李白有"诗成傲云月，佳趣满吴州"可证。考《旧唐书·玄宗传》，玄宗朝"量移"左降官凡两次，一在开元二十年(732)，一在开元二十七年(739)，开元二十年(732)李白在坊州、安陆，不在吴地，故可断定开元二十六年(738)、开元二十七年(739)李白在吴。由此亦知李良开元二十六年(738)时尚在任。《与从侄杭州刺史良游天竺寺》诗云："天竺森在眼，松风飒惊秋。"时令在秋天，知李白此诗作于开元二十六年(738)秋。又有《送杨山人归天台》，詹锳指出诗中之"小院"，"当指是杭州刺史李良而言"，又云："白赴京途中于楚地遇杨山人，遂赠此诗也。"按，李白楚京事在天宝初年，今即知"小阮"为李良，则知此诗与前诗作诗时间大致相仿，诗云"涛落浙江秋，沙明浦江月"，相遇之地不在楚，而应在浙江浦阳江上，即萧、杭之间；浙江观潮，时在八月，上述各诗地点、时间都相符合，故知开元二十六年(738)秋李白必在杭州。又《送侄良携二妓赴会稽戏有此赠》诗云"携妓东山去，春光半道催"①，知时令乃春天。李白这次在吴越，度过了开元二十六年(738)的秋天、冬天和开元二十七年(739)的春天。而"与王昌龄交游"时在秋天，故可推断，李白不是由洛阳至淮南，"秋至巴陵"，而是由吴越去巴陵的。

上面梳理了李白由吴越经巴陵、安陆、襄阳赴鲁的行踪。对

---

① （清）王琦注：《李太白全集》，中华书局1977年版，卷十七，第802页。

于吴越以前的行踪,根据李白自己的诗文,参稽时事,揆情度之,兹试排如下:

李白自太原至鲁以后,曾经过了一段"历抵海岱豪,结交鲁朱家"①的愉快生活。后有江东之游,《东鲁门泛舟》之一:"日落沙明天倒开,波摇石动水萦回。轻舟泛月寻溪转,疑是山阴雪后来。"②诗首句为夏秋间之夜景,疑为开元二十六年夏秋之交时作。又有《登单父陶少府半月台》,诗云:"水色渌且明,令人思镜湖。终当过江去,爱此暂踟蹰。"疑与前诗所作时间接近。《东鲁门泛舟》之二云:"水作青龙盘石堤,桃花夹岸鲁门西。若教月下乘舟去,何啻风流到剡溪?"③此应是开元二十七年(739)三月作。李白不久到安宜,有《赠徐安宜》诗云"游子滞安邑,怀恩未忍辞""川光净麦陇,日色明桑枝"。知时在四月,其又有《白田马上闻莺》诗:"黄鹂啄紫椹,五月鸣桑枝。"白田在安宜附近,知其在此滞留甚久。此诗又云"蚕老客未归",知此诗作于"移家东鲁"之前。盛夏至丹阳。《丁都护歌》诗云:"云阳上征去,两岸饶商贾。吴牛喘月时,拖船一何苦。水浊不可饮,壶浆半成土。一唱都护歌,心摧泪如雨。万人凿盘石,无由达江浒。君看石芒砀,掩泪悲千古。"④历代研究者对此诗的解释不一,尤以"芒砀"两字,众说纷纭。王琦注谓芒砀所产之后,詹锳进而云"诗作于砀山一带,非居吴时所歌也"。郭沫若说:"揣诗意当是采取太湖石由运河北运。"太湖石多孔穴如眼,搬运时或用席类裹之,以防损坏,故云"掩泪悲千古",今从郭说。笔者以为诗的首句"云阳(即丹

---

① (清)王琦注:《李太白全集》,中华书局 1977 年版,卷九,第 467 页。
② (清)王琦注:《李太白全集》,中华书局 1977 年版,卷二十,第 920 页。
③ (清)王琦注:《李太白全集》,中华书局 1977 年版,卷二十,第 920 页。
④ (清)王琦注:《李太白全集》,中华书局 1977 年版,卷六,第 331 页。

阳)上征去"之"去"字,就表明诗人所处之位置在丹阳。此句以下各句,是追叙由北至南路上所见到的情况,亦知诗不在砀山作,是年秋至杭州,本文上面说过李白在吴越的时间很长,疑《浣纱石上女》《采莲曲》《西施》《王石军》《越女词》五首作于此时,因上述诗词轻快明丽,别有情致,显属青春之歌,且诗中多俗语,如"鸦头袜""卖眼""白地""掷春心"等,非久居难能如此。此后经牛渚,缅怀谢尚,作《夜泊牛渚怀古》,诗云"明朝挂帆席(一作'明朝洞庭去')",去向甚明。至白鹭洲时,作《月夜江行寄崔员外宗之》,诗云:"徂川去悠悠。"谓逆水行舟,又云:"归路方浩浩。"即指回安陆,秋至巴陵,巴陵以后已如前述。

从李白上述行踪可以推知,李白移家之事当在开元二十八年(740),其行踪不是由鲁经洛阳至安陆,而是由鲁经吴越至安陆,然后经洛阳返鲁。

三、"会稽愚妇"是谁

李白在《南陵别儿童入京》诗中大骂的"会稽愚妇"是谁,郭沫若先生说是李白天宝元年(742)游江东时遇到但不久便离开了的"刘氏"。郭老这一说法,显然是从魏颢《李翰林集序》"又合于刘,刘诀"和《旧唐书·李白传》"天宝间,客游会稽,与道士吴筠隐剡中"这两点得出的。对于《旧唐书》的说法,已被郁贤皓、李宝均二位先生推翻。[1] 但对魏颢《李翰林集序》和郭老的说法,未见有人提出质疑。最近胥树人先生说与刘氏"结婚的情况……好像不是正式的"[2]。由此看来,对于这位"会稽愚妇"是

---

[1]　参见郁贤皓:《李白丛考》,陕西人民出版社 1982 年版,第 67 页。

[2]　郁贤皓:《李白丛考》,陕西人民出版社 1982 年版,第 103—150 页。

谁的问题,很有探讨的必要。

笔者以为魏颢《李翰林集序》是靠不住的。魏颢在作此《李翰林集序》时,距李白向他口述已隔七年有余。李白交给他的诗文,早已被他"荡尽"。因此,这篇《李翰林集序》肯定是凭记忆而作。魏颢虽然甚为自负,并在《李翰林集序》中借李白之口称自己"必著大名于天下"。然而,李白只说他"爱文好古,浪迹方外"①而已。这篇《李翰林集序》讹误颇多,例如把李白的去朝,只归结为"以张垍谗逐"。而李白在《书情赠蔡舍人雄》中除了"白璧竟何辜,青蝇遂成冤"外,反用严子陵与汉武帝的典故,谴责了唐玄宗,可见,这里还有玄宗的原因。又如"生一女一男曰明月奴"一句,实在令人费解。郭老认为"明月奴"是平阳的小名,"不像男孩子的名字"。笔者以为"明月奴"则另指一人。考"奴"字本指丧失自由、受人役使的罪人,后来有时也用它作自谦语,如"奴家""奴才"等;"何处是英雄,迎奴归故宫"句中的"奴"字,是皇上自指,何以见得专指女孩?但这里只是自指,若别人称他为奴,这便回到"奴"字的本意上了。平阳即幼,自然亦无人役使她,如果李白出于钟爱而取之,那词汇多得很,何必把弱龄女当作奴才?所以笔者认为这"明月奴"不是平阳的小名,而是李白诗中的那位"小妓金陵歌楚声,家童丹砂学凤鸣"②和"酣来自作青海舞,秋风吹落紫绮冠"③的家童丹砂。这个家童是李白从蜀中带来的。平阳出世后,他仍在李白身边。因为李白爱月,丹砂乃成明月之奴。后来又被魏颢张冠李戴,写成了上面那句难懂的诗句。这虽然只是一处疑窦,但它也不是不可能的。史传铸

---

① (清)王琦注:《李太白全集》,中华书局 1977 年版,卷十六,第 748 页。

② 郁贤皓:《李白丛考》,陕西人民出版社 1982 年版,第 296 页。

③ 郁贤皓:《李白丛考》,陕西人民出版社 1982 年版,第 404 页。

错在前，论家踵误于后的情况是常有的。例如，郭老在讲了本文一开头所说的那段话以后，说"伯禽死于李白死后的贞元八年（792）"；又说"看来伯禽的儿子，是在伯禽在世时就离开了家，其后不知下落"，然而这显然不符合事实，因为范传正《唐左拾遗翰林学士李公新墓碑并序》写于元和十二年（817），其中说范找李白的后嗣找了三四年，终于在这年找到了他的孙女，他孙女对范说："有兄一人，出游一十二年，不知所在。"因此只要作一个极简单的推算，即可知伯禽的儿子是在伯禽去世十多年后才出门远游的，而不是"在世时就离开了家"，由此知古人岂有不误之理！

首先，魏颢《李翰林集序》讹误之多尚不止此，所以用它作为研究李白生平的资料，需要倍加谨慎，如对"白始娶于许……又合于刘，刘诀，次合于鲁一妇人……娶于宋（应作宗）"[①]这一段话，就要细加分析，他在讲到许、宗的时候，用的是"娶"字，讲到"刘诀"与"鲁一妇人"时，用的是"合"字，"娶"当属明媒正娶，"合"则可作模棱两可的解释，说明魏颢对这两位无名氏，自己也不甚了了。笔者以为他们顶多是"昭阳、金陵之妓"中的人物，而绝非李白的妻子。郭老不察，遂与"吴筠"之讹联系，驰骋想象发挥出这段"刘诀"故事来。其次，从时间上说，亦不可能有此事。按天宝元年（742）四月，李白登泰山，五月离泰山，秋八月在南陵，其间只有三个月，在这三个月中，李白要从鲁赶到南陵，把儿女安顿好，再只身到剡中与吴筠共隐，后吴筠受召赴京，经吴筠推荐，玄宗再派使臣至剡中召白，李白由剡回到南陵，向儿女道别。这一连串的行程在五千公里以上，以每日行 75 公里计，花在路上的时间已有两个半月左右，也就是说只有半个月左右的

---

① （清）王琦注：《李太白全集》，中华书局 1977 年版，卷三十一，第 1451 页。

时间可用于与道士吴筠"隐居""畅游天台",与所谓的"刘氏"合而又离。刘氏到处"拨弄是非",李白写《雪谗诗赠友人》为自己雪谤,这无论如何是做不到的。

再次,从《南陵别儿童入京》诗分析,可证明李白奉诏前在南陵已住了很长的时间。过去史界只重视对此诗的后半阕的研究,而往往忽略了前半阕。其实,"白酒新熟山中归,黄鸡啄黍秋正肥。呼童烹鸡酌白酒,儿女嬉笑牵人衣。高歌取醉欲自慰,起舞落日争光辉"这六句诗,是李白从泰山径来南陵直至奉诏的力证。诗的首句"白酒新熟山中归"中的"山",当指南陵的山。李白在山中得召后,立即赶回家中。"呼童烹鸡醉白酒""高歌取醉欲自慰"这两句诗,表明在这狂欢的场景中,没有帮闲者,也没有道贺者,只有父子三人。"儿女嬉笑牵人衣"中的儿子伯禽,年纪尚幼。他的高兴,无非是看到家中宰鸡烘酒,人乐亦乐而已。平阳则已有10多岁了,她不但能理解父亲高兴的原因,还能做些烹饪之类的事了。这鸡是自家饲养的,想宰即宰,就像范居士在自家院子里采摘秋蔬、霜梨、酸枣、寒瓜一样容易。① 自家还有新酿的白酒,既用不着掏钱呼儿到别处去沽,也不必用五花马、千金裘、心爱的宝剑去换酒了。看来一切都做到了自给自足。

常识告诉我们,要做到自给自足至少需要两三个月的时间。也就是说,李白从泰山直接到了南陵,在南陵住到八月。尔后奉诏赴京,而绝不是"由会稽入京,行至南陵。乃与妻子相别也"②。

综上所述,这位"刘氏"纯属虚构,"会稽愚妇"是所谓的"刘氏"的说法是错误的。

---

① 参见(唐)李白著,郁贤皓选注:《李白选集》,上海古籍出版社1990年版,第217页。

② 詹锳:《李白诗文系年》,作家出版社1958年版,第25页。

那么，"会稽愚妇"究竟是谁呢？笔者认为就是曾经讥笑过李白的汶上翁们。前面已经说过，开元二十八年（740）夏，李白移家东鲁，天宝元年（742）四月上泰山，此后就到了南陵。寄居东鲁仅一年多的时间，现在要问：为什么移家东鲁才一年多，又要移家南陵呢？如果说因要远游，儿女无人照顾，故带来南陵，那么符合情理。李白早年已在鲁地"历抵海岱豪，结交鲁朱家"了，照看孩子的条件比南陵不是更好吗？更何况他到南陵后，并无远游的迹象。我们只要把这些问题搞清楚了，"会稽愚妇"也就呼之欲出了。

有人说："在李白这里，我们首先考虑诗人在什么心情下写这首诗，然后考虑他写了些什么。"笔者认为，这话是读懂李白诗歌的关键。我们知道，李白有"申管晏之谈，谋帝王之术"的宏大抱负，有不徇流俗，不苟且偷生的崇高品德，有刚直不阿、不安现状的倔强性格，他的这种抱负、人品和性格与他所处的时代环境存在着很大的矛盾，用宋欧阳修的话来说，就是"开元无事二十年，五兵不用太白闲"。统治阶级并不需要李白的"经济之才"。热爱科举、老死章句的士人，不能理解他的"济世安邦"之志和惊世骇俗之言，这就注定了李白的悲剧人生。在天宝元年（742）以前，我们看到他在安陆招致"谤言复生，众口攒毁"而不得不"再拜而去……永辞君候"①，初入长安时，受到了善于耍两面手法、投机钻营的张垍兄弟的冷遇，终于"明发怀二子，空吟招隐诗"②而别；奉诏入京以后，由于政治上的不称心，"白雪难同调"，招致"青蝇易相点"的局面，而终于舍弃了"入侍瑶池宴，出陪玉辇行"的一般士人求之不得的生活。民间说他腰里有傲骨，不能弯腰。

---

① （清）王琦注：《李太白全集》，中华书局 1977 年版，卷二十六，第 1250 页。

② （清）王琦注：《李太白全集》，中华书局 1977 年版，卷十三，第 651 页。

正因为李白这种耿直的性格，所以他才每每与一些人闹矛盾，这种矛盾，在他初次入鲁时就已有了。但那时只不过是"荆人泣美玉，鲁叟悲匏瓜"那样的摩擦，实际上是相互同情多于摩擦。开元二十八年（740）李白移家东鲁，当鲁叟们看到再次踏上鲁地的李白，并不似身佩黄金印上"苏秦"，而是拖儿带女、穷困潦倒，竟似被鞭笞数百的"张仪"。昔日李白聒耳之言也就成为鲁叟们的笑料了。李白《赠范金乡》诗说："只应自索漠，留舌示山妻。"就说明了这时的情况。但李白毕竟是"蝇不作寒气声"的李白，也以高度的自负回击鲁叟的讥笑与鄙视。李白《嘲鲁儒》诗当作于此时，诗云："君非叔孙通，与我本殊伦。"可知双方争论得相当激烈。"秦家丞相府，不重褒衣人"，争论的中心是治理国家的策略，要遵循古制还是要适应时变的问题。诗末说："时事且未达，归耕汶水滨。"再不是"鲁叟悲匏瓜"那样的怜悯了，而是用辱骂替代了辩论。《送鲁郡刘长史》诗云："鲁国一杯水，难容横海鳞。仲尼且不敬，况乃寻常人。"大智者遭到浅薄者的诬蔑与攻击，心境是极为苦闷的，此时李白的去鲁之意已十分明显。

《游泰山六首》（一作《天宝元年四月从故御道上泰山》）当作于《嘲鲁儒》诗之后，历来论者都把它片面地解释是"游仙诗"。复旦大学古典文学教研组编《李白诗选》中注释说："诗中描写登泰山追求神仙的情景，表现出诗人宗教迷信生活的一面。"笔者认为这个说法是由于不了解李白当时的心境及其表达心境的特殊方式而做出的错误判断。认真研读李白在各个时期的诗篇，可以发现，让登高的遐想淹没现实生活中的苦闷，把美好的理想寄寓于神仙世界，似乎是李白写诗的一条规律。《游泰山六首》就可说明这一点："平明登日观，举手开云关。精神四飞扬，如出天地间。"这时，精神上的羁绊被解除了。安陆的"青蝇"、汶上的

"鲁儒"不见了，这里是一个宁静欢乐的世界。"凭崖揽八极，目尽长空闲""天门一长啸，万里清风来"，这个世界是多么辽阔！任凭诗人自由驰骋、飞翔。然而这一切都是短暂的，在第六首诗里，诗人又回到现实生活的苦闷中来了。诗中"玉真连翠微"句，《李白诗选》中注谓"玉真，指道观，道士修炼祭祀的处所"。笔者以为这说法欠确切，此诗前八句是描写由王母池到天门关的情景。"寂静娱清辉，玉真连翠微"两句是说在寂静的月光下，望着眼前的道观，联想起昔日在玉真公主别馆的事来了。"玉真"即玉真公主，不能泛指所有道观，再看全诗之意，亦因此而发。如诗的首句"朝饮王母池"，中间句"扪天摘匏瓜""误攀织女机"，皆与《玉真仙人词》中"几时入少府，王母应相逢"所言的欲谒未果之意吻合，亦可见此时李白有再入长安之意。诗末"明晨坐相失，但见五云飞"可证诗中所言之事，乃是对长安的追忆。

　　正确理解《游泰山六首》不是游仙诗，而是摆脱困顿、再造前途的诗以后，对此前后所作的许多诗的理解，也就自然贯通了。例如，对本文一开始就说到的《五月东鲁行答汶上翁》不是初游鲁地之作的问题，于此亦加深了理解：所谓"五月东鲁行"，即指青州、泰山等之行，诗末"西归去直道"句之"西归"，即由"玉真连翠微"所引起。是年正月，朝廷大赦天下，并召令："前资官及白身人有儒学博通，文辞英秀及军谋武艺者，所在具以名荐。"①李白"西归"之念不为无据。以上时间、时事与李白的心情都符合，故笔者拟《五月东鲁行》作于《游泰山》之后，似可不疑。

　　然而，"西归"一语只是因"汶上翁"的激怒而发，昔时"我欲攀龙见明主……阊阖九门不可通，以额扣关阍者怒"②的情景记

---

① （后晋）刘昫等著：《旧唐书》，二十五史编刊馆1956年版，卷九，第79页。

② （清）王琦注：《李太白全集》，中华书局1977年版，卷三，第196页。

忆犹新,再去长安是否能取得成功,自己亦无把握,因此没有"西归"而流寓南陵。唐玄宗的征召,对于处在山穷水尽的李白来说,真似突然看到柳暗花明一样的喜悦,"仰天大笑出门去,我辈岂是蓬蒿人"这两句诗,贴切地表达了李白这时候的心情。此时李白42岁,故以50岁为会稽太守的朱买臣自拟。

如上所述,所谓的"刘氏"是不存在的。李白由鲁至南陵是受人诬蔑、逼迫所致,李白大骂的"会稽愚妇"是指"汶上翁"。

四、李白初入剡中年代考辨

李白初入剡中的年代,王琦的《李太白年谱》中定于天宝元年(742),詹锳、郭沫若、安旗、薛天纬所编各"年谱"中都从王说,王瑶、胥树人、王运南、李宝均、单运慕等论者亦从王琦之"年谱"。黄锡珪《李太白年谱》认为是在开元十六年(728)[①],郁贤皓、乔象钟则认为在开元十五年(727)[②],这样,李白初入剡中的年代,至今尚无定论。由于这个问题关系李白出蜀的动机及其青年时期的思想、交游,所以笔者认为很有深入讨论的必要。

各家普遍认为李白于开元十四年(726)春或初夏到扬州,开元十五年(727)秋或冬在安陆,问题是在扬州至安陆这一时期的行踪,众说纷纭,归纳起来有两种说法,一是扬州以后,即回舟西上汝海、安陆,一是开元十五年(727)夏自扬州入剡中,尔后去汝海、安陆,仔细品味李白的诗文及李白同时代人赠李白的诗文,笔者认为上述两说法都有不妥之处。

第一,按第一种说法,李白"东涉溟海"到扬州便止,显然与

---

① 参见(清)黄锡珪编:《李太白年谱》,作家出版社1958年版,第36页。
② 参见郁贤皓:《李白丛考》,陕西人民出版社1982年版,第13页。

事实不符。首先,顾名思义,"东涉溟海"应指到剡中,在李白的诗文中,有关海的具体位置都是很明确的,如桂州,他用"南溟",北方,他用"北溟",四海,则言"四溟",而用"溟渤""东海""青溟""海月""沧州""沧岛""沧波""东溟""绝溟"这些词时,他总是将之与剡中联系在一起的,这样的情况在现存的李白诗文中,有不下 30 次之多,约占《李太白全集》中言海的一半,甚至李白身在泰山绝顶观日出时所写的诗句中的"溟渤"也指剡中。例如,"攀崖上日观,伏槛突窥东溟,海色动远山,天鸡先已鸣",天鸡的故事发生在唐代的"剡",即今新昌县内的天姥山。

第二,值得注意的是,与李白同时代的任华写的《杂言寄李白》中亦提到这次李白入剡的情况。《杂言寄李白》中把"登天台、望渤海""云垂大鹏飞,山压巨鳌背"诗句,紧接在登庐山、观瀑布、"海风吹不断,江月照还空"诗句之后、"中间闻道在长安"之前,说明李白入京前确到过剡中。

第三,李白出蜀以前,就有"仗剑去国,辞亲远游"的计划。《初下荆门》说"此行不为鲈鱼脍,自爱名山入剡中",到剡中就是此行的目的。《上安诏》紧接"东涉溟海"后说:"见乡人大夸云梦之事,云梦有七泽,遂来观焉",云梦离江夏仅 150 公里,李白出蜀后在楚地滞留甚久而未去云梦,可推知观云梦的计划是在游剡之后。据近人研究,李白出蜀以前曾从学于赵蕤,李白的思想深受赵蕤的影响,出蜀后在扬州写《淮南卧病书怀蜀中赵征君蕤》诗有"功业莫从就,岁光屡奔迫"句,可知此行的计划,赵蕤亦在开元十六年(728)写的《早春江夏送蔡十还家云梦序》中云"白迟穷冥搜"。如果李白半途而返,似不能出此言。

第四,李白后来写的一些诗,也证实其此行到过剡中。根据郁贤皓考证《题嵩山逸人元丹丘山居并序》作于开元二十年

（732）之后的一两年内。① 按此诗"曷来游闽荒，扪涉穷禹凿"两句中的"闽荒"，当指今浙江温州、台州及福建之地；"禹凿"则指剡溪，宋高似孙撰《剡录》载有禹在今嵊州市崿浦地区凿溪之传说，②凿成后名为"了溪"，秦后称"剡溪"，宋王十朋"禹功终了溪"的诗句即言此事，詹锳"李白年谱"系《早秋单父南楼酬窦公衡》于开元二十五年（737），诗云：

> 白露见日灭，红颜随霜凋。
>
> 别君若俯仰，春芳辞秋条。
>
> 太山嵯峨夏云在，疑是白波涨东海。③

据《太平广记》卷二引《定命录》云："崔圆……开元二十三年，应将师科举……与越州剡县尉窦公衡同声并坐"④，知窦公衡曾任剡县尉，"别君若俯仰"句，知李、窦早有交往。"红颜随霜凋"知二人初识时正年轻，重逢时言"霜凋"，知别君当约有 10年，故可认定在开元十四年（726）、开元十五年（727）间，李白与窦公衡在剡地交游，重逢在山东，故以泰山之云比东海之波，忆叙旧游。

以上各诗，均证明李白在离开扬州之后确到过剡中。

李白于开元十六年（728）又有《早春江夏送蔡十还家云梦序》并约蔡十是年秋再游会稽，也是之前已到过剡中的力证，详见郁贤皓《李白出蜀年代考》，这里不另赘述。

以上说明李白在离开扬州后确到了剡中。第一种"东至扬

---

① 参见郁贤皓：《李白丛考》，陕西人民出版社 1982 年版，第 101 页。

② 参见（宋）高似孙撰：《剡录》，清道光八年重刊，第 6655 页。

③ （清）王琦注：《李太白全集》，中华书局 1977 年版，卷十九，第 873 页。

④ （清）王琦注：《李太白全集》，中华书局 1977 年版，卷十九，第 873 页。

州，即四舟汝海至安陆"的说法是与事实不符的；但第二种说法，即开元十五年（727）入剡也有不妥之处。按《别储邕之剡中》："舟从广陵去，水入会稽长。竹色溪下绿，荷花镜里香。辞君向天姥，拂石卧秋霜。"乃是夏天由广陵出发去会稽。《天台晓望》中"凭危一登览，直下见溟渤"，《止望海霞边》中"日出红光散，分辉照雪崖"，各句描写的分明是八月之后的景象。在此之前，极少能见到这种情况，而这时候李白已在汝海或安陆了。

问题是李白从扬州到剡中，究竟是在哪一年的夏天？笔者认为是在开元十四年（726）的夏天。过去各家都把《淮南卧病书怀寄蜀中赵征君蕤》诗当作是李白由金陵至扬州时作。持第一种说法者认为李白病愈后回到汝海；持第二种说法者认为李白病愈后南下剡中。又把《上安州裴长史书》中"曩昔东游维扬，不逾一年，散金三十余万"当作是李白在扬州住了1年左右的证明，笔者以为各家都搞错了。从诗的内容来看，它不是由金陵至扬州时作，而是由剡中返回扬州时作。笔者的根据是：此诗头两句"吴会一浮云，飘如运行客"中的"吴、会"不在淮南，考秦始皇时曾于吴、越之地设置会稽郡，辖境相当于今长江以南——包括浙江山霞岭、牛头山、天台山北，安徽水阳江流域以东及新安江、率水流域之地，西汉时虽扩大到福建一带，但没有把长江以北地区划属为会稽郡。东汉时，把会稽郡分为吴、会稽两个郡，合称为"吴会"，以后分郡虽多，但仍在长江以南流域，直至唐以后，从未包括位于长江以北之扬州。而淮南则指长江以北，至唐贞观、开元年间设淮南道，治所在扬州。辖境相当于今淮河以南、长江以北，东至大海，西至北应山汉阳一带地区。李白此诗题为"淮南"，表明作诗地点在扬州，而此诗开头两句的意思是说诗人从吴会回到扬州，故以吴会之浮云自比。诗的三至六句"功业莫从就,岁光屡奔迫。良图俄弃捐,衷疾乃绵剧",意思说此行功业未取得进展,反而生病了。上面说过赵蕤是知道李白的远游计划的,这四句也就成了会稽之行的小结。七至十句"古琴藏虚匣,长剑挂空壁。楚冠怀钟仪,越吟比庄舄",以琴、剑比喻赵蕤所授之纵横字说尚未付诸应用。此时刚离开吴会,故以楚越之典故表达思乡之情。最后两句"旅情初结缉,秋气方寂历"是说第一个旅游阶段业已结束、新的游程尚在构思,时令已是深秋。

据上分析,此诗是李白由剡返回扬州时所作,是十分清楚的。李白在后来写的《上安州裴长史书》中说"不逾一年",乃是在扬州住的时间前后加起来近 1 年,不是一次性住了 1 年,现试将李白的行踪叙述如下:

李白在开元十四年(726)的春天由金陵下扬州,有《夜下征虏亭》中"船下广陵去,月明征虏亭。山花如绣颊,江火如流萤"可证。是年夏天从广陵向剡中,作《别储邕之剡中》,时令当在六月。八九月间,时秋高气爽,正是观日出的最佳季节,李白在天台山华顶峰作《天台晓望》,又有《早望海霞边》。

又,上引"竭来游闽荒"句,似李白继续南游永喜等地,按李白后来诗中时常讲到"爱此从冥搜""永怀临湍游""吾曾弄海水""河堙七里濑""严光桐庐溪"等句,是否有过江东之行,有待诸家考证,并期待在上述地区工作的同志提供证据。此后,李白返扬州,秋去汝海、安陆等地。

综上所述,李白《淮南卧病书怀》乃是由剡回扬州后所作,李白入剡中的时间,不是开元十五年(727),也不是开元十六年(728),更不是天宝元年(742),而是开元十四年(726)的夏、秋间。

李白"东涉溟海"行迹考

李白"东涉溟海"至何处,过去的研究者都说到广陵后接着便西去安陆。清人黄锡珪说李白游广陵后即往越中,[①]但所据不足,因而长期未被史学界接受。今人郁贤皓根据李白出蜀以后的行迹排列考察,第一个发现了李白在《早春江夏送蔡十还家云梦》序中的力证,得出了李白开元十五年(727)"夏天从广陵出发向会稽"[②]的比较符合实际的结论,仍未引起学术界的重视。最近出版的一些关于李白的论著、传记和"年谱",还是把李白初入会稽的时间系于天宝元年(742)。就是说,"东涉溟海"至会稽的观点,仍未被史学界所接受。由此看来,对于李白"东涉溟海"至何处的问题,仍然有进一步探讨的必要。

从李白的诗文中分析,笔者认为李白"东涉溟海"之"溟海",应指会稽,确切地说是指剡中,这是很清楚的。

第一,我们知道,位于长江以北的广陵,唐时属淮南道,长江

---

① 参见(清)黄锡珪:《李太白年谱》,作家出版社 1958 年版,第 51 页。
② 郁贤皓:《李白丛考》,陕西人民出版社 1982 年版,第 13 页。

以南至福建漳州一带,属江南东道。^① 这个情况,李白本人应该是清楚的,《赠从弟宣州长史昭》中"淮南望江南,千里碧山对"句可证。江南东道之海岸区域称东海,而淮南道海岸区域则属黄海^②。既然李白自云"东涉溟海",则此"溟海"必在东海区域之内,而不会在广陵(今扬州)。再从"溟海"一词的含义来说,亦可证明这一点。据《海内十洲记》云:"圆海,水正黑,而谓之冥海也。"^③这里的"圆海",指海的周边有大山,类似于今天说的"缘海";"冥"是幽昏深邃的意思,从水而为"溟"者,是指雨雾蒙蒙、幽昏深邃,以至给人海水是黑色的错觉。这种区域性气候,是高山密林的雾气和湖海的水气造成的,以东海海岸区域为常见。而唐代时的广陵(今扬州)已成为全国第一大都市^④,李白也说过"我来扬都市"^⑤的话。可见,他绝不会把广陵视为"溟海"。

那么,当年李白所涉之"溟海",是在东海的哪一部分呢?笔者认为它在今天的剡中盆地。

要说清楚它,必须先说清楚今天的剡中盆地在古代是不是溟海的问题,古代的剡中,辖境相当于今嵊州市、新昌县和天台山华顶以北地区。根据这里的地形地貌、史料和古人对它的描述,这块盆地在古代曾经是著名的溟海。从地形地貌看,它的西南面有会稽山,东北面有四明山,东南面有天台山,封坼着盆地。在四明山与会稽山交接处,峡谷绝壁悬天,据宋代高似孙撰《剡

---

① 参见谭其骧:《中国历史地图集第 5 册隋·唐·五代十国时期》,中国地图出版社 1982 年版,第 54 页。

② 参见臧励和等编,陆尔奎、方毅校订:《中国古今地名大辞典》,商务印书馆1931 年版,第 326 页。

③ (西汉)东方朔:《海内十洲记》,《四库全书》,中华书局 2003 年版,第 273 页。

④ 参见范文澜:《中国通史简编》,河北教育出版社 2000 年版,第 293 页。

⑤ (清)王琦注:《李太白全集》,中华书局 1977 年版,卷十六,第 763 页。

录》记载，禹时曾经人工修凿，凿成后称"禹凿"（今禹溪），它是出海口。现在禹凿的河床，比海面只高出五六米，这是海陆变迁的结果，这种状况完全符合"溟海"的构成条件。从盆地和其周围的山岩岩体看，其剖面大多呈水平层状，岩体由特别坚硬的角砾、砂、卵石、螺壳等海的遗物所构成，这是古海的力证。唐李绅"南岩海迹，高下犹存"[①]句说的就是这个情况。南岩，在盆地之南，唐宋以前的许多文人名士把它认作是任公子钓巨鳌的钓矶[②]，直到唐代，剡中盆地仍是湖泊沼泽、荆臻荒芜之地[③]，并偶有潮水倒灌。如唐代贯休《秋送夏郢归钱塘》云："微月生沧海，残涛傍石城。"这"石城"即剡山石城；寒山子诗第 259 首中云："平野水宽阔，丹丘连四明。""丹丘"即天台山赤城，因崖为丹色而名，"四明"即四明山。可见，到唐代时，剡中仍有溟海余色。

我们还可从古人对越城（今绍兴）一带与剡中这两地不同的提法，来说明"溟海"即指剡中。如储光羲《送姚六昆客任会稽何大蹇任孟县》云："越城邻渤澥"，意为越城近海湾；王十朋《会稽风俗赋并序》云："此枕溟衽渤之邦"，"枕"即枕头，"衽"为床席，意为越城以会稽山之阳的剡中溟海为枕，以会稽山之阴的海湾为席，这里把"溟""渤"的概念区别得非常清楚；元稹《渡汉江》云："鲸鲵归穴东溟溢，又作波涛随伍员。"前一句是反用前面说过的任公子钓鳌于南岩的典故，知"东溟"即剡中，后一句伍子胥浮尸于西陵（今浙江西兴）附近的海湾，故言波涛。孙逖《和登会稽山》云："稽山碧湖上，势入东溟尽。"意谓会稽山耸立在越城一

---

① （清）方若著，王壮弘增补：《增补校碑随笔》，上海书画出版社 1981 年版，第 639 页。

② 参见孙雍长：《庄子》，花城出版社 1998 年版，第 366 页。

③ 参见范文澜：《中国通史简编》，河北教育出版社 2000 年版，第 349 页。

带的湖泊、海湾上,它的山脉向南伸入剡中溟海的南端。宋代刘宰"东溟直下千寻壑"(《又天台道中》),所以说"东溟"在天台山麓。由上可知,今天的剡中盆地,在唐代以前,人们确实视剡中为溟海。

当然,在东海海岸上不会只有一个溟海。那么,何以见得李白"东涉"之"溟海"是指剡中呢?这就要李白自己来回答。《赠崔侍郎》中有:"故人东海客"。崔为会稽人,在这里李白称会稽为东海;《送友人寻越中山水》:"东海横秦望。"秦望山是会稽山的一部分,在这里,他把会稽山的两面都称作海;《杭州送裴大泽赴庐州长史》:"东越海门深。"剡在越之东,故称东越,"海门"指南岩。《古风·二十八》:"东海沉碧水。"此句之"沉",当作"隐"解①,意谓他曾隐于越中,"碧水"是形容越中海色;《有所思》:"我思仙人乃在碧海之东隅。"联系上诗,这里的"碧海"指越中,"东隅"即剡中;《郢门秋怀》:"徒寻溟海仙。"这里的寻仙与前诗之思仙指同一回事,可知前诗"碧海之东隅"即"溟海"。特别值得注意的是《天台晓望》,此诗描述李白在天台山华顶之所见。诗云:"凭危一登览,直下见溟渤。"凡到过华顶的人都知道,在华顶的东、南、西三个方向,都有高山挡住视线,因此,无论在古代还是现在是根本看不到海的,而北望则可俯瞰剡中盆地和绍兴一带地区。也就是说,诗中的"溟"指剡中,"渤"指绍兴一带的海湾。又此诗末"安得生羽毛,千秋卧蓬阙"句,与上举诸诗中的小隐东海、思仙、寻仙之意吻合,可知均非虚叹,而是确有其事。再联系李白在《初下荆门》中的"此行不为鲈鱼脍,自爱名山入剡中",可知他出门远游的目的地是在剡中,《天台晓望》是他践行初衷时

---

① (汉)扬雄撰,刘韶军校注:《太玄校注》,华中师范大学出版社 1996 年版,第138 页。

的所作之诗。由上可见,其"东涉溟海"之"溟海"指剡中,是无需置疑的。

第二,李白有许多诗可以证明他出蜀至广陵后不久便到了剡中。根据郁贤皓考证,《题嵩山逸人元丹丘山居并序》作于开元二十年(732)之后的一两年内。[①] 诗中"畴来游闽荒,扪涉穷禹凿"中的"闽荒",当指今浙江台州、温州之地;"禹凿"就是前面说的剡中禹溪。李白在开元二十年(732)前既已到过"闽荒""禹溪","东涉溟海"自然不能说只到广陵为止。

詹锳根据《太平广记》认为李白《早秋单父南楼酬窦公衡》作于开元二十五年(737),这是很对的。诗云:

> 白露见日灭,红颜随霜凋。
>
> 别君若俯仰,春芳辞秋条。
>
> 太山嵯峨夏云在,疑是白波涨东海。[②]

窦公衡曾任剡县尉。从"红颜随霜凋"句,知二人相识时正年轻。由"红颜"至"霜凋",至少阔别了 10 余年。就是说,开元十四年(726)、开元十五年(727)间,李窦曾在剡地交游,二人重逢时在山东,故以泰山之夏云比拟东海之白浪,以忆归游。

《求崔山人百丈崖瀑布图》《莹禅师房观山海图》都是论画的诗。从诗中得知,此二图均以东越沧海、天台山赤城、百丈崖的景物为背景,因而激起了诗人的回忆。诗云:"如登赤城里,揭涉沧洲畔。"可见李白对东越山水已非常熟悉。詹锳系此两诗作于开元二十三年(735),而李白开元十五年(727)从广陵去安陆后至开元二十三年(735)间,未来过越中,由此知他初登赤城,只能

---

① 参见郁贤皓:《李白丛考》,陕西人民出版社 1982 年版,第 102—103 页。

② (清)王琦注:《李太白全集》,中华书局 1977 年版,卷十九,第 873—874 页。

在开元十五年(727)前。

李白还有许多作于去朝后不久的诗,可以证明他早已到过剡中。如《寄王屋山人孟大融》:"我昔东海上……亲见安期公。"此意出谢灵运《登临海峤初发强(彊)中作与从弟惠连可见羊何共和之》中"暝投剡中宿,明登天姥岭……偶遇浮丘公,长绝子徽音"句。天姥在今浙江新昌县境内。《酬坊州王司马与阎正字对雪见赠》:"访戴昔未偶。"这里的"戴"即戴逵,是隐居剡中之高士;《同友人舟行游台越作》:"蹇予访前迹,独往造穷发。"这里既言前迹,知其此前已到过台、越,其时间当在"不知青春度"的"青春"时期。

以上诸诗,均证实李白在广陵之后到了剡中。"东至金陵扬州"即"回舟西上"的说法,是与事实不符的。

第三,这里关系对李白《淮南卧病书怀寄蜀中赵征君蕤》一诗的理解问题。过去各论者都认为此诗是李白由金陵至扬州时作,或是李白病愈后南下越中时作,又根据《上安州裴长史书》中"曩昔东游维扬,不逾一年,散金三十余万",认为李白在扬州住了一年左右的时间,笔者以为各论者都搞错了。从诗的内容来看,它不是由金陵至扬州后作,而是自越中返回扬州后作。笔者的根据是:此诗头两句"吴会一浮云,飘如远行客"中的"吴会"不在淮南。考秦始皇时曾于吴越之地设置会稽郡,辖境相当今长江以南,包括浙江仙霞岭、牛头山、天台山北、安徽水阳江流域以东及新安江、率水流域之地;西汉时虽扩大到福建一带,但没有把长江以北地区划属会稽郡;东汉时,把会稽郡分为吴、会稽两个郡,合称为"吴会",以后分郡虽多,但仍在长江以南,直至唐以后从未包括位于长江以北的扬州。而淮南,则指长江以北。至唐贞观、开元年间,设淮南道,治所在扬州,辖境相当于今淮河以南、长江以北,西至湖北应山汉阳一带①。这个情况,正如本文前面所说的,李白是很清楚的,《赠从弟宣州长史昭》云:"淮南望江南,千里碧山对……长川豁中流,千里泻吴会。"首两句就把淮南、江南分开;后两句中之"长川",指扬州经丹阳、余杭、山阴至余姚出海之浙江②,意思是淮南的水直泻吴会千余里;又如《赠武十七谔》云:"明日过吴门……轻赍涉淮原。"在这里,李白明白地说淮原在吴门之北。可见,李白绝不会错认淮南为吴会。李白此诗题为"淮南",表明作诗地点在扬州;而此诗开头两句正是说诗人从吴会回到扬州,故以吴会之浮云自比。诗的三至六句云:"功业莫从就,岁光屡奔迫。良图俄弃捐,衰疾乃绵剧",意思是此行功业未取得进展,反而生病。七至十句"古琴藏虚匣,长剑挂空壁。楚冠怀钟义,越吟比庄舄",以琴、剑比喻宏图未展;此时刚从吴会回到扬州,故以楚越之典故表达思乡之情;尤其是"越吟",它是不同于吴歌的越地的民歌,联系前引"东海沉碧水"句,不但表明诗人在越地逗留的时间不会很短,而且曾学习了越地民歌。

由上可见,《淮南卧病书怀》是李白由越返回扬州时所作,是十分清楚的。李白在后来写的《上安州裴长史书》中说"不逾一年",乃指在扬州的时间,前后加起来将近1年,不是一次性住了1年。郁贤皓所作的李白广陵以后下会稽、《天台晓望》是"东涉溟海"之作的结论,是很正确的。但其时间,不是开元十五年(727),而是开元十四年(726)的夏秋间。即他在开元十四年(726)的春夏之交到了扬州,接着便在"竹色溪下绿,荷花镜里

---

① 参见臧励和等编,陆尔奎、方毅校订:《中国古今地名大辞典》,商务印书馆1931年版,第824页。

② 参见(北魏)郦道元:《水经注》,商务印书馆1933年版,第110页。

香"的盛夏离开扬州,沿浙江水路下会稽,在秋高气爽的最佳季节里登上华顶峰,作《天台晓望》。此后返回扬州,作《淮南卧病书怀》。

那么,李白由广陵至会稽后,登天台山华顶峰的路线是怎样的呢?为了叙述方便,先要从古代交通状况说起。

我们已经知道,李白曾在剡中与窦公衡交游,因此也就知道他是从剡中出发去天台山的。古剡县治在今浙江省嵊州市西南6公里处。据《神邑山图》载,由剡邑去华顶,以"石城为西门","石城"即剡山石城,今新昌大佛寺。由此去天台华顶,可"水行而舟,陆行而车(当指舆)"①,即有水、陆两路。陆路是由石城北面的石牛镇(今新昌县城关)经拜经台(今新昌县兰沿桥头)向西转南,登稽岭(今会墅岭)至天姥山,又分成两路,一出关岭过始丰县(今天台县)赤城山、国清寺,至天台华顶峰;一上万年山,依山脊至华顶峰。水路是指位于曹娥江上游的剡溪,它是吴越三大江之一②。剡溪有数源,发源于天台山北麓的这条溪,古代泛称剡溪,又称沃江,今称新昌江。它由古剡邑南门溯溪而上,与陆路平行至拜经台分岔,朝东南方向经沃洲(今长诏水库)、白竹(今百菊)至石桥(今天台县慈圣)。在这里弃舟上岸,步行4公里即石梁飞瀑,再步行9公里就到华顶峰。

从现存的李白诗中得知,他当年"东涉溟海"时走的不是陆路,而是水路。在《别储邕之剡中》中,可以清楚地看出他是沿浙江而入剡中的。《送纪秀才游越》云:"即知蓬莱石,却是巨鳌簪。

---

① (宋)史安之修,高似孙纂:《宋元方志丛刊·嘉定剡录》,中华书局1990年版,第6654页。

② 参见上海师范大学古籍整理研究所校点:《国语》,上海古籍出版社1978年版,第633页。

送尔游华顶,令余发焉吟。""巨鳌"在南岩东南约 25 公里处,即今新昌县大市聚地区,有一峰峭拔如簪,"名曰鳌峰"。峰下有丘,"蟠伏如鳌"①。宋代杨万里《宿鳌峰梁氏宅》云:"四面环溪溪外山,置身浑在水云间。"所言即此。它位于沃洲东侧的沃江岸上,因为李白是从这里去华顶的,所以他在上面这四句诗中说:"我小时听说东海有蓬莱,后来到了这里一看,原来是鳌峰。现在你要游华顶去了,使我想起了当年去华顶的情景。"

《陪族叔当涂宰游化城寺升公清风亭》云:"虽游道林室,亦(一作"不")举陶潜杯。""道林"即支遁,道林是他的字。他于东晋元和年间(345—356),"俄又投迹剡山,于沃洲小岭立寺行道"②又于兴宁年间再来沃洲,建沃洲精舍。又据《沙门传》载:"遁为哀帝迎,游京邑久,心在故乡,乃拂衣东还就岩穴。路由稽山入沃洲,又建一精舍。"另据《东岫志略》卷三载:"遁乃还东山","即而隐迹剡之东岫山"。东岫山在沃洲东侧,沃江岸边。

从刘长卿"禅客无心杖独还,沃洲深处草堂闲"知,这时"道林室"尚在。到太和三年(829),"白寂然曾见其址"③。李白既云游过"道林室",自然也就到过沃洲了。从《送王屋山人魏万还王屋》"石梁横青天,侧足履半月"这样把石梁描绘得如此逼真而又传神来看,李白从沃洲又溯溪而上,并由此登上华顶峰。《与南陵常赞府游五松山》"五松何清幽,胜境美沃洲"句,则是拿沃洲与五松山作比较,可见他对沃洲的形胜是十分熟悉的,同时也证明上引各句并非虚写,而是实咏。

---

① 参见新昌县方外志《东岫志略》,卷一。
② (梁)慧皎:《高僧传》《大正藏》第 50 册,卷四,第 348 页下。
③ (唐)白居易著,丁如明、聂世美校点:《白居易全集》,上海古籍出版社 1990 年版,第 947 页。

李白还有许多诗叙述过这条水路的情况。如《赠王判官时余隐居庐山屏风叠》："何处思我君，天台绿萝月。会稽风月好，却绕剡溪回。"说的是自天台山由水路回归的情况。《经乱后将避地剡中留赠崔宣城》："猿近天上啼，人移月边棹。"说的是在天台山麓轻舟泛月的情况。《赠僧崖公》："何日更携手，乘杯向蓬瀛"，其中的"杯"即刳木之舟。而"蓬瀛"就是"华顶窥绝溟，蓬壶望超忽"中的蓬壶，等等。

又，李白的崇拜者中也有许多追述他畅游沃江的诗句。如隐居天台山三十年的陈东之："李白寻真不得返，支遁卜筑还费钱。……谪仙一去五百载，人间山水无清辉。"曾衍《题沃洲山》："几时结托芙蓉巢，而与青莲居士伍。"此亦是李白由水路登天台山之佐证。

如上所述，开元十四年（726）李白由剡中登天台山，走的不是经天姥山的旱路，而必定是这条水路。

当然，这条水路现在已不能通船（除今长诏水库外）。但稽考史实和实地调查，在古代它是具有通船能力的。从兰沿至慈圣，水路为 22 公里，溪床平均比降 3‰，无突然变陡情况，其间虽有数处漫滩，但溪床均露岩，知与古时无异。再从流量来看，天台山北坡水系汇入慈圣村前溪内的汇水面积有 80 平方公里，年降雨量在 1700 毫米以上，这在古代绿荫蔽日、雨量充沛的情况下，流量肯定比现在大得多。这样平缓的溪床和这样大的流量，是一定可以通舟的。

《东岇志略》载录有许多舟楫沃江的诗，如"前辈高风不可追，自来陵谷互推移""古柳垂溪水，当门系雪舟""泛舟东来古剡县，舍擢朝入桃花溪""连岭若无路，绝壑乃通舟"，等等。在 1960 年前，当地人货往来，主要依靠用毛竹或木头连结成排、当地称之为簰(即筏)的工具。因此在沿溪而居的 25 个自然村、6900 人当中,有 400 余人从事这种运输业,可见其繁忙的程度,所以当地有簰工工会组织。以位于水路中段的白竹为界,兰沿至白竹可长年运输货物。白竹至慈圣,雨季通簰,故白竹地方设有货物中转站。调查结果证明,《万历·新昌县志》中"拓溪渡(今白竹)县东十里通天台"、宋代《剡录》中"南渡通临海,泛单航为浮航"的说法不误。就是说,白竹以下一段溪流可通舟,白竹以上通浮簰。通浮簰一段的水势较急,所以李白《古风·四十二》说"青青流惊湍",另一首诗说"永怀临湍游",这些都是他后来对青年时期畅游剡溪的追忆。

也许有人会问,李白为什么不走旱路而走水路呢?唐代方干"驿路古今通北阙,仙溪日夜入东溟"的诗句是最好的回答。就是说,旱路只是通向"北阙"的,是具有一般性作用的道路;而水路则是通向"东溟"的"仙溪"。这正好与现代人的设想相反,由于陆路得到了不断开发,水路的功能逐渐消失,以致人们忘记了它曾经是一条"仙溪"。大量的事实表明,沃江曾经是古代的一条极为重要的旅游线路。

旱路,虽在南朝宋初就由谢灵运开创了,但直到唐末,经过袁晁、裘甫两次起义,旱路成为往来台越间的行军路线后,才成为"通道"。而水路既与江左平原沟通,又与深山腹地相接,加上"剡好为楫",游人往来比旱路方便得多。所以这里很早以前就得到了开发,并被人们视为是仙境乐园。前面说到的南岩、鳌峰以及天姥山,就是被列子、庄子等人描绘得扑朔迷离的地方。晋代葛洪撰的《神仙传》,已把石梁飞瀑处说成是刘晨、阮肇采药遇仙之处。① 孙绰所作的"涉海则有方丈、蓬莱,登陆则有四明、天台"的《游天台山赋》,对后来者有着很大的吸引力。特别是东晋十八高僧、十八高士在沃洲的雅集,使这里获得了至高的声誉。

上面已经说过,沃洲的位置即在今兰沿桥处四里许,迎面有铁壁门立,古称铁壁关(今长诏水库坝址处)。溪流郁盘,夺关而出。过铁壁关,豁然幽广;有六百余万平方米面积大的湖盆,周边有数十里的山峦。山峦中,鳌峰、天姥夹溪而立,仰望如在天表;紧靠湖边,又有香炉峰、玉女峰,双双对出;水帘洞、海门洞,飞瀑如帘;湖盆中央冒出一块长里许的绿地,这就是沃洲。它四面环水,烟树凄迷,确实是隐逸养性的洞天福地。所以,自永嘉之乱、五马过江,多少雅士高僧汇集于此。唐代白居易《沃洲山禅院记》云:

> 东南山水,越为首,剡为面,沃洲、天姥为眉目。夫有非常之境,然后有非常之人栖焉。晋宋以来,因山洞开,厥初有罗汉僧西天竺人白道猷居焉,次有高僧竺道潜、支道林居焉。次又有乾、兴、渊、支(当作友)、遁(当作道)、开、威、蕴、崇、实、光、识、裴、藏、济、度、逞、印凡十八僧居焉。高士名人有戴逵、王洽、刘恢、许元度、殷融、郗超、孙绰、桓彦表、王敬仁、何次道、王文度、谢长霞、袁彦伯、王蒙、卫玠、谢万石、蔡叔子、王羲之凡十八人,或游焉,或止焉。②

"眉目"为容颜中最传神之处,足见古人对它评价之高了。而文中所列数量众多的高人、名僧,都是名著一时、风传千年的

① 参见(宋)李昉:《太平广记》(全四册),中华书局 2020 年版,第 705 页。
② (唐)白居易著,丁如明、聂世美校点:《白居易全集》,上海古籍出版社 1990 年版,第 947 页。

人物。"沃洲雅会"轰动了海内,如庐山慧远也罗致"十八高士",结起了"白莲社"。"沃洲雅会"以后,顾恺之、谢灵运、陶弘景、郦道元等人,相继来此探幽寻胜,使沃洲名声传播更广,所以白居易在写这篇《沃洲山禅院记》最后欣喜地说:"异乎哉! 沃洲与白氏其世有缘乎!"

方干说的"沧溟",就是孙绰说的"方丈蓬莱";而沃洲就是"仙溪",唐代崇尚仙道,所以唐代的名士文人多以棹沃洲,并由沃江登临华顶为雅事,在这里留下了许多怀古追风的诗文。如"归来重相访,莫学阮郎迷"(李冶)、"可知刘阮逢人处,行尽深山又是山"(许浑),这是以刘、阮遇仙的传说为题材的诗句。"松雪千山暮,林泉一水通"(李嘉祐)、"山朝佐命层层耸,水接飞流步步清"(罗隐),这是以风光为题材的诗句。"松间傥许幽人住,不更将钱买沃洲"(秦系)、"闲来共蜡登山屐,一旦扬眉望沃州"(刘禹锡),这里表述诗人有"终焉"之志或功成身退于此的诗句。更多的诗篇,则是以仰慕前辈高风,追寻先贤古迹为内容,如"此地饶古迹,世人多归忘"(邱为)、"支遁初求道,深公笑买山……能令许元度,吟卧不知还"(孟浩然)、"戴弯冲濑片帆通,高枕微吟到剡中"(方干)、"谢客文愈盛,林公未可忘"(崔颢)。

除了上述人物,还有魏徵、司马承祯、贺知章、张遂、王维、颜真卿、孟郊、张籍、元稹、贾岛、高骈、温庭筠、皮日休等人,都在这里留下了足迹和诗文,并由此登上华顶峰。沃洲原幽寂可隐,此时竟成了繁闹的旅游区。这就难怪刘长卿劝别人"莫买沃洲山",说是"时人已知处",而他自己则"定攀岩下丛生桂,欲买云中若个峰"了。

刘长卿的话,正如伊索寓言"自己吃不到葡萄,就说葡萄是酸的"一样的有趣,在这"趣"中,多半是似罗隐说的"待诏初离海山峰"那样,借慕先贤来说明自己亦是高人,所以畅游沃洲、登华顶峰以"待招"。李白在《上安州裴长史书》中说的"故知大丈夫必有四方之志……东涉溟海"中的"知",就是知道这里面的道理。

同时,这条水路不但使天台山的东北和西南两处景区得以结合,而且还与括苍山、大盘山等景区联结成一个有机的整体。由华顶下山,经金地岭,即到国清寺、赤城山。由赤城山前之灵溪经始丰溪入灵江,即到临海。而经好溪、富春江,又可至杭州。例如魏颢"命驾江东"访李白的行迹,就是如此,"灵溪恣沿越"句就是沿灵溪顺流而下去台、温的意思。

综上所述,沃江是一条贯通会稽、天台山、温、台、婺、杭地区的古旅游线路,李白当年是从沃江登上华顶峰的,这在现在似乎是不可理解的,但在那时却是自然的事。

我们今天讨论李白"东涉溟海"行迹的意义,并不单单在于研究李白本身,它的意义还在于使我们能够较准确地了解其他古代诗人的作品。例如,对杜甫《壮游》诗"剡溪蕴秀异,欲罢不能忘。归帆拂天姥,中岁贡旧乡"中的"归帆拂天姥"句,傅庚生先生解释为"云帆擦着天姥峰开始了我的归程"[①],盖因其不考上述之水路,故有此误。"拂"意谓斜擦而过也,天姥去沃洲约5公里,泛沃江而未游天姥,所以言"拂"。《天台山方外志》载有杜甫"饥食楢溪橡"的诗句,"楢溪"在天台县东 12.5 公里处,知杜甫于开元十九年(731)游吴越时曾至此,亦知当年杜甫从楢溪翻山至慈圣,然后由水路经沃洲回"旧乡"的。另外,它对开发祖国东南风景名胜有着现实意义。我们只要打开地图看看,以兰沿至

---

① 傅庚生:《杜诗散译》,东风文艺出版社 1959 年版,第 4 页。

华顶峰的路线为例,古水路比现在的公路近 20 公里;沿途的人文古迹、风景资源要比旱路多得多。现在虽然有公路,自天台县城通至石梁、华顶,但因往返路线重复,所以去那里的游客寥寥无几。假如有关部门能够开通白竹至慈圣的公路,则可避免路线重复,使新昌大佛寺、沃洲、石梁飞瀑、铜壶滴漏、华顶、国清寺等景区重新大放光彩,从宏观上改变东南名胜区的旅游格局。

李白"移家东鲁"考

李白初到东鲁在哪年,"移家东鲁"事在何时,学术界对此已作了许多研究。但众说纷纭,迄无定谳。本文试图通过对李白的有关诗文作新的解释并结合史料,来回答上述问题。

一

诸论者都说开元二十三年(735)李白北游太原,其此后的行踪,众说不一,各持一据。归纳起来有以下三种:第一种说"有《五月东鲁行答汶上翁》诗,是初游鲁地作"①,"白居太原……是年夏,白遂去之东鲁,寓家任城"②。第二种说"李白从太原回到安陆,然后经洛阳'移家东鲁'。"③第三种说李白开元二十八年(740)"五月移家东鲁,寓居任城"④,此前未到过山东。以上说法虽然不一,但都把《五月东鲁行答汶上翁》一诗当作是李白初游

① (清)王琦注:《李太白全集》,中华书局1977年版,卷三十五,第1583页。
② 詹锳编:《李白诗文系年》,作家出版社1958年版,第19页。
③ 乔象钟:《李白》,中华书局1982年版,第18页。
④ 安旗、薛天纬:《李白年谱》,齐鲁书社1982年版,第51页。

鲁地之作。笔者认为上述三种说法都是错误的。

按第一种说法,李白是由太原去东鲁的。然而他在太原时作的《忆旧游寄谯郡元参军》中说:"琼杯绮食青玉案,使我醉饱无归心。"意思是他受到元演的热情招待,不想回了。《太原早秋》云:"梦绕边城月,心飞故国楼。思归若汾水,无日不悠悠。"这里的"故国楼""思归",当指思念安陆的家。今既知李白在太原、家在安陆,则第一种说法是不成立的。

第二种说法,显为臆说。因为李白春在太原,经洛阳回安陆,再举家经洛阳,五月到东鲁,则行程在 2000 公里以上,而时间只有一个多月,这在当时的交通条件下,显然是无法做到的。事实是:李白从太原回到安陆后,应元丹丘之邀,到了嵩山。① 后来向元丹丘告别时写的《颍阳别元丹丘之淮阳》一诗,说明他是只身来嵩山的。诗云"已矣归去来,白云飞天津",即经洛阳回到安陆。此后不久,李白又应元丹丘、元演之邀到随州(今湖北随州市)从胡紫阳学道,许夫人也同行,并寄居在离随州不远的春陵(今湖北枣阳市)。李白《寄远》第七首:"妾在春陵东,君居汉江岛。一日望花光,往来成白道。"说的即是此事。此后,与许夫人同回安陆。《忆旧游寄谯郡元参军》:"余既还山归故巢,君亦归家渡渭桥。"是说元演回长安,他送许夫人从春陵回安陆。不久,李白应元演之邀去太原,接着去山东,可见未带家室。

第三种说法将李白开元二十八年(740)移家东鲁视为其第一次到山东,把这次看作是初到,则与史实不符。我们确切地知道,开元二十六年(738)以前李白已在山东。《全唐文》卷三五〇载有李白的《兖州任城县令厅壁记》,卷三六五载有游方的《任城

---

① 参见郁贤皓:《李白丛考》,陕西人民出版社 1982 年版,第 103 页。

县桥亭记》。从中可知,《兖州任城县令厅壁记》中说的"石桥"就是《任城县桥亭记》中说的"飞桥"。不同的是,李白作《兖州任城县令厅壁记》时有桥无亭,而游方作《任城县桥亭记》时,亭刚竣工,可知《兖州任城县令厅壁记》早于《任城县桥亭记》。《任城县桥亭记》作于"开元二十六年秋七月有四日",由此可知李白开元二十六年(738)前就到了山东。

由以上可知,学术界对李白"移家东鲁"一事的各种说法是错误的。造成这一错误的重要原因,是诸论者错把《五月东鲁行答汶上翁》一诗看成是李白初游鲁地之作,把诗中"五月梅始黄,桑凋蚕柘空。鲁人重织作,机杼鸣窗栊"这四句诗当作是其到达鲁地的时间证据。

从《五月东鲁行答汶上翁》一诗内容看,其也不是李白初游鲁地之作,而是去鲁时之作。从诗的七、八两句"举鞭访前途,获笑汶上翁"中可以看出,此时李白正受到汶上翁们的讥笑。我们知道,自从李白一入长安被贺知章夸为"谪仙"以后,他已"名动京师"。"名动京师"的李白乍到鲁地,怎么会受人"讥笑"呢?这显然是不可思议的。有人把"笑"解释为李白自谦的意思,这是因为对李诗的特点缺乏了解。李诗结构往往大起大落,形象集中完整,"举鞭访前途,获笑汶上翁"就是这种大起大落的转折句;此两句后,接着说"下愚忽壮士,未足论穷通。我以一箭书,能取聊城功。终然不受赏,羞与时人同"。我们读着这些诗句,汶上翁的讥笑声似在耳畔,李白肃然动容的神色也似在眼前。诗的最后四句说:"西归去直道,落日昏阴虹。此去尔勿言,甘心如转蓬。"其中"落日昏阴虹"句,宋代杨齐贤注谓"指李林甫、杨国忠辈昏蔽其君"①。复旦大学古典文学教研组编《李白诗选》注谓"比喻朝廷上多谗诐之臣"。詹锳说："按二语当是实写，并无寓意。"②但笔者以为此句是比喻汶上翁。在这里，李白去鲁之意是十分明白的。

李白对汶上翁的这种愤懑情绪，似乎到晚年仍未消失。"仍留一支箭，未射鲁连书""羞作济南生，九十诵古文""鱼目亦笑我，请与明月同"……像这样对讥笑者耿耿于怀的情况，在李白的诗文中是不多见的。俗话说"冰冻三尺，非一日之寒"，李白与汶上翁之间的矛盾如此之大，双方都需要有相互观察的长期过程。故《五月东鲁行答汶上翁》绝不是李白初游鲁地之作，而是离开鲁地之作。开元二十六年（738）前李白确实到了山东，但没有随带家室，不能说"移家东鲁"。

二

詹锳《李白诗文系年》（以下简称"詹《系年》"）和郭沫若的《李白与杜甫》中的《李白杜甫年表》有：开元二十四年（736）李白去东鲁，到开元二十六年（738），"旋西之洛阳""由洛阳去淮南""秋至巴陵""又北游，访孟浩然于襄阳"，开元二十八年（740）"春游南阳""旋归东鲁"，没有说回过安陆。稽考史实与李白自己在诗文中说的话，笔者以为上述说法是不对的。

事实是，李白不但回过安陆，而且"移家东鲁"可能就在这期

---

① （唐）李白著，郁贤皓选注：《李白选集》，上海古籍出版社 1990 年版，第128 页。

② 詹锳：《李白全集校注汇释集评》（五），百花文艺出版社 1996 年版，第2617 页。

间。詹《系年》系《赠从兄襄阳少府皓》为开元二十七年(739)作，当有所据。诗云："归来无产业，生事如转蓬。"前面已说过，李白此时的家尚在安陆，因此这里的"归家"就是归安陆的家。安旗、薛天纬《李白年谱》开元二十八年(740)条下说"李白移家东鲁原因，殆为许夫人去世"，这话是有道理的。

1. 从隋末到唐开元年间，许家一直是名门世族。许夫人的曾祖公是隋末夷陵的地方官。曾祖父许绍是唐高祖李渊的同窗好友，被封为谯国公、峡州刺史。祖父许圉师，是高宗朝的宰相。许圉师生三子。幼子许自正，中宗(684—685)时已任泽州刺史①。按唐代15岁许婚嫁的规定推算，开元十五年(727)许氏与李白结婚，则许氏生年当在唐隆、太极(710—712)之际。假设许自正20岁为泽州刺史，则生许夫人时年已四十七八岁，其兄长当已50岁以上，揆情度理，许夫人很可能是自正之女。她有两个从兄：一个是夔州刺史钦寂，一个是荥州都督钦明。李、许结合时，许家虽有衰落的迹象，但不会衰败到"无产业"的地步。后来的著名诗人许浑官至监察御史，也可以说明这一点。何况李许婚后曾对家业作过一番建设。《安陆自兆山桃花岩寄刘侍御》说："归来桃花岩，得憩云窗眠……入远构石室，选幽开上田。"用今天的话来说，这至少达到了"小康"的生活水平。若许夫人在世，怎么只过了三四年，就破产了呢？怎么变得无家可归而"生活如转蓬"了呢？

2. 李白第一次出走安陆与这一次离开安陆的情况大不相同。第一次是因为受到地方官吏的逼迫诽谤而出走的，这一次是叹息家业凋零，大有一蹶不振的状况。上引《赠从兄襄阳少府

---

① 参见郁贤皓：《唐刺史考全编》(2)，安徽大学出版社2000年版，第1256页。

皓》是一首求人救助的诗,为了达到这一目的,诗人采用了软硬兼施的手段。诗一开头,重提先前在安陆遭人讥议的事:"结发未识事,所交尽豪雄。却秦不受赏,击晋宁为功。小节岂足言,退耕春陵东。"接着便诉说苦衷:"归来无产业,生事如转篷。一朝乌裘敝,百镒黄金空。弹剑徒激昂,出门悲路穷。"此诗与前次出走写给安州裴长史的诗比较,前者大谈其才能与抱负,后者字字都是泪;前者出门的目的是"一观国风",大有衣锦还乡的愿望,后者"出门悲路穷",颇有走投无路之态。这首诗读起来就像是下最后通牒,这在李白的诗文中是罕见的。如果没有出过大事,绝不会如此。

3. 我们还可以把李白开元二十七年(739)前将要离开鲁地与开元二十八年(740)再次入鲁所作的诗文加以比较,来看他的思想情绪的变化。在离鲁前,作有《东鲁门泛舟二首》:

其一

日落沙明天倒开,波摇石动水萦回。

轻舟泛月寻溪转,疑是山阴雪后来。

其二

水作青龙盘石堤,桃花夹岸鲁门西。

若教月下乘舟去,何啻风流到剡溪?①

在这里,笔调是何等的轻盈明快,说明诗人此时心无愁绪。《登单父陶少府半月台》:"水色渌且明,令人思镜湖。终当过江去,爱此暂踟蹰。"这里的"暂"字,就说明其时李白的家不在山东。可见其南下江东,纯属漫游而绝无悒怏之叹。再看他再入东鲁时写的《赠任城卢主簿》一诗:

① (清)王琦注:《李太白全集》,中华书局1977年版,第920页。

海鸟知天风，窜身鲁门东。

临觞不能饮，矫翼思凌空。

钟鼓不为乐，烟霜谁与共。

归飞未忍去，流泪谢鸳鸿。①

过去的"年谱"都系此诗为李白辞朝后作。今观诗意与李白生平之事，此诗当作于这时。因为辞朝以后，他家已在东鲁，不存在"归飞未忍去"的问题；若指"归飞"长安，则他刚刚绝意辞朝而又欲还京，怪异何至如此！所以，只有这一次乍到东鲁，子女尚未安顿，安陆又家破之时，才会出现"归飞未忍去，流泪谢鸳鸿"这样既曲折而又相互抵牾的方式求助卢潜。其中"烟霜谁与共"句，倘与《赠嵩山逸人元丹丘居并序》诗中的"笨妻好乘鸾"句对照着读，则很可能指的是丧偶一事。从上看出，李白回安陆前与后，竟判若两人，如果不是丧妻破产，那是为什么呢？

前面说过，《五月东鲁行》是李白去鲁时作。那么，是哪一次去鲁时作呢？从下文可知，是在天宝元年（742）的那一次。

诸论者均认为，天宝元年（742）李白有《南陵别儿童入京》这一首向家人告别的诗，诗题中的"南陵"，在山东的大汶口附近，又名"阚陵城"（见拙作《"南陵"考辨》），可见这时的"家"已在山东。在此诗之前，他还有《游泰山六首》《五月东鲁行》，就是在这两首诗之间写的一首诗。

据史载，天宝元年（742）是玄宗朝崇尚玄学与招揽"人才"的年代。② 而这三首诗所反映的是同一条情绪曲线，这一情绪曲线

---

① （清）王琦注：《李太白全集》，中华书局 1977 年版，第 466 页。

② 参见（宋）欧阳修、宋祁等撰：《新唐书》，吉林人民出版社 1998 年版，第 52 页。

又与时代风气紧密相关。下面试用比较法来说明这一点。

天宝元年（742）正月，诏令："前资官及白身人有儒学博通，文辞秀逸及军谋武艺者，所在具以名荐。"①《东鲁行》："终然不受赏，羞与时人同。"正说明这一年在上述"所在具以名荐"活动中，"时人"竞争得很激烈。而李白未"肯屑"就反遭讥笑。不久，他却意外地得到召他进京的诏书，于是《别儿童》中说："余亦辞家西入秦"，以高度的自负来反讥世俗。

开元二十九年（741）正月，诏命"诸州各置玄元皇帝庙并崇玄学"②，庄子、列子、庚桑子分别被封为"真人"，四子之书被称为"真经"，令生徒习四子书，"每年准明经例考试"；在朝廷的倡导下，玄风大盛。《游泰山六首》诗题自注古御道上，说明他此行与开元十三年（725）玄宗封禅及该年的时事有关。诗第六首："寂静娱清辉，玉真连翠微"，"举手弄清浅，误攀织女机"。是说在寂静的月光下，望着眼前的道观，联想起昔日在玉真别馆，欲见玉真公主引荐而没有成功的事来了。《东鲁行》中"我以一箭书，能取聊城功"中的"书"，指李白的《宣唐鸿猷》一类的文章；"西归去直道"中的"直道"，就是诗人想通过再次干谒献文，以实现政治目的的途径。

《东鲁行》中"落日昏阴虹"与《别儿童》中"起舞落日争光辉"的"落日"，不是偶同，其均指"汶上翁"。"昏阴虹"句已如上述阐释。《东鲁行》中"下愚忽壮士"与《别儿童》中"会稽愚妇笑买臣"句式相似。"下愚"对"会稽愚妇"，"壮士"对"买臣"，"忽"与"笑"义近。《东鲁行》"此去尔勿言，甘心如转蓬"，《别儿童》"仰天大笑出门去，我辈岂是蓬蒿人"。"转蓬"句，任才使气，铤而走险；

---

① （后晋）刘昫等著：《旧唐书》，1956 年版，卷九，第 79 页。
② （后晋）刘昫等著：《旧唐书》，1956 年版，卷九，第 79 页。

"蓬蒿"句,志得意满,是"险"中得志的一种喜悦。

我们知道,心境以及表达心境的语言,往往具有阶段性并形成阶段性的情绪记忆。以上三首诗之间的种种相似性,正好说明这一阶段性情绪记忆的自然流露。换句话说,它们是同一时期的作品。所谓"五月东鲁行",就是四五月间的泰山等地之行。"答汶上翁"是此行结束的六七月间,时间上与《别儿童》相距甚近。就是说,上一次即开元二十七年(739)李白那次离鲁,纯属向往江东漫游、没有家室在鲁的迹象。而这一次,却是丧妻破产来到东鲁;一年多后,受人讥议,作《五月东鲁行》以泄愤懑。不久,悲极喜来,奉诏进京,向儿女告别,说明"移家东鲁"事在开元二十八年(740)。

三

李白于开元二十七年(739)前第一次到鲁,此后回到安陆,不久"移家东鲁",其路线不像许多书上说的那样——由"洛阳去淮南""秋至巴陵""又北游"归鲁[①]——往返折腾,而是按顺时针方向由鲁经吴越、巴陵到安陆,经襄阳、洛阳归鲁的。根据傅璇琮《王昌龄事迹考略》和詹《系年》,开元二十七年(739)李白在巴陵与王昌龄交游,已被学术界所公认。但詹《系年》没有与李白另外的一些诗即《与从侄杭州刺史良游天竺寺》《送侄良携二妓赴会稽戏有此赠》和《京兆韦参军量移东阳》等联系起来考察,以致把李白的行踪搞反了。

按开元中李良为杭州刺史。又孙逖有《授李良等诸州刺史

---

① 詹锳编:《李白诗文系年》,作家出版社1958年版,第21—31页。

制》^①。孙逖在开元二十四年(736)至开元二十六年(738)为中书舍人,开元二十六年(738)丁父忧免,开元二十九年(741)复为中书舍人。又据劳格《谈书杂识》卷七《杭州刺史考》,李良任杭州刺史在杜元志、陈彦恭之间。杜、陈为开元年间刺史,则知陈至迟于开元二十九年(741)任杭州刺史。又据《见京兆韦参军量移东阳》诗为李白于开元二十七年(739)作,诗云:"潮水还归海,流人却到吴。""吴"指杭州,李白云"诗成傲云月,佳趣满吴洲",可证。知李、韦相遇之地在杭州。故可断定开元二十六年(738)李良在任,亦知是年李白在吴地。《与从侄杭州刺史良游天竺寺》诗云:"天竺森在眼,松风飒惊秋。"时令在秋天,诗当作于开元二十六年(738)秋。《送侄良携二妓赴会稽戏有此赠》:"携妓东山去,春光半道催。"时令乃春天,应作于开元二十七年(739)。又有《采莲曲》:"若耶溪旁采莲女,笑隔荷花共人语。"《越女词五首》:"笑入荷花去,佯羞不出来。"均是夏季所作。知这次李白在吴越度过了开元二十六年(738)的秋天、冬天和开元二十七年(739)的春天、夏天。而与王昌龄交游时在秋天,故知李白不是由洛阳至淮南、秋到巴陵,而必是由吴越溯长江去巴陵的。

上面梳理了李白由吴越去巴陵、安陆、襄阳然后归鲁的路线,对于其吴越以前的行踪也就清楚了:李白自太原到山东后,过了一段遂心快意的时期。不久有《东鲁门泛舟》二首,其一是开元二十六年(738)作,其二为开元二十七年(739)三月作。不久到安宜,有《赠徐安宜》诗,又有《白田马上闻莺》诗。盛夏到丹阳,有《丁都护歌》诗。是年秋在杭州。次年春夏在越中,作《说浣纱石上女》《采莲曲》《西施》《王右军》《越女词五首》等诗。此

---

① 郁贤皓:《唐刺史考全编3》,安徽大学出版社2000年版,第1973页。

后经牛渚,缅怀谢尚,作《夜泊牛渚怀古》诗。至白露洲,有《月夜江行寄崔员外宗之》。巴陵以后,回到安陆。接着经襄阳北上折东入鲁。在襄阳作有《赠从兄襄阳少府皓》诗。

综上所述,李白第一次漫游东鲁是在开元二十六年(738)前,"移家东鲁"在开元二十八年(740)。李白所走的路线,是由山东南下吴越、溯长江抵安陆,尔后北上向东到鲁的。

王羲之晚年居住罕岭考

——兼论罕岭在"唐诗之路"上的地位

一、王羲之居室与墓地考

　　王羲之晚年归隐何处？他的墓地在何处？对此，学界过去已进行过较为深入的讨论，但未形成最后定论。未形成定论的原因之一，笔者认为诸论者没有注意到对罕岭的研究。许多史实表明，王羲之晚年的隐居地和卒葬地都在古剡县东南的金庭，但古剡县到晚唐、五代之际，分为嵊县（今嵊州市）和新昌县。新昌县在原剡县之东南，而今天的金庭观在嵊州市之东，这又产生了王羲之晚年隐居地和卒葬地到底在新昌县还是在嵊州市的疑窦。

　　1988年暮春，笔者按照民国《新昌县志》中王羲之"创金庭道院于罕岭"的记载，曾经去实地考察，回来后写过一篇《藏书与旅游》的散文，还提出"罕岭"的"罕"应该是"厂"①（音同罕）的讨论；

---

① （汉）许慎撰，（宋）徐铉校定：《说文解字》，中华书局2013年版，第190页。

2007 年 1 月 28 日,笔者应俞和方先生之邀,又去罕岭考察,后来袁伯初先生也提供了一些资料,得益颇多。从史实和实地考察,笔者更确信王羲之晚年隐居地和卒葬地在古剡县东南、今新昌县沙溪镇境内的罕岭(本文以下简称"罕岭"),今嵊州市金庭乡金庭观是后来"侨置"①的(以下简称"后罕")。现以"王羲之晚年居住罕岭考——兼论罕岭在'唐诗之路'上的地位"为题,发表己见如下。

(一)里程:关于王羲之的故地和墓,宋代《剡录·古阡》中写得非常清楚:"王右军墓在县东孝嘉乡五十里。"②按,孝嘉乡范围甚广,墓在孝嘉乡何处呢?《剡录》中没有作进一步说明,只说"王右军墓在县东孝嘉乡五十里"。按,"王右军墓在县东孝嘉乡五十里",这句的意思是:王右军墓不在孝嘉乡,而在"过"孝嘉乡以后的 50 里(这是约数)处。因为若按墓在孝嘉乡去理解,那么,在"孝嘉乡"三字后面写的"五十里"三字将取何意?换句话说,如果按照墓在孝嘉乡的理解,那么,这句话应该写成"王右军墓在县东五十里孝嘉乡",把"五十里"三字放在孝嘉乡三字的前面。例如,在《剡录》的同一节中写道:"汉朱买臣墓:县北六里"③"阮裕墓:县东九里"④"山桐公墓:县东故港有高冢,世传谢氏祖

---

① 舒新城等编:《辞海》,中华书局 1948 年版,第 291 页。

② (宋)史安之修,高似孙纂:《宋元方志丛刊·嘉定剡录》,中华书局 1990 年版,卷四,第 7224－7225 页。

③ (宋)史安之修,高似孙纂:《宋元方志丛刊·嘉定剡录》,中华书局 1990 年版,卷四,第 7224 页。

④ (宋)史安之修,高似孙纂:《宋元方志丛刊·嘉定剡录》,中华书局 1990 年版,卷四,第 7224 页。

墓"①"戴颙墓：县北一里"②，都是把方位词写在里程前的，为什么单单写王右军墓时特别写明方位词，又在方位词的后面特别注明"五十里"呢？原因就在于今新昌县、嵊州两地唐末时同为剡县，而《剡录》成书于南宋嘉定八年（1215），距剡县被分置为新昌县、嵊县（今嵊州）两邑已有300多年，但书名是"剡录"，收录新昌史事是正常的事。但因王羲之墓不在嵊县孝嘉乡，而在古剡东、今新昌县东北，为了不致混淆，故特注明墓在"过"孝嘉乡数十里处，而朱买臣墓、山桐公墓等都在今嵊州境内，就无须注明某乡了。

从下述史料可以证明《剡录》之"王右军墓在县东孝嘉乡五十里"应是"过"孝嘉乡50里，而不是墓在孝嘉乡。

裴通于唐元和二年（807）三月到过罕岭王羲之故居，在罕岭王羲之故居住宿了两夜，回来后写了《金庭观晋右军书楼墨池记》③，其中写道："其洞在县之东南。循山趾而右去，凡七十里。得小香炉峰，其峰即洞天之北门也。"④这里说的"小香炉峰"，在鸟头山南麓，即在今天嵊州金庭观与济渡村之间，距剡县城50里。裴通这段话是说，金庭洞天在剡县东南方向。从剡城向东，顺着（四明）山脚走到小香炉峰的地方，向右方转弯（即向南转弯）继续走20里，总共走了70里路，才到王羲之的故地——金

---

① （宋）史安之修，高似孙纂：《宋元方志丛刊·嘉定剡录》，中华书局1990年版，卷四，第7224页。

② （宋）史安之修，高似孙纂：《宋元方志丛刊·嘉定剡录》，中华书局1990年版，卷四，第7224页。

③ （清）董诰等编：《全唐文》（第八册），中华书局1982年版，卷七二九，第7520页。

④ （清）董诰等编：《全唐文》（第八册），中华书局1982年版，卷七二九，第7520页。

庭观。

《嵊县志》也写道:"岭在嵊县东七十里";就连记载王羲之家族发展史的《王氏宗谱》也据《旧经》说王羲之故地在县东 72 里,而不是 50 里;民国《新昌县志》卷十四:"宋陈永秩《右军祠堂碑》文:'右军隐剡东,创金庭道院于罕岭'(即厂岭,今之王罕岭),《旧经》亦云墓在县东 72 里,裴记县东南 70 里适合。"①

1963 年,中国人民解放军总参谋部测绘局航拍地形图中所标明的里程也证明上述碑志不误。这证明《剡录》说的"王右军墓在县东孝嘉乡五十里",应当读作"过"孝嘉乡,而不能作"在"孝嘉乡理解。

裴通寻金庭观的路线,像个"J"形,"J"形的一竖是循山脚由古剡城向东走的路线,那一钩是渡过剡溪的平溪,向南去罕岭金庭观的路线。而一竖与一钩的岔口处,即是位于由东向南转弯处的今之金庭观,是金庭洞天的北门。②

还有晚唐诗人罗隐《送裴饶归会稽》"金庭路指剡川隈,珍重良朋自此来"中之"隈"字,是指与直相对的弯曲隐蔽的地方,即指"J"形的一钩处。罗隐的这两句诗中所描写的,与裴通"循山趾而右去"的路线是一样的。还有位于小香炉峰附近的"济渡"村和"后厂"村也可佐证原创立之金庭观在罕岭。上面说过,在"J"形的一竖与一钩交接处,有一条位于剡溪上游的平溪,循四明山脚去罕岭,要渡过平溪,因而呼济渡村。济渡村又名再渡村,渡平溪而一往一复,故名再渡。清人徐干在《剡录》"再渡村"三字下校刊云:"世传右军渡此……"这里的"渡"字,再一次说明当年王羲之去原创立于罕岭的金庭观,是渡过平溪去的,而从古

---

① (民国)金城修,陈畲等纂:《新昌县志》,1919 年版,卷十四,第 1402 页。

② 参见(宋)史安之修,高似孙纂:《剡录》,清道光八年重刊,第 6654 页。

剡城到今之金庭观，是不需要渡过平溪的。

《剡录》也不止一次地指明金庭洞天在罕岭，如："去观东一十五里有大湖山，峰势入天，上有赤水丹池，旧为右军宅。"[1]这里说的"去观东"的"观"，是在王羲之卒后850年的宋代高似孙写《剡录》时看到的侨置（以下"侨置"一词，均同此义）的"后罕"，而"去观东一十五里……旧为右军宅"的句意是：在后罕的东面15里，过去是王羲之的住宅。就是说，王羲之的故宅在后罕的东面15里的罕岭。由此说来，王羲之创道院于罕岭，今之金庭观是王羲之卒后侨置的，应当说是没有问题的。

还有，在现在侨置的王羲之墓边有个"后厂（音罕）"村，这"后厂"当是对"前厂"即罕岭而言。这种情况，很像东晋初年为保持北人原籍而设置侨州、郡、县那样，金庭观既从厂岭迁移来此鸟头山，便在鸟头山墓边侨置"后厂"，以别前厂岭，又如《浙江古今地名词典》第412页引《清一统志·绍兴府·山川》云"金庭山，在（嵊）县东七十里"[2]等，亦可证明右军宅在罕岭。

从以上所述的里程上，就可判断王羲之墓、金庭观原在罕岭，今距古剡县城50里的后罕，即今之金庭观和王羲之墓是后来"侨置"的。

（二）岭在五县余地：王羲之故地不在河谷冲积盆地而在山岭上，南朝齐梁文坛领袖沈约《金庭观碑记》可证：沈约官至尚书令，曾于永泰元年（498）辞官来罕岭修身数年。《金庭观碑记》

---

① （宋）史安之修，高似孙纂：《宋元方志丛刊·嘉定剡录》，中华书局1990年版，卷八，第7249页。
② 陈桥驿主编，《词典》编纂委员会编：《浙江古今地名词典》，浙江教育出版社1991年版，第412页。

云："永泰元年(498)······(沈约)遂远出天台,定轮兹岭。"①这里的"岭"即山岭。

这"岭"在何处呢?《金庭观碑记》云："所憩之山,实惟桐柏。灵圣之下都,五县之余地······桐柏所在,厥号金庭。"《读史方舆纪要》卷九十二云,罕岭在(新昌)"县北五十里,亦接宁波府奉化县界。自奉化而西北,路经此,颇深险,度岭则平川,四十里入于剡城"②;《资治通鉴》卷二百五十:"贼无所逃矣,惟黄罕岭可入剡。"③《资治通鉴考异》:"黄罕岭(在奉化县西北,剡县之东,其路深险,度黄罕岭,则平川四十里入剡)。"

《读史方舆纪要》《资治通鉴》和《资治通鉴考异》中说得明白:罕岭在今新昌县与奉化县、嵊州市交界的新昌一侧,罕岭东的奉化有剡江过宁波城区出海;大湖山(金庭山)北为余姚市。南朝时,新昌、嵊州属剡县,奉化属句章,宁海属临海,天台为始丰,这余姚、句章、临海、始丰、剡为沈约《金庭观碑记》中说的"五县"。这就是道经说的,"越有桐柏金庭,与天台、四明相连,神仙之宫也"。而今嵊东金庭观不在桐柏金庭地域内。

(三)山高而险峻:地势特点亦是判别王羲之故地的主要标志之一。沈约《金庭观碑记》云:"仰出星河,上参倒景。高崖万沓,邃涧千回。因高建坛,凭岩考室。"这是说,人立坛上,举头仰看,好像自己超越了星河,地上的山水也像与天合而为一;那高崖上沸溢着的流水,似与天地重合,又在深涧里千转百回。因为这里地势高耸而建坛,靠着这巨大的岩体落成了室宿。

又如宋代马并《游沈道士金庭观》云:

① (清)严可均:《全梁文》(上),商务印书馆1999年版,第335页。

② 禹景范:《读史方舆纪要》,图书集成局1901年版,第79页。

③ (宋)司马光:《资治通鉴》,古籍出版社1956年版,卷二百五十,第8087页。

> 右军学业隐林丘,世隔年余景尚幽。
>
> 苔锁一泓残墨沼,云遮三级旧书楼。
>
> 欣逢羽客开金阁,快睹仙童侍玉旒。
>
> 自怪今朝脱凡骨,飞身得向洞天游。[①]

上诗说明金庭观是何等高耸挺拔,同时也说明当时王羲之的书楼尚在。

再看唐代裴通《金庭观晋右军书楼墨池记》中描述的金庭观的周围是:"但见其山水之异也,其险如崩,其耸如腾,其引如肱,其多如朋,不三四层而谓天可升。"[②]这是说,金庭观所在的山水与别处不同,其险峻像大块的岩体会突然崩落那样,挺拔的高山似欲飞腾,山岭恰如手臂,这样峻拔的山峦叠嶂成群,还没登上书楼的第三四层,便觉离天很近了。

上述沈约《金庭观碑记》、马并《游沈道士金庭观》所描述之金庭观都处在危耸挺拔的高山上,这显然指罕岭,而不是如前所说的其位置在后罕河谷平地上。

(四)丹池赤水:丹池赤水是王羲之书楼故居的又一个重要特征。《剡录》卷二"山水志"在叙述县"东五十里"石鼓山后说:"又东为丹池山,积翠缥缈,云霞所兴,神仙之宫也。"[③]《剡录》又记载:去观"后罕"东15里,有大湖山峰入天,上有赤水丹池,旧

---

① (宋)史安之修,高似孙纂:《宋元方志丛刊·嘉定剡录》,中华书局1990年版,卷八,第7250页。

② (宋)史安之修,高似孙纂:《宋元方志丛刊·嘉定剡录》,中华书局1990年版,卷五,第7230页。

③ (宋)史安之修,高似孙纂:《宋元方志丛刊·嘉定剡录》,中华书局1990年版,卷二,第7209页。

为右军宅,东庶设右军像,有书楼墨池鹅池。①《剡录》卷三、卷四均云:"金庭观有书楼、墨池。"②如前所述,剡城东50里是今位于鸟头山的金庭观和墓,即后罕。《剡录》中所云的"去观东十五里""又东为丹池山",则单凭此二句便可推断丹池山不在鸟头山。《中国地名大辞典》第543页亦云:"在嵊县(唐剡县)七十里,旧名桐柏山,上有金庭洞天,道书以为第二十七洞天,唐裴通云……天宝六载,改名丹池山。"何况如《剡录》又云:"池有水赤色,勺之洁白。"③这是说池里的水看上去是丹红色的,而用勺把它舀取观看时,那水却是晶莹洁白的。今考察罕岭龙潭岗附近的众多泉水,与《剡录》中所描绘的水毫无二致。这里岩石经泉水长期流过,"染"上了一层赤红的颜色,出现了看似水红、"勺之洁白"的奇观。这些天然的丹池赤水,非人力可以仿制。由此可知,丹池赤水在罕岭是确凿无疑的。

(五)瀑布岭:《剡录》卷二云:"瀑布岭……(南朝)宋褚伯玉尝隐兹峰。"④《剡录》卷八云:褚伯玉所居处"正当右军之家"。裴通《金庭观晋右军书楼墨池记》亦云:"道士褚伯玉,仍思幽绝,勤求上元,遂启高宗明皇帝,又于此山置金庭观,正当右军之家。"⑤

这里首先应注意的是"瀑布岭"而不是瀑布山,山与岭是两

① (宋)史安之修,高似孙纂:《宋元方志丛刊·嘉定剡录》,中华书局1990年版,卷八,第7249页。

② (宋)史安之修,高似孙纂:《宋元方志丛刊·嘉定剡录》,中华书局1990年版,卷四,第7222页。

③ (宋)史安之修,高似孙纂:《宋元方志丛刊·嘉定剡录》,中华书局1990年版,卷二,第7209页。

④ (宋)史安之修,高似孙纂:《宋元方志丛刊·嘉定剡录》,中华书局1990年版,卷二,第7210页。

⑤ (宋)史安之修,高似孙纂:《宋元方志丛刊·嘉定剡录》,中华书局1990年版,卷五,第7229页。

个不同的概念，《剡录》中说的瀑布岭，是以瀑布和岭为其特征的。其次，宋代褚伯玉隐居处"正当右军之家"句，不是所谓与右军宅为邻，而是右军的故宅。

先说瀑布岭。从今大湖坑攀登 4 里山路到王羲之书楼所在地——龙潭岗，在罕岭南坡有瀑布四飞（俗称高瀑山），在同一山谷中有龙滚瀑、折叠瀑、滚地瀑等。湍瀑不分昼夜地从高岩上争喧而下，呼啸着向位于山麓的大湖坑方向流去。尤其是滚地瀑，高差有数十米，水从五彩晶石上浩浩荡荡地一翻一滚地往下湍流，在阳光照耀下，珠光宝色，令人耳聩目眩，这就是《道经》所说的"其山尽五色金"的壮丽景象。大湖坑登龙潭岗王羲之书楼，一路瀑声，故唐诗有"隔岭知溪路，新泉到枢户"句。这是对这里自然风光的切实描述。"枢户"二字，意谓右军的居住地像门户的转轴那样，四顾都有飞流。由此可知瀑布岭是金庭观地形地貌的重要特征之一。

《道经》又云"树则苏纡，泉则石髓金精"，这是什么意思呢？先说"树则苏纡"句。按，"苏"为苏木，稀有珍木；"纡"为虬屈。句意为：珍贵的苏木因山高风大而弯曲。"树则苏纡"这句话是描绘实景。再说"泉则石髓金精"，即指上面说到过的从山体石缝渗出的淡红色的泉水。这些苏木丹泉景象是"河谷平地"所没有的。

（六）建筑物：《剡录》说离丹池不远处有龙亭；裴通《金庭观晋右军书楼墨池记》云："墨池在殿之东北维。"[1]"尊殿"当即丹池殿，"维"作角落解。"墨池在尊殿之东北维"句的意思是：墨池在丹池殿的西北角；《金庭观晋右军书楼墨池记》又云："墨池'方而

---

① （宋）史安之修，高似孙纂：《宋元方志丛刊·嘉定剡录》，中华书局 1990 年版，卷五，第 7229 页。

斜,广轮可50尺以下。池楼相去东西羡值,才可50余步'。"①这里的"广轮"二字作纵深解释,"羡值"二字为剩余数值。全句的意思是:墨池在丹池殿的西北角,口方而斜,深在50尺以下;池与书楼由东到西的距离,有50多步。裴通此记,可谓翔实,这些建筑物虽几经重修,但据当地年已80岁的王羲之后裔王翼中说,其建筑物到1944年大部分尚在,龙潭岗上的丹池殿正门上方仍悬挂写有"丹池"二字的匾额。其旧址至今尚在。

(七)从沈约的"定轮兹岭"看王羲之隐居地:本文前面提到沈约有《金庭观碑记》,《金庭观碑记》中的"定轮兹岭"句说明"岭"是王羲之晚年居住地的主要特征之一。这里笔者还想说明,沈约于永泰元年(498)曾修心于罕岭金庭观,并写了《金庭观碑记》。

沈约在南朝刘宋、萧齐两朝作过官,后来他参与了萧衍嬗代机密,帮助萧衍建立梁代,担任尚书仆射、左仆射兼任吏部尚书等职。他这里的"定轮"是借用佛教六道轮回(天、人、阿修罗、地狱、饿鬼、畜生的轮回,生死相续)之说,"停轮兹岭"意谓他在这岭上停止了"六道"轮回,解脱了一切痛苦。而"定轮兹岭"的"岭",正说明永泰元年(498)沈约见到的金庭观是建在罕岭上的。

(八)墓地考述:文献中对王羲之《兰亭序》下落的记述甚多,而对王羲之卒后之葬地却记录甚少,从王羲之卒后到隋末唐初,在所见范围内竟无一字提及。直到唐代何延之《兰亭记》云:"自

---

① (宋)史安之修,高似孙纂:《宋元方志丛刊·嘉定剡录》,中华书局1990年版,卷五,第7229页。

右军之坟及右军叔以下茔域，并置山阴县西南三十一里兰渚山下。"①然据何延之自云，故事系辩才弟子元素于永兴寺智永禅师故房亲口述说的。史料表明，当时玄素已经92岁，以92岁高龄的玄素之口传智永禅师，智永禅师又传何延之，如此辗转传言，焉能全信？何况所传的内容是向他讲述唐太宗派萧翼去越州从辩才手中骗取《兰亭记》的轶事，对于王羲之墓只不过是顺带提及而已，并非专述。文中"右军之坟"实为右军父母之坟，王羲之曾移父母坟于兰渚山下，以便就近拜祭，倒是事实。因而何延之此说未被学界采信。

　　宋《嘉泰会稽志》有"王羲之墓在诸暨县苎萝山。孔晔云：'墓碑孙兴公文，王子敬书也'，而碑亡矣"②的记载，亦殊不可信。因为按照王羲之的卒年与孙绰、王子敬的卒年来比较，孙绰撰文到王子敬书文的时间，至少相距五年左右，这是不近常理的。孙绰既与王羲之为好友，为何是在王羲之死后将近十年才撰碑文？王子敬是王羲之第7子，为何是在孙绰撰碑文近五年后才书写碑文呢？按《世说新语·赏誉》："庾公云：'逸少国举'。"故庾倪（即庾倩，庾冰的第五个儿子）为碑文云"拔萃国举"③。据此，孙兴公为碑文之说，今苎萝山下亦无墓葬迹，故不能证其说。

　　此外，就是《剡录》中"王羲之墓在孝嘉乡五十里"的记载，对此，本文前面已经辨正，即此句的意思是：王右军墓在县城东面出孝嘉乡50里处，不能误读为"王右军墓在县东五十里孝嘉

---

　　① 《王羲之志》编纂委员会编：《王羲之志》，山东人民出版社2001年版，第250页。

　　② 《王羲之志》编纂委员会编：《王羲之志》，山东人民出版社2001年版，第250页。

　　③ 《王羲之志》编纂委员会编：《王羲之志》，山东人民出版社2001年版，第250页。

乡",不再细述。今据有限的资料分析,笔者认为王羲之卒葬罕岭。

《金庭王氏族谱》载:361年,王羲之病逝后,"遂埋玉于居宅之旁",前面已反复建白,王羲之宅在今罕岭里湾,《金庭王氏族谱》既云王羲之卒葬"居宅之旁",则葬地在罕岭居宅不远处。

从尚杲"访陈迹"看王羲之墓地,也可考见其墓在罕岭。隋大业七年(611),沙门尚杲"游天台过金庭",遵先师智永和尚之嘱,寻访王羲之墓,而"卸锡雪溪道院"可证王羲之晚年居住地及墓地在罕岭。"雪溪道院"在王羲之书楼所在地龙潭岗东南之雪溪。《浙江古今地名词典》云:"雪溪,古水名,在新昌县东南雪溪乡。"《阆风集》云:"今自新(昌)、嵊(州)溯流而上,至于雪溪,往往由雪得名,由戴安道始也。"①古有雪溪道院。

雪溪发源于新昌县东南部的雪头山,水流向西北,流经龙头坑、董村、开口岩、麻地村,与王罕岭南端大湖坑相接,汇入罕岭南麓沙溪水后入黄泽江,故《清一统志·绍兴府·山川》云:"雪溪山,在县东八十里……山中有溪流盘绕,谓之雪溪,亦剡溪上源也。"②又《方舆纪要》卷九二:"雪溪山……攒峰数重,水缘岩下,飞瀑如雪。"而僧人尚杲驻锡道院,赴罕岭,可水路亦可旱路,由雪溪勘察王羲之墓,可谓是方便的处所。不然,倘尚杲的勘察地点在后厂,则何不驻锡于就近寺院,而舍近求远;何况从雪溪到后厂,须几经翻山涉水,路程亦增加一半多。联系上述各点,考见他驻锡雪溪道院,是便于踏访罕岭王羲之墓。

又,在他修复墓后写的《瀑布山展墓记》中,也可知墓在罕

---

① 新昌县志编纂委员会编:《新昌县志》,上海书店出版社1994年版,第555页。

② 《大清一统志·绍兴府志》,《钦定四库全书·史部》,卷二百二十六。

岭。《瀑布山展墓记》云："……求右军墓，得于荆榛之麓……"①
这里的"荆榛"为阻塞道路的灌木树丛，今"后罕"既在河谷平地，似不类"荆榛"之麓。

值得一提的是，在罕岭王羲之宅旁的瀑布岭中，有一座面积不大的"坟山"，一向为王羲之后裔所宗仰，这座坟山疑即王羲之之坟地。

后梁（907—923）前，新昌县、嵊县同属剡县，所以书、志均记为王羲之观、墓"在剡县东南"。后梁初，剡分新、嵊，王罕岭范围内的数十平方公里山地和王羲之故居（今里湾自然村）、丹池山书楼等均属新昌县管辖，而外湾村和坟山属嵊县管辖，这是典型的"插花山"。1958 年，在调整"插花山"时，在通常情况下，嵌在地属新昌的群山之中的坟山显然属调整对象。但在原属嵊县的外湾村也划归新昌县管辖的情况下，唯此坟山未经调整，据当地王氏说，嵊州华堂村是王姓最大的聚居地，每年的 2 月 12 日在"后厂"（即今之金庭观）举行庙会前，先要到坟山去祭祀始祖王羲之，祭祖有清明、冬至两祭。清明节以扫墓祭祖。由此，就像前面说过的王羲之本人为就近拜祭祖坟而移祖坟于兰渚山下那样，王氏后裔将厂岭王羲之墓侨置于后厂，也是可以想见的。对此，从对历史负责、正本清源的角度出发，希冀考古专家作进一步考察。

如上所述，无论是从地形地貌上，还是从史志碑记的记载来说，清代以来的几位学人关于王羲之"创金庭道院于罕岭"的记载是正确的，现在后厂的金庭观及王羲之墓是侨置的。

---

① 王汝涛：《王羲之及其家族考论》，中国文史出版社 2003 年版，第 267 页。

二、罕岭地理位置及地名考

（一）地理位置

罕岭是指明州（今宁波市）通剡县（今嵊州市、新昌县）的一条窄而险的古代秘密军事通道，在今浙江省新昌县东北沙溪镇境内。罕岭状如"∧"形，故裴通云："其引如肱"①——好像人张开的双臂。"∧"形的南端（"∧"形的右边底部）即大湖坑，在东经 121°06′、北纬 29°30′；北端（"∧"形的左边底部）为岭脚村，在嵊州至宁波的高速线上，位处东经 121°06′、北纬 29°32′，罕岭全长 4.2 公里。大湖坑位于新昌经沙溪至宁波的公路线上，其中新昌至大湖坑 50 里，宁波至大湖坑 138 里。

上文说过，唐裴通于元和二年（807）三月，曾经专访王羲之故宅，在王羲之故地住宿了两夜，回来后写了《金庭观晋右军书楼墨池记》，现在我们就依照他走的路线，来介绍罕岭。

唐元和二年三月，裴通从剡县出发向东，循四明山脚（即向东去）走了 50 里，然后"右去"（即转向南去）渡剡溪上游平溪江，再渡平溪，到罕岭（今外湾），即王羲之晚年之故居地；今有千年古柏数株，下有断墙残垣、黄色碎瓦等遗存；距上马石东南 1 里有海拔 550 米的龙潭岗，龙潭岗又名丹池山，上原有王羲之书楼、墨池，这里数峰矗立，翠碧凝空。书楼东北有海拔 466 米的西白坞及海拔 646 米的笔架山。坞者，藏云之境也！王羲之于此筑起了"迥出万物表""云绕三级楼"的书楼，在这里观赏领悟

---

① （宋）史安之修，高似孙纂：《宋元方志丛刊·嘉定剡录》，中华书局 1990 年版，卷五，第 7230 页。

飘散离合、窈窕飞白、霏雨烟露、白云苍苍的变幻规律，"摇笔望白云，开帘当翠微"，使其书法艺术取得了继往开来的成就。这也许就是他自己说的："但我作书变化之法，并无祖传，仅得白云先生指教而已的'白云先生'了。"

"坟山"在里湾附近，即为前面讲到过的瀑布岭，瀑布岭海拔高 522 米，相对高程 457 米，岭和瀑布向着"∧"形右边底部的大湖坑。中有"厂洞"，俗称"旱"。过厂洞约 200 米有支通洞，俗称紫藤洞。再行 400 米，便是"∧"形的右边底部、罕岭最南端的大湖坑。

以上是岭的情况，但罕岭并不单指"∧"形的一条山路，而是泛指约有 15 平方公里的山地。它包括东经 14°—17°、北纬 65°32′—67°30′这一范围，在东经 14°附近，由南向北依次为棠家洲、羊毛山、岭脚；在东经 17°附近，依次有合溪、下高洩；在北纬 65°32′附近，自东向西有王家年、平山头、上村；在北纬 67°30′附近，自东而西有大青山、陈公岭、脚窝头、七岩坑。在这个范围内，北有白坞塘、笔架山和火把岭，西有西白坞，南有龙潭岗、眠牛湾、上马石、朝阳岭等峰峦和外湾、里湾两个自然村。东为海拔 898米的金庭山的东峰。

这里还要说明的是，考释历史名胜遗迹，必须把考释对象放到那个时期的历史地理中。金庭既指罕岭，但从历史地理上说，罕岭的范围比上面说的还要大，《道经》曰："……上有桐柏金庭，与四明天台相连，神仙之宫也。是为金庭洞天，晋右军羲之居焉，墨池书楼，遗雅不绝。其南为刻石山，山旧有卫夫人碑，山之半有巨井，井有蛟。"这里说的"与四明天台相连"，即金庭罕岭在天台山与四明山的交汇处。

又如《中国地名大辞典》引史志云："罕岭金庭"旧名桐柏山，

上有金庭洞,道书以为第二十七洞天,唐裴通云……天宝六载,改名丹池山。"①这里明白地称丹池山旧名为桐柏山。

本文前面提到沈约的"遂远出天台"和尚杲的"游天台过金庭""卸锡雪溪道院",这里的天台、天台山在何处呢?《续高僧传》云:"此乃会稽之天台山也"②,向会稽一面的天台山属会稽郡,所以沈约、尚杲说的"天台"不是今天台县的天台,而是在今新昌县境内的天台。这是一个例子。

(二)地名考

关于罕岭地名,最早见于司马光(1019—1086)撰的《资治通鉴》卷二百五十:"……式曰:'贼无所逃矣,惟黄罕岭可入剡。'"③此后,常见的有"罕岭""黄罕岭""王罕岭""王汉岭"这几种说法,现在最通行的说法是称之为"王罕岭",所谓"传王羲之隐剡东游至此,叹为'罕见此山',因名"。但笔者认为这个命名是不通的,理由如下:

王罕岭的坡度一般在40%左右,百余米短程的最陡坡度在40%~50%左右,这在浙东诸山中是常见的,有何可"叹为'罕见此山'"哉?何况《全晋文》收有王羲之写给亲友的"杂帖"共459帖,其中讲到健康状况、上山采药的有142封,占总数的31%,其中没有一封信说山岭陡险、难以攀登的,怎么面对罕岭就"惊叹罕见此山"呢?而且《资治通鉴》写作"黄罕岭",而不是现在称的"王罕岭"。直到宋治平四年(1067)尚无所谓王羲之叹为"罕见此山"之说,就是说,先有黄罕岭,后有王罕岭,可知王罕岭这个

① 臧励和等编:《中国古今地名大辞典》,商务印书馆1980年版,第543页。
② (唐)道宣撰:《续高僧传》,《大正藏》第50册,卷十七,第564页。
③ (宋)司马光:《资治通鉴》,古籍出版社1956年版,卷二百五十,第8087页。

传言乃后人借地名、生情造意耳！而由厂岭转呼"黄罕岭"，当与道教对黄色的崇敬有关，如《道经》云："桐柏之中方四十里，上有黄云覆之，树则苏纤，泉则石髓金精，其山台尽五色金也。"①这里不展开讨论。

今既云"叹为'罕见此山'"乃乌有之说，则"罕"字又从何而来呢？笔者认为"罕"乃"厂"字之讹，"罕岭"应是"厂岭"。由此亦知，"罕岭"初名是"厂岭"，因"厂洞"而名。理由是：

1."厂"与"旱""罕"同音而形、义不同：前文已经说到"厂"古音读 hàn，段玉裁注音："厂，旱切"，与"罕"同音。《说文解字·厂部》云："厂，山石厓岩，人可尻。"②清代段玉裁注曰："尻，旧作居，今正之。厓，山边也，岩者，厓也，人可居者，谓其下可居也。屋其上者，则谓之广，象形。"③又，2004 年 3 月商务印书馆出版的《辞源》云："厂，呼旱切，上，旱韵，晓。山崖石穴。《说文》：'厂，山石之崖岩，人可居。象形。'"④

1985 年 12 月上海书店出版社出版的《康熙字典》云："呼旰切。《唐韵》虚旰切，厷音汉。《说文》山石之厓岩人可居，象形。《集韵》籀作厈。《六书本义》：厂，水厓高者，岸厈同。又《集韵》呼旱切。《集韵》许旱切，厷音罕。义同。又《集韵》鱼枕切，音严。或省作厂。"高鸿缙《中国字例》："厂字本象石岸之形。周秦

───────────────

① 陶弘景撰，王云五主编：《丛书集成初编真诰 1》，商务印书馆 1935 年版。

② （汉）许慎撰，（清）段玉裁注：《说文解字注》，上海书店出版社 1992 年版，第446 页。

③ （汉）许慎撰，（清）段玉裁注：《说文解字注》，上海书店出版社 1992 年版，第446 页。

④ 广东、广西、湖南、河南辞源修订组，商务印书馆编辑部编：《辞源修订本·第一册》，商务印书馆 1979 年版，第 439 页。

或加干为声符作厈,上加山为意符作岸。"①清代聂剑光《泰山道里记》云:"又东,石厂相通,最深敞。"②由上考知,"厂"音与"旱""罕"相同,绝无可疑。

这就是说,"厂"是个象形字,上面一横是悬出的岩头,一撇是岩壁,是路边的人可以在岩下躲避风雨的半隧道式的崖岩,如附图(图1)所示,今罕岭上的"厂洞",就是崖岩,今称之罕洞、旱洞,原称厂洞。

图1　厂洞(支遁洞)(俞晓军摄)

2."∧"形的罕岭南坡的人文积淀要比北坡深厚,在厂洞的下方约300米处,又有一洞名"支遁洞"。支遁,字道林,东晋高僧、诗僧,即色宗的创始人,在沃洲(今长诏水库)有沃洲精舍,与

---

① 汉语大字典编辑委员会编纂:《汉语大字典·第2版·1》,湖北长江出版集团2010年版,第77页。

② 汉语大字典编辑委员会编纂:《汉语大字典·第2版·1》,湖北长江出版集团2010年版,第77页。

王羲之、谢安、孙绰等名士结林泉之游,洞以支遁命名,可知这一带高士之多。

3. 在厂洞与支遁洞之间,有"无字碑"(图 2),"无字碑"上今尚可见当初刻得颇具王羲之圆转流利书法风格的一捺。

图 2　无字碑(崔欣荣摄)

这种种古迹表明,这里是王羲之等人去沃洲、雪溪、奉化等地的路线。由此来说,厂洞是王羲之等人途中经常躲雨避暑的地方。而《辞海》第 146 页云:"厂,同庵。"庵者,既指小屋,亦指文人书斋。厂洞在书楼的下方,故以厂洞比喻书楼也颇通达。由是之故,遂洞以字形名,岭以洞而名,是清楚的。又,今嵊州王羲之墓地附近的"后厂"村村名,疑是承厂岭而名的。就是说,后厂是对厂岭而言的,厂岭为前厂,侨置后之建筑称后厂,由此亦可证王罕岭本名是厂岭。

以厂名地名的例子是很多的,如唐代王汲云"罕岭"为"厂岭";赵尔巽、柯劭忞等编撰的《清史稿》卷五十五有"金厂岭"等,也是以厂命岭的。

如上所述,罕岭初名是厂岭;罕岭在浙江省新昌县沙溪镇境内,但其所包含的范围随历史上地域之盈缩而有所差异,初如《道经》所云,桐柏金庭是联称的;到唐代裴通作《金庭观晋右军书楼墨池记》时,罕岭(金庭)所及范围约在十五平方公里左右。

三、罕岭在"浙东唐诗之路"上的地位

(一)书法艺术

书法艺术是"唐诗之路"主要的文化类型之一。王羲之是中国著名文人,产生过很大影响。这不仅是因为他在书法上取得的继往开来的成就,重要的还有他的笔墨精神所传达出来的气质、韵致以及从容优雅的精神状态。李白赞扬他:"右军本清真,潇洒出风尘",这里说的"潇洒出风尘"是通过什么方式表现出来的呢?诗接着写道:"扫素写道经,笔精妙入神。"(李白《王右军》)是通过传神的笔来表现的。

从容优雅是一种文化心态的产物,是一种名士风度,其实质是一种精神境界。据初步统计,至少有一百首唐诗赞扬王羲之,这足以说明他在"浙东唐诗之路"上的重要地位。

我们还要说明的是,史料表明,王羲之的书法到晚年才获得成功。在此之前,他学卫夫人书,仅似而已。他有个多才多艺的堂叔叫王导,评论他"书画过目便能",意谓善于摹仿。征西将军庾翼见了王羲之给庾亮的信后高兴地说:"吾昔有伯英章草书十纸,过江颠狈,遂乃亡失,常叹妙迹永绝,忽见足下答

家兄书，焕若神明，顿还旧观。"①这里的"旧观"是说王羲之临摹伯英的草书很像。

这种以临摹为能事的"书法"，严格地说叫做"奴书"，不是书法。然而那时的王羲之却沾沾自喜说自己"将谓大能"，可见他停滞不前了很长的时间。所以梁代虞龢《论书表》里说："羲之书在始未有奇殊，不胜庾翼、郗愔（王羲之的妻舅），迨其晚年，乃造其极。"②而王羲之自己说："但我作书变化之法，并无祖传，仅得白云先生指教而已。"在今书楼遗址西北 100 米有西白坞，中有"白云洞"；东北方向不远处分别有海拔 646 米、669 米、898 米的笔架山、白云坞、大湖山，后人描述王羲之在罕岭卜筑的书楼谓"迥出万物表""云绕三级楼"，是据实景描述。在这里领悟烟雨霏霏、白云苍苍的变幻规律及其与书法的内在联系，从而使他的书法艺术更抒发自然。浙东山水也滋润了他圆转流利的书法艺术，这就是他说的、师法自然的"白云先生"。

（二）道教文化

道教文化亦是"唐诗之路"主要的文化类型之一。根据现有资料，历史上有好几位道教名流修心在罕岭，王羲之是罕岭道教的奠基人，他辞官后与郗夫人、乳母毕氏、中子操之等举家来罕岭，在今里湾村卜筑新馆，与支遁、许迈、谢安、孙绰等尽山水之游，卒葬兹地。

王羲之之后，有南北朝的褚伯玉，据《南齐书》记载："褚伯

---

① 张元济辑：《缩印百衲本二十四史·晋书》，商务印书馆 1958 年版，卷八十，第 5375 页。

② 张元济辑：《缩印百衲本二十四史·晋书》，商务印书馆 1958 年版，卷八十，第 5375 页。

玉……年十八，父为之婚，妇入前门，伯玉后门出，遂往剡居（罕岭）瀑布山……在山三十余年……宋孝建二年（455）加征聘本州岛议曹从事，不就。太祖（480）即位……敕于剡白石山。"①按，白石山在今嵊州西，史书记载似互相抵牾，《南齐书》云"敕于剡白石山"建太平馆，裴通《金庭观晋右军书楼墨池记》云于此山建金庭观，"正当右军之家"；《剡录》中既云褚伯玉建馆县西白石山，又云伯玉卒葬县东济渡，立太平馆居之，建元元年（479）卒，"年八十六……仍葬楼所"②。

褚伯玉之后，有梁代大臣沈约。沈约是文学家、史学家，官至侍中、中书令、尚书令，但至今无人知道他曾修心于罕岭金庭观，这不能不说是一大疏漏。按，南齐隆昌、建武（494—497）年间，朝廷腐败，内乱迭起，沈约被迫辞朝追踪王羲之，来罕岭金庭观修心。他写的《桐柏山金庭馆碑》就是明证，《桐柏山金庭馆碑》中先自嘲道："自惟凡劣，识鉴鲜方，徒抱出俗之愿，而无致远之力。"接着写道："早尚幽栖，屏弃情累。留爱岩壑，托分鱼鸟。涂愈远而靡倦，年既老而不衰。"说自己早有栖隐之心。又写道："高宗明皇帝以上圣之德，结宗玄之念，忘其菲薄，曲赐提引。末自夏汭，固乞还山。权憩汝南县境，固非息心之地。"③说明他的退隐是经过朝廷允许的，初隐汝南。但沈约自己不愿意隐居在汝南而于"永泰元年，方遂初愿。遂远出吞（刊误，应是天字）台，定居兹岭。所憩之山，实惟桐柏。灵圣之下都，五县之余地"。

---

① （梁）萧子显撰，陈苏镇等标点：《南齐书》，吉林人民出版社1995年版，卷五十四，第501—502页。

② （宋）史安之修，高似孙纂：《宋元方志丛刊·嘉定剡录》，中华书局1990年版，卷三，第7219页。

③ （日）铃木虎雄、马导源编译：《沈约年谱》，商务印书馆1935年版，第40页。

永泰元年(498)是齐萧宝卷(东昏侯)年号，这年沈约到罕岭，云："桐柏所在，厥号金庭。事炳灵图，因以名馆。圣上曲降幽情，留信弥密，置道士 10 人，用祈嘉祉。约以不才，首膺斯任。永弃人群，窜景穷麓。"这是说，圣上赐予他在这隐蔽的地方，置道士十人，为朝廷祈祷福祉。所谓"首膺斯任"，就是由沈约为首。碑文接着写他在罕岭金庭日夜精勤的生活状况。

后来他回建康(今南京)，帮助雍州刺史萧衍趁齐内乱，起兵攻齐帝东昏侯，杀和帝萧宝融，推翻南齐，建立梁朝，是为梁天监元年(502)。沈约在罕岭约有三四年的时间。但沈约在梁朝建立后不久，竟为萧衍猜忌，于是写了《忏悔文》："迄至道场，无复退转。又彼恶加我，皆由我昔加人，若不灭此重缘，则来恶弥遘。当今断绝，永息来缘。"很有追缅罕岭之意。

另外，罕岭还是佛教名士在剡中活动的中心地之一。位于龙潭岗山麓南面的支遁洞说明，王羲之与支遁过从甚密，高僧支遁常往来于此。

(三)农民起义

笔者在《剡溪——"唐诗之路"》一文中把唐代诗人游浙东概括为："壮游""宦游""隐游""避乱游""经济考察游""神游"6 种，其实，发生在浙东的孙恩、袁晁、裘甫领导的几次农民起义，在唐诗中也得到了很好的反映，对唐诗特色的形成起了载体的作用。如杜甫"乱后故人双别泪，春深逐客一浮萍""穷巷悄然车马绝，案头干死读书萤"，刘长卿"古木苍苍离乱后，几家同住一孤城"等，是反映袁晁领导的农民起义后的情况。而与罕岭关系最为密切的是裘甫领导的农民起义。裘甫，剡县西部人，唐大中十三年(859)十二月至大中十四年(860)六月，在江南东道的浙东一带发动起义,威震中原。裘甫以剡县为根据地,建立政权,自号"天下都知兵马使",改元"罗平",铸印"天平",揭开了推翻唐王朝农民战争的序幕。

而罕岭是沟通越州(今绍兴)、明州(今宁波)之秘密军事要道,裘甫义军往来象山、宁海、剡县间,唐政府派原安南都护王式统兵镇压,裘甫率众从宁海经此入剡县,对此,《资治通鉴·唐纪六十六》写道:"戊寅,浙东东路军大破裘甫于南陈馆……贼果自黄罕岭遁去。"①这里说的"贼",指起义军。罗隐"两火一刀罹乱后,会须乘兴雪中行",反映的是裘甫农民起义后的情况。《读史方舆纪要》:"黄罕岭县北五十里,亦接宁波府奉化县界。自奉化而西北,路经此,颇深险,度岭则平川,四十里入于剡城……"②

总之,农民起义丰富了"浙东唐诗之路"的文化内涵,对于研究晚唐社会、经济、文化等各个领域有着重要意义。

综上所述,王羲之晚年举家隐居在罕岭;罕岭曾经是东晋、南朝士人、宗教徒活动的中心地之一和唐代诗人向往的胜地之一,它在"浙东唐诗之路"上有着特殊的地位;罕岭初名可能是厂岭,因世代沿袭、史料不足而阙疑待考。

---

① (宋)司马光:《资治通鉴》,古籍出版社 1956 年版,第 8087 页。
② 禹景范:《读史方舆纪要》,图书集成局 1901 年版,卷九十二,第 79 页。

晋唐名人与沃洲山水

——白居易《沃洲山禅院记》考释

　　位于今浙江省绍兴市新昌县境内的沃洲、天姥两山，曾被唐代白居易誉为"东南山水之眉目"。遗憾的是，有不少人对它非常陌生。这自有多方面的原因，其中与白居易所撰的《沃洲山禅院记》（以下简称《沃洲记》）不无关系。因为他把"记"视为是创作，所以在《沃洲记》中，山名、地名或史事随行文需要而混淆、剪裁，甚至故意出错，遂使研究者平添了几许困惑。本文试图通过对《沃洲记》的梳理、考释和对白居易作"记"时心态的分析，来说明晋唐名人与沃洲山水的密切关系，为古典文学的整理研究作一点贡献。

　　白居易，字乐天，号香山居士，祖籍太原（今山西太原），曾祖时迁居下邽（今陕西渭南北）。13 岁至约 17 岁时避战乱于越州（今浙江省绍兴市），处女作《江南送北客因凭寄徐州兄弟书》[①]作于此时。贞元进士，历任翰林学士、左拾遗、赞善大夫等职，以刚正骨鲠、直谏闻名。元和十年（815），因得罪权贵，以越职言事

---

　　①　苏仲翔选注：《元白诗选》，古典文学出版社 1957 年版，第 236 页。

罪,贬为江州司马。穆宗即位,召回长安,目击宦官擅政、朋党倾轧、政治混乱而自请外出,任杭州、苏州刺史,后又以刑部尚书致仕。在此期间,思想消沉,有"但在前非悟,期无后患婴。多知非景福,少语是元亨……知之一何晚,犹足保余生"(《江州赴忠州舟中示舍弟五十韵》)等诗。

太和三年(829)春,白居易称病辞归洛阳香山,自此不复出。《沃洲记》作于太和六年(832)夏,时年 61 岁。文共有五段,兹据《白氏长庆集》所载,逐段考释如下:

原文题目:《沃洲山禅院记》。

原文第一段:

> 沃洲山在剡县南三十里,禅院在沃洲山之阳,天姥岑之阴。南对天台,而华顶、赤城列焉;北对四明,而金庭、石鼓介焉;西北有支遁岭,而养马坡、放鹤峰次焉;东南有石桥溪,溪出天台石桥,因名焉。其余阜岩小泉,如子孙之从父祖者,不可胜数。①

考释:剡县即今浙江省绍兴市(唐越州)的嵊州市、新昌县;沃洲山与天姥山,两山对峙,均在今新昌县境内。《沃洲记》的题目为"沃洲山禅院记",但"沃洲山禅院"不是指某一寺院之名。这首先从正文开始,就把山与禅院区别可知。其次,第二段所述的 21 位高僧,只有支道林、白道猷、虔、仰 4 位住在沃洲小岭,其余的分居于距沃洲小岭 7—10 公里的东岬、石城、南岩、葛岘各寺,可知所谓"沃洲山禅院"其实是沃洲山的禅院,而不是一寺之名。

---

① (唐)白居易著,喻岳衡点校:《白居易集》,岳麓书社 1992 年版,卷五十九,第 939 页。

考宋及宋后历代志、传等，白寂然所建的寺，寺名为"真封寺"。

《嘉泰会稽志》卷八："沃洲真觉院，在县东四十里……居沃洲之阳，天姥之阴，南对天台之华顶、赤城；北对四明山之金庭、石鼓……会昌废。大中（和）二年，有白寂然……旧名真封寺，不知其始，治平三年赐今额。"①这里言之甚明，寺为"真封寺"，按大中二年为848年，白居易已死两年，不可能作《沃洲记》，故知"大中"当是太和笔误。从志云"不知其始"的语意看，撰志者似知白寂然系因循旧名。其详如此，当非臆说。

至于志云"不知其始"的问题，亦约略可考。据《宋高僧传》卷十五《唐越州称心寺大义传》："释大义……天宝（742—755）中遂筑北坞之室，即支通沃洲之地也……以大历己未岁（779）五月终于本院……殡于寺之北坞旧居，因造塔焉。"②大历己未岁至太和二年，仅49年，其间未见有别的记载。而"传"与《沃洲记》所云寺址均在一处，故可认定寂然之前，为大义所筑之寺（称心寺在会稽县东，此又一寺）。

按《唐会要》：元和二年（807），薛平奏请赐中条山兰若额为大和寺，盖元和前，官赐者为寺，私造者为兰若（转引自《资治通鉴》卷二四八），而大义正具备获得官方支持的条件。义有弟子3万余人，朝贵归心者甚众，与相国杜鸿渐、尚书薛兼训、中丞独孤峻和徐峤次、徐浩皆系宗人。前三人曾相继任越州刺史（郁贤皓《唐刺史考》），这样，譬如杜鸿渐为百家岩寺命名那样，"真封寺"当是3人中的1人或数人所为。再者，传"殡于寺之北坞旧居"

---

① （宋）施宿撰：《中国方志丛书·嘉泰会稽志》，1926年版，卷八，第6293页。

② （梁）慧皎：《高僧传》，《大正藏》第50册，上海古籍出版社1991年版，卷十五，第800页上中。

云云,则知旧居另建有寺,旧居为天宝中所筑之室,寺当在室之后。此亦与李白等人的诗文相符合。李白《陪族叔当涂宰游化城寺升公清风亭》云:"虽游道林室,亦举陶潜杯。"这里的"道林室"就是沃洲支道林的旧居。按李白作此诗前已于开元十四年(726)至天宝六载(747)间,三次到过剡中①,并游弋沃洲。"游道林室"当在 3 次之中,可见其时尚无真封寺一名。与他同时期或先一时期的诗人,则称它为"支遁居""草堂"等,亦可佐证。这种一室多名的情况,说明当时只有简易粗陋、规模甚小的建筑物。大义初时亦系如此。传先称室,后曰寺,而把室叫做旧居,正与《唐会要》所述吻合。就是说,"真封寺"名最早不会超过天宝中期,最迟不会在大历末,综合考察,应在大义即世前的大历中。

我们还可从寂然之后寺名的沿革中得到证实。《宋高僧传》卷八《唐睦州龙兴寺慧朗传》:释慧朗曾在会昌六年之后重建真封寺②。同传又云:"乡人吴川尉余兴、宗克,新昌县令余仁等十数家咸其宗事。"新昌建县自吴越天宝元年(908)始,知寺尚在。又据宋明清各方志记载,宋治平三年(1066),改真封寺为真觉院,南宋称真觉寺,明洪武十五年(1382)改为真觉禅寺,清光绪时改寺为祠;1962 年中国人民解放军总参谋部测绘局绘制的地形图,标为真觉寺。这就是说,寺名虽屡经改变,但始终以"真"字为首,可见志书不误。

如上所述,白寂然所建寺院名称不是沃洲山禅院,而是"真

---

① 参见竺岳兵:《李白"移家东鲁"考》,中国李白研究会编:《中国李白研究》,江苏古籍出版社 1990 年版,第 256－265 页。

② 参见(宋)赞宁撰,范祥雍点校:《宋高僧传·上》,上海古籍出版社 2017 年版,第 170－171 页。

封寺",真封寺名约始于大历中。

需要研究的是,白居易为何不以真封寺为题,而以"沃洲山禅院"为题呢? 笔者以为原因有三:

第一,地名的辗转牵混与涵盖面的盈缩有关。唐人所指的沃洲山,其实原称岇山。按《世说新语》排调第二五:"支道林因人就深公买岇山,深公答曰:'欲来便给,未闻巢、由买山而隐。'①同书言语第二:"支公好鹤,住剡东岇山。"②可知晋宋时期这里称岇山。沃洲名地,始见于梁《高僧传》"支道林于沃洲小岭立寺行道"的记载。但它所指的,仅仅是夹在岇山与天姥山之间的剡溪叉道上的一块小绿洲。所谓"沃洲小岭"是说在沃洲附近位于岇山一侧的小岭,而不是所谓的"沃洲山"。

按《广韵集韵》《康熙字典》《中文大字典》《汉语大字典》中均解"岇"为:"五浪切昂去声,山名,在越郯县界。"③越无郯县,"郯"当"剡"之误。"剡县界"是说山在剡县与台州、明州的边界,它就是今浙江省新昌县大市聚、西山一带,东南向西北走向的长 10 余公里、平面呈椭圆形、面积约为 50 余平方公里的丘陵,这里四面环溪,远眺如鳌在水中,故又名"鳌背山",俗称"山背山"。竺法深的栖居地在岇山东部,故有时称东岇。又因这里孤峰特上云表,亦名"鳌峰",李白有"即知蓬莱石,却是巨鳌簪"句以状其形。支道林居住在山之西侧的小岭。后周显德四年(957)建有"岇西禅院",以别于岇东。但岇西、岇东同属一山。《沃洲记》所

---

① (南朝宋)刘义庆撰,卜宪群编著:《世说新语》,北京燕山出版社 1995 年版,第 361 页。

② (南朝宋)刘义庆撰,卜宪群编著:《世说新语》,北京燕山出版社 1995 年版,第 58 页。

③ (清)张玉书原撰,马涛主编:《康熙字典·现代版》(第一册),九洲图书出版社 1998 年版,第 522 页。

述各僧散聚在岖山麓或附近；同时，中晚唐时有集 10 个或 15 个社邑隶属于一所寺院的做法，这是白氏把晋 21 位高僧的居住地统曰"沃洲山禅院"的原因之一。

第二，在唐代文人的笔下，岖下之名已被沃洲山取代。如耿沣《登沃洲山》："沃洲初望海，携手尽时髦……月如芳草远，身比夕阳高。"按，支道林所居的山，是海拔仅 220 米、四面环有高山的小丘，焉能"望海"与"身比夕阳高"？作者当时必在鳌峰之巅，北望剡地缘海；再如牟融"白云深锁沃洲山，冠盖登临众仰攀"，也是跻攀鳌峰，而不是登道林居处。可见那时岖山已被称为沃洲山了。地名上的这一转换，当与高僧卓锡、英贤到过此地有关。尤其是支道林，被人推为江南佛学界的代表人物，其地遂作山名。

第三，更重要的是，作者为了网罗沃洲山名寺，以加深和拓宽作品主题的深度与广度（详见第二段考释）。

以上题目所含为沃洲山，而"禅院"单指支遁居处，即真封寺。

原文第二段：

东南山水，越为首，剡为面，沃洲、天姥为眉目。夫有非常之境，然后有非常之人栖焉。晋宋以来，因山洞开。厥初有罗汉僧西天竺人白道猷居焉，次有高僧竺法潜、支道林居焉；次有乾、兴、渊、支、遁、开、威、蕴、崇、实、光、识、裴、藏、济、度、逞、印凡十八僧居焉。高士名人有戴逵、王洽、刘恢、许元度、殷融、郗超、孙绰、桓彦表、王敬仁、何次道、王文度、谢长霞、袁彦伯、王蒙、卫玠、谢万石、蔡叔子、王羲之凡十八人，或游焉，或止焉。故道猷诗云："连峰数十里，修林带平津。茅茨隐不见，鸡鸣知有人。"谢灵运诗云："暝投剡中宿，

139

明登天姥岑。高高入云霓，还期安可寻。"盖人与山相得于一时也。①

考释：香山作"记"，喜用比较。如《草堂记》："匡庐奇秀甲天下，山北峰曰香炉峰，北寺曰遗爱寺，介峰寺间，其境胜绝，又甲庐山。"《太湖石记》："石有族，聚太湖为甲。"《修香山寺记》："洛阳四野，山水胜境，龙门首焉。龙门十寺，观游之胜，香山首焉。"《冷泉亭记》："东南山水，余杭郡为最；就郡言，灵隐寺为尤；由寺观言，冷泉亭为甲。"读之令人神往。而《沃洲记》中的两个"非常"，深刻地揭示了山川与人文互为因果的关系。其所记18位高士名僧，除谢长霞应为谢长度（即谢朗，谢安之侄）、蔡叔子应为蔡子叔（即蔡系，蔡谟之子）外，其余记载甚明，其生平事迹亦为学界熟知，这里不另赘述。而高僧则自支道林之后，仍有继者。据《东岰志略》考证乾兴渊、支道开等，为一字一僧名。该书还考证出其中的13位僧人是竺法兴、支法渊、于法道、竺法友、竺法蕴、竺法济、康法识、于法开、于法威、竺法崇、帛僧光、昙斐、法藏。地方史专家陈新宇又解得释道宝、于道邃、竺法仰、竺法虔四僧（新昌县政协《文史工作通讯》第2期）。又据任继愈主编的《中国佛教史》云："中国佛学走上独立的道路是以这股般若学思潮的兴起为标志的。"②该书引证汤用彤的成果说，在这一思潮中产生的"六家七宗"的代表人物是：道安、竺法深＊（本无、本无异宗）、支道林＊（即色宗）、于法开＊、于法威＊（识含宗）、道壹＊（幻化宗）、竺法蕴＊、支愍度（心无宗）、于道邃＊（缘会宗）。

---

① （唐）白居易著，喻岳衡点校：《白居易集》，岳麓书社1992年版，卷五十九，第939—940页。

② 任继愈主编：《中国佛教史》（第二卷），中国社会科学出版社1985年版，第207—208页。

今把上述两个考证结果加以对照，就可知除道安、支愍度两僧外，有 7 人是《沃洲记》所载的人物（加＊者），他们在佛学中国化进程中的地位，已昭然可晓，不必再释。

这里应说明的是，所记高僧名士无非是代表而已，其实，在他们的周围还有一大批高材伟士。单以诗坛才子而言，笔者曾经以逯钦立辑校的《先秦汉魏晋南北朝诗》为准，以晋室南渡为界限，钩稽出东晋时期漫游浙东的诗人有 46 位，占全国诗人总数的 44%，其中有 28% 曾漾舟剡溪。此外，两晋共有诗僧 14 位，而单单东晋时期就有 5 位在沃洲。存诗 22 首，占两晋释门诗的 67%，支道林 1 人，就占两晋释门诗的 55%，所以日本当代知名佛学家镰田茂雄说，沃洲山是佛学修行者的中心①。而上述表明，它一度是贵族文化的中心。这也正是白居易题为"沃洲山禅院记"的重要原因。

沃洲山是多数地图上找不到的一座小山，为何有这么多的高僧文士云集于此？白居易说"盖人与山相得于一时也"，这是十分中肯的。形成于东晋这一特定历史时期的士人的人生态度，主要是与时屈伸，隐仕不悖。即使像支道林那样遁入空门的僧人，也追求"近非域中客，远非世外臣"（《咏怀》）的能与尘世保持不即不离的状态，而当时北方战乱频仍，长江中上游为军事重地，往南则过于僻远，首都建邺（今江苏南京市）的统治集团内部互相倾轧和五次大乱，显然不是他们理想的乐土，唯沃洲具有良好的条件。这里既有安乐和平的环境，又具有奇异、清丽、深邃、灵秀的自然环境，还地处浙东三大名山的腹地，若"涉海则有方丈蓬莱"，若"登陆则有四明天台"（《游天台山赋》）。一条剡溪与

---

① 参见（日）镰田茂雄著，郑彭年译：《简明中国佛教史》，上海译文出版社 1986 年版，第 64 页。

江南运河连接、直通政治中心建邺，是最适合贵族文人和高僧研究、交流、传播文化的地方，用支道林的话说是"中有寻化士，外身解世网"的灵境（《咏怀》）。故他们接踵而来，荟萃于此，是时代使然。

以上第二段，以沃洲山整体人文地理为记。

原文第三段：

> 自齐至唐，兹山浸荒，灵境寂寥，罕有人游。故词人朱放诗云："月在沃洲山上，人归剡县江边。"刘长卿诗云："何人住沃洲？"此皆爱而不到者也。[1]

考释：抑扬顿挫，为文之法。上段雅音悠扬，至此一抑，方有下段的再起，然与史实却大相抵牾。朱放诗的题目是"剡溪舟行"，诗句"月在沃洲山上，人归剡县江边"中的"归"字，就说明是在冶游沃洲以后，于秋月初升时驾舟返回寓所。刘长卿"早晚来香积，何人住沃洲"，不是"罕有人游"的意思，而是说于沃洲旅游的人太多，不如香积清静，他另有诗云"莫买沃洲山，时人已知处"就是证明。从当地文物专家潘表惠在沃洲山发现的典型的唐代中期高级贵族使用的酒器（见新昌县政协《沃洲》）看，其时亦可证这里人口已较稠密。按刘长卿避难入越，初隐于沃洲山，有《过隐空和尚故居》云："踏花寻旧径，映竹掩空扉。寥落东峰上，犹堪静者依。""东峰"就是鳌峰，"东峰上"即鳌峰之巅。《东峁志略》说：其巅古有摘星塔、追遁庵、弘师塔。刘长卿那时，这里人稀冷落，犹堪作他避难的寄所。再从"空扉"句知，隐空故居其时尚在。他又有《送灵澈上人还越中》："禅客无心杖锡还，沃

---

[1] （唐）白居易著，喻岳衡点校：《白居易集》，岳麓书社1992年版，卷五十九，第940页。

洲深处草堂闲。身随蔽屦经残雪,手绽寒衣入旧山。独向青溪依树下,空留白云在人间。那堪别后长相忆,云木苍苍但闭关。"灵澈上人居云门寺,诗当作于灵澈上人沃洲寺归云门寺之时,鳌峰在沃洲山之东,更在台、越、明三州边界的深山中,故云:"沃洲深处草堂闲。"送别地点分明在鳌峰。第五句指灵澈回到若耶溪边云门寺,第六句"白云"是刘自喻。两者一去一留,泾渭分明。故刘似初寓于鳌峰上的隐空旧居。另据邹志方《刘长卿碧涧别墅考》,他还在剡县石城山的挂榜岩(今新昌中学南侧)营建碧涧别墅,其考可信。他避乱入越,泊代宗还长安,还说:"重见太平身已老,桃源久住不能归。"(《会赦后酬主簿所问》)他自称"越鸟""东南客""东床客""越客",说明他久在剡中。但无论他是住鳌峰,还是后来住碧涧,按《沃洲记》所述地域,均属沃洲山。就是说,刘长卿与朱放一样,不是"爱而不到者",而是长期居处兹山。

不仅如此,自天宝末安史之乱爆发,"两京蹂于胡骑,士君子多以家渡江东"(《旧唐书·权德舆传》),沃洲山再度出现了东晋时期那样的盛况。不同的是,比起王羲之等人的沃洲雅会来,它持续的时间更长,诗人群体相互交流且数量多。其中较早的,就是以刘长卿寓所为基地、以李嘉祐为中心的群体。李嘉祐与刘长卿同年入越,李典台州却常在剡中。《送严维还越州》:"春日偏相忆,裁书寄剡中。"把剡中视为他的居住地,而"欲究先儒教,还过支遁居"(《送王正字山寺书》),则说明他对沃洲非常熟悉。从他与刘长卿、皇甫冉都有《和袁郎中破贼后经剡县山水上李太尉》的同题诗来看,他们的活动地点在刘长卿的寓所。这时李白已是谢世之年,但仍想再入剡中,说:"我家小阮贤,剖竹赤城边……石桥如可度,携手弄云烟。"("小阮贤"指李嘉祐)其盛况于此可见。

嗣后，大历四年（769）鲍防幕下文士的唱和（见《会稽掇英集》）、大历十年（775）耿湋出使浙东时的酬唱、元稹长庆三年（823）至大和三年（829）的"兰亭绝唱"，李绅大和七年（833）至大和九年（835）以及后来的皮、陆酬唱等，都说明诗人群体非常活跃。其中与沃洲山有关的有李嘉祐与钱起、杜士瞻、严维、辛法曹、郎士元、窦叔向等；刘长卿与皇甫冉、朱放、秦系、严维等；戴叔伦与钱起、朱放、司空曙、耿湋、孟郊、秦系、崔融等；朱放与顾况、戴叔伦、李嘉祐的侄儿李端以及鲍溶、许浑等；元稹的诗友项斯、赵嘏、马戴、朱庆余、徐凝、熊孺登都曾寻芳躅于沃洲。他本人是白寂然的赞助者，与沃洲山的密切关系自可想见，白居易任杭州刺史时，宰臣李德裕为浙江观察使，他遍历江南诸山，有《双碧潭》诗咏剡溪，还有两诗赞天姥山的红桂树，其行迹历历可寻。李绅刺越前后，曾三入剡中，作有《龙宫寺碑》文和《龙宫寺》诗。《忆放鹤》的作诗地点在无锡，而诗题曰"忆"，诗文序言亦类支公事迹，知此前他曾在沃洲效支道林故事。他又有《华顶》诗，知他经沃洲上华顶峰。以上是肃宗（756—762）至僖宗（862—888）时期，即白居易作《沃洲记》稍前和稍后时期，诗人云集沃洲的概况，这里不能一一道尽。总之，当事人刘长卿、严维，对此有过很好的概括。刘长卿云"白社同游在，沧洲此会稀"（《同诸公袁郎中宴筵喜加章服》），他把它比作白莲社；严维《剡中赠张卿侍御》："深巷乌衣盛，高门画戟闲。逶迤天乐下，照辉剡溪间。"把这里比为王、谢活动中心地之一的乌衣巷。

在此之前，唐初沈佺期两入浙东，第一次"三霜弄溟岛"，遍游浙东三山。而《夜泊越州逢北使》中"鳌抃群岛失，鲸吞众流输"，是以沃洲山喻自己之流放剡地。宋之问被贬为越州长史，有"庶几踪谢客,开山投剡中"句,又有"讵回道林辙",说明他游览了沃洲。李白三入剡中,还登上了沃洲山最高峰鳌峰,"即知蓬莱石,却是巨鳌簪",生动地描绘了山的形貌。孙逖《夜宿浙江》:"扁舟夜入江潭泊,露白风高气萧索。富春渚上潮未还,天姥岑边月初落。"天姥,在沃洲山之西南,沃洲是能够看到月落天姥岑边的唯一位置。不然从富春江上回望东南,则是秋月东升,故知孙逖朝离沃洲后到富春。杜甫第一次远游的动机,是追寻"王谢风流",而"归帆指天姥,中岁贡旧乡",说明远游的目的地是沃洲山和天姥山(见《壮游》)。他与孙逖一样,由沃洲北归。孟浩然记游浙东的诗有三十余首,《寻天台山》中"高高翠微里,遥见石梁横"是写仰视石梁的情景。石梁在天台山北,东、南、西三面都是高于石梁的大山,唯北面有剡溪,他由此登山才能遥见石梁横空;他另有《宿立公房》《王九题就师山房》诗,证明他在沃洲住了一段时间。唐末方干、罗隐、吴融等都曾徘徊于此。温庭筠在《游东峰密宗精庐》诗中,用戴颙、支遁、王羲之等晋时人物,比喻他在沃洲山所遇到的高士名僧。后有《寄清凉寺僧》(寺在沃洲经天姥万年山去石梁途中):"白莲社里如相问,为说游人是姓雷。"说明这一时期游览沃洲山的诗人仍然很多。

尤其是释门诗人,多曾云游沃洲山。以《唐才子传》所举的"乔松于灌木,野鹤于鸡群"的八位著名诗僧为例,他们除虚中到过越州、但不知是否游览过沃洲外,其余都到过沃洲山。

灵一有《支公诗》。刘长卿《寄灵一上人初还云门》中"方同沃洲去,不似武陵迷",说明其曾游过沃洲。灵澈居沃洲寺,有《天姥岑望天台山》诗。清塞与无可两人各有 8 篇、6 篇诗描写浙东山水。"别君还寂寞，不似剡中年"①，说明其在剡中住了很长的时间。齐己写有许多与支道林有关的诗，他 70 岁时自称是"沃洲匡皋客"（《七十作》），可见他隐居沃洲之久。贯休把支道林视为典范，以至人们将贯休视作是支的转世僧（《到蜀》），他多次约人共游沃洲，《喜不思上人来》《晚春寄吴融、城兢两侍郎》等诗说明他在沃洲结识了很多友人。后来他每遇佳景，总是用剡中风光作比拟："岸如洞庭山似剡"（《泊秋江》）、"机忘室亦空，静与沃洲同"（《题简禅师院》）等。皎然多次说想隐于沃洲："禅子还无事，辞君买沃洲"（《送杨校书还济源》），"便拟将轻锡，携居入乱峰"（《送丘秀才游越》）。《哭觉上人》自注："时绊剡中。"说明他久居于剡。而《支公诗》："天生支公与凡异，凡情不到支公地……山阴诗友喧四座，佳句纵横不废禅。"则是对当时诗友雅集沃洲、进行集体创作的描述。又有《述梦》诗："觉来还在剡东峰，乡心缭绕愁夜钟。寺北禅冈犹记得，梦归长见山重重。"说明他对沃洲之行有着深刻的记忆，以至魂牵梦萦。

如上所述，沃洲山一直是唐代的旅游热点，用当代著名学者郁贤皓的话说："浙东在唐代作为诗人的旅游点，是与唐王朝的盛衰相始终的。"②其中，安史之乱爆发以后至太和六年（832）白居易作《沃洲记》时是此地旅游的高潮时期。

以上第三段，单以真封寺为记。

原文第四段：

> 太和二年春，有头陀僧白寂然来游兹山，见道猷、支、竺

---

① 参见（日）镰田茂雄著，郑彭年译：《简明中国佛教史》，上海译文出版社 1986 年版，第 65 页。

② 郁贤皓：《唐风馆杂稿》，辽宁大学出版社 1999 年版，第 273 页。

遗迹,泉石尽在,依依然如归故乡,恋不能去。时浙东廉使元相国闻之,始为卜筑,次廉使陆中丞知之,助其缮完。三年而禅院成,五年而佛事立。正殿若干间,斋堂若干间,僧舍若干间。夏腊之僧,岁不下八九十,安居游观之外,日与寂然讨论心要,振起禅风,白黑之徒,附而化者甚众。[①]

考释:如前所述,支、竺非居一地,故"始为卜筑",是指在道猷、支、竺旧址上选择一处建屋的意思。如前所考,白寂然将真封寺建于支道林曾居住之地。

本段"太和二年春……恋不能去"记沃洲山,"时浙东廉使……附而化者甚众"单记"真封寺"。

原文第五段:

嗟乎!支、竺殁而佛声寝,灵山废而法不作,后数百岁而寂然继之,岂非时有待而化有缘耶?六年夏,寂然遣门徒僧常赞自剡抵洛,持书与图,诣从叔乐天乞为禅院记云。

昔道猷肇开兹山,后寂然嗣兴此山,今日乐天又垂文兹山,异乎哉沃洲山,与白氏其世有缘乎?[②]

考释:白居易《寄韬光禅师》云:"一山门作两山门,两寺原从一寺分。"说明阇黎最喜自立山头。沃洲山即为支、竺所有,则后来者虽是释门高僧,亦不免相形见绌。这个道理,佛学家是最懂行的。韬光寺一分为二,正是这个原因。也因为此,南朝寺庙数量比东晋要多得多,比杜牧说的"南朝四百八十寺,多少楼台烟

---

① (唐)白居易著,喻岳衡点校:《白居易集》,岳麓书社1992年版,卷五十九,第940页。

② (唐)白居易著,喻岳衡点校:《白居易集》,岳麓书社1992年版,卷五十九,第940页。

雨中"要多三倍！（见下表"东晋、南朝僧尼、寺庙数量统计表"）

东晋、南朝僧尼、寺庙数量统计表

朝代	僧尼数（人）	寺庙数（座）	资料来源
东晋		1768	韩国磐《魏晋南北朝史纲》
宋	3.6万	1913	《南朝佛寺志》
齐	3.25万	2015	
梁	8.27万	2846	
陈	3.2万	1232	

其中，齐梁间僧护、淑、祐，毕三生之功，在《沃洲记》中提到的兴、渊、道、邃、开、威旧居地雕凿的通高十丈的石窟大佛（唐石城寺，今新昌大佛寺）最为壮观。梁著名文学理论批评家刘勰，在《梁建安王造剡山石城寺碑》中称赞它是鸿姿巨相、旷世之宝。他还阐明了造像的原因："般若炽于香城，表刹严于净土。"意谓沃洲山是般若学说昌炽的地方，所以建造起这宏伟的佛寺。后世据此称石像为"支竺遗风"的积淀。据《天台山方外志》卷三：沃洲山黄坛潭有佛教天台宗祖师"智者放螺处"[①]，知他经沃洲溯剡溪去石梁方广开山。还有南山宗唐道宣律师以及元俨、大义、神楷、智威、普岸、皎然、灵澈、灵一等，还有宗密、立公、就师、道契、不思、普门、隐空、贯休、昭、坚、微、晏、择、中、禀、觉、旻、详、惠、简，等等。[②] 他们或驻锡于沃洲山及其附近，自开山门；或似社燕秋鸿，寻觅佛根。像白寂然、慧朗那样一定要在支道林的旧

---

① （明）释传灯撰：《天台山方外志》，台湾丹青图书公司1985年版，卷三，第134页。

② 参见（日）镰田茂雄著，郑彭年译：《简明中国佛教史》，上海译文出版社1986年版，第259页。

址上挂锡的,却是少数。

但是,资料表明,释门高材集聚沃洲,除朝觐以外,许多是赴讲的。而既有赴讲,则必有众多的听众。开成年间(836—840),以元英为首的、由1250名社员结成的九品往生社的出现,即可证明。由此观之,唐时的沃洲山不失为佛教的圣地。

还应说明的是,东晋时期般若学的六家七宗、唐末南禅的五家七宗、支道林与褚裒、孙盛辩论南北治学之异,鸟巢和尚道林同白居易讨论南北两禅教义之别,不是巧合,而是中国佛学史上的必然产物。换言之,形成于唐代的南北两禅,北禅早早地失去了生命力,而南禅却发展盛行起来,及至唐末,吴越成了中国的佛教中心,原因在于慧能发挥了支道林"谁谓冥津远,一悟可以航"的顿悟说。据此而言,支竺殁而宗风远播。

按白居易此记,前面说:"厥初,有罗汉僧西天竺白道猷居焉。"本段云:"昔道猷肇开兹山",则白道猷为沃洲山始祖。但所引"连峰数十里"诗,按梁《高僧传》为帛道猷招道一共隐时作;帛道猷为山阴冯氏之子,逯钦立亦主此说。白居易因有此舛误,遂启后人之疑。《东岬志略》云:"若谓古人飞白与飞帛二字通用,则道猷乃一人也。"又说:"大约西竺罗汉乃白道猷,山阴冯氏子为帛道猷,固两人也。"迟疑不决。《灵异志》转引《西域志》云:"天台山石梁桥方广寺五百罗汉之所住持,其灵异事迹,往往称著,如晋白道猷尊者隐显……"据此则白道猷确有其人,然事在石梁,不在沃洲山。《剡录》说:"白道猷,罗汉僧,来自西天竺,居沃洲山。竺道一在若耶山,道猷以诗寄之。天台山水清险,前有石桥……师梯岩壁……"①其说显系撮合各说,置帛道猷于不顾,

---

① (宋)史安之修,高似孙纂:《宋元方志丛刊·嘉定剡录》,中华书局1990年版,卷三,第7219页。

不足为信。这样，帛白是非，迄无定谳。笔者亦因史料有限，不敢师心自用而只好存疑。

不过，无论是白道猷还是帛道猷，均不是"肇开兹山"者。首先如《东岫志略》说：竺道潜（即竺法深）之隐山在成帝咸和间（326—334）。而按帛道猷作诗招道一事，当在道一太和中（366—371）出都之后；若是白道猷，则据《天台山志》记载，其入山在兴宁（363—365）间，帛、白与竺比较，竺登此山已近30年。另外，据各志书和近年当地文史工作者考证，白或帛住沃洲小岭，与支道林同处一地；而按《世说新语》，支道林不是向帛或白，而是向竺道潜买山。由此看来，开山者不是帛、白，而是竺道潜。

本段单记沃洲小岭一寺，借以说明"三白"（白道猷、白寂然、白居易）与沃洲山有缘。

如上所述，竺道潜是沃洲山（即岫山）的开山祖师；白寂然所建寺名为真封寺，白居易所以用"沃洲山禅院"为题，是为了拓宽和加深作品的主题；沃洲山在晋唐两代是名山荟萃的"非常之境"，是名副其实的东南山水之眉目。而《沃洲记》说白道猷"肇开兹山"，又说在白寂然重建禅院前，这里"罕有人游"云云，则完全出于行文之需要。而从下述考察中可知，它恰好说明沃洲山是白居易晚年心灵的寄托。

论家都认为白居易被贬至江州，是他人生观的转折点。在此之前，儒家思想起主导作用，积极入世；在此之后，明哲保身，释道思想占了上风。从他的思想发展趋势来说，这是对的。但是，由原来的人生观转变到另一种人生观，不会是说变就变，而必定有一个渐变的过程。从他一生所作的25篇记体文章看，这个过程，似在他被贬江州后所作的《草堂记》到本文考释的《沃洲记》之间。在此以前，即43岁以前，他写有《养竹记》《记画》《许昌县令新厅壁记》《记异》4 篇,以竹比贤,以清白坚直自励,没有一篇是记佛寺的;46 岁,即被贬江州之后到 55 岁,有"记"8 篇,其中记闲适、园林等 5 篇,记佛寺的 3 篇。《草堂记》云:"中设……儒释道书各三两卷……又安得不外适内和,体宁心恬哉!"①《江州司又新厅壁记》云:"官不官,系乎时也;适不适,在乎人也。"②记佛寺的 3 篇,均只记事物之始末,述而不作。再从他被贬江州那年的十二月间写给元稹的一封长信(即《与元九书》)中"始得名于文章,终得罪于文章"看,似有大悔之意。但同时又说"文章合为时而著,诗歌合为事而作"的主张,把诗歌看作是"稽政之辅",说明这时他虽已是随波沉浮,但还处在儒释道三者极为痛苦的矛盾之中,所谓"内适外和"云云,无非是自我解嘲而已。

从 61 岁写《沃洲记》起,情形就大不一样了。这年之后,他共作"记"13 篇,其中记佛寺的就有 11 篇,占总数的 85%。内容也由述而不作到述而大作。他说:"夫记者,不唯记年月,述作为,亦在乎辨兴废,示劝诫也。"③(以上各记之撰写年代均据顾本《白居易全集》)为此,他极注意对素材的剪裁加工,使其成为寄寓自己思想情感的载体。我们读着这些"记",处处体会到他对自我的观照。这 11 篇"记",有 7 次说到他与寺庙有缘分,《沃洲记》是最早的、也是最有代表性的一篇。我们从上面的考释中,已知他是如何组织素材、进行综合,来表达他"异乎哉,沃洲山与

①　(唐)白居易著,喻岳衡点校:《白居易集》,岳麓书社 1992 年版,卷二十六,第 404—405 页。

②　(唐)白居易著,喻岳衡点校:《白居易集》,岳麓书社 1992 年版,卷二十六,第 403 页。

③　(唐)白居易著,喻岳衡点校:《白居易集》,岳麓书社 1992 年版,卷六十一,第 976 页。

白氏其世有缘乎"的喜悦心情的。下面再举两事来说明这一点。

首先,本文前面说过,白居易曾在越中避乱 4 年多,任杭州刺史时与元稹频频酬唱吴越山水;他还有"缭绫缭绫何所似,不似罗绡与纨绮。应似天台山上月明前,四十五尺瀑布泉"(《缭绫》)这样真切动人的诗句和"若似剡中容易到,春风犹隔武陵溪"(《赠薛涛》)这样的诗句,说明他对沃洲山是非常熟悉的。

其次,他 68 岁时写的《白蘋洲五亭记》,也是依据湖州刺史杨汉公"缄书赍图"的第二手资料写的,但他竟"按图握笔,心存目想,渗缕梗概,十不得其二三",无法写下去。而在《沃洲记》中,我们看到他对材料的取舍是那样的谙练自如! 他所倾注的感情是那样的洋洋不可收止! 何则? 他说:"境心相遇,固有时耶? 盖是境也","两记所异",在于"境心相遇"与境心相离,可见《沃洲记》不是应酬之作,而是他终于从儒释道三者的矛盾中解脱出来,在沃洲山这一富有典型意义的人文环境中找到了精神的寄托。

由上来看,白居易前后人生观的转变,是从《草堂记》开始,到《沃洲记》为止,时间跨度有 15 年之久。换句话说,人生观的最后裂变,是以《沃洲记》为标志的。白居易早年避乱在越、晚年心归沃洲的事实,说明沃洲山对唐人具有很大的魅力。

近来学术界出现了把晋唐文化联系起来作整体性研究和把人文地理放到文学发展轨迹上作研究的情况①,这是十分可喜的。但笔者以为,倘能把这些研究结合起来作综合性的全面考察,则必能使研究更进一步。这是本文的出发点。

---

① 葛晓音:《山水田园诗派研究》,辽宁大学出版社 1993 年版,第 1—2 页。

替东晋隐士翻案

东晋时期，大批文士转为隐士，活跃在浙东剡中（今新昌）沃洲一带的十八名士、十八高僧，是这个隐士群体的代表。

隐士文化是中国历史上一个非常独特而又非常重要的文化现象，其中，东晋时期的隐士尤为重要。这个时期，大批文人因厌倦内战而渡过长江到江南避难。过江不久，又遇到东晋政权的不断内斗，他们又被迫渡过钱塘江，荟萃于会稽。这批文人寄兴山水林泉，研讨世界观、人生观以及作为理论形态的美学、玄学、佛学等，取得了划时代的成就。

但是，历来的研究者对于东晋隐士普遍持否定态度，尤其在中唐以后，士大夫对此时期的隐士批评更甚，如北宋苏轼在他的《潮州韩文公庙碑》中云："自东汉以来，道丧文弊，异端并起。"①又云："文起八代之衰，而道济天下之溺。"②所谓"八代"指东汉、魏、晋、宋、齐、梁、陈和隋。苏轼认为魏晋南北朝时期的文学和它的政治一样衰败腐朽。"文衰""道溺"这四个字，是对魏晋南北朝时期文化的概括。这种批判观点一直成为后来研究者们的

①　（宋）苏轼著：《苏东坡全集》，上海中央书店 1936 年版，卷三十一，第 109 页。
②　（宋）苏轼著：《苏东坡全集》，上海中央书店 1936 年版，卷三十一，第 109 页。

定见，其中包括对刘勰的《文心雕龙·时序》中"是以世极迍邅，而辞意夷泰"①的误读，误以为刘勰的话是对这一时期文学的批评。其实，刘勰在这里只说了时局虽然混乱艰险，而文辞却很安泰平和的文学现象，并没有揭示这个文学现象的本质，而论者以臆阐发，误以为刘勰的话是在批判东晋的隐士不关心政治。虽然鲁迅先生在《魏晋风度及文章与药及酒之关系》一文中，讲到过魏晋士人内心是很苦闷的，但苏轼文衰的观点一直沿袭到 20世纪。如朱光潜在《山水诗与自然美》中说："山水诗是有闲阶级的产品。"②又说："打个不大体面的譬语来说，很类似没落阶级的人提着画眉鸟笼逛街。"③还说他之所以这样说，是为了"山水诗反映文人逃避现实这一个最本质的方面"④。更多的人说这个时期的文人名士互相吹捧，"标榜风雅""逃避斗争"，韩兆琦先生在《汉魏南北朝诗选注》中说，东晋"这个时期的文学竟然也和它的政治一样腐败透顶"⑤。东晋文士是"置国家存亡于不顾"⑥的没落文人。论者不但不去追究东晋社会政治的责任，不去追究东晋内战的发动者和参与者的责任，反要隐士负起社会政治、内战的责任，这实在是黑白颠倒而必须予以辨别的。毛泽东同志谈魏晋南北朝玄学的主流是进步的，是魏晋思想解放的一个标志。⑦ 1981 年，李泽厚先生在《美的历程》中称赞魏晋时期的整

① （南北朝）刘勰著，赵仲邑译注：《文心雕龙译注》，漓江出版社 1982 年版，第366 页。
② 朱光潜：《山水诗与自然美》，《文学评论》，1960 年第 6 期。
③ 朱光潜：《山水诗与自然美》，《文学评论》，1960 年第 6 期。
④ 朱光潜：《山水诗与自然美》，《文学评论》，1960 年第 6 期。
⑤ 辛志贤：《汉魏南北朝诗选注》，北京出版社 1981 年版，第 8 页。
⑥ 辛志贤：《汉魏南北朝诗选注》，北京出版社 1981 年版，第 8 页。
⑦ 中共中央文献研究室：《毛泽东年谱》（第六卷），中央文献出版社 2013 年版，第 592 页。

个意识形态,是从"奴隶社会逐渐脱身出来的一种新的意识形态"[①],这都有助于我们对这个历史时期的文士的再认识,但美中不足的是,它们只注意到了门阀士族阶级观念共性的一面,而忽略了特殊性的一面,即没有注意到东晋政权的特殊性质对士人心态的影响和由此而发生的变化,对文学与社会政治关系的阐述显得无力。这样,人们仍然会问:在国家多事之秋,大批文人却以隐逸避世、优游山林为雅事,这究竟是新的意识形态还是没落的意识形态? 答案仍然是后者。可见,我们在审视东晋隐士及其文化时,不能陈陈相因,应该进入当时的历史中去,去体察东晋士人在那个内战不断的年代中,那些热心政治的名士是怎样悲惨地死于非命的,然后再去评议那时的许多士人为何选择走向山林的道路,就会得出较为公允的结论。

以东晋隐士概况、东晋士人归隐的主要原因、"中隐观"与"中隐之境"三部分,分述如下:

一、东晋隐士概况

(一)东晋是中国历史上隐士最多的一个时期

西晋倾覆,五胡乱华,中原地区的大批士族纷纷逃来南方各地避难,其中如王羲之、谢安、孙绰、李充、许询、竺道潜、支遁等显要家族,与东土隐者一起,过着避难的生活。这个"避难",实是归隐的一种形态。他们在东晋政权下,仕隐交替,随时势沉浮进止,或先隐后仕,或先仕后隐,或隐而复出仕又仕而复隐,形成

---

① 李泽厚:《美的历程》,文物出版社 1981 年版,第 87 页。

了庞大的隐士群，这个隐士群大部分聚居在会稽。东晋元帝（317—322 年在位）对会稽太守刘恢说："今之会稽，昔之关中。"①把会稽比作秦之咸阳、汉都长安，这是对当时会稽隐士群的概括和描述，可见其盛况之非常。

（二）隐士的活动轨迹

东晋士人在浙东的活动轨迹，主要在剡溪、剡川（今曹娥江）和浙东运河流域。大致上说，名士多隐居在镜湖、剡川（嵊浦以北至东海段）流域地区，也有溯剡溪（今曹娥江嵊浦以南嵊州、新昌、天台北山段及今长乐江等）隐居的。而位于剡溪上游的沃洲（今长诏水库），是东晋高僧名士荟萃之地，如唐白居易《沃洲山禅院记》所云：沃洲天姥为东南"眉目"，乃"非常之境"。此记实录了东晋一代声驰千年的竺道潜、支道林等十八高僧和孙绰、袁宏等十八名士游弋栖隐沃洲山的盛况；今天台县之石梁方广寺和位于浙东运河东端的今宁波市鄞州区之天台山，也是佛教开发较早的地区。

以上是东晋隐士在浙东的概况。

二、东晋士人归隐的主要原因

在一个时代里，为何有如此众多的士人归隐呢？对此，史称："魏晋之际，天下多故，名士少有全者。"②晋代袁宏在《三国名

---

① 张元济辑：《缩印百衲本二十四史·晋书》，商务印书馆 1958 年版，卷七十七，第 5360 页。

② 张元济辑：《缩印百衲本二十四史·晋书》，商务印书馆 1958 年版，卷四十九，第 5177 页。

臣颂》也写道:"夫时方颠沛,则显不如隐。"①到了内战连续不断
的东晋,士人之归隐山林,除了与其他历史时期士人归隐的共有
原因,也有着许多的特殊性。"显不如隐"的思想观念,更代表了
当时士大夫们的价值取向。而过去论者之所以对东晋隐士加以
厚责,主要是忽略了对东晋政权基础特殊性引起的内战性质、内
战形态、政权凝聚力、士人对待内战的态度等的现象作整体性的
研究。现分述如下:

第一,东晋政权内部各派系为争权夺利而爆发的相互残杀
的内战。为了说明这一点,我们先看看下面的"两晋内战频率
图"。这张内战频率图是笔者在 1989 年根据韩国磐《魏晋南北
朝史纲》等多种史料统计的结果。图以公元纪年为横向坐标,以
战争频率为纵向坐标,图中上方"西晋""东晋"之间的一竖,是公
元 317 年西晋灭亡、东晋政权建立的分界线。图中西晋一侧的
粗线为八王争夺皇位而引起的内战,细线为灭吴和民族战争,东
晋一侧的细线为东晋派系之间的战争,黑点为北伐战争。

上图说明:东、西两晋内战的形态不同。西晋虽然只有 52
年,但它却结束了三国以来的分裂局面,重新统一了中国,其权
力也相对集中,出现了一个短暂的相对稳定的时期,即图中所示
的西晋永平元年(291)前波动线较为平缓的时期。此后,图上显
示出骤高遽低的波动线,反映了西晋内战集中在 291 年之后,由
司马氏王室为争夺统治权而展开自我毁灭的内战,即"八王之
乱",其内战的形态是爆炸式的。

而图上显示的东晋内战是持续性和阶段性的。所谓"持续

---

① (梁)萧统选,(唐)李善注:《昭明文选》(下),京华出版社 2000 年版,卷三十
七,第 242 页。

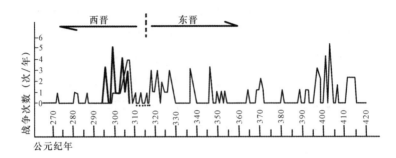

两晋内战频率图

性"，是指东晋连续发生的内战与东晋政权相始终的史实。所谓"阶段性"，指东晋政权存在的 103 年间，先后发生的王敦、苏峻、王恭、桓温、桓玄以及北府兵与西府兵的冲突等六次大乱之间较为稳定的时期，是朝廷在各派势力间调定以维持平衡、达到稳定政权的时期。而各种政治、军事力量总是在直接冲突中此消彼长，朝廷在各派势力间维持平衡的时候，新的冲突也在同时准备发生，因此内战呈各派势力斗争的连续性，直至东晋王朝灭亡。

第二，政治凝聚力的不同。这里说的政治凝聚力，指政权对士人的吸引力、士人对政权的向心力、士人与士人之间的吸引力。

西晋在"八王之乱"前，帝王的权力是相对集中的；而在东晋，由于政权的基础是各派的力量，因此皇帝自感势单力薄；皇帝的寿命也很短，在东晋政权存在的 103 年间的 11 位皇帝，一位被废黜，两位被杀，另两位是十足的傀儡，三位分别只活了 19 年、22 年和 27 年，另三位被权臣逼得忧愤而死。由此可知其权力的大小了。皇权微弱而又促使其多疑，对帮助司马叡建立东晋政权的开国元勋宰相王导不放心，对指挥淝水大战取得胜利、使东晋王朝转危为安的宰相谢安也不放心，对掌握兵权的武臣，更是恐其取而代己。史称当时大将往往有"不臣之心""问鼎之志""闚上之心""志窥神器""心怀异志",等等。

在这些史志记载中,有的事件是皇帝个人引发的,而并非将臣有所谓异心。像祖逖这样的真正北伐的人,也被帝王怀疑有异志,这是绝不应该的。祖逖屡破北方劲敌石勒,使黄河以南尽为晋土。但晋元帝司马睿担心祖逖的发展对他不利,遂任戴渊为征西将军,都督北方六州军事,借以节制祖逖。祖逖眼看北伐功亏一篑,忧愤成疾,死于军中。

再以谢安为例,谢安文韬武略,成功指挥了淝水之战,稳定了东晋政权、有效地遏制了北方少数民族的南下侵扰,为江南的经济发展作出了重大贡献。谢安大功告成以后,坚持北伐中原,统一北方。但他的苦心不为东晋皇室司马氏所理解,皇室反而害怕谢安"功高盖主",将谢安逐出京城去广陵(今扬州),谢安壮志未酬,抑郁而死。祖逖、谢安这样忠心耿耿、有大功于国的人尚且不能自保,怎不令士人寒心?

又如王羲之的被迫辞官,也是由帝王的猜疑功臣而引起的。桓温平蜀是否有背叛朝廷之心,是否有篡位的政治野心,这样无能的政权该不该推翻,这些问题暂且不说,事实是:永和二年(346),桓温平定蜀地,是当时统一中国最有希望的力量。朝廷却因所谓桓温"威震朝廷",便于永和六年(350)以殷浩为中军将军、都督五州诸军事,试图以此抗衡桓温,从而激怒桓温,给内战埋下了种子。在这场朝廷与桓温的较量中,王羲之向朝廷及殷浩写过许多避免内战的信,不为朝廷所用。王羲之眼看内战必起,便邀集孙绰、谢安等41人于永和九年(353)三月三日在会稽山阴兰亭修禊,由《兰亭集序》感慨人的生命在俯仰之间可知,与会者被迫选择了隐居山林的道路。王羲之接着被迫辞官,携郗夫人等隐居于古剡县东部厂（古音 hàn）岭（今浙江省新昌县的王罕岭）。

近来有学者撰文说兰亭聚会实是"军事会议"。这个观点是否能成立暂且不论，但有一点是可以肯定的：当时严峻的局势是兰亭集会的背景。进而言之，这次聚会的目的是在从政还是归隐这两种去向中作出抉择。王羲之的《兰亭集序》和他的归隐，即是证明。这个问题，本文下面还要讨论。

如上所述，桓温平蜀为朝廷所疑，祖逖、谢安等大功于国的人尚且不能自安，司马朝廷有何凝聚力可言？赴兰亭聚会者选择归隐的道路，既是无奈的，也是必然的。

第三，士人对待内战的态度。过去论者说东晋士人及文化，"置国家安危于不顾"而"逃避现实"，"这个时期的文学竟然和它的政治一样腐败透顶"。历史事实表明这种指责是错误的。早在东汉末年的王粲就提出了"从军有苦乐，但问所从谁"这样的问题——这是为谁而战的一个政治取向和人生取向问题，前面我们已经知道了东晋政权的种种特殊性，就应该从这些特殊性出发去审视东晋士人的归隐，才会得出公允的结论。

按西晋倾覆，一统江山剩半壁，五胡兵乱中原，武夫尚不能自保，士人又能如何？他们纷纷南奔避难完全是被迫而无可责备。

深受国破家亡之苦的士人们到江南以后，志在收复中原，史书记载："过江诸人，每至美日，辄相邀新亭，藉卉领宴。周候中坐而叹曰：'风景不殊，举目有山河之异。'皆相视流泪。"①这"新亭泪"以及"百端交集""难兄难弟""中流击楫""多难兴邦""枕戈

———————

① （南朝宋）刘义庆撰，卜宪群编著：《世说新语》，北京燕山出版社1995年版，第44页。

待旦""沧海横流,玉石同碎""闻鸡起舞""明目张胆"等至今仍被人们使用着的成语典故,反映了当时士人们内心的悲愤和反对分裂、要求国家统一的心声。但是,东晋政权建立不久,旋即展开了统治集团内部各派系为争权夺利而爆发的六次大规模内战:南渡士族与江东士族的斗争(307—315)、拥兵长江上中游者与朝廷的斗争(322—324)、大族与寒族和庶族的斗争(327—328)、南渡士族权力大小之争(340—373)、早南渡士族与迟南渡士族的斗争(?—404)、北府兵与西府兵的斗争(404—405),小乱则持续不断。可以说,内战与东晋政权相始终,士人们再次陷入战乱之中。

在这种理想与现实极度矛盾的情况下,作为士人,在作出政治选择和人生选择的时候,只有两条路可供选择:一是入世,参与政事;二是避乱隐居,洁身自好。而本文前面说,东晋的六次大乱,都属派系斗争,我们难道要求士人参与这种内战而冒所谓"不臣之心""问鼎之志"的罪名吗?我们难道有理由要求他们武装起义吗?这显然是对古人的苛求。

为了搞清楚生活在内战中的士人们的境况,笔者曾于1988年开始,用了一年半的时间,从多种文献中做了调查、统计,结果是:

被调查的晋代人物总数为1773人,其中从政被杀的有409人,占总人数的23.07%;从政忧郁而死的54人,占总人数的3.05%;饿死、瘟疫死和死因不明者510人,占总人数的28.77%;为统一国家而死者15人,占总人数的0.85%,自然死亡者462人,占总人数的26.06%;年代不明者323人,占总人数的18.22%。此外,众所周知,战争死亡最多的是普通百姓,据统计,单在东晋主要的几次战争中,就有139万人战死。

把上述数字归纳起来，就是：

1. 自然死亡者只占 26.06%，而有 73.94% 的人死于非命；

2. 统一国家是当时士人的普遍心声，战死者却只有 0.85%，而参与内乱或被内乱株连而死的从政者有 463 人，占 26.12%。

虽然这个统计数字不能说十分准确，但它可以较为清晰地反映出"士人少有全活者"的实际状况，士人正是在这种状况下，不愿做内战的牺牲品而在"将队竞奔，诲在临颈""徂风飚起盖山陵，氛雾蔽日玉石焚"时选择归隐的。著名散文家、诗人孙绰诗云："凤皇凤皇，何不高飞还故乡，无故在此取灭亡？"散骑常侍、文学家张亢在"壮士禀杰姿，气烈有自然。俯仰群众中，胡能救世艰"（《百志诗》）的叹息中，不得不离开政治漩涡，去游"方外丛林"。反之，倘"出世从政"，也只有在青史上留下叛逆者的污点，或者枉死于派别斗争。如卓有成就的文学家、音乐家、军事家刘琨，原是东晋政权建立的推动者，后因帝王无能而自叹"本是南山松，今为宫梁殿"，失意北上寻找出路，却被石勒部下匹磾缢杀。刘琨临刑前写的绝命诗云："忠信反获罪，汉武不见明。"忠信的刘琨反被杀死，常被历代正直的文人所自喻，如唐代李白《避地司空原言怀》："刘琨与祖逖，起舞鸡鸣晨。虽有匡济心，终为乐祸人"；宋代陆游《夜归偶怀故人独孤景略》："刘琨死后无奇士，独听荒鸡泪满衣"；宋代李清照《失题》云："南渡衣冠少王导，北来消息欠刘琨。"元代陈绎曾在中曰："刘琨……忠义之气自然形见，非有意于诗也。"杜甫以此为根本；又如大学问家郭璞，任大将军王敦的记室参军，志在北伐。他预计到王敦将起战乱，叹云"俯惧潜机，仰虑飞罾"，而欲"阕情丘壑"隐居山林，只是迟疑了没几天，因劝阻王敦不要内斗，便惨遭王敦杀害；又如苻坚的侄儿苻郎，本在北土，因不堪战乱之苦而归东晋，谁知不久反遭杀害。有《临终诗》云："如何箕山夫,奄焉处东市。"王敦想起兵推翻东晋政权,他的从兄王棱苦苦劝王敦不可,王敦便派人把王棱杀了。王敦的另一个堂弟王彬为人忠直,苦劝王敦,也差点被王敦杀了。荆州刺史王舒也是王敦的堂弟,知道王敦要起事,他马上和宰相王导站在一起,秘劝东晋明帝加紧准备,谋讨王敦。由于王导的支持,王舒才免一死。

这是多么残酷的现实!而自宋代苏轼以来迄今的批评家,无视这个现实,不详究东晋政权下频繁的内战和内战性质,却苛求士人承担国家安危的责任,似乎周旋于邪枉之朝,参与到争权夺利之中,才算关心"国家存亡"吗?隐士好比是"文化大革命"运动中的立身于所谓"保皇派""造反派"两派之外的"逍遥派","文化大革命"运动之后,我们不是说参加"两派斗争"的都是错误的,不参加两派斗争的"逍遥派"是正确的吗?那么,不参加内乱、内战的"隐士"何罪之有呢?

三、"中隐观"与"中隐之境"

在漫长的隐逸历史时期中,随着不同时代的矛盾性质的不同,隐逸内涵和形式也随之改变。总的说来,隐逸历史经历了从小隐(隐于山林)到大隐(隐于朝市)再到中隐(隐于地方官)的嬗变。所谓中隐,用孙绰的话说,就是"做官不像做官,隐居又不像隐居"的隐居形态。

从东晋元帝把会稽比作秦之咸阳、汉都之长安及《晋书》等史书来看,东晋隐士多中隐,会稽是"中隐之境"。

先说中隐。从汉魏之际怀疑论哲学思潮的兴起,到新的意识形态的形成,是以东晋时期蔚然成风的"中隐观"为标志的。

汉魏多如介子推、严子陵之逃避仕禄、老死林壑的完全与仕对立的小隐。而东晋文人之隐，从整体上说是中隐。就是把世界分为"尘世"与"非尘世"两部分，争权夺利、互相倾轧、尔虞我诈等的社会面，称为"尘世"或"世俗"；与之相对应的则为"非尘世"或"超世"。由于东晋频繁的内战及内战特性，其士人的仕隐交替的特殊的"中隐观"的特点也越来越明显和确定。所谓"仕隐交替"，如本文第一小题"东晋隐士的概况"中说的"与政治保持不即不离的状态"的思想，士人们把它形象地比喻为尺蠖一伸一屈地步行前进："迹从尺蠖曲，道与腾龙伸""蠖屈其迹，而方寸湛然……再潜再跃，婉若游龙""尺蠖之技，伸屈自如""邦乱则振锡孤游，道洽则欣然俱萃"。就是说，国家内乱的时候，就不与之为谋，而去孤游；国家政治融洽的时候，就欣然聚在一起，去建功立业。无论是屈还是伸，都要"秋霜被，不凋其秀"，坚持政治主张，不苟同流俗，一味求全，使中隐成为一种能在入世与出世间进退裕如的处世哲学和生活方式。先仕后隐的例子如阮裕，其为大将军王敦幕下的主簿。在知道王敦有不臣之心后，就终日醉觞，以酒废职，而免王敦之祸。咸和初，阮裕去职还家，隐居会稽剡县。[①]

王徽之，世居会稽，以山水自娱，桓温据荆楚，西灭成汉，北伐中原，王应辟为桓温参军。后桓温自恃有功，欲与徽之谋曰："卿在府日久，比当相料理。"[②]徽之知其乱迹已显，"初不酬答，直

---

① 参见张元济辑：《缩印百衲本二十四史·晋书》，商务印书馆 1958 年版，卷四十九。

② 张元济辑：《缩印百衲本二十四史·晋书》，商务印书馆 1958 年版，卷八十，第 5376 页。

高视,以手版拄颊云:'西山朝来,致有爽气耳'"①!表示不屑为伍,并弃官东归隐居。

再如干宝、傅敷、李充、刘胤、阮孚、阮放、王洽、黄辅、蔡谟、阮佣、张野、张铿、喻合、李密等,均以疾,或以老,或以贫,或向朝廷要求远出,或辞官职不就等理由辞朝离政,都在内乱将起、时局艰险之际,说明内战是仕人归隐的重要原因。

先仕后隐又出仕的例子如谢鲲:为东海王椽转参军,后因越乱,以疾辞去;东晋之初,又出仕为王敦长史;王敦欲乱,谢鲲就隐居浙东。又如谢玄,有经国才略,因邦乱而屡征不起,后应苻坚压境,应举,拜建武将军,监江北诸军事,大破敌军,加都督七州;值翟辽、张愿叛,谢玄上疏送节,求尽解其职,又以疾辞还剡县,从出仕到还剡,仅隔三年余。②

先隐后仕的典型例子是"东山再起"的谢安。谢安随父谢鲲寄寓会稽,"初辟为司徒府,除佐著作郎并以疾辞",高卧曹娥江边之东山,屡征不起,及苻坚师次淮北,他应征为征讨大都督,败强秦于淝水,发劲旅入中原,誉扬远近,功盖当世,后因功高招忌,他又求出广陵,做起了闲散的官。而像张鹰那样隐居在苦竹屋,王羲之从前门进去求见,他从后门跑了躲起来的人,是绝无仅有的。

中隐观的兴起,与传统儒学是有密切联系的,儒家思想主张"邦有道不废,邦无道免于刑戮""邦有道则仕,邦无道则可卷而怀之""得志泽加于民,不得志修身见于世"。

---

① 张元济辑:《缩印百衲本二十四史·晋书》,商务印书馆 1958 年版,卷八十,第 5376 页。

② 张元济辑:《缩印百衲本二十四史·晋书》,商务印书馆 1958 年版,卷七十九。

这些语录对于受过良好教育的士人来说，当然是有着深刻影响的。但它因时屈伸、出入进退，在"仕"与"隐"的矛盾中追求平衡和谐，并且成为一种思潮，则是在东晋特定历史条件下形成的，这里的"特定"条件指的是有别于过去的一些条件，主要是指内战和内战性质，也就是"中隐观"特点也越来越明显和确定。

东晋士人的中隐代表性的人物是王羲之和谢安，他们两人都曾经积极入世，不同的是一个先仕后隐，一个是先隐后仕。他们的经历很能说明"中隐观"的实质。

先仕后隐的例子是王羲之。本文在前面已经说到了王羲之归隐的原因，这里要说明的是王羲之的"中隐观"。王羲之的"中隐观"具体地反映在《报殷浩书》《又遗殷浩书》《与殷浩书》《与会稽王》《与谢万书》《兰亭序》中。我们知道，王羲之本是主张北伐的人，但当时任安西将军，都督荆、司、雍等6州军事，领护南蛮校尉、荆州刺史的桓温，于永和三年（347）西灭成汉（今四川一带）、北略中原、"威名大振"，朝廷为之恐惧。会稽王司马昱（即后来的简文帝），为了抗衡桓温，引殷浩为心腹，初任命殷浩为建威将军、扬州刺史，继而擢升为中军将军，假节都督扬、豫、徐、兖、青五州军事，名为北伐，实为应对桓温的挑战。桓温知道朝廷的意图后，也声称北伐而移军武昌，威胁朝廷，这就形成了长江上游、中游军事力量与长江下游军事力量的对垒局面。

王羲之与殷浩本是同僚，又是朋友。他出于对国家、对朋友的负责，写信给殷浩，一再向殷浩分析内外形势，劝殷浩不应该与桓温构隙，而要内外和谐，一致对敌。他还用廉颇与蔺相如的故事，请殷浩"画廉颇于屏风"自勉谦抑，相忍为国；还写信给当权者司马昱，在信中总结了数十年来北伐失败的经验，提出防止内乱的政治主张，信中说："今外不宁，内亡何待！"接着提出了一系列还保长江、除其繁苛、省其赋役可积蓄力量,尔后完成统一国家大业的政治主张。又说,如果不这样,则国家危亡,指日可待,他也只好辞官到方外云林去作"麋鹿之游"了。然而朝廷对此置若罔闻,反而命殷浩北伐,殷浩受宠志满,与桓温相疑贰,勉力率军北伐,结果殷浩的军队到许昌附近就败了回来。殷浩既败之后,又拟举兵北向。

王羲之在官二十余年,这时,他预见到一场大规模的内乱将要发生,于是在他父母的墓前发誓说:从今以后再不做官了,否则为天地所不容。

接着,王羲之、孙绰、谢安等41人,于永和九年三月三日,在会稽山阴举行兰亭集会,已如前述。这里值得注意的是:郭沫若在1965年第6期《文物》杂志上发表了《由王谢墓志的出土论到兰亭序的真伪》,文章肯定《兰亭序》后半段文字兴感无端,与王羲之思想无相同之处,而疑为隋唐人所伪托,这完全是逞臆之说。按这段文字的大意是:感叹人生转瞬即逝,到了想做事情的时候,自己已经疲倦;生命虽有长短之别,总是同归于尽的!古人往往把伤悼寄托在文字里,后来的人看现在人,也好像现在的人看古人,感叹想起来真是悲伤啊!

这就是郭沫若说的所谓"兴感无端"的那段文字内容,把它与上述的政治形势联系起来读,就会知道《兰亭集序》后半段文字,正与王羲之和当时文士的思想相同。

兰亭雅集后,殷浩北伐再次大败,桓温屠杀殷浩的亲朋好友和诛杀大批异己,王羲之若不退出官场,当亦在被杀之列。所以王羲之逃过这一劫后,在给谢万的信中说:"古之辞世者,或被发佯狂,或污身秽迹,可谓艰矣!今仆坐而获免,遂其宿心,其为庆幸,岂非天赐?"也证实这段文字出自王羲之本人之手,郭沫若质疑《兰亭集序》的真伪，说明他不了解在东晋这一特殊历史条件下的士人既关心国家安危又不愿卷入内战的"中隐观"的特殊心态。

关于"中隐之境"，在了解了"中隐观"的特征和它的实质以后，对于东晋士人为何萃集浙东，也就不难理解了。既然"中隐观"追求的是"仕"与"隐"的和谐平衡，就要有与之相适应的、与世保持不即不离的、既能回避内斗又能待时而起的环境，即所谓"近非域中客，远非世外臣。憺怕为无德，孤哉自有邻"（支遁《咏怀诗五首其四》）的进退方便的地理环境作为隐逸之地，而浙东正符合这样的要求。

在永和三年（347）桓温灭成汉以前，东晋政治版图北至淮河连接长江中游，西至成汉（今四川），南至今柬埔寨、越南河内以北，东至东海。在这范围以外的北方，有众多割据王朝间的战争；在这版图内，长江中游、上游流域为军事重心，下游为政治重心，东晋的几次内战均在这一流域展开。在它的西南地区，从孙吴时代以来，一直有民族战争；南部闽广乃至浙江的衢州等地则过于荒远。唯会稽，自秦汉以来至东晋隆安前，一直是宁谧之地。在东汉时，有"两火一刀可以逃"的谶语。"两火一刀"即"剡"字，意谓剡县可以避乱。东晋时，名僧支道林说会稽国"中有寻化士，外身解世网"之地；王胡之《答谢安诗》说得更为明确："朱火炎上，渌水泉边。"这显然指的是剡溪。剡溪这一可隐可仕之境，直到唐代，对士人还有很大的吸引力，如刘长卿诗云："剡溪多隐吏，君去道相思。"加上会稽地沃民富、山水秀丽和前面说到的水路方便等条件，是最理想的"中隐之境"。故士人在乱起之时，纷纷进入东土避风。约至隆安初，朝廷排斥谢安，司马道子辅政，其子司马元显"纵暴吴会，百姓不安"。孙恩乘时在浙东起义，矛头直指士族豪门，士人才转涉江西庐山等地，如名僧慧永、慧远及名士张野、张铨、庾衮、喻会、梅盛等，都于此时上庐山，而在这以前，在荆、楚避乱而南投传教，终被掳送长安；直到太元十一年（386），他的弟子慧远，才建东林寺于庐山，庐山名声渐显于世。庐山开发晚于浙东，亦是"中隐观"与"中隐之境"关系的佐证。

"中隐之境"满足了"中隐观"士人的需要，所以会稽地区成了士人们隐居的首选之地。会稽地区不仅山水秀美、土地肥沃、物产丰富，而据史料记载，在东晋灭亡后的第四十四年，即南朝宋大明八年（464），会稽郡人口仅有 348014 人。^① 在交通方面，也便于与政治中心保持不即不离的关系。从东晋首都建康（今南京）到会稽，路约 510 公里，有江南运河经太湖到钱塘与贯穿会稽的浙东运河和剡溪连接。谢安在淝水大战前尚隐居在上虞东山，大将谢玄亲自到谢安家里问计，谢安只坦然地说道："已别有命令。"谢玄心里颇为不安，又令部将张玄寻问谢安破敌妙法，谢安干脆离开府邸到外面山庄，邀集亲朋好友前去观光游玩。后来谢安到了建康，命令谢玄等人率兵八万抗击号称拥有百万之众的苻坚，弄得苻坚风声鹤唳、草木皆兵，大败而回。这说明谢安东山已安排好了破敌计划，也说明交通之便、讯息畅通，是"中隐"士人与政治保持不即不离状态的最理想之地。这正如唐白居易在《沃洲山禅院记》所云："夫有非常之境，然后有非常之人居焉！"

由上可知，东晋士人归隐的特征是"中隐观"，中隐观的实质是与政治保持不即不离关系，出入进退、因时屈伸，至今尚有它

---

① 参见李宁：《浙江地理简志》，浙江人民出版社 1985 年版。

的现实意义。而"大丈夫能屈能伸"这句日常用语，印证了中隐者的志气高远，而不是所谓"置国家存亡于不顾的没落文人"。

　　综上所述，东晋文士归隐是由东晋政权性质决定的。东晋政权建立在各种势力联合的基础之上这一性质，规定了各种政治势力的相互纷争；一部分士人从政入仕被杀，从政苟活者极少，不想为内战牺牲的人只好退隐山林，别无选择。这就是在东晋特殊历史条件下士人中蔚然成风的"中隐观"。中隐者并不像一些学者说的是"置国家安危于不顾"的人，而是有着自觉承担国家和社会责任的人。他们归隐山林，出于政治态度和人生价值的选择，厌恶和反对为争名夺利而发动的频繁内战。

试论鄞州在"浙东唐诗之路"上
的地位及其他

一、鄞州在"浙东唐诗之路"上的地位

（一）"浙东唐诗之路"在国内外

1988 年，笔者向本地政府提出了"唐诗之路"；1991 年，向在南京参加中国唐代文学学会年会的学界泰斗傅璇琮先生和郁贤皓先生提出了"唐诗之路"，并得到了当时 23 位与会者的联名书面支持。[①] 笔者在"中国首届唐诗宋词国际学术研讨会"上，向会议提交了"唐诗之路"论文。

我们新昌浙东唐诗之路研究社，在学术界的大力支持下，组织举办了 7 次国际、国内大中型学术研讨会和多次小型学术讨论会，参加会议人数最多的一次有 120 位学者，参加会议代表最多的一次有中国、韩国、日本、马来西业、美国、意大利、加拿大、

[①]　参见竺岳兵：《唐诗之路综论》，中国文史出版社 2003 年版，第 215 页。

澳大利亚等国家的学者。

1993 年,中国唐代文学学会正式发出文件,再次肯定"浙东唐诗之路"。

1996 年,中国唐代文学学会发来了贺词,贺词中说:"浙东,自晋代起,渐成为人文荟萃之地,源远流长的山水诗在此滋生,与之有连带关系的书法、绘画以及宗教等,也在这一地域达到鼎盛。唐以降,许多'壮游'的文人、失意的诗人以及'宦游'的官吏在浙东一带流连忘返,吟咏不绝,使浙东一带再次成为唐诗发展中一个特异的地区。对于这一人文现象,'唐诗之路'是一个形象、具体而科学的概括和归纳。"①

20 多年来,我们编著出版了《唐诗之路唐代诗人行迹考》《唐诗之路唐诗总集》等 8 本专著;在国家级、省级刊物上发表了 150 余篇论文;考证出 451 位唐代诗人在浙东的事迹以及与"唐诗之路"有关的 1500 余首唐诗;分别论述了山水诗、佛教、道教、书法、士文化等"唐诗之路"的七大文化底蕴,为本地区考证挖掘出了几十项人文研究成果,在国内外获得了较大的声誉。

目前,"浙东唐诗之路"沿线县市对申报世界遗产有一定的积极性,新昌、嵊州和上虞人民政府先后成立了"浙东唐诗之路申报世界遗产领导小组",开展了申遗的前期工作,如多次举办国内、国际学术讨论会。联合国教科文组织唯一授权的《中华遗产》出版"浙东唐诗之路"专辑,中央电视台拍摄《唐诗之路》专题纪录片,2012 年成功举办了"中国首届唐诗文化节",等等。杭州市萧山区人民政府继 2011 年举办唐代诗人贺知章学术研讨会后,最近又举办了"从义桥渔浦出发——浙东唐诗之路重要源头

---

① 竺岳兵:《唐诗之路综论》,中国文史出版社 2003 年版,第 241 页。

研讨会"。台州建了"唐诗之路"公园,《台州学院学报》刊发了十余篇"唐诗之路"研究论文。台州市以台州学院为中心,开展《"唐诗之路"综合实践活动的案例研究》等活动,还开展了"唐诗之路"天台山的申报世界遗产工作。从 2010 年夏天以来,宁波日报报业集团与政府有关部门主办开展"寻访唐诗之路"活动;温州学者从温州是中国古代山水诗的摇篮出发,提出了"温州成就了浙东唐诗之路"的观点,多次组织了"唐诗之路"考察活动。

以上是"浙东唐诗之路"情况的简介。

(二)"浙东唐诗之路"与鄞州

考察唐代诗人在鄞州(今浙江宁波)一带的活动,是研究"浙东唐诗之路"与鄞州的重要基础。而今宁波市鄞州区,从春秋(前 770—前 476)至现在,经过了越国、会稽郡、越州、明州、宁波市这样的历史沿革,而诗歌作者往往喜用古地名,例如鄞州在唐代原属越州,《唐会要》卷七十一云:"明州,开元二十六年(738)七月十三日,析越州鄮县置。"这样,唐诗中出现"越""越中""越州""会稽""吴会"等词时,就很难判断它的属地,即使对整首诗作了分析也还得结合许多史料,综合考察诗人的行迹,才能得出相对准确的结论。拙著《唐诗之路唐代诗人行迹考》参考了 181 种书才写成①。举例来说,诸书都说"庄南杰"是越州人,登进士第,但笔者在这本书里写道:

> 考证:庄南杰之本贯,诸书缺记载。《唐才子传校笺》卷五。据庄南杰《秋》诗自称"越客",而云庄为越人;又据《明月湖醉后蔷薇花歌》而疑"明月湖"为"明月池",进而又云明

---

① 参见竺岳兵:《唐诗之路唐代诗人行迹考》,中国文史出版社 2004 年版。

月池在湖南沅陵县。如此辗转,则不免有误。按《明月湖》当在明州,即今之宁波市之日湖、月湖。据《四明它山水利便览》记载:日湖"在城西南隅。唐《地理志》鄞县下注云:南二里有小江湖,大和中令王元日韦置,小江湖即日湖也。"《浙江古今地名辞典》云:"月湖,在宁波市区东南。湖南北长约1000米,宽仅130米。原月湖之东有日湖,析'明州'之明字为日月两湖⋯⋯开凿于唐贞观年间。"《宝庆四明志》卷四:"日、月两湖皆源于四明山,一自它山堰南门入,一自大雷经广德湖入西门,潴为两湖⋯⋯"池为池塘,湖则为积水之大泊,池、湖概念不同。何况"池"除《校笺》云者外,湖南桃源县、四川遂宁县、陕西城固县,均也有明月池,而明湖者,仅明州一处。由此观之,明州日月湖较湖南明月池,更符合庄南杰诗题中的明月湖,更何况庄为越人。明月湖当为今宁波之日月湖,而非湖南沅陵县之明月池。①

下面列出的行吟鄞州的唐代诗人,就是从拙著《唐诗之路唐代诗人行迹考》②所收入的451位唐代诗人中选出来的。

于季友:(生卒年不详),河南(今河南洛阳)人。

韦庄:《旅次甬西见儿童以竹枪纸旗戏为阵列》。

韦瓘(787—852):京兆万年(今陕西西安)人。从中书舍人被贬为明州刺史。

文秀:四明人,年十九受具戒。

文益(885—958):曾在鄮山育王寺希觉律师门下学律。

---

① 竺岳兵:《唐诗之路唐代诗人行迹考》,中国文史出版社2004年版,第169页。

② 参见竺岳兵:《唐诗之路唐代诗人行迹考》,中国文史出版社2004年版。

方干:《题慈溪张丞壁》《游雪窦寺》。

白居易:于季友时游明州。

令参:住明州翠岩,世称翠岩和尚。

皮日休:与唐陆鲁望唱和之诗,贺监往之,于是四明山道龊割二百八十峰,与台宕鼎峙,为东南名山之冠。《嘉泰会稽志》则云皮日休避地吴越葬四明,还有说被黄巢所杀等。

邢允中:明州奉化人。

吕岩:《题四明金鹅寺壁》。

吕渭:乾元二年(759)至上元元年在越州,依其父浙东节度使吕延之。

吕岩:吕渭子。

延寿:广顺二年(952),住持明州雪窦寺。

庄南杰:明州人。

刘长卿:足迹遍浙东,有《游四窗》。

齐澣:在齐澣之前,今宁波地区统称越州。开元二十五年(737)齐澣任润州刺史,充江南东道采访使,到开元二十六年(738)建明州,从此越、明各自为州。

许浑:浙东诗有《晓发鄞江北渡寄崔韩二先辈》《四明丛书·四明古迹》2/4收其诗。

许碏:茅山、天台、四明、仙都……无不遍历。

孙邰:明州奉化(今属浙江)人。乾宁四年(897)登进士第。后服布衣归隐于奉化山。

考证:《浙江通志》192/3321云孙邰"明州奉化人"。《四明丛书·四明诗干》中/19同。《浙江通志》43/978:"孙邰宅《嘉靖宁波府志》在奉化县东北,唐右拾遗孙邰所居。"

严维：严维是浙东诗坛盟主授诸暨尉……迁余姚令《题空明洞》《咏西施》。

杜荀鹤：二次入明州。

李中：李中曾与文依上人历时三四年，到鄞州、镇海、普陀山游。

李白：47岁登四明山。

李吉甫：贞元八年出为明州长史，年27。

李达：经明州随日本高僧圆载赴日。

李伉：咸通六年(865)任明州刺史。

李敬方：大中元年(847)，迁明州刺史。

李频：《明州江亭夜别段秀才》《游四明山刘樊二真人祠题山下孙氏居》。

吴商浩：明州人。

吴越僧：住奉化雪窦寺。高丽国王曾派36位僧人前来学习。葬于大慈山。

吴兢：明州刺史。

怀玉：今浙江宁海人。

张祜：遍游浙东，《四明丛书·四明山志》。

陆羽：遍游浙东。

陆龟蒙：咸通初与皮日休一起来浙东，曾两度浙东。有《四明山诗》(《石窗》《华顶杖》等诗)。

陈长官：五代吴越王钱镠时任宁海知县。

武元衡：有"剡岭穷边海"之剡岭，剡界岭。

范的：元和十年(815)游明州。长庆三年(823)再游明州。大和七年(833)于明州鄞县书《阿育王寺常住田碑》。

林无隐：唐末流寓明州。《四明丛书·四明诗干》中/

21:"慈溪人,其先闽籍,唐季徙明州。"《四明丛书·鄞志稿》卷一同。

周颂:永泰元年任慈溪令。

庞蕴:据《四明丛书·四明山志》卷二伽蓝·奉慈禅寺下记载,庞蕴曾访法常于余姚之南七十里的大梅山。

法进:住鄞县阿育王寺。

法常:贞元十二年(796),自天台移居明州余姚南七十里大梅山,即梅子真旧隐处。世称大梅和尚。

宗亮:奉化人。会昌隐遁于奉化山间。大中间,出为明州国宁寺住持。

空海:《全唐诗补编·续拾》卷二六收其诗。后经越州,由明州出海回日本国。

房琯:慈溪县第一任县令。《四明丛书·宁波府简要志》4/1:"开元中慈溪令。"

贯休:天童寺有其画。

契此:明州奉化人。

胡幽贞:四明人。

徐浩:"大历八年自工部侍郎贬明州别驾。"

施肩吾:居四明山学道求仙。元和十五年(820)登进士第"仙游多在四明山"。

姚合:《唐才子传校笺》云姚合罢杭州刺史后游越州会稽,写有不少四明风光的诗。

贺知章:其籍贯有多种说。《宁波府志》《鄞县志》《四明丛书》,都定贺知章为鄞人、鄞人。如卷一:贺知章"今鄞县句章乡小溪之马湖,有洗马池,世传贺监故居"。《四明丛书·宁波府简要志》同上。《简要志》又云:世传贺知章隐响岩。明代鄞人张时徽写的《府志存疑》另有别见。

钱元瓘：曾为明州刺史。

钱惟治：为四明郡守。

徐浩：宅在鄞县南四明山下。出为明州判，遂居鄮，自称四明山人。

黄夷简：为明州判官。

黄巢：浙东久传黄巢败逃至四明山，隐雪窦寺为僧。《四明丛书·四明山志》卷一云："雪窦山在寺塔之前，当两涧合流处……即黄巢之墓也。"

清塞（周贺）：《四明丛书·四明山志》7/2 载《四明兰若赠寂禅师》，即《题昙公院》。

释辩光（生卒年不详）：字登封，俗姓吴，永嘉人，居明州国宁寺。

蒋宗简：五代后梁时任明州评事。时与布袋和尚契此游，世称为摩诃居士。

韩察：韩察为明州刺史。

虞世南：余姚梅川乡有虞家城，相传为虞世南宅。《浙江通志》45/1004 同。

戴叔伦：曾在明州。

应该说明的是，这个统计是很粗糙的，如果我们加强人文地理与自然地理、历史地理等学科的研究，全面地还原历史的本来面目，一定会有更多的发现。举例来说，对孟浩然《宿天台桐柏观》诗的理解，我们也往往把它归属为今天心中的天台山，而没有注意诗的后半部分。其实后半部分是孟浩然在"鸡鸣信潮早"时离开桐柏观向四明山行的意思。诗云：

鹤唳清露垂，鸡鸣信潮早。愿言解璎珞，从此去烦恼。
高步凌四明，玄踪得三老。纷吾远游意，乐彼长生道。日夕
望三山，云涛空浩浩。[①]

按，笔者在《唐诗之路唐代诗人行迹考》中，写到他这次远行
的原因，是寻找徐福曾经隐居过的四明山，过伯夷、叔齐那样修
长生之道的隐居生活。但因诗的上半首写的是宿桐柏，就没有
把他列入上面的诗人名单中。类似这样的问题很多，这里不展
开讨论。

（三）"唐诗之路"的定义及其意义

"唐诗之路"有两层含义，第一层是表层含义，指的是一条道
路，它始自钱塘江，从萧山入浙东运河过绍兴、上虞，再溯剡溪，
经嵊州、新昌、天台、临海、温州；从杭州过绍兴、余姚、鄞州、奉化
至新昌等地，或从鄞州到今舟山。第二层是深层含义。"唐诗之
路"的"路"，它就像我们常说的"思想路线""政治路线""组织路
线"那样的"路"，是人通过脑子对客观事物进行归纳、概括和总
结的结果。"思想路线""政治路线"等与"唐诗之路"同属思路范
畴。不同的是，"思想路线""政治路线"等是抽象思维的"思路"，
"唐诗之路"则是形象思维的"思路"，是诗人凭借浙东山水和人
文底蕴通过想象、联想和幻想形成审美意象，进行概括和集中，
结合诗人的思想情感而迸发为诗的过程。这个过程，就是形象
思维的过程。形象思维遵循包括抽象思维在内的认识的一般规
律，但形象思维又有其特殊规律，必须通过特殊的个体去显现它
的一般意蕴，因此形象思维不能脱离具体的形象，不能抛弃事物

---

① 陶文鹏注评：《王维孟浩然诗选评》，三秦出版社 2004 年版，第 341 页。

的现象形态。

"唐诗之路"的第一层含义,一看就会明白,而第二层含义,专业化了一些,比较难以理解。因为以这层含义去观照浙东文化,可以概括出"唐诗之路"的七大文化底蕴:

> 以谢灵运为代表的中国山水诗的发源地。
>
> 以"般若学"盛行为标志的外来佛教中国化的中心地。
>
> 以佛学盛行时期第一个佛教宗派天台宗的诞生地。
>
> 以东王公、西王母流传为标志的道教巩固充实时期上清派的中心地。
>
> 以王羲之为代表的书法艺术的圣地。
>
> 以顾恺之创作天姥山山水画为标志的中国山水画的源头。
>
> 以谢安为代表的士文化的中心地。

这七大文化底蕴产生了巨大的魅力,唐代诗人接踵而来,蔚然形成了"唐诗之路"。再到宋代、明代,它仍然影响着唐代以后的许多文人。直至当代,学术界的人物纷至沓来,举行了多次国际、国内学术会议,可以说再一次兴起了文化高潮。

(四)鄞州在"浙东唐诗之路"上的地位

在笔者最早发表的《剡溪——"唐诗之路"》论文中,提出宁波是"唐诗之路"的支线,到2004年后,也就是出版了"唐诗之路系列丛书"之后,随着研究的深入,笔者发现这不够符合实际。鄞州在"浙东唐诗之路"上有着特殊的、重要的地位:

第一,鄞州是中外文化交流的重要窗户。从701年起,鄞州已成为中国与日、韩航海最繁忙的港口。鉴真和尚东渡日本传播中华文化、日本空海等一批批高僧的往返以及中国李白等诗人的送行诗,在唐诗中有着一定的诗体特征,可以反映出从6世纪以来中国的对外经济、文化交流盛况。

第二,浙东地区特别是鄞州这一带,是下面要写到的海侵文化的主要发生地。如果把唐诗里与海侵有关的词统计一下,将会出现一个庞大的数字,也就是说,鄞州地区的山、江、海,对于唐诗的形成起了很大的作用。

第三,浙东经济在中国经济发展史上一直占有重要的地位,它是原始稻米、丝绸的发源地。到了唐代,中国的经济中心日益南移,浙东经济的发展在全国处于领先地位,农业、手工业都表现出了繁荣的景象。唐代诗人除了追慕浙东的山水风光和先贤,经济的发达也是一个重要原因。加上鄞州地区是浙东运河的起讫点,水路交通十分发达,从而茶叶、丝麻织品、手工业品等畅销全国。这从诗歌题材论上说,繁荣的浙东经济既是诗歌的载体,也是"唐诗之路"形成的重要原因之一。

综上所述,鄞州在"浙东唐诗之路"上具有不可替代的重要地位。

二、对浙东人文地理研究的几点思考

近三十多年来,浙东的人文地理研究取得了可喜的成绩,但与悠远的鄞州历史和丰厚的文化底蕴相比,我们的研究工作还存在一些不足。

上文叙述了鄞州在"浙东唐诗之路"上的重要地位及其特殊性,我们应该加强此特殊性方面的研究。

对于这项人地关系的研究,前辈学者顾炎武和顾祖禹等已经作出了很大的贡献，他们探讨的若干问题至今仍很有现实意义。

浙东学派的社会革新理念绵延到现代，有着重要的传统意义和时代赋予的新意义，我们正处于这一承前启后的时代。这个时代的代表人物无疑是国学泰斗傅璇琮，他是一位站在学术前沿的领路者。他既重视实学、强调材料、注重文史结合，又重视开拓学术空间，倡导古典文学研究的新方法、新领域，把学术研究引向更广更为深入的境地，他是学术界的一面旗帜！我们循途前进，一定会作出我们这一代人应有的贡献！本篇就是在这一感召下，提出鄞州的一些文化特点和对未来的展望。

鄞州在"唐诗之路"上的特殊性，浅见以为表现在以下三点：一是历史悠久，7000 年前人类就在这一块湿润、温暖、肥沃的土地和广阔的海洋上活动。二是遭受过多次海侵，沧海桑田，地理环境特殊。三是自古集货贸易兴盛，到近现代，发达的商业经济领先全国，孕育出了有鲜明特色的浙东学派。此处提出一些讨论意见和建议，以求教于方家，希望有助于当代社会的发展。

（一）发扬浙东学派传统，促进学科交叉研究

这里所指的学科交叉研究，重点是指本区域内天台山、四明山的文史发展的演变过程的研究。其中，特别是对天台山，笔者觉得亟需厘清这样几个问题：天台山的范围到底有多大？天台、天台山、四明山、天台县这几个概念，其含义和适用范围是怎样的？自有天台山名称之后的 1600 多年来，它们之间即区域人文地理与区域历史地理的发展演变过程如何？希望通过这一研究，澄清一些史实，促进本区域文化研究的深入开展。

1. 人文地属混淆

浙东是一个多山地区,主要有会稽山、四明山、天台山、大盘山。会稽山在绍兴南部、嵊州西北部、诸暨东部和东南部以及东阳北部,西以浦阳江为界,东以曹娥江为界。大盘山为钱塘江、灵江的发源地之一,自古以来,山界分明。只有位于浙东的天台山,它所承载的人文历史与地理历史纠缠淆混,地名纷杂,需要溯本清源,予以厘清。

(1)天台山山名的由来:

①"天台"

"天台"一词源自"天中",天的正中之说。《晋书·天文志》:"北斗七星……故运乎天中,而临制四方,以建四时而均五行也。"①意思是说,天上的这七颗星决定着自然界天地的运转、四时的变化、五行的分布以及人间世事吉凶否泰。这是"天台"一词的本义。

《三国志·魏书·管辂传》云:"又鼻者艮,此天中之山。"②"艮"八卦释为山,意思是说,人的鼻子像是天中的山。《云笈七签》十一"黄庭内景经天中"云:"相书谓鼻之所在为天中。算有山象,故曰天中之山也。"③这是把"天台"一词,转义到人的面相上,以山喻鼻。

从上面的叙述中,我们已经可以看出,位于东海之滨的这座山何以被称为天台山了。

从唐代开始,"天台"还用于人事,也可以帮助我们理解以

---

① 张元济辑:《缩印百衲本二十四史·晋书》,商务印书馆 1958 年版,卷十一,第 4902 页。

② (晋)陈寿撰:《三国志》,上海古籍出版社 2002 年版,卷二十九,第 758 页。

③ (晋)陈寿撰:《三国志》,上海古籍出版社 2002 年版,卷二十九,第 759 页。

"天台"命山名的意义。《旧唐书》卷三六载有"置司天台敕"①，"司天台"成了官署名，一直延续到清代。白居易有《司天台》诗云：

> 司天台，仰观俯察天人际。羲和死来职事废，官不求贤空取艺。昔闻西汉元成间，上陵下替谪见天。北辰微暗少光色，四星煌煌如火赤。耀芒动角射三台，上台半灭中台坼。是时非无太史官，眼见心知不敢言。明朝趋入明光殿，唯奏庆云寿星见。天文时变两如斯，九重天子不得知。不得知，安用台高百尺为。②

白居易这首诗虽是引古以儆今的，但它佐证了天台之含义及其含义的延展。

②天台命山名

天上有"天中之山"，地上有如天上之山，故名天台，即所谓"上应台宿"。

以"天台"名山，非止浙东一处，河北、河南、山东、四川等地均有天台山，单在浙江省，也有位于永嘉西北的天台山、龙泉城西的天台山。全国有几十座天台山。那么，浙东的天台山山名，始于何时何人呢？《天台山方外志》第一卷"释无尽传灯"云："事事物物皆有名，谓此山称名始于何人？上古荒邈，无以稽焉。仅可考者，始于刘阮……"③意谓历史久远，已不可考，现在可考者只有刘阮遇仙的传说。按，这个传说载于南朝宋刘义庆的《幽明

---

① 参见饶宗颐著，复旦大学中文系编：《选堂文史论苑：饶宗颐先生任复旦大学顾问教授纪念文集》，上海古籍出版社 1994 年版，第 123 页。

② 艾荫范等：《唐宋诗醇上》，春风文艺出版社 1995 年版，第 426 页。

③ （明）释传灯：《天台山方外志》，台湾丹青图书公司 1985 年版，卷一，第 65 页。

录》,若此,《天台山方外志》之说,要比孙绰《游天台山赋》迟九十多年,这显然是不对的。

章安禅师说天台山"本称南岳……公(孙绰)改名天台山也"①,这显然也是对孙绰《游天台山赋》的误读。孙绰《游天台山赋》在赞美天台山后写道:天台山"所以不列于五岳、阙载于常典者"的原因是"举世罕能登陟,王者莫由堙祀,故事绝于常篇"。就是说,天台山与五岳相比,也毫不逊色,只因"举世罕能登陟,王者莫由堙祀"之故。这怎么能说天台山"本称南岳"呢?如果天台山已经"本称南岳",孙绰为何要对这座天台山"鸣冤叫屈"呢?可知章安禅师没有读懂孙绰《游天台山赋》。

清代李慈铭说:"天台大山,不容自晋以前名不见于史志。"②他把"晋"作为界限是有道理的。他的根据大概就是本文上面引用的支遁、孙绰的文字,但他不知道支遁、孙绰之前有葛玄。按,以"天台"命山,始见于三国吴道士葛玄,葛玄出身宦族,三国吴人,后入天台赤城山修炼。据《宝章待访录》记载,"葛玄飞白(用刷白粉的帚写字)'天台'字",说明东汉末三国时期已有"天台山"之山名。此后,支遁的《天台山铭序》云:"余览《内经·山纪》:剡县东南有天台山。"③这是说,在《内经·山纪》里,已经写有"剡县东南有天台山",而《内经·山纪》的成书年代有多种说法,其中有成书于先秦、战国一说。若此,则"天台山"之名至少已有2600多年的历史了。但在先秦、战国以后到三国、魏晋时

---

① (唐)释湛然:《摩诃止观辅行传弘诀》,三秦出版社1995年版,第117页。
② (清)李慈铭著,由云龙辑:《越缦堂读书记》,商务印书馆1959年版,第172页。
③ (梁)萧统选,(唐)李善注:《昭明文选》(上),京华出版社2000年版,卷十一,第296页。

期的情形，无法了解，因此，可靠一点说，天台山之名最迟在东汉时就已有了。根据是《宝章待访录》记载的"葛玄飞白'天台'字"一事。而支遁的同龄人孙绰写的《游天台山赋》，使之风行江左，名声大振。

③天台山范围的演变

【东晋】

这时候天台山的范围，在诗文中的表述是颇为明确的。支遁《天台山铭序》云："往天台，当由赤城山为道径。"①孙绰写《游天台山赋》时，任临海章安令，章安 1984 年前属临海县，今属台州椒江区。章安与今天台县（始丰）同属临海郡。

孙绰游天台山的目的，是"寻不死之福庭"，其路线：从章安官邸出发，经过章安县境内的丹丘，渡过楢溪而前往天台山。到了灵溪，快要进入"玄圣之所游化，灵仙之所窟宅"的天台山了，他在灵溪洗了脚，以"蹑二老之玄踪"，再恭敬地前进，"赤城霞起以建标"——天台山的南门赫然在目了。

这就是说，位于今天台县城之北的赤城山，是天台山的南边。而"涉海则有方丈、蓬莱，登陆则有四明、天台"，"方丈""蓬莱"都在今宁绍平原北缘之东海。

由上可知，"涉海"等指的是今奉化江、甬江、姚江、剡溪、曹娥江，所谓"始丰南走，云嶂间起；剡川北通，烟岑相接。东则亚入沧海，不远蓬莱"（唐代崔尚《天台山新桐柏观颂并序》)②，"登陆"则无疑是登四明山。

这就是说，这时期天台山的范围，东、北止于东海，西止于今

---

① 张富春：《支遁集校注》，巴蜀书社 2014 年版，第 575 页。

② （清）董诰等编：《全唐文》（第 4 册），中华书局 1982 年版，卷三〇四，第 3089 页。

曹娥江、新昌大佛寺,南止于天台赤城山。到东晋后期,顾恺之在《启蒙记》里写道:"天台山在会稽郡五县界中。"这是历史上第一次有人说"天台山"在"五县"之中。按,"五县"之说,自顾恺之以后,频频出现于有关"天台山""桐柏山""天台桐柏"的书中,由此可见"桐柏山"在"五县"之中,而天台山仍是孙绰《游天台山赋》所述的范围。

【南朝】

到南朝,对天台山范围的认定出现了道教以"桐柏"指代天台山的情况,在各相关记载中,出现"五县之余地"说的频率甚高。如孔灵符《会稽记》曰:"此山旧名五县之余地。五县,余姚、鄞、句章、剡、始宁(服虔《汉书注》曰:鄞音银)。"①栖山陶隐居《登真隐诀》云:"大小台处五县中央(即余姚、临海、唐兴、句章、剡县也)……按长康《启蒙记》云:'天台山在会稽郡五县界中,去人境不远。'"②

按"五县之余地"这个说法在这个时期的典籍中出现近10次。

【隋代】

《续高僧传》卷十七智颤(隋国师智者天台山国清寺):"此乃会稽之天台山也。"③

【唐代】

唐代时期,关于天台山范围的讨论,有三个特点:第一,肯定

① (梁)萧统选,(唐)李善注:《昭明文选》(上),京华出版社2000年版,卷十一,第296页。

② (清)董诰等编:《全唐文》(七),山西教育出版社2002年版,卷五十,第6518页。

③ (唐)道宣:《续高僧传》,《大正藏》,第五十册,卷十七,第564页。

孙绰《游天台山赋》中"涉海则有方丈、蓬莱,登陆则有四明、天台"指的是今宁波地区,如崔尚:"东则亚入沧海,不远蓬莱。"(《唐天台山新桐柏观颂[并序]》)李白:"天台连四明。"(《送王屋山人魏万还王屋[并序]》)孟浩然:"高步凌四明,玄踪得三老。"(《宿天台桐柏观》)以皮日休、陆龟蒙的"皮陆联唱"为标志,在人文地理上四明山独立于诗文中,在群书中出现了2100多次。

第二个特点是"平息"天台山、桐柏山的辩论,如崔尚《唐天台山新桐柏观颂[并序]》云:"天台也,桐柏也,释谓之天台,真谓之桐柏,此两者同体(一作'出')而异名。同契乎元。"①意思是对于这座山,佛教徒说是"天台",道教徒说叫"桐柏",其实,天台也好,桐柏也罢,这两个称谓实际是同一座山,但佛、道二教从一开始就有了歧异。

成书于唐高宗显庆四年(659)的《南史》卷七十五云:"窃以四明、天台,剡东之玉岫;雨谣云峁,鄞南之金庭。峻极于天,仰扪白日,盘镇于地,俯镜沧海。"徐灵府也说:"以其上应台宿,光辅紫宸,故名天台,亦曰桐柏。"②所谓"故名天台,亦曰桐柏"。徐灵府与崔尚的主张是一样的,说两个名称指同一座山。

在"平息"辩论中,还出现了大小天台山之说,如徐灵府:"大小台者,以石桥之大小为名。"③徐灵府《天台山记》又云:"大小台者,以石桥之大小为名。"这是说"小天台"指司马承祯居处桐柏宫所在的山。他说"小石桥",从桐柏宫向东南行 3 公里,有"二

---

① (清)董诰等编:《全唐文》(第四册),中华书局 1982 年版,卷三〇四,第 3089 页。

② 周绍良主编:《全唐文新编·第 5 部》(第 1 册),吉林文史出版社 2000 年版,卷九百二十八,第 12741 页。

③ 周绍良主编:《全唐文新编·第 5 部》(第 1 册),吉林文史出版社 2000 年版,卷九百二十八,第 12741 页。

桥"(小石桥);从二桥再"行百余里,便是大石桥",即位于华顶峰之北麓、剡溪上游之"石桥"(石梁、石梁飞瀑),桥下有方广寺,是五百罗汉的住所(道场)。这是徐灵府的注释。

徐灵府在《天台记》中引用栖山陶隐居《登真隐诀》"大小台处五县中央"(原注:即余姚、临海、唐兴、句章、剡县也)后继续写道,晋代的顾恺之在《启蒙记》云:"天台山在会稽郡五县界中。"

由上可知,实际上是司马承祯居处桐柏宫范围大小之争。按,唐高宗曾划地40亩给司马承祯建馆,并命令外围不得砍伐林木。

又按,除徐灵府"大小台"外,唐代还有很多人参与了"大小台"的讨论,其实质是上面说的"释道之争"。

按,所谓"大小台"山,用现在的话说,就是两个地理概念的关系没有说清楚,"五县之中"是桐柏山概念,而孙绰《游天台山赋》是天台山概念。天台山包括桐柏山,崔尚"天台也,桐柏也,释谓之天台,真谓之桐柏,此两者同体而异名。同契乎元"正说明了这一点,可惜他没有说清楚这两个概念的关系。

【宋代】

宋代是一个进一步明确孙绰《游天台山赋》中天台山范围的时期,如四明山,孙绰《游天台山赋》云:"登陆则四明,天台是也。"[①]《汉书·地理志》云:"鄞有鲒亭。颜师古云:鲒,音结,蚌也……曲岸也,其中多鲒,故以名亭……"[②]夏侯曾先《会稽地志》云:"大隐山口南入天台北峰四明东足,乃谢康乐炼药之所。晋

① (梁)萧统选,(唐)李善注:《昭明文选》(上),京华出版社2000年版,卷十一,第294页。

② (汉)班固撰,(唐)颜师古注,宋超等标点:《汉书·简体字本二十六史》,吉林人民出版社1995年版,卷二十八,第1167—1158页。

虞喜坟……东门山，汉书志所谓天门山也。蟹浦，在定海，今有蟹浦镇。"①《哭度禅师》云："海客传遗偈，林僧写病容。"②（《谈苑》）"天台山旧居五县之余地。五县者，余姚、鄞、句章、剡、台宁也。"③

【元代】

《天台山志》记载："今言天台者，盖山之都号，如桐柏、赤城、瀑布、佛垅、香炉、华顶、东苍，皆山之别名。"④《天台山志》把"天台县"比作天台山的京都，这个比喻反映了自从梁开平二年（908），吴越王钱镠"分剡割台"，以天台山改名唐兴县为天台县之后，天台县名声大振，几有总括天台山之势。对此，后文将再述及。

【明代】

明代的《天台山方外志》是一部很出色的志书，但作者身居佛门，却同样没有搞清楚桐柏山与天台山的关系，甚至出现以桐柏山代替天台山的情况，例如，《天台山方外志·形胜考第四》云："天台山……复存四门，智者大师以赤城为南门，以新昌石城为西门，徐灵府又以剡县金庭观为北门，余为准此，当以王爱山为东门，或者疑以为庭，不知皆有所证也。"⑤《天台山方外志》的作者此言可能出自《徐霞客游记·游天台山日记后》："十五日，

---

① 浙江省地方志编纂委员会编著：《宋元浙江方志集成·第8册》，杭州出版社2009年版，卷十六，第3459页。

② （宋）阮阅辑：《增修诗话总龟前集》，卷三，第25—50页。

③ 参见（梁）萧统选，（唐）李善注：《昭明文选》（上），京华出版社2000年版，卷十一，第296页。

④ 《道藏》第11册，文物出版社、上海书店、天津古籍出版社1988年版，第90页。

⑤ （明）释传灯：《天台山方外志》，台湾丹青图书公司1985年版，卷二，第89页。

渡水母溪,登松门岭,过玉爱山,共三十里,饭于筋竹岭庵,其地为宁海、天台界。"①这是其一。

然而,《天台山方外志》的作者在第一卷中说:"山有来脉,水有来源,犹人身之有经络,树木之有根本也。水以地载,山以水分。"②这是对的,但作者因何自相矛盾?此王爱山乃一山岗,俗称"王爱山岗",自西北至东南狭长17公里,平均宽度2公里,并无"山以水分"的条件,怎么可以说是"宁海、天台界"呢?

又《天台山方外志》"以王爱山为东门"不符合天台山的实际面积。所谓"门",当是天台山的出入口,若按此,则"天台山"的范围为:东起王爱山,南为赤城山,西门为今新昌大佛寺,北门金庭观。而此"天台山",只是孙绰《游天台山赋》中说的"天台山"面积的四分之一左右。

当年没有现代科技手段判断其山脉之来去,徐霞客也只有只言片语,后人安能引为圭臬?

按,王爱山不是天台山之"东门",而是天台山山脉至王爱山后开始折转至鄞州东南部到穿山半岛、跌落入海再起而为舟山群岛中的一个折转点。

1985年8月浙江人民出版社出版的《浙江地理简志》云:"天台山地,位于天台东北部,沿北东方向延伸,经过新昌、宁海、奉化三个县界,折转至鄞州东南部到穿山半岛,入海便是舟山群岛。"③该书又写道:"天台山与四明山之间以剡溪和沙溪为界。"这是借助现代科技手段下的正确结论,也是不可复疑的铁论。

---

① (明)徐弘祖:《徐霞客游记》,上海古籍出版社2010年版,第30页。

② (明)释传灯:《天台山方外志》,台湾丹青图书公司1985年版,卷一,第68页。

③ 陈桥驿编:《浙江地理简志》,浙江人民出版社1985年版,第80页。

【清代】

清代学者的研究成果，既与孙绰《游天台山赋》相符，又与当代出版的《浙江地理简志》之三榫合。其中顾祖禹最为用力，如："四明山……由鄞县小溪镇入者，在曰东四明。孙绰《游天台山赋》云：'涉海则有方丈、蓬莱；登陆则有四明、天台。'盖灵仙之窟宅也。孙绰《游天台山赋》又说：'随地立名者，以数百计。大抵余姚、上虞、鄞县、奉化境内诸山，以奇胜称者，皆四明也。'"①这是说，今天宁绍地区流入东海的各条水流，由天台山脉直至东海，"鄞有天门山。梁陶弘景谓天门在鄞县南、宁海北，是也"②。《汉志》云："鄞有镇亭，即此。南自天台，西连四明，山势极高，盘亘数十里，中有龙湫。"③这是说天台山与四明山是相连的。换言之，四明山也可称天台山（在四明山成名之前更是如此）。

顾祖禹是明末清初人，他以一人之力独撰了不但胜于唐代成书的《元和郡县图志》、宋代成书的《太平寰宇记》，而且超越明代成书的《寰宇通志》《大明一统志》的《读史方舆纪要》，在这个问题上，也显示出了他考订精详的特色。

清代李慈铭（1829—1894）说："终日阅《汉书》，《地理志》会稽郡鄞下有镇亭，即今之天台山也。"④意谓鄞县地处天台山。又

---

① （清）顾祖禹：《读史方舆纪要》，中华书局 2005 年版，第 6 页。

② （清）顾祖禹：《读史方舆纪要》，中华书局 2005 年版，卷九十二，第 86 页。

③ （清）顾祖禹：《读史方舆纪要》，中华书局 2005 年版，卷八十九至卷九十四，第 86 页。

④ （清）李慈铭著，由云龙辑：《越缦堂读书记》，商务印书馆 1959 年版，第 171 页。

说:"天台大山,不容自晋以前名不见于史志。"①这里的"大",当作时间更远的解释。全句的意思是,很久以前,就有"天台"之名,怎么能说晋以前"不见于史志"呢? 他接着又说:"有越天门山,即今之南田岛也,明时为昌国卫。"②按,南田岛是连接宁波的第一大岛,李慈铭以此进一步说明今宁波地区属天台山脉。

他还指出今鄞州之"镇亭",是"金庭"的转音,他说:"盖镇亭天台皆音之相转。"③"镇亭天台",应该是"金庭天台"("镇亭"和"金庭"在奉化一带方言中音近,均为 jīn tíng),据《大清一统志》记,"镇亭天台山在奉化县西南一百里,山极高大,南自天台,西连四明"④,"盖已明知为即天台山,而不敢质言之。"这里说的"南自天台,西连四明",即沙溪剡界岭;而"山极高大"即大湖山、王羲之晚年隐居终老之地王罕岭(按:罕,应该是厂,音 hàn,山石之崖岩,人可居)。意谓《大清一统志》为何不敢直言天台山呢?⑤

李慈铭是清末文学家、史学家,绍兴人,考地验状,熟悉这一带方言地名,较之《徐霞客游记》,其考证尤为翔实可信。所以《康熙字典》"天"字条下和"台"字条下都写着:"天台山,在会稽。"

这在现代人看来是不可思议的,他们会说今天的天台历史

---

① (清)李慈铭著,由云龙辑:《越缦堂读书记》,商务印书馆 1959 年版,第172 页。

② (清)李慈铭著,由云龙辑:《越缦堂读书记》,商务印书馆 1959 年版,第 171 —172 页。

③ (清)李慈铭著,由云龙辑:《越缦堂读书记》,商务印书馆 1959 年版,第172 页。

④ (清)李慈铭著,由云龙辑:《越缦堂读书记》,商务印书馆 1959 年版,第172 页。

⑤ (清)李慈铭著,由云龙辑:《越缦堂读书记》,商务印书馆 1959 年版,第 171 —172 页。

上曾经地属会稽吧！然而，1985 年 8 月浙江人民出版社出版的
《浙江地理简志》写的建置沿革是：

秦代

闽中郡：浙江旧台州、温州、处州三府之地属之

三国

临海郡：章安郡治　临海　南始平　永宁　松阳
安阳

西晋

临海郡：章安郡治　临海　·始丰　永宁　松阳　安
固　横阳　宁海

东晋

临海郡：章安郡治　临海　·始丰　宁海　乐安

南朝

临海郡（赤城都）：章安郡治　临海　·始丰　宁海
乐安

隋

永嘉郡：括苍郡治　永嘉　松阳　临海

唐（618—756）

台州（临海郡）：临海州治　·唐兴　黄岩　乐安　宁
海　象山

唐（756—907）

台州：临海州治　·唐兴　黄岩　乐安　宁海

五代吴越

台州：临海州治　黄岩　·台兴　永安　宁海

北宋

台州：临海州治　黄岩　宁海　天台　仙居

南宋

台州:临海州治　黄岩　天台　仙居　宁海

明

台州府:临海府治　黄岩　天台　仙居　宁海　太平

清

台州府:临海府治　黄岩　天台　仙居　宁海　太平

（以上地名前加·的是天台旧名）

从以上材料看不出天台县曾经属会稽。

如上所述,清代学者对天台山范围的确定,不像明代那样"以灵异以分山,凭诸书以割地",把王爱山称作天台山的东门,孙绰《游天台山赋》所云"涉海则有方丈、蓬莱;登陆则有四明、天台"①的地区,并不是割裂在天台山之外,而是还原了孙绰《游天台山赋》中的天台山。

《大清一统志》卷二百二十九云:"天台山,自县北二(百里疑'二'当为'之'——引者注)神迹石起,历国清、赤城、桐柏,至于华顶,皆名天台,实一邑诸山之总号,一名大小台山。"②其主峰华顶海拔为 1094 米。

【现代】

现代社会中,许多人文古迹被湮没。例如著名的天姥山,初名出自中国山水诗奠基人谢灵运的"明登天姥岑"的诗句,天姥山主峰为"天姥岑",现在改作"北斗尖"。位于王罕岭山脚公路附近的山岭,原名陈公岭,陈公即陈著。陈著是鄞县人,宋朝理

---

① 白寿彝等主编,林邦均编注:《文史英华辞赋卷》,湖南出版社 1993 年版,第118 页。

② 陈国甫:《道藏源流考》,中华书局 1985 年版,第 53 页。

宗进士，太学博士，著名诗人，在任嵊县知县时，深受百姓爱戴，秩满后百姓送他归鄞至此，故岭称"陈公岭"，现在被改名为"成功岭"。人文地理几被人遗忘，新出版的地名志书和浙江省地图，几乎多数也标识不清。如此音声偶同、率尔牵混、辗转传讹而地望全非。

关于天台山，《浙江地理简志》之三中对其人文地理和自然地理作了科学而详细的论述。其中说到天台山时，写道："天台山地，位于天台东北部，沿北东方向延伸，经过新昌、宁海、奉化三个县界，折转至鄞县东南部到穿山半岛，入海便是舟山群岛。"①该书又写道："天台山与四明山之间以剡溪和沙溪为界。"这是说得很清楚的，但正如本文在引用《天台山志》"今言天台者，盖山之都号"②，在说到"天台山"或心中出现"天台山"时，或涉及一些古人的籍贯、地望等问题时，一般都把它理解成为天台县③。许多文史书籍也往往把天台山注解为在"天台县"，或"天台山在天台县北"，鲜有人知奉化、宁海、象山、宁波、鄞州、舟山地属天台山，在"四明山"独立称名之前，上虞、余姚、嵊州等地亦属天台山。

上述情况的存在，加上许多历史名人喜欢用名山作自己的别号、字号、室号，这对我们的人文研究造成了很大的困难。在诸书中出现的人物籍贯为天台者有193人，这些人都是天台县人吗？应该不全是。例如，明洪武二十七年甲戌（1394），正学年

---

① 陈桥驿编：《浙江地理简志》，浙江人民出版社1985年版，第80页。

② 《道藏》第11册，文物出版社、上海书店、天津古籍出版社1988年版，第90页。

③ 参见陈桥驿编：《浙江地理简志》，浙江人民出版社1985年版，第80页。

三十八,为蜀献王世子师,后逃来天台,更名德宗,潜托天台人①。又如方孝孺(1357—1402),本是浙江宁海人,却说是天台人②。再如宋元之际著名史学家胡三省注《资治通鉴》署名是"后学天台胡三省",在其《新注资治通鉴序》的末尾也署以"天台胡三省"。然而,胡三省是宁海人,《台州府志·胡三省传》、光绪《宁海县志》均有胡三省的传记,在第二十卷"艺文志七"中还收有胡三省的墓碑,碑文记载胡三省世居天台山之宁海,等等。

综上所述,历史上的天台山,其地望和范围变化较多且复杂,我们在浙东人文研究中,对于天台、天台山、四明山以及天台县的来龙去脉,要从源头上搞清楚它,我们在研究某一个问题的时候,要把问题放到那个历史时期的地理中去,准确地阐发自己的观点。

(二)重视海侵文化,促进学术繁荣

本文所称的"海侵文化",可能是此前没有人提出过的一个新名词。所谓"海侵文化"是指在人类还没有使用文字记载时,人类对海侵罔而敬畏并由此衍生出来的口耳相传、代代流布的非物质文化遗产。

"海侵文化"的提出,是基于浙江尤其是浙东一带海侵特别频繁,由此产生的神话传说也特别丰富,以至成为浙东文化的特征之一。所以笔者把它提出来,希望专家们重视对它的研究,以拓展浙东学术研究领域,促进学术繁荣。

---

① 参见李慈铭:《近世文化书系:越缦堂读书记5》,辽宁教育出版社 2001 年版,第 980 页。

② 参见(清)永瑢、纪昀、周仁等:《四库全书总目提要》,海南出版社 1999 年版,第 494 页。

在过去，人们往往轻视神话传说，说它不是学术。但如果把本地区与文字记录之前的历史割裂开来，那将是非常重大的损失。笔者认为，按照上面定义的"海侵文化"来说，其是浙东乃至整个中国思想文化的源头之一。

这里还需说明，它与"史前文化""史前文明"不同，它的特征一是神话传说发生地必须曾经发生过海侵，二是神话传说必须是源于海侵、对民族文化产生过较大影响的非物质文化遗产。

1995年中国唐代文学学会给我们浙东唐诗之路研究社的贺词中说："浙东唐诗之路"是对浙东各种文化的"高度概括和归纳"，所以笔者认为"海侵文化"应该属于人文地理，是浙东"唐诗之路"的文化底蕴之一。

事实也是如此，在笔者研究并提出"唐诗之路"的同时，接触了大量的"海侵文化"，以至形成这样一个认识：中国有两个"神话大国"，一个在昆仑山，一个在浙东。笔者还认为，在浙东，如果不了解海侵，就读不懂许多唐诗。例如李白的《早望海霞边》："四明三千里，朝起赤城霞"，如果不知道那时候宁波平原面积很小，就很难理解"海霞边"的"边"字，也会把"朝起赤城霞"的"赤城霞"当作诗人在天台县边上的赤城山上看朝霞。又如李白"安石泛溟渤，独啸长风还。逸韵动海上，高情出人间"的诗句，按现在地理，上虞谢安东山下是剡川，距海还远着呢，怎能说"逸韵动海上"？而在谢安生活的时代，那里是浅海而非河川。再如唐代诗僧贯休的诗句"微月生沧海，残涛傍石城"，因为在唐代时，海水还会倒灌到今天的新昌大佛寺（石城）附近，贯休的诗句是描绘他所见到的海水倒灌的情形。如果我们不了解海侵对浙东的影响，怎么能理解古人诗文的真谛！

因此，笔者认为重视"海侵文化"，是拓展和加深浙东学术研究的一个重要方面。那么，浙东"海侵文化"的情形是怎样的呢？下面笔者举几个例子加以说明。

1. 沧海桑田：上面说到的两个"神话大国"，昆仑山神话之奇、美，自不待言，而浙东的"海侵文化"与昆仑山神话比较，可谓各臻其美。今宁绍平原在海侵时期是浅海。[①] 晋代葛洪（284—363）是三国方士葛玄之侄孙，他在《神仙传·麻姑》中写道："麻姑自说：'接待以来，已见东海三为桑田。'"[②] 这就是"沧海桑田"的典故。对此，1985 年 8 月浙江人民出版社出版的《浙江地理简志·历史地理篇》中已作过论述，印证了"沧海桑田"的事实。此后，余姚河姆渡文化遗址、萧山跨湖桥文化遗址、嵊州小黄山遗址等，以地下的出土物生动地验证了"沧海桑田"的史实。而"沧海桑田"的典故，久传至今，出现了一系列的文学作品和词语，这是人们熟悉的史实。

2. 王母：神话源于历史环境的神秘。我国昆仑山的神秘，产生了以"西王母"为主体的神话传说。而浙东的海侵，使浙东成为以"东王公""西王母"东渐和"盘古开天地"为主体的"神话大国"。海侵和海退是浙东人文地理的开端，是浙东历史的奠基石，也是浙东文化的特色和特征之一。西王母东渐的神话，到晋宋之际的谢灵运的"暝投剡中宿，明登天姥岑"诗句，使浙东的一座山——被命名为天姥山（天姥即王母）的这座山，吸引了许多唐代诗人前来朝圣，此后以"王母""天姥"入诗的唐诗多达 500 多首。在本文后面，笔者还将说到其对《西游记》的影响。

3. 三神山：据科学家研究，河姆渡人的智商已经接近现代人，这当然会使我们吃惊，但我们相信，那时的人们还不能科学

---

① 陈桥驿编：《浙江地理简志》，浙江人民出版社 1985 年版，第 328 页。
② （东晋）葛洪：《神仙传》，上海古籍出版社 1990 年版，第三卷，第 18 页。

地解释海侵，因而他们借用想象去观察、解释海侵及海侵所致的情形，并口口相传。到战国的时候，经过列御寇的综合和再创作，产生了《列子·汤问》。《列子·汤问》说：在东海上，原有五座神山，都是仙圣居住的地方，因为神山无根，所以时常随风飘荡。仙圣们很是担忧，就向天帝禀告，天帝命禺强带15只巨鳌，用鳌头把神山顶住，这五山才不动了。而龙伯国有个特别高大的人，他抬起脚来只要走几步，就能踏遍五山。他来到这里，一下子就钓走了6只鳌，于是岱舆、员峤这两山沉入大海。这就是"海上三神山"神话的来历。

"海上三神山"曾经是中国文人非常向往的地方。在唐诗中，出现"三山""蓬莱""东海上"这些词语多达六百多次，其中如李白有"蟹螯即金液，糟丘是蓬莱"，把酒糟比作蓬莱仙岛，可见"海侵文化"丰富了诗歌和文学创作。

4.钓鳌：战国时期的文学多与海侵有关。《列子·汤问》中说的五座神山两只被钓走，"仙圣之播迁者"的仙圣，其实就是创造史前文化的原始居民。与列子同时代的庄子，也说过任公子"蹲乎会稽，投竿东海"的钓鳌寓言，他们两人说的内涵是相同的。秦、汉、晋、唐的许多文人到这里来寻神山，并自称是钓鳌客。唐诗中的"钓公""钓叟""钓竿""钓翁""钓烟波""钓六合""钓鳌客""钓鳌心""钓沧浪""钓东海""钓吞舟鱼""钓白龙""钓夕阳"等都源于此，可见这次海侵影响之深远了。

我们知道，《列子·汤问》是海侵的产物。鳌被钓，人们把沧海横流归罪于鳌鱼的失职和禺强的管束不严，于是就仿鱼雕木来象征鳌，并请和尚朝朝暮暮地敲打它，使它常备不懈，防止被钓。这就是和尚敲木鱼的原始象征意义。而那脚踏鱼背的观世音菩萨，则是木鱼的后起象征意义。他在印度，负的是观闻世间苦难之音,拯救众生到极乐世界的使命;到中国以后,了解到民间对鳌鱼的关注,就多了管教鳌鱼的职务,没日没夜地站在鳌背之上。位于东海的普陀山也就成了观世音菩萨的道场,而普陀洛伽就成了《西游记》中东海龙宫傲来国的"首都"。在另一本古书里,则把浙东大地描写成千年神鳌所负,鳌头向西、尾向东方的水神之所。在《全唐诗》里,写到"鳌鱼""傲鱼"等多达330次,由此又可见海侵文化的魅力。

5.刘阮遇仙:刘阮遇仙的故事传说流传至今已有1950多年,这个传说情节并不曲折,却是中国第一个仙人与凡人成婚的故事:东汉永平五年(62),剡县人刘晨和阮肇上天台山采榖皮迷了路,忍饥寻路13天……正在饥饿快死的时候,有两位仙子请刘晨和阮肇入仙洞成婚。10天思归,又留半年。归后,村人已过了七世。至东晋太元八年(383),他们再去寻仙子,终不复见,惆怅不已!这个故事之所以产生在天台山的支脉天姥山(北宋时,天台县令郑至道在天台县境内护国寺边创建了刘阮遇仙的景观),其源是先民被海侵逼进高山而产生的人神之间的爱情,而其所产生的影响则是非常深远的。据统计,明白写有"刘阮"的唐诗就有30多首,其中有诗人刘禹锡钟爱故事中的主人公而自称"刘郎",诗人曹唐因思念仙子成疾而亡命。

6.《西游记》:"海侵文化"还为《西游记》前七回的创作提供了条件。2009年国学出版社出版了笔者撰写的《天姥山研究》一书,该书考证并提出了浙东人文地理是《西游记》前七回创作原型的观点,得到了傅璇琮的首肯。傅先生以"一本令人耳目一新的书"为题撰写书评发表在《宁波日报》上,引发了许多媒体的转载。

《天姥山研究》从海侵、海退写到王母的流变,南北朝时期的佛道斗争，再考察《西游记》里写的"东胜神洲、十洲三岛、十洲之祖脉三岛之来龙、洞天福地、傲来国"的由来、傲来国的疆域、水帘洞、孙悟空的启蒙老师须菩提、水帘洞到东海龙宫的路程、东海龙宫在水帘洞的方位、如意金箍棒的出处、观世音菩萨，等等，笔者一一作了专题考证。然后写道：

> 《西游记》第一回，在写了"此山乃'十洲之祖脉''三岛之来龙'"之后写道："有词赋为证，赋曰：势镇汪洋，威宁瑶海。势镇汪洋，潮涌银山鱼入穴；威宁瑶海，波翻雪浪蜃离渊。水火方隅高积土，东海之处耸崇巅。……"
>
> 这段描写，几乎可与宁波一带沿海地名一一坐实，例如："势镇汪洋"即镇海，"威宁瑶海"即宁海，"潮涌银山鱼入穴"即招宝山和普陀山的潮音洞，"威宁瑶海，波翻雪浪"谓宁波，其他如"东海之处耸崇巅"，似李白《天姥吟》"惊层巅"的诗句，则指天姥岑。

在《天姥山研究》一书中，笔者还对《西游记》中提到的浙东的地名作了统计，如写到普陀山的词条有 5 次，普陀山的潮音洞词条有 6 次，普陀山的梅山词条有 4 次，普陀山的紫竹林词条有 6 次，普陀山的普济寺词条有 1 次，普陀山的观音院词条有 3 次，普陀山的南天门词条有 23 次，普陀山的西天门词条有 5 次，洛伽山麓的水晶宫词条有 9 次，东海词条有 10 次，镇海词条有 6 次，定海词条有 1 次，从而说明《西游记》描写的东海龙宫在普陀洛伽山。

笔者又对普陀山观世音在《西游记》中出现的词条作了统计，统计结果"观世音"有 48 次之多，倘若加上紫竹林、观音院等指代观音的词，多达 86 次之多。

对孙悟空最精良的武器"如意金箍棒"的出处的说明,则引用了《史记·夏本纪》《韩非子·饰邪篇》、唐代诗人有关的诗、宋朝王十朋的《了溪诗》、宝庆《会稽续志》等,说明"神铁"出自东海龙宫在普陀洛伽山一带海域中,从而得出浙东人文地理是《西游记》最精彩部分前七回的创作原型的结论。

笔者关于浙东人文地理是《西游记》前七回创作原型的观点到底能否成立,欢迎学术界继续给予批评、讨论。笔者认为,海侵文化作为《西游记》前七回立意的题材,不是随意、无原则的,而是有一个重要因素在起作用。这就是浙东山水具有的风光方面的、历史方面的以及与此相应的文化底蕴、文学方面的特性(属性),在题材化上作为重要的一点发挥着作用。

上面说的庄子、列子与海侵文化,唐诗与海侵文化,《西游记》与海侵文化等,只是几个例子,我们还可以找到更多的神仙与凡人之间的故事,例如《幽明录》收载的刘阮遇仙子的传说,在中国文学史上产生了广泛深远的影响。如此等等,都是需要在厘清文脉的基础上,进一步深入研究,彰显浙东文化,促进海侵文化为现实社会服务。

如上所述,"海侵文化"是浙东文化的重要组成部分,无论是现代文学还是古典文学,它们与"海侵文化"是源与流的关系。在这里笔者借用《西游记》中的一句话以殿本节文字:"有顺涧爬山,直到源流之处。"

三、对浙东文化研究的展望

从 1985 年以来,笔者一直希望开展浙东区域文化研究,这也是笔者提出"唐诗之路"的旨意所在。笔者在此提出关于浙东文化研究的三点建议：

（一）继承浙东学派特色，拓宽学术研究领域

"没有地方特色，就没有整体风格；不研究地区文化的特点，也不可能对整个民族的传统文化作出准确的阐释与判断。"[①]浙东学派的特色，大家已经说得很多，笔者同意这些意见，而在这里想说的是，如何进一步扩展与深入研究浙东区域文化，并使这些研究与中华文明整体性相结合。

笔者在本文第二部分中讲了两点，第一点旨在正本清源，促进学术的准确性，而第二点提出了"海侵文化"一说，如果得到同仁们的认可，则是对浙东学派学术研究的拓展和补充，也有利于增强区域文化的特色。

（二）加强区域合作，服务现实生活

区域的存在是区域文化形成的重要原因之一。无论是以西安为中心的在秦岭以北、关中平原形成的区域，还是以北京为中心的太行山以东及整个华北地区区域，或者以广西为中心的云贵高原及其东部的区域，都是在某个特定区域产生的具有区域特征的区域文化。浙东学派的产生、形成和发展，也是基于背靠大山、面临大海、商业经济发达这些条件。

加强区域合作，让学术为现实生活服务，是笔者一直以来的想法。其实早在 1991 年，也就是《剡溪——"唐诗之路"》正式发表的那年，经傅璇琮介绍，笔者特地带着论文找到了宁波市委主要领导，汇报了"唐诗之路"的情况，得到了市委领导的支持。

---

① 傅璇琮：《区域文化独创性和中华文明整体性的和谐结合》，《光明日报》，2009 年 10 月 27 日第 12 版：理论周刊。

2008 年,宁波报业集团组织了"山江海·重走唐诗之路"活动,取得了很好的效果。现在,通过这次学术讨论会,笔者希望能够推动区域合作。

那么,怎样开展区域合作呢? 笔者的希望是:

1. 在继续做好"浙东唐诗之路"研究的同时,浙江省人民政府要成立"浙东唐诗之路申报世界遗产领导小组",沿线各市、县政府成立相应的组织,开展申报世界遗产工作。

关于这件事,绍兴市已经有三个县市成立了申遗领导小组,浙江省文化厅也肯定了其人文历史的"重要的遗产价值",全国许多大学的学者多次联名倡议政府重视并开展"浙东唐诗之路"申报世界遗产工作。笔者希望通过本次会议,能引起政府的重视。

2. 笔者在前文简单地介绍了浙东人文地理是《西游记》前七回的创作原型,这个问题的提出,得到了包括《西游记》研究专家在内的学术界的关注和支持,傅璇琮读后,欣然写了《一本令人耳目一新的书》一文,发表在 2009 年 3 月 16 日的《宁波日报》上。

因为这里讲的"创作原型"主要指的是宁波地区、舟山地区以及绍兴市的一部分地区,所以笔者特别希望本地区学人予以研究关注,希望本地区党政领导重视并创造良好条件,最好明年能开一次大中型学术研讨会,重点讨论这个问题。

(三)推广研究成果,提高全民素质

照理说,在信息化时代推广学术研究成果是很快的,但事实上不尽如此。我们看到许多在学术界早已得到解决的问题,在其他领域仍在喋喋不休地重复着老调。举一个例子来说,《唐代文学研究》第六辑发表了笔者的《李白〈梦游天姥吟留别〉诗旨新解》，得到了国内外唐代文学学术界的肯定。然而近 20 年过去了，有的教师仍向学生传递着自清代学者王琦以来的"托言寄梦""世事皆虚幻""梦中仙境""追求神仙世界"的陈旧观点，既模糊了李白的真实形象，又有碍学生准确地把握诗旨，不利于他们提升精神境界。

为了改变这种现状，笔者仍然主张研究"唐诗之路"，普及"唐诗之路"知识。理由是：根据"唐诗之路"的定义，"唐诗之路"不单单是一条唐代诗人走过的道路，它是上承史前文化、先秦汉魏两晋南北朝隋唐，下启宋元明清到今天的社会文化现象之路。这个"上承""下启"，也就是中华民族的文脉。从横向上说，它与诗歌相邻的文学、书画、音乐、哲学、伦理、民俗、宗教、园林建筑、社会心理、社会经济等，凡是与诗歌有连带关系的、被诗人们写作的题材，都是诗歌反映的对象，都是"唐诗之路"的内涵、余韵，当然也包括被重点讨论的王应麟、袁桷、沈明臣、金祖望等人，也包括明清时代的诗人群体。所以，中国唐代文学学会曾经有过精辟的阐述："浙东，自晋代起，渐成为人文荟萃之地，源远流长的山水诗在此滋生，与之有连带关系的书法、绘画以及宗教等，也在这一地域达到鼎盛。唐以降，许多'壮游'的文人、失意的诗人以及'宦游'的官吏在浙东一带流连忘返，吟咏不绝，使浙东一带再次成为唐诗发展中一个特异的地区。对于这一人文现象，'唐诗之路'是一个形象、具体而科学的概括和归纳。"[①]有学者说"唐诗之路"是"浙江的母文化"，也正是因为"唐诗之路"的文化覆盖面大，所以笔者认为唐诗之路的研究和知识的普及是提高全民素质的好办法。

---

① 竺岳兵：《唐诗之路综论》，中国文史出版社 2003 年版，第 241 页。

重视地域文化　促进学术繁荣

——以"浙东唐诗之路"为研究重心

　　一般来说,诗论家都会认同情与景是诗歌最重要的构成要素,但在实际研究中,往往会对古诗中的"景"缺乏重视,以至对一些很简单的问题长期纠缠不清。

　　笔者认为,文学研究是离不开地域文化的。情与景的"景",主要存在于地域文化中的人文景观和自然景观中;当这些景观成为诗歌题材的时候,它所具有的自然风光、人文历史、文学方面的特性,就发挥着重要的作用。关于这一点,刘勰在《文心雕龙·比兴》中写道:"……明而未融,故发注而后见也"①——诗里有字、词不明白的地方,所以由毛公加上注解,才能把这些诗句的全部含义辨识出来。可见理解作者在诗歌创作中所使用的材料的含义,在注解和读懂古典诗歌方面是十分重要的;然而注解者铸错在前、论家踵误于后的情况是常有的,这就要求文学研究者重视地域文化的研究。

　　当然,研究是一定要甘于寂寞的,对于那些悬而未决的问

---

　　① （南北朝)刘勰著,赵仲邑译注:《文心雕龙译注》,漓江出版社1982年版,第308页。

题,一旦进入当地、当时的历史之后,就变得很容易理解。这是不是可以说,地域文化扩大了我们的视野,开拓和深化了唐代文学研究呢? 基于这样的认识,本文以"浙东唐诗之路"为重心,列举一些实例,以证己见,希望引起学界的重视。

一、地域文化的界定

关于"地域方法"的界定,目前有很多种说法,但没有定论,主要是因为界定的角度不同。对于唐诗地域研究,近年来有李浩教授的《大唐之音和而不同——以唐代三大地域文学风貌为重心的考察》,论文以唐代关中地域、山东地域、江南地域三大地域文学风貌为重心进行考察研究,很有意义。[①] 与之不同的是,本文从诗歌题材出发进行考察,并以笔者《剡溪——"唐诗之路"》中的"三要素"[②]为例,阐明地域文化界定的另一种方法。

二、唐代文学研究与地域文化

刘勰《文心雕龙·比兴》中云"附理者切类以指事"[③]——托物寓兴就得依据事物的微妙含意来寄托作者的情意,又说"盖写物以附意,飏言以切事者也"[④]。如果把这里的"物"理解为创作

---

① 李浩:《唐代三大地域文学士族研究》,中华书局 2002 年版,第 47 页。

② 南京师范大学中文系编:《中国首届唐宋诗词国际学术讨论会论文集》,江苏教育出版社 1994 年版,第 864 页。

③ (南北朝)刘勰著,赵仲邑译注:《文心雕龙译注》,漓江出版社 1982 年版,第307 页。

④ (南北朝)刘勰著,赵仲邑译注:《文心雕龙译注》,漓江出版社 1982 年版,第308 页。

题材的话,那么唐代文学(主要指唐诗)与地域文化的关系,就是创作者与创作题材之间的关系。

"浙东唐诗之路"之所以不能称作"浙东唐诗之旅",是因为"浙东唐诗之路"的"路"字,字面上指的是从杭州钱塘江开始沿浙东运河经绍兴、上虞和浙东运河中段的曹娥江溯古代的剡溪(今曹娥江及其上游新昌江),经嵊州、新昌、天台、临海、椒江东达东海和从新昌沿剡溪经奉化至宁波城区、舟山、余姚、慈溪的具体的一条道路,这是表层含义。

更重要的是它的深层含义。深层含义,就像我们平常说的"文艺路线""思想路线"那样意义上的抽象之路。"文艺路线""思想路线"中的"路",与"唐诗之路"的"路"都属"思路"范畴,不同的是,前者是靠逻辑思维,后者是靠形象思维。诗人凭借浙东山川风土和人文景观的感性素材(题材,或所谓载体),通过想象、联想并结合自己炽热的情感,进行概括和集中而迸发为诗的思维过程,这就是思路。用刘勰的话说,就是托物以寄托作者的情意的意思,而"旅"没有这个含义,所以"唐诗之路"不能称为"唐诗之旅"。

从这个定义出发,我们的研究视野将会更加开阔,研究亦更加深入,譬如对于"唐诗之路"的认识,不再误以为其是由唐诗铺筑的一条道路,而将目光转向它的深层含义——文化底蕴。

(一)魏晋风度

魏晋风度倡始于三国而沉淀于东晋,而东晋士人多半寄情于浙东山林。对此,历来评论家对它的评论,往往随政治需要而褒贬不一。20 世纪中叶说魏晋士人"很类似没落阶级的人提着画眉鸟笼逛街"，文人名士互相吹捧，标榜风雅，逃避斗争①；又有人说："（东晋）这个时期的文学竟然也和它的政治一样的腐败透顶。"②近些年来，魏晋风度却备受人们青睐，交口称颂。

那么，唐人是怎样看待魏晋风度的呢？笔者想用统计学的方法，了解魏晋名人的状况以及唐人心目中的魏晋名人。为此，1988 年迄今，笔者从诸多文献中钩稽出 1773 位两晋名人及其主要行迹，其中西晋 823 人，东晋 850 人，无法确定其生卒年的有100 人。在 1773 人中，共有 133 位诗人，其中西晋占总数的38.4％，东晋占 52.6％，情况不明的占 9％。两晋有诗 814 篇，其中东晋浙东高僧支道林一人所作之诗就占两晋诗篇总数的55％；逯钦立辑校《先秦汉魏晋南北朝诗》中收录这个时期的高僧计 34 人，所作的文（序、铭、论、书信）148 篇，其中在南方的僧人有 83 篇，占总数的 56％，支道林 1 人就占 17％。

以上是两晋的情况。

浙东是东晋文人荟萃之地。对此，晋愍帝曾说"今之会稽，昔之关中"③，把会稽比作秦之咸阳、汉之长安，此统计数据证实了这一点。

那么，被人们争议不休的魏晋人物，对唐人的影响又是怎样的呢？笔者为此做了调查，调查的方法是：被调查的魏晋时期的名人，以刊录在《中国历代名人辞典》中的浙东籍名人、客籍浙东的名人以及白居易《沃洲山禅院记》中所收人物为准，把这些人的姓名、字、别号输入尹小林 1998 年制作的《全唐诗》电子光盘

---

① 参见朱光潜：《山水诗与自然美》，《文学评论》，1960 年第 6 期。
② 辛志贤：《汉魏南北朝诗选注》，北京出版社 1981 年版，第 8 页。
③ 张元济辑：《缩印百衲本二十四史·晋书》，商务印书馆 1958 年版，卷七十七，第 5360 页。

检索,结果显示,受到唐代诗人歌咏的魏晋人物的情况是:东晋719篇,其中支遁占 18%,谢安占 11%,戴逵占 8%,王羲之占7%,其他 55 人的诗占 56%。

此外,唐白居易《沃洲山禅院记》中记载的"十八名士"的诗篇计 228 首,其中戴逵占 42%,王羲之占 25%,孙绰占 8%;咏十八名士高僧的诗篇 727 篇,其中支道林占 85%,竺道潜占 15%。

从这个统计资料中我们看到,在名士中最受唐代诗人歌咏的是谢安。谢安是当时知识分子的代表,他隐居东山和"东山再起"的事迹,深得唐人之心。其中如李白,他一遇挫折,就自称"东山",以励节亢高。在高僧中,支遁不但是一位具有僧人和名士双重身份的人,而且是主张"中隐"的人,他向往并实践"近非域中客,远非世外臣"的中隐之境,所以他特别受唐人的青睐。从统计数据来看,白居易说的"非常之境",就是中隐之境。白居易被后人称为"中隐观"的代表,这就难怪他在《沃洲山禅院记》中感慨道:"白氏与沃洲山其世有缘乎!"①

从地域文化来说,浙东(特别是剡中)乃白居易说的"非常之境",这个"非常之境"和"非常之人"给唐代文学产生了非常大的影响。

(二)宗教文化

此处想讨论的是这样两个问题:第一,浙东在这时期的宗教发展中的地位如何? 第二,宗教文化与唐代文学研究有什么关系? 明白地域宗教史,是讨论宗教文化与唐代文学研究关系的前提。

---

① (唐)白居易著,喻岳衡点校:《白居易集》,岳麓书社 1992 年版,第 940 页。

我们知道，六朝是佛、儒、道三教合流时期，"三教合流"的结果是：外传佛教中国化，道教得到了巩固和充实，而中国不再独尊儒学。

浙东在这"三教合流"中是一个"特异地区"。根据唐代白居易《沃洲山禅院记》、梁《高僧传》、汤用彤《汉魏两晋南北朝佛教史》和任继愈《中国佛教史》记载，推动佛教中国化的竺道潜、支遁等代表人物，大部分寓居于浙东，浙东由此成为推动佛教中国化时期修行者的中心地。① 接着，智顗在这里创造了中国第一个佛教宗派——天台宗；道教在浙东也取得了对中国文化产生深远影响的成就。其中一是西王母东移，谢灵运命名今新昌县的一座山为"天姥"岑（天姥即王母）②；二是发起佛道朝野大辩论的顾欢，在剡山（今新昌县东白石山）开馆授徒 30 年③；三是刘晨、阮肇寻药遇仙女故事，在中国文学史上广为传承④。以上简略介绍的是浙东在宗教史上的地位。

接下来要说的是宗教文化与唐代文学研究的关系。由于诗与禅趣味相同，诗人爱与僧徒道人交游，因而不仅诞生了像灵一、灵澈那样享誉当时诗坛的许多诗僧⑤，而且像王维、白居易这样受禅影响很大的诗人以及中晚唐的元稹、韩愈、柳宗元、刘禹

---

① 参见（日）镰田茂雄著，郑彭年译：《简明中国佛教史》，上海译文出版社 1986年版。

② 参见竺岳兵：《天姥山得名考辨》，《中国李白研究 1998—1999 年集》，安徽文艺出版社 2000 年版，第 82 页。

③ 参见（梁）萧子显撰，陈苏镇等标点：《南齐书 1—59》，吉林人民出版社 1995年版，第 503 页。

④ 参见（南朝宋）刘义庆撰，郑晚晴辑注：《幽明录》，文化艺术出版社 1988 年版，第 1—2 页。

⑤ 参见（元）辛文房著，王大安校订：《唐才子传》，黑龙江人民出版社 1986 年版，第 51 页。

锡、贾岛、姚合、李商隐、温庭筠等,无一不受宗教的影响。单以"天姥""王母"为题材的诗来说,《全唐诗》中就有五百多首;如果把涉及佛教的诗也统计进去,则其数量之庞大,是可想而知的。

熟悉地域历史文化,对唐代诗人行事的考证大有益处,有时候一句诗就能成为解决一些问题的发端。例如关于南唐李中,文献记载很少,尤其是对于他与浙东的关系,在管见范围内无记载。但据李中《闲居言怀》中"远忆四明僧"这句诗,联系到这首诗,说明李中与这位四明僧是故交,以及李中与浙东士人的许多交游诗,它便是考察李中与浙东关系的关键。

那么,李中是在何地结识这位四明僧的呢?《赠海上观音院文依上人》中对此作了回答。海上观音院位于今浙江省舟山市普陀山"不肯去观音院"(在今舟山群岛中部)①。此诗开头两句"烟霞海边寺,高卧出门慵",说明了观音院在海边。由此可知,李中曾到普陀山,四明僧法号叫文依。

说明李中到过今舟山普陀的,还有《海城秋日》《途中闻子规》《赠朐山杨宰》《赠朐山孙明府》等近二十首诗,诗题朐山即舟山群岛。他的活动中心在望海镇(今舟山市定海城关镇)②。李中入浙东的时间,大致可以推定在仕下蔡(南唐元宗交泰年间)前或后,在今舟山至少住了一年多,在今镇海又住了一年多,加起来大约有三四年。而李中又有诗说明他曾在若耶溪滞留了一段时间。而《全唐诗》夹注云:"若耶溪在毗陵",显属大误。

上面"有时候一句诗就能成为解决一些问题的发端",不是

---

① 参见竺岳兵:《唐诗之路唐代诗人行迹考》,中国文史出版社 2004 年版,第 59—60 页。

② 参见竺岳兵:《唐诗之路唐代诗人行迹考》,中国文史出版社 2004 年版,第 59—60 页。

说"一句诗就解决问题"，而是说明熟悉地域历史文化的重要性。

（三）神话传说

神话传说虽属民间文学艺术范畴，但实际上古典诗歌中存在着大量的神话、传说和寓言故事，重视对它的研究，对于拓宽和加深文学研究具有很大的作用。举例来说，唐诗中屡见的"钓鳌""钓竿"，与南岩（位于今浙江新昌县）、严光（余姚人）有密切的关系。唐代时，今新昌、嵊州尚是湖泊遍布的"缘海"，唐代李绅《龙宫寺碑》云"南岩海迹，高下犹存"，说的就是这个情况。根据专家考证，历史上浙江沿海发生过多次海侵和海退，把浙东的海岸线推进到会稽山、四明山、天台山的山麓，迫使原始居民迁移到别处。著名的余姚河姆渡文化遗址和嵊州小黄山文化遗址就是明证①。这就是《列子·汤问》与《庄子·外物篇》里都说到的钓鳌寓言故事的背景。尤其是任公子"蹲乎会稽，投竿东海"钓巨鳌的寓言，因具有怀抱壮志、锲而不舍的内涵而被后人传颂不已，后世以"钓"为雅之风，实由此起。至严光拒不受禄而归隐富春江，又赋予其新的寓意。这样，任公子钓鳌与严光"钓富春"就成了唐代文人开阔胸襟、熏陶情操的催化剂。唐诗中的"钓公""钓叟""钓竿""钓翁""钓舟""钓台""屠钓""钓烟波""钓六合""钓二鳌""钓鳌客""钓鳌心""钓沧浪""钓东海""钓吞舟鱼""钓白龙""钓夕阳""钓晚流""严子钓""钓璜余"等一千多个词语，都源于此，它们对唐代诗人产生过巨大的影响。有的被用来表达开阔胸襟的寄情物，有的则对他们的精神产生了重要影响。

又譬如李白《梦游天姥吟留别东鲁诸公》，至今还有论者说

---

① 参见李宁：《浙江地理简志》之三，浙江人民出版社 1985 年版，第 327—332 页。

李白"托言寄梦,以见世事皆虚幻也""梦中仙境是光明的象征"及李白向往的是虚无缥缈的海外仙境那一套陈说,尤其是在中学教材中几乎千篇一律地向学生传递着这样的信息。

造成这种状况的原因,笔者认为是神话在诗歌题材中的作用被忽视了。试想,李白这首诗是在泰山山麓的客居地写的,他为什么不梦游泰山或者别的山,而偏偏梦游天姥呢?这里有一个诗歌题材的选择问题。在 1999 年召开的"李白与天姥国际学术研讨会"上,笔者向会议提交了《天姥山得名考辨》一文,提出了"天姥即王母"的观点,得到了与会学者的赞同。① 而李白从兴高采烈地奉诏入京,不到一年的时间,就失意地写了《翰林院读书言怀呈集贤学士》,接着辞朝,写有《咏壁上鹦鹉》《过四皓墓》《将进酒》《怀仙歌》等诗,把它们连缀起来读,可以知道李白这个时期的思想轨迹:李白自感与谢灵运遭际相似,向往道教这位神仙领袖之一的王母,于是追随谢灵运"暝投剡中宿,明登天姥岑"的足迹而寻天姥,当是顺理成章的事,这就是诗歌题材起的作用。换言之,如果泰山因王母而得名,天姥非王母,那么李白兴许梦游的便是泰山了。

由上观之,从理解地域对诗歌的影响入手,注意诗歌题材某种立意上的特色,对于解读唐诗是非常重要的,倘若连何谓天姥都不知,解读《梦游天姥吟留别》焉能不误? 因此,笔者以为,研究古典诗歌主题所用的材料,应十分注意作为地域文化的重要组成部分之一的神话传说。

---

① 参见竺岳兵:《天姥山得名考辨》,《中国李白研究 1998—1999 年集》,安徽文艺出版社 2000 年版,第 82 页。

（四）历史地理

文学和史学共同构成了人文科学的主体，而人们往往用现代地理去解释历史地理，给本来容易理解的古典诗文平添了几许困惑。

尤其是我国东南沿海地区，从史前时期直到东晋发生过多次海侵和海退，地理环境因此而常发生变化，这就是所谓的"沧海桑田"。

譬如孙逖《和登会稽山》"稽山碧湖上，势入东溟尽"中的"东溟"指何处？李白"东涉溟海"至何处？若不知海侵和海退，这些问题哪能解释得清楚。类似这样的问题，真是不胜枚举。譬如，谢灵运《登临海峤初发强（彊）中作与从弟惠连可见羊何共和之》中的"临海"，过去论者每以题中有"临海"两字就把"临海峤"释为"今浙江天台"，是古之"临海郡"、今之临海市，这是十分乖谬的。《宋书》本传则延伸为谢灵运"自始宁南山伐木开径，直至临海"时作此诗。然而《字书》引《尔雅·释山》云"锐而高曰峤，又凌绝水曰峤"①。由此知"临海峤"三字不能破读为"临海""峤"，而应解作"凌绝海边的尖山"。又"岑者，山小而高曰岑"②，《字书》是不错的，即临海峤就是天姥岑。首先一"登"字，说明此行目的地就在临海峤，为专门登高之游，非为开山路时路过天姥山之游；其次，谢诗"暝投剡中宿，明登天姥岑"，根本没有"带数百人伐木开径直至临海"的意思。这也是不懂历史地理环境所致，在谢灵运那个时代，天姥山下到处都是湖泊沼泽的"溟海"，论者不知，讹传至今。

---

① （晋）郭璞注，王世伟校点：《尔雅》，上海古籍出版社 2015 年版，第 113 页。
② （晋）郭璞注，王世伟校点：《尔雅》，上海古籍出版社 2015 年版，第 113 页。

有的学者把杜甫《壮游》"归帆拂天姥"句,译成"云帆擦着天姥峰开始了我的归程"①,盖不知天姥山麓有剡溪(今新昌江),是古代著名的水路,被东晋散文家称为"仙溪日夜入沧溟"的仙溪。"拂"指斜擦而过也,船经过天姥而未登上天姥,故云"拂"。

对于孟浩然游浙东,众说纷纭。但归纳起来,是把孟浩然当作"拨浪鼓",在两年左右的时间里,让他在杭、越、台之间反反复复地折腾了四五次,按古代水路坐船从杭州溯浙江、过恶溪下永嘉(温州),行程约在四百公里。以一艘船顺水每小时行 18 公里、逆水每小时行 15 公里计算,单行一次需要 1 个月,从时间上说,这是不可能的。

而据这一带的地理和孟浩然的诗,笔者认为论者都把孟浩然在新安江的一段行程说反了;事实是,孟浩然顺长江到安徽的南陵上岸,游了敬亭山后,溯青弋江、过黄山,然后入新安江、过富春江,至钱塘江上岸,从浙东运河转入剡溪,翻过天台山而入始丰溪达临海;接灵江,到永嘉。②

以上各例说的只是地理环境的问题,还没有涉及历代行政区划和疆域变迁的问题。总之,注重历史地理,对于纠正前人错误、发现新的问题是有很大帮助的。

(五)自然风光

自然风光是地域文化中的重要因素,我们读到李白的"明月出天山,苍茫云海间"(《关山月》),马上就会想到粗犷的北国风光;而读到"竹色溪下绿,荷花镜里香"(《别储邕之剡中》)时,秀

---

①　傅庚生:《杜诗散译》,东风文艺出版社 1959 年版,第 4 页。

②　参见竺岳兵:《唐诗之路唐代诗人行迹考》,中国文史出版社 2004 年版,第 2—12 页。

美的江南风光呈现于眼前。这两首诗都出自李白之笔,却宛若两人所写。虽然说这里有诗人个人感情的倾注,但自然风光的客观存在是毋庸置疑的。如果不是这样,那么边塞诗为何都是这般的黄沙白云、冰川雪山、葡萄美酒、汉月苍凉,而江南诗总是杏花春雨、莺飞草长、淡烟疏柳、渔歌晚唱? 由此可见,地域文化在唐代文学中起着很大的作用。

再如以晋干宝《刘阮入天台》这个故事作为诗歌题材,在《全唐诗》中至少有 140 多首。然而,故事中的刘晨、阮肇入天台取穀皮的"天台"在何处?"穀皮"是一种怎样的草药? 在清代以前,诸家(明代郑至道外)均释此"天台"为在天台山脉北支(即《续高僧传》云"会稽之天台山")之天姥山,"穀皮"即楮。袁伯初引许慎《说文解字》云:"穀者,楮也。"①《剡录》卷九"草木禽鱼诂"云:"楮出《越经》,《说文》曰:'楮,穀也。'"②葛洪《抱朴子》、李时珍《本草纲目》对此都有翔实的记载;由此可知,楮树也称柠树,穀皮是楮树的皮,刘晨、阮肇入天台是取造纸的原料。在中国造纸史上,剡纸是很著名的。"陆玑《草木疏》曰:'江南以楮捣纸。'剡溪作冰纸,亦取此。"③可知刘阮采的"穀皮"是天姥山上的楮树皮④;近人疏考,注释讹传,以致地物全非,影响对这一类诗的理解。

---

① (汉)许慎撰,(清)段玉裁注:《说文解字注》,上海书店出版社 1992 年版,第246 页。

② (宋)史安之修,高似孙纂:《宋元方志丛刊·嘉定剡录》,中华书局 1990 年版,卷九,第 7256 页。

③ (宋)史安之修,高似孙纂:《宋元方志丛刊·嘉定剡录》,中华书局 1990 年版,卷九,第 7256 页。

④ (宋)史安之修,高似孙纂:《宋元方志丛刊·嘉定剡录》,中华书局 1990 年版,卷九,第 7256 页。

又如王维的《鸟鸣涧》,历来的说法是此诗是王维在长安附近所作。杜东枝在 1981 年人民文学出版社出版的《唐诗鉴赏集》中说"皇甫岳是王维的朋友"①,其事迹无考。他的居处可能就是长安附近名叫"云溪"的一处山庄或别墅。② 但这是不可理解的,按这首诗非常接近于风景写生,而不同于一般的写意画;单就诗首句"人闲桂花落"的桂花而言,当时北方是否有桂花,还是个尚待研究的问题。譬如唐代李德裕《比闻龙门敬善寺有红桂树 …… 陈侍御知予所好因访剡溪樵客偶得数株移植郊园 ……》中的桂树是从浙东剡溪移植到北方去的,李德裕得到此桂树后,既写诗,又作序,还邀好友来观赏,着实热闹。到清代,北方可能仍然少见有桂树,如《红楼梦》第八七回:"黛玉道:'好像木樨香。'探春笑道:'林姐姐终不脱南边人的话。'"由此可知桂树在北方实为稀有之物。《鸟鸣涧》只是《云溪杂题五首》之一首,另外四首所反映的"采莲""弄篙""青蒲""鸬鹚""衔鱼""轻舟""绿萍"等,皆是江南水乡景象,亦可为证。倘将《鸟鸣涧》与"采莲""云溪""宛作越人言"等一并联系起来考察,只能得出这样的结论:《鸟鸣涧》在越中所作。

笔者由此进一步对王维作了研究后发现,在《全唐诗》卷一二二卢象卷中,诗题为《八月十五日,象自江东止田园移庄。庆会未几,归汶上,小弟幼妹尤嗟(一作悲)其别,兼赋是诗三首》,编者在诗题下注"俱见王维集 ……"③而在《全唐诗》卷一二五王

①　人民文学出版社编辑部编:《唐诗鉴赏集》,人民文学出版社 1981 年版,第48－54 页。

②　竺岳兵:《唐诗之路唐代诗人行迹考》,中国文史出版社 2004 年版,第 13－18 页。

③　林德保等注:《详注全唐诗》(上),大连出版社 1998 年版,卷一二二,第393 页。

维卷中,诗题为"别弟妹二首",题下注曰:"一作卢象诗。"①这个说法,显然是疏于甄别的。笔者指出:第一,诗若为卢象作,那么,诗题有不少问题。卢象家居汉上,按照字面来解释,是卢象游览江东后回到了移庄"拜家庆",然后再到汉上去"伤嗟弟妹"。这卢象的家,究竟在移庄还是在汉上呢?诗句既云弟妹"宛作越人言,殊乡甘水食",说他的弟弟说话和吃饭都像越人了,怎么其弟妹在山东汉上能说越语呢? 第二,从诗的内容看,这几首诗是不能合于同一诗题的。第三,《别弟妹二首》有"宛作越人言"诗句,说明作者有弟妹在越中。然而考卢象只有 4 首能说明他曾游浙东的诗和一个句,而王维描写浙东的诗至少有 10 首,较之卢象更能说明《别弟妹二首》为王维的诗。第四,按文献资料记载,卢象没有弟妹。而据《新唐书·宰相世系表》,王维有四弟一妹,诗中之弟妹当指王紘与一位不知名的妹妹。王维与卢象是朋友,因此《全唐诗》编者把三首诗混为卢象所作。

笔者进而考证出王维的寓居地在会稽山若耶溪畔;诗题中的皇甫岳是随他的从祖父皇甫忠在越州的。又据《唐刺史考》卷一四二,开元十年(722)皇甫忠为越州刺史②,皇甫岳可能于此时在越。又据拙著《唐诗之路唐代诗人行迹考》中王昌龄条,王昌龄开元十四年(726)曾至越,与皇甫岳交游。而王维的《皇甫岳云溪杂题五首》之"云溪",就是"五云溪"(若耶溪)之略称。著名的晚唐作家范摅就住在五云溪,自号五云溪人。他的著作就把五云溪略称为云溪,叫《云溪友议》。

按《登科记考》卷七、《唐尚书省郎官石柱题名考》卷三、《旧

---

① 林德保等注:《详注全唐诗》(上),大连出版社 1998 年版,卷一二五,第 404 页。

② 参见郁贤皓:《唐刺史考全编 3》,安徽大学出版社 2000 年版,第 1999 页。

唐书》卷一九〇、《新唐书》卷二〇二,考证出学者们说的所谓"行止不明"的那段时间的"行止",就是王维曾寓家越中的时期。

以上所说,是想以王维诗中的自然景物为发端,到"王维曾寓家越中",来说明地域风物的重要性。

三、拓宽唐诗研究路子

"拓宽唐诗研究路子"是拙文《剡溪——"唐诗之路"》中所欲说明的,它正好与本届年会的中心论题"唐代文学研究的新视域、新方法、新材料"的要求相契合,所以笔者想稍作修改后,用它殿此文后。

《剡溪——"唐诗之路"》中写道:"林庚先生在他的《唐诗综论》一书里提出这样一个问题:'作为大自然的河山,其实千百年来并没有多大不同,为什么在唐诗中就那么引人入胜呢?'[①]"这是一个值得深思的问题。千百年来,人们对此有过多种多样的解释,其中以唐代繁荣昌盛、政治开明为答案者居多。这就又产生一个疑问:时代是前进的,诗歌却为什么迄今仍以唐诗为巅峰呢?

看来,我们应当更新观念和改变研究方法。这就是,除了继续研究唐诗与时代的关系外,还要重视诗歌创作主体在诗歌客体之间的主观能动作用,看看他们是怎样把由客体美激发的美的情绪,升华到更高层次的。这就需要重视地域文化,并做些实地考察。"唐诗之路"以其具有的综合优势,为此提供了条件。

本文前面已经说过,"唐诗之路"的内涵并不单单限于唐诗

---

① 　徐志啸著:《古典与比较》,上海古籍出版社2003年版,第442页。

本身，它还扩及文学、书画、音乐、哲学、伦理、民俗、宗教、园林建筑、社会心理、社会经济等各个领域，并起了特别重要的作用，因此"唐诗之路"为各门学科、各行各业的研究提供了条件。

上面第一个问题是从唐诗研究和诗歌创作的角度提出来的；第二个问题是从诗反映社会的角度，提出无论是唐诗研究还是诗歌创作，都应具备各方面的知识。两点都强调要重视地域文化，来开拓和深化唐代文学研究新领域。

综上所述，情与景是诗歌最重要的构成要素，而"景"主要存在于地域文化中的人文景观和自然景观中，因此，文学研究是离不开地域文化的。从浙东深厚的文化底蕴到"唐诗之路"的蔚然形成，给我们的地域文化研究以许多启迪。笔者认为，重视地域文化是开拓和深化唐代文学研究的有效途径。

渔浦——"浙东唐诗之路"的起讫点

从 1988 年提出"浙东唐诗之路"至今,通过多次国内外学术界的论证和诸多媒体的报道,"唐诗之路"不但已成为名驰遐迩的浙东品牌,而且许多人也知道"浙东唐诗之路"是从钱塘江岸边的萧山开始的。然而,历史上的萧山是总面积有 1500 平方公里左右的县城。而"浙东唐诗之路"是一条迂回的路线,这迂回重合的起点与终点,在萧山的哪里呢? 有哪些证据可以证明渔浦是"浙东唐诗之路"的重要起讫点呢? 说明渔浦是"浙东唐诗之路"的重要起讫点,有什么现实意义呢?

本文将就这些问题与专家们和所有读者探讨,并希冀有利于"唐诗之路"事业的发展。

一、从地理位置看渔浦

(一)"唐诗之路"三要素

要说清楚渔浦是"浙东唐诗之路"的起讫点,先要说清楚"唐诗之路"三要素,因为唐诗中的浙东与行政建置上的浙东有所不同。行政建置有行政建置的考虑，而唐诗则与之有别。"唐诗之路"是建立在严密的科学论证基础上提出来的，所以它有严格的要求，其中"唐诗之路"三要素和定义是至关重要的。这三个要素是：

1. 范围的确定性：在一个相对独立的地区有大量的著名的唐代诗人游弋、歌咏于此。

2. 形态的多样性：诗人在这一区域旅游的表现形式丰富多样。

3. 文化的继承性：这一地区的人文景观、自然景观与唐诗有着整体性的渊源关系。三要素中的任何一项，都不能单独构成"唐诗之路"。[1]

按照这三个要素，我们可以明确地划出唐诗中的浙东范围，是指钱塘江以南、括苍山脉温岭以北、浦阳江流域以东至东海这一地区。温岭以南，唐诗中往往称其为"北闽"。因此，唐诗所称的浙东区域是比较清晰的，它的总面积约两万平方公里。

(二)唐代浙东交通概况

我们知道，古代交通是"南船北马"，北方靠马，南方靠船，进入浙东地区，主要是靠水路。我们还知道，我国地势是西高东低，所谓"一江春水向东流"；而浙东地势却是南高北低，所谓"仙溪日夜入幽冥"，就是说，溪流多半是由南向北流的。再看浙东的西面，则是荒芜的流放之地，殷浩北伐失败，被流放到衢县就是一例。[2] 在浙东的南面，则是"羯来游闽荒"的北闽荒地，水路

---

① 南京大学中文系编：《中国首届唐宋诗词国际学术讨论会论文集》，江苏教育出版社 1994 年版，第 220 页。

② 参见韩国磐：《魏晋南北朝史纲》，人民出版社 1983 年版，第 197 页。

不通。孟浩然去看望他的朋友张子容,要"挂席东南望"——从海上去乐清。而在浙东的东面则是大海,而钱塘江就成了包括诗人在内的人们南来北往的必经水系。

二、从唐人诗篇看渔浦

(一)从诗人行迹和诗歌类别看渔浦

拙著《唐诗之路唐代诗人行迹考》所考知的 451 位唐代诗人出入浙东,多数是经由渔浦或西陵往返的。有的从汴河、江南运河过钱塘,进入浙东运河,然后畅游各地。如宋之问由洛到越的路线,就是从东都出发经郑州抵汴州,乘船沿运河东南行,经楚州、扬州、苏州到杭州,渡钱塘,在渔浦上岸入浙东;孟浩然从汉水入长江,然后顺流东下,从渔浦入浙东;李白《赠从弟宣州长史昭》云:"长川豁中流,千里泻吴会",这里的"中流""泻"字,指的就是从江南运河渡过钱塘,入浙东;而杜甫"饥食楢溪橡""归帆拂天姥,中岁贡旧乡",则是由临海方向经剡溪、镜湖,再从萧山渡钱塘江去河南的;崔颢两次来浙东,"鸣棹下东阳,回舟入剡乡",是从金华江上游入剡中,然后经萧山、过钱塘江北游的。

元和十一年(816),福建漳州人周匡物,冒暑北上赶考,徒步走到西陵,因家贫没钱付渡船费,又耽误了两次潮讯,无法过江,便在旅馆的墙壁上题诗道:"万里茫茫天堑遥,秦皇底事不安桥?钱塘江口无钱过,又阻西陵两信潮。"周匡物的这首诗是在西陵写的,但诗中写的"秦皇底事不安桥"这件事发生在连山(今白马湖西南湖畔的青山,现属滨江区长河街道)。

白居易三入浙东,每一次都经过渔浦或西陵,特别是在长庆

225

二年（822）至长庆四年（824）任杭州刺史，元稹长庆三年（823）至大和三年（829）为越州刺史时，杭州与萧山一水之隔，暮鼓相闻，二人除了过江互访外，渔浦或西陵的风物典故在他们的作品中频频出现。

对于当时渔浦一带熙来攘往的情况，唐代诗人方干有过很好的描述，他在《送吴彦融赴举》中道："西陵柳路摇鞭尽，北固潮程挂席飞。"钱塘江边的杨柳枝，都被旅者折去当作赠别友人的礼物了。

在诗歌类别上也反映出行旅的特点，从《全唐诗》中选出的可以肯定属渔浦的唐诗大量为送别诗，其他的如咏史诗，一部分是因考试路过而创作的诗篇，一部分是因赴任、秩满过渔浦写的诗篇。

从唐人写渔浦的诗主要是送别诗可以看出，在唐代，钱塘江南岸的渔浦是一座繁荣的旅游城镇。

（二）从诗歌数量和诗歌内容看渔浦

唐诗属地的考证是很复杂的，因为唐人写诗好用典故，在中华书局出版的《全唐诗》收录的 5 万多首唐诗中，"西陵"一词就出现有 124 次，"西兴"2 次，可以单凭此把这些诗归属西陵吗？事情显然没有这样简单，而是要考察全诗内容，甚至要了解作者。西陵古称固陵，是吴越之争的兵戈重镇，也是这个原因，西施、苏小小、伍员这些人物事迹，也成了诗人表达情感的题材。在 126 首有"西陵""西兴"词的诗篇中，实际可以确定作于西兴的约 61 首。在这 61 首诗中，还有一个问题，有的诗作于渔浦、西陵两地，如"渔浦浪花摇素壁，西陵树色入秋窗"就是例子。

2010 年 9 月，由杭州市萧山区义桥镇人民政府编、中华书局出版的《渔浦诗词》，收录有关渔浦的唐诗 17 首。2005 年 12 月，由义桥镇方志编纂委员会编、方志出版社出版的《义桥镇志》，收录有关渔浦的唐诗 32 首，减去两书重复的 14 首，两书合计收录唐诗 35 首。唐诗作者有：孟浩然、孙逖、崔国辅、薛据、陶翰、李嘉祐、韩翃、钱起、郎士元、皇甫冉、严维、耿沣、权德舆、王维、储光羲、皎然、独孤及、司空曙、常建、羊士谔、杜牧、许浑、刘沧、方干、杜荀鹤、郑绍等 26 人，误收郑隼 1 人。

笔者从中华书局出版的《全唐诗》中，找到与渔浦、西陵两镇有关的唐诗约有 80 首左右。其中渔浦、西兴究竟各有多少首，尚待一一甄别。但从上述情况看，其数量已相当可观。在诗人中，也不止 26 人，值得重视的是李白、杜甫、白居易这些大诗人，也是到过渔浦的。

这是从诗歌数量上看渔浦，从诗歌文采上看，也有不少"凤彩鸾章，霞鲜锦缛"的诗文。

渔浦唐诗主要是送别诗，而说到送别诗，我们很自然就会想到李白的《送孟浩然之广陵》："孤帆远影碧空尽，唯见长江天际流。"写出了他在孟浩然离去时的依依不舍的心情。

而白居易与元稹二人的诗并不逊于李白。白居易与元稹二人于长庆二年至长庆三年，一个任杭州刺史①，一个任越州刺史②，元、白二人"竹筒传唱"犹不足，还多次渡过钱塘江互相拜访，留下了许多诗篇。白居易《答微之泊西陵驿见寄》，这是元稹从越州渡过钱塘江与白居易相聚杭州后，白居易送元稹回越州

---

① 参见郁贤皓：《唐刺史考全编》（第三册），安徽大学出版社 2000 年版，第 983 页。

② 参见郁贤皓：《唐刺史考全编》（第三册），安徽大学出版社 2000 年版，第 2010 页。

时写的诗，云："烟波尽处一点白，应是西陵古驿台。知在台边望不见，暮潮空送渡船回。"这与李白的"孤帆远影碧空尽，唯见长江天际流"比较，真是有异曲同工之妙。李白的诗不仅写出了作者的心早已随友人孟浩然所乘的船渐行而去，以至一片帆影消失在茫茫水天相接之处后，留给诗人眼中的是浩渺的江水和怅然若失的心态。而白居易送元稹的这首诗，写的是友人横渡钱塘江，能够看到江对岸的古驿台，但友人已消失，只能猜想"知在台边望不见"。这虽不似"唯见长江天际流"那么令人怅然若失，但已令人揪心，偏又有"暮潮空送渡船回"，使人倍感落寞伤心！

而这时候，元稹也在江的对岸写道："晚日未抛诗笔砚，夕阳空望郡楼台。与君后会知何日，不似潮头暮却回。"一个是"暮潮空送渡船回"，一个是"不似潮头暮却回"，其离情伤痛之苦，岂止怅然若失？

（三）从唐代诗人不同时期游浙东看渔浦

下面列出的诗人，是从拙著《唐诗之路唐代诗人行迹考》所考知的 451 位诗人中选录的，按不同时期予以录出，可以看出渔浦作为浙东旅游驿站的概况。

初唐时期（618—713）

初唐时期游浙东的诗人有王勃、沈佺期、宋之问，"初唐四杰"中有 3 人来过。

盛唐时期（713—766）

这一时期游浙东的诗人有韦应物、丁仙芝、齐抗、高适、灵一、徐浩、王昌龄、孟浩然、刘眘虚，王维、崔颢、杜甫等。李白 4 次畅游浙东。贺知章是本地人。

中唐时期（766—827）

　　李绅、许浑、刘禹锡、白居易、严维、皎然、秦系、顾况、徐灵府、张祜、张志和、钱起、皇甫冉、皇甫曾、徐凝、施肩吾等人。

晚唐时期(827—896)

　　齐己、贯休、戴叔伦、韩湘、王贞白、王涯、刘长卿、皮日休、杜荀鹤、杜牧、吴融、罗隐、姚合、黄滔、李频、韦庄、李中、李德裕、方干、李商隐等人。

　　唐代有那么多著名诗人渡过钱塘江来游览,写下了许多诗篇。这对今天浙东人民特别是渔浦人民来说,是十分珍贵的文化遗产,值得认真探讨和研究。

　　综上所述,渔浦是名副其实的"浙东唐诗之路"的重要起讫点。

三、渔浦的作用和意义

(一)凭借地理优势,发展文化产业

　　渔浦之名虽最早见于晋人顾夷编纂的《吴郡记》,但渔浦的交通,"汉志"《水经注》《宋书》及《南史》《续汉志注》《越绝书》等,都有所记载。《水经注·浙江水注》亦载:"湖水上通浦阳江,下注浙江,名曰东江,行旅所从以出浙江也。"[①]

　　现代,则在周边数十公里范围内,有机场、铁路,公路、水路纵横,更兼有 8000 年之久的史前湘湖文化,可谓历史久远;自南

---

　　① (北魏)郦道元撰,王国维校,袁英光、刘寅生整理:《水经注校》,上海人民出版社 1984 年版,卷四十,第 1254 页。

北朝起，渔浦即为浙江的重要津渡重镇，文化底蕴深厚，有着广阔的发展前景。

（二）围绕诗路定义，明确研究方向

渔浦文化丰富，但应该把各种文化组合起来，综合研究。这次由中共义桥镇委员会、义桥镇人民政府、萧山区人民政府方志办主办的"渔浦——'浙东唐诗之路'的重要起点"讨论会，已经为研究指明了方向，为了使这一方向更加清晰和具体，笔者在这里介绍一下"唐诗之路"的定义：

"唐诗之路"有两层含义：第一层是表层含义，指的是一条道路：它始自钱塘江南岸的萧山，经浙东运河过绍兴、上虞，再溯剡溪，经嵊州、新昌、天台、临海、温岭，这是干线。还有支线，如浦阳江、东阳江、好溪、奉化江、甬江等，经奉化、宁波城区、余姚，再过上虞到萧山、钱塘江的支线。第二层是深层含义。"唐诗之路"的"路"，就像我们常说的"思想路线""组织路线"之类的"路"，是通过大脑对客观事物进行归纳、概括和反映的过程。"思想路线""组织路线"等与"唐诗之路"同属思路范畴。不同的是，"思想路线""组织路线"等是抽象思维的思路，"唐诗之路"则是形象思维的思路，是诗人凭借浙东山水和人文底蕴，通过想象、联想而形成审美意象，并结合诗人的思想情感而迸发为诗的过程。这个过程，就是形象思维的过程。

形象思维遵循包括抽象思维在内的认识的一般规律，但形象思维又有其特殊规律，必须通过特殊的个体去显现它的一般意蕴，因此形象思维不能脱离具体的形象，不能抛弃事物的现象形态。

以第二层含义来说，义桥镇的孝文化、义文化、宗教文化以及经济实业,都包括在内。

还要说明一点,"唐诗之路"不限于唐代,"唐诗之路"上承先秦汉魏两晋南北朝隋唐,下开宋元明清及现代,这是因为文化发展是一个不断积淀的过程。这是我们在以传统文化为现代服务时要注意的。

此外,笔者趁此机会顺便说一件事,"浙东唐诗之路"是一条迂回的路线。这条迂回的路线指的是从萧山经绍兴、上虞、嵊州、新昌、天台、临海、温岭,折回经奉化、宁波、余姚、上虞、绍兴、萧山。这是第一条迂回的路线,即"浙东唐诗之路"。

李白46岁从山东客居地南下游浙江,在返回的路上路过扬州,遇到了一路追踪李白的王屋山人魏万,李白"为美其爱文好古,浪迹方外",写了《送王屋山人魏万还王屋》给魏万。诗中所描述的路线十分清楚:"东浮汴河水"南下,到"杭越间"的"樟亭",然后渡钱塘江入"会稽美""度耶溪水",游"镜湖",然后"入剡寻王许""笑读曹娥碑",上"天台山""向国清""石梁""华顶","灵溪咨沿越",从"海路"到永嘉,再经"缙云""石门""恶溪""双溪""金华""新安口""严光濑""钓台",再从钱塘江、经杭州"上姑苏",这正好是一个圈,仍是迂回的路线。

综上所述,"浙东唐诗之路"上渔浦的重要性可见一斑。

中编

文化与文学散论

"三家村"成语的源流和影响

——兼论陆游故里景观之一"三家村"的恢复

陆游诗文中的"三家村",像快阁、山西村、柳姑庙、赵家庄等那样,是鉴湖山水景区的一部分。搞清楚"三家村"的源流和影响,对于鉴湖和陆游故里的恢复以及对今后的鉴湖区域文化建设,是有一定的作用和意义的。本文打算在对"三家村"的由来及其词意在历朝历代的变化、影响及陆游诗文中"三家村"词意考察的基础上,对陆游故里景观三家村的恢复提一些建议。

一、"三家村"词源考

"三家村"一词在史志、笔记小说、诗词曲谱中出现约有数百次之多。而到中华人民共和国成立后,其在报纸杂志上出现的次数则不可胜计。那么,最早的"三家村"一词是出现在哪里呢?

当下一般认为,"三家村"出自陆游诗句"偶失万户侯,遂老三家村"。几年前,《焦作日报》刊发了一篇令人骇目的关于焦作"三家村"的文章,文中写道:"经考证,山涛(武陟县人)是'竹林七贤'的发起人,嵇康是'竹林七贤'的领军人物。嵇康曾在山阳城（今墙南村）居住 20 年……后向秀（武陟县人）、刘伶也经常过来谈玄说虚，喝酒聊天，过着与世无争的生活。时间长了，人们就把这个地方称为三家村。"另有文章说，据史志记载，魏晋交替之际（265 年左右），竹林七贤中的嵇康长年居住在焦家、马家、白家三家作坊附近的一片竹林中，经常在家门口那棵大柳树下，和向秀一起挥锤打铁，谈玄说虚，消磨时光。山东东平吕安因崇尚嵇康文，亦迁于此，后人遂将三人居住过的地方称为三家村。

　　这两篇报道，如果有足够令人信服的证据，那么它可能就是"三家村"一词最早的出处了。可惜，文章中的"经考证""据史志记载"，并没有言明出处，于史无考，而不能令人信服。而关于"三家"，《辞源》有如下解释：

　　　　1. 春秋鲁大夫孟《仲》孙氏叔孙氏季李氏。《论语·八佾》"三家者以雍彻"。参见"三桓"。2. 指春秋末晋国的韩赵魏。3. 汉代传授《诗》和《易》的三个流派。①

　　"三家诗"条解释"三家"一词，早在"汉初传《诗经》的有鲁、齐、韩三家，都立于学官，置博士弟子。鲁诗源于申公，齐诗源于辕固，韩诗源于韩婴……在魏晋以前古籍中常有三家遗说"②。而若按多数人主张的"三"不是实数，仅用来形容村里的农舍稀稀落落的样子，那么则它始自三三两两、三两为群。《乐府诗集》四七晋人"娇女"："鱼行不独自，三三两两俱。"③"三家村"就有似

---

　　①　广东、广西、湖南、河南辞源修订组，商务印书馆编辑部编：《辞源修订本·第一册》，商务印书馆 1979 年版，第 27 页。

　　②　广东、广西、湖南、河南辞源修订组，商务印书馆编辑部编：《辞源修订本·第一册》，商务印书馆 1979 年版，第 45 页。

　　③　（宋）郭茂倩编撰，聂世美、仓阳卿校点：《乐府诗集》，上海古籍出版社 1998 年版，第 530 页。

"三家""三家诗"那样的演变。

但"三家村"作为一个词语，它有一个很长的形成过程。据笔者考证，"三家村"一词始见于唐代诗人王季友"山上双松长不改，百家唯有三家村"的诗句。王季友，名徽，字季友，号云峰居士，洪州南昌人，祖籍河南洛阳。王季友幼年家道败落，遂用功读书。22 岁时考中状元，并任御史治书。他因无意与李林甫之辈为伍，不久回到丰城，在株山脚下的龙泽智度寺设帐授徒，开始了长达 20 多年的隐居生活。在此期间，他写了《代贺若令誉赠沈千运》一诗，题中的沈千运一生落拓，是贺若氏的朋友。诗是贺若探访分别了几十年的故交沈千运，并在二人分别时写的，全诗如下：

> 相逢问姓名亦存，别时无子今有孙。
>
> 山上双松长不改，百家唯有三家村。
>
> 村南村西车马道，一宿通舟水浩浩。
>
> 涧中磊磊十里石，河上淤泥种桑麦。
>
> 平坡冢墓皆我亲，满田主人是旧客。
>
> 举声酸鼻问同年，十人六七归下泉。
>
> 分手如何更此地，回头不语泪潸然。[①]

诗第三至第八句，就是沈千运住地的情形。它像是一个半岛，村的南面和西面是一片松林，东面和北面是广阔的水面，贺若氏在那里住了一夜，第二天坐船含泪告别沈千运返回。

"山上双松长不改，百家唯有三家村""平坡冢墓皆我亲""十人六七归下泉"等句，读来使人想起贺知章的《回乡偶书》其二：

---

① （清）彭定求等编：《全唐诗》，中华书局 1960 年版，卷二百五十九，第 2890 页。

"离别家乡岁月多，近来人事半消磨。唯有门前镜湖水，春风不改旧时波。"而"山上双松长不改，百家唯有三家村"句，是说亲友故旧十有六七都死了，百来户人家的村子只剩三五户了，人事消磨如此，只有山上的松树未改。这里的"三家村"是形容冷落萧条的乡村的。

后来北宋苏轼《用旧韵送鲁元翰知洺州》以三家村自况。全诗有 40 句，前八句诗云："我在东坡下，躬耕三亩园。君为尚书郎，坐拥百吏繁。鸣蛙与鼓吹，等是俗物喧。永谢十年旧，老死三家村。"①北宋的"尚书"，大约是三四品的官。这八句诗的诗意很明确：鲁元翰主管洺州，真是"万人开路看，百吏立班迎"，而诗人自己在东坡山下躬耕，过着农夫的生活。这首诗大约写于元丰二年（1079）"文字毁谤君相"入狱以后始号"东坡居士"的时候。所以在诗中说"永谢十年旧"，而打算"老死三家村"了。这是他把东坡此地比喻为远离政治的"三家村"，而不能解作东坡本人又名"三家村"。

苏轼还有见太行山之巍峨而忆念故乡山水的诗《雪浪石》："太行西来万马屯，势与岱岳争雄尊。飞狐上党天下脊，半掩落日先黄昏。削成山东二百郡，气压代北三家村。"诗文描写了从太行山到他的居住地的地形，而"三家村"则成为这一形胜的陪衬。

由上看来，"三家"一词，早已有之，而作为词语的"三家村"，则始于唐代王季友，大约苏轼是使用"三家村"一词的第二人。

---

① （宋）苏东坡著：《苏东坡全集·第 1 卷》，北京燕山出版社 2009 年版，第 287 页。

二、"三家村"词语系列

自"三家村"词产生以来,就不断地成为文人墨客表达、比喻自己心境的一个新词语,又由于比喻牵涉两个不同的事物,并且这两个事物还有常见与罕见、抽象与具体的分别,因此在长期的社会生活中,"三家村"这一词语也不断地产生新的含义。《辞源》云:"三家村是指人烟稀少、偏僻的小村落"[①],这个解释是过于简单而笼统的。实际上,从历史上来考察,它的含义是非常复杂和丰富的。现按朝代分叙如下:

唐代(618—896)

唐代"三家村"词仅见于王季友诗,词义是形容冷落萧条的乡村的。

北宋(960—1127)

"三家村"一词的使用频率,渐渐高了起来,还出现在《朱子语类》中。但更多的仍然见于诗词,含义也仍是形容偏远的小乡村。

南宋(1127—1279)

唐末五代到南宋,是佛教南禅的独盛时期。由于禅僧多是失意的士大夫,他们的"禅"与老庄、孔孟、隐者相表里,或酒肉穿肠过,佛祖心中留;或寄情山水,或游戏三昧,大打机锋,大参话头,嬉笑怒骂,皆成禅法,"三家村"由此逐渐成为禅师启发僧徒契悟的热门词。

---

① 广东、广西、湖南、河南辞源修订组,商务印书馆编辑部编:《辞源修订本·第一册》,商务印书馆 1979 年版,第 45 页。

归纳起来有以下几种词义：

1.“三家村”指穷乡僻壤、人烟稀少的小村落。《古尊宿语录》卷六：“师咄云：这扶篱摸壁汉。三家村里保头。也不能作得。”①用现在的话来说，这里的“保头”就是保安。这句话的意思是：“这个没有主张的人，到三家村里去做个保安也没有用！”这里的“三家村”指人烟稀少的小村落。

《五灯会元》卷十五云：韶州灯峰浮源真禅师上堂，有僧问：达摩未来中国的时候，大地山河是怎么样的？师曰：“三家村里，两两三三。”②意思是说，三家村里三五成群，稀稀疏疏，人烟稀少。

2.“三家村”的人见识少、见怪多，生性愚钝，但憨实。《祖堂集·卷三》记载着有一子乞求禅师收留自己为徒，师曰：“是你三家村里男女、牛背上将养底子，作摩生投这个宗门？不是你分上事。”③意思是：“你是三家村牛背上长大的人，没有基础，怎么来投我这宗门？”

《古尊宿语录》卷六和《五灯会元》卷四、卷十、卷十一：“恁么则一条拄杖两人舁？”师曰：“三家村里唱巴歌。”意思是：怎么两个人抬一条拄杖？禅师说：这是故作高深，是小乡村里的人唱民歌，是最平常不过的事。这里把“三家村”与下里巴人并提，“三家村”是一个意为无知识、生性愚钝的贬义词。

不过，也有用“三家村”比喻人的忠厚的，如《古尊宿语录》卷

---

① （宋）赜藏主编集，萧萐父、吕有祥点校：《古尊宿语录》，中华书局1994年版，卷六，第90页。

② （宋）释普济辑，张恩富译注：《五灯会元》，西南师范大学出版社1997年版，卷十五，第901—902页。

③ （南唐）静、筠禅僧编，张华点校：《祖堂集》，中州古籍出版社2001年版，卷三，第110页。

十七："一日云：'有一切见底人，是什么人。'代云：'三家村里纳税汉。'"①意思是："三家村已经是与世隔绝的世外桃源，生活在这种环境中的人还会想到向国家纳税，这是何等老实的人啊！"

3. 禅师有时借用三家村比喻修行要放得下，才有所住的佛理。《古尊宿语录》卷三十八："生死事大。请师相救？"师云："三家村人失却火。"②意思是："三家村本已偏远尘世，然三家村在，犹是尘世，这是讲放下的形式。还有更重要的实质需要放下，所以师再说失却火，那才是真正的放下，了无所住了。"

禅师在喝祖骂佛时，借三家村人讽刺本教门以外的别的教宗。《五灯会元》卷十七上堂："春雨微微，百事皆宜。禾苗发秀，蔬菜得时。阿难如合掌，迦叶亦枥眉。直饶灵山会上，拈花微笑，来犹涉离微。争似三家村里，老翁深耕浅种，各知其时。有事当面便说，谁管瞬目扬眉。"③

佛祖在灵山会上，拈花微笑，本像三家村里老翁适时耕种那样平常的事，那些奉为圭臬的人却拐弯抹角地说出许多道理，弄出许多是非。你们有事就直说吧！别学"拈花微笑"那种眨眼得意的怪事。

这话的意思是：三家村人世世代代只知适时农作，不知革新。比喻宗教因循守旧，守着过时了的教义不放。

"三家村"有时作"村野匹夫""村夫野老"的自谦自嘲之词。苏轼的"老死三家村"是一个例子，《古尊宿语录》卷十五记有一

---

① (宋)赜藏主编集，萧萐父、吕有祥点校：《古尊宿语录》，中华书局1994年版，卷十七，第315页。

② (宋)赜藏主编集，萧萐父、吕有祥点校：《古尊宿语录》，中华书局1994年版，卷三十八，第714页。

③ (宋)释普济辑，张恩富译注：《五灯会元》，西南师范大学出版社1997年版，卷十五，第1044页。

则禅师要徒弟另择高师的话:"须知三家村里不逢一人。"把自己比作三家村人。

而陆游"偶失万户侯,遂老三家村"的诗句,也有自谦的意思,但更多的是与他在《自嘲解嘲》中所写的"世变真难料,吾痴只自嘲"那样,是自我解嘲。

南宋人还把"三家村"大量地引入诗词评论中,如有吴聿《观林诗话》,其中批评唐代陆龟蒙的《蓬伞》诗,是三家村人看风景的"择胜亭""未能免俗,聊复尔耳"等。

元代政权存在时间较短,在管见范围内,"三家村"词出现不多,但词义有了扩展。元初许明奎、吴亮《忍经》中说:与人格卑鄙的人,是不可以相处共事的。与这种人相处或交往,应该谨慎处理,要知道他是小人,用小事相处之;但不可靠近他,如果靠近他,"则自小人矣"①——自己也成小人了。这里,"三家村"又多了一点含义:把"三家村"引入社交活动中。

明代文学突破了诗词的垄断地位,小说开始显示出它特有的社会作用和文学价值,"三家村"一词也在此时走进了《水浒传》《警世通言》等小说中。

明代的"三家村",与以往有三点不同:

1. 三家村不再幽僻,而是繁杂喧嚣。西湖渔隐主人撰写的言情小说《续欢喜冤家》第十七回把三家村的梅花引入城市的灯火,给喧闹的城市平添了许多雅趣;第十八回描写三家村里男的在练武、女的荡秋千的熙来攘往的热闹场面!

"三家村"也不专指小地方、小山村,据明代严从简《殊域周咨录》卷二十二"鞑靼"记载:"十月,北虏寇膳房……遂抵广昌,

---

① (元)吴亮、(元)许名奎著,诚举等译注:《忍经》,云南大学出版社 2003 年版,第 21 页。

攻破三家村堡，杀掳 3000 余人。"①由此说来，三家村是一个住有三千余人的村子。

2. 三家村与学究连缀成了一个"三家村学究"新词。学究原是读书人的通称，但明代人似乎专指迂腐浅陋的读书人，叫"三家村学究"。例如明代凌濛初在《谭曲杂札》中讥笑"三家村学究"是"自我作祖，出口成章"，写些粗野庸俗的口号歪诗，还自以为是、攘臂自命。

3. "三家村"确有其地：明代开始，"三家村"一词，像当代的"驰名品牌"那样用作地名。著名地理学家徐霞客曾经在三家村考察了好几天，《徐霞客游记》滇游日记三："曲折四里，有数家倚溪北岸，是为三家村。"②《徐霞客游记》滇游日记四、八：这个叫三家村的地方，并不是一个村的村名，而是由分布在一座山麓的若干个小村组成的；徐霞客分几天时间，绕山麓转了一圈；因而单在《徐霞客游记》滇游日记四中，就出现了 8 次"三家村"。

以上三点，是明人运用"三家村"的特点。

到清朝，"三家村"一词，不但出现在几十种史志和笔记小说中，而且使用次数也大大增多。其中作为地名的，比明代还要多：

《清史稿》卷四百九十："各郡县告急，警报迭至，大吏卒遣树琪及副将谢周绮防堵碧鸡关，属以练勇三千人……乃去关八里朱家祠屯驻。时乱回据彩凤山下，左曰三家村、曰二里坡。"③

顾震涛撰《吴门表隐》卷三、卷七、卷九、卷十，都记载着"三

① （明）严从简：《殊域周咨录》，中华书局 1993 年版，卷二十一，第 682 页。

② （明）徐弘祖：《徐霞客游记》，上海古籍出版社 2010 年版，第 256 页。

③ 天津古籍出版社编辑部编：《二十四史·第十四卷·附〈清史稿〉》，天津古籍出版社 2000 年版，第 791 页。

家村"的地名。而这时期最显著的特点是：

1. 从清朝开始，三家村式的教学成为提倡新教育者攻击的靶子。

2. 在明代文人笔下，喧哗的三家村又恢复了宁静。

3. 三家村作为自谦、自嘲的词，比前几朝更多。"漫书六十年来事，好当三家村上歌""怜君千里桃花客，愧我三家村里人""投老三家村"等屡屡可见。

民国是半殖民地半封建社会向近代化转型的重要阶段和过渡时期，社会纷繁复杂，新旧矛盾突出，一些有识之士在努力改革中国社会的同时，也尝试改革传统旧文学。这个时期的"三家村"与过去又有了许多的不同：主要集中在对旧教育激烈的抨击上。清末民初的徐珂编撰的《清稗类钞》讥讽类中有两则故事写道："教员某善认别字，讲义亦多误解。某日，登讲席，误言孔子为鲁同冠。又有某商校教员，则读颛臾（yú）为颛叟（sǒu），一时传为笑谈。或赠以联云：孔子为同冠，可怜法政学堂，偏要讲二千年前故事；季氏伐颛叟，此等商科教习，还不如三家村里先生。"①这是对当时半文半白教师的讽刺。

《清稗类钞》鉴赏类中描述三家村私塾用的课本道："皆用废纸自褙。廛肆册籍，官府文牍，无不有之。其褙法极粗恶，或以数小纸装成一巨幅，横斜交午，厚薄不匀。如三家村课蒙塾本，碑纸有蚀损处，即以字纸补之，鸦蚓模糊，胶饴黏结，皱纹如谷，裂纹如筋。"②学校连课本也买不到，只好用旧时书本。

而《新小说·黄绣球》对于许多学校仍用1400多年前的《千字文》作为小学课本的状况时说："不是成了个制造奴隶厂，便是

---

① 徐珂编撰：《清稗类钞》第13册，商务印书馆1912年版，第165页。
② 徐珂编撰：《清稗类钞》第32册，商务印书馆1912年版，第312页。

同三家村授百家姓千字文的蒙馆一样。"(《新小说·第二年第五号》);《安徽俗话报》第一期"教育":"我曾到过三家村里,看了一些蒙馆学,都是借几间小茅屋,黑暗暗的,也不很大亮;地上堆积些灰尘,也不肯洒扫,壁上涂污些墨水,也不肯刷去。这个桌子摆在东,那个桌子摆在西,这个拿了百家姓,那个拿了千字文。"

《新青年》第五卷二号"答陈独秀先生"中云:"我平常最厌那三家村的书呆子,抱着一本书读过竟日,以至老死而百无所成。"

以上是"三家村"一词在民国时期的使用状况。

而到当代,"三家村"从远离喧嚣和落后的穷乡僻壤蜕变为与政治、商业紧密联系在一起的一个词。改革开放以后,商品市场纷纷借"三家村"之光,而以"三家村"为名号——三家村藕粉、三家村烤鸭等不一而足。有趣的是,把这个文学词语引入商品市场的第一人,竟是《三家村夜话》作者之一的廖沫沙,他为焦作一家酒厂亲笔题词的"三家村",使该厂获奖无数,广受赞誉。

综上所述,"三家村"给我们的印象是:

1."三家"一词,在春秋时期已有之,而"三家村"最早出现于唐诗中,流行于南宋,鼎盛于明清。

2."三家村"多指穷乡僻壤、人烟稀少的小村落,但在明朝时,也伴有指热闹的场景,甚至可以指战场。

3."三家村"人多被描写成因循守旧、生性愚钝、少见多怪、没有知识之人,但也有憨厚、勇敢有才者。

4."三家村学究"的形象是死板、读死书、老无成就的读书人,但也有"独立不惧之君子"和纠正史书错误者。

5."三家村"给人以穷乡僻壤的总体印象,成为如苏东坡、陆游等有远大抱负而陷入困踬之人的一个自嘲词。

三、"三家村"景观恢复重建的建议

这里说的"三家村"景观，是指陆游生活在鉴湖三山时的三家村景观。从上面的叙述中可以知道，陆游诗中的"三家村"，不是由三户人家组成的一个村落，而是散居在陆游故居附近的一些小村庄。他的《散步至三家村》诗云：

> 人情简朴古风存，暮过三家水际村。
>
> 见说终年常闭户，仍闻累世自通婚。
>
> 罾船归处鱼餐美，社瓮香时黍酒浑。
>
> 记取放翁扶杖处，渚蒲烟草湿黄昏。[①]

诗题中看似是在陆地散步，而诗中的"水际村""罾船"等说明，在暮色中诗人坐船过了一村又一村，村民在船上网鱼，作为下酒的美肴。

陆游《游山西村》中的"柳暗花明又一村"，也说明一村复一村的情况，而非一处。

按照这个认识，笔者建议重建鉴湖的三家村景观，并提以下三点建议：

1. 扩展景区：扩展景区指的是扩展陆游故居外围的、视力范围内的景观，游览者站在陆游故居，就能看到稀稀疏疏的小村落，还有连接这些小村落的水面和小船，这在园林艺术上叫做借景；在旅游上来说，则是增加了景点，使游者有与古人把臂同游的感受。在总体布局上，注意陆游自己写的"山重水复疑无路，柳暗花明又一村"和宋代邵雍的"一去二三里，烟村四五家。亭

---

① 张春林编：《陆游全集》上，中国文史出版社 1999 年版，第 604 页。

台六七座,八九十枝花"的诗境。这也就是还原了那个时代的文化生态环境。

2.个体建筑风格:个体建筑是指陆游故居外围的各个小村落。这些建筑物,可用下列诗句的描述加以参照:"杨柳塘东更向东,绿蒲红蓼各成丛。三家村口少人过,独木桥边有路通。老屋短垣披薜荔,主人长日注鱼虫。客来仿佛桃源内,鸡黍为欢话古风"[①],"牢落三家村,薜荔垂疏阴"[②]。

3.知识性与参与性:陆游鉴湖三山故里恢复重建是一项文化建设工程,但如何寓文化知识于意趣之中,笔者建议在陆游故居外围的各个小村落中设计若干个让人觉得亲切、有兴味的项目,例如三家村式的村塾;三家村的老师、蒙童、课本;三家村的老妪、汉子蜡像,等等。这些老师、蒙童及老妪、汉子蜡像,可运用电子遥感技术,让游人在与他们接近时,就能朗诵诗文、与人对话等,做到既有古韵又有现代气息,让人感受到一种诗意的氛围。

---

① (清)沈德潜编:《五朝诗别裁·清诗别裁集》上,岳麓书社 1998 年版,第十二卷,第 364 页。

② (清)钱谦益辑:《列朝诗集》,上海三联书店 1989 年版,丙集第七。

昙济住孟山考

　　谢灵运《山居赋》中写道:"昙济道人住孟山。"[①]这位昙济道人是怎样的人呢? 根据任继愈《中国佛教史》记述,昙济道人是自汉末迄刘宋时代把为理解般若思想而产生的种种分歧概括和归纳为"六家七宗"的第一人,他的《六家七宗论》驰誉四海,大大地推动了印度佛教的中国化。然而,正如《越缦堂读书记》中所云"无许询支遁等传,名言佳事,刊落甚多"[②],文献中关于昙济的记载,各《高僧传》均不见为昙济单独立传,而仅吉光片羽,夹杂于别人的事迹中。因此,孟山在哪里? 昙济是什么时候住孟山的? 搞清楚这些问题,对于研究昙济道人乃至中国佛教史、中国思想史都有着重要意义。本文重点考证"昙济道人住孟山"中的"孟山"的地理位置,兼考他在孟山的时间,希望对研究者们有所裨补。

---

　　① (清)严可均辑,苑育新审订:《全宋文》,商务印书馆1999年版,第299页。
　　② (清)李慈铭著,由云龙辑:《越缦堂读书记》,商务印书馆1959年版,第215页。

一、孟山的地理位置

（一）"葩、孟分隔"

谢灵运《山居赋》第十二节云"葩、孟分隔"，自注云："昙济道人住孟山，名曰孟埭，芋薯之醪田。清溪秀竹，回开巨石，有趣之极。"[①]第十一节自注云："五奥者，昙济道人、蔡氏，郗氏、谢氏、陈氏，各有一奥。"[②]

这两节的记述，谢灵运均称之为"远东""远南"的形胜。所谓"远东""远南"，是以谢灵运的居住地始宁墅（今浙江省嵊州市三界镇曾山山麓与剡溪东岸之间）为中心，记叙始宁庄园境内及其周边东、南地形地貌的称谓；而距始宁墅周边约40公里以外的地方，《山居赋》称之为"远东""远南"。

应当说明的是，谢灵运当时主要靠目测，所指方向只是仰天估计而已，并不像现代卫星地图那样准确。如"远东"所述的一些地名，按现代地理坐标对照，它包含了东北、东南的一部分地域；又如"远南"——"五奥者，昙济道人……"——则包括了"远东"的一部分地区。因此，为了行文方便，这里把"远东""远南"合起来解读。

所谓"葩、孟分隔"是指葩山与孟山相对峙、两山之间被隔断。葩山谓西白山，它是会稽山的主峰，位于今嵊州市西部山区，其西北、西、西南、北分别被诸暨浦阳江、东阳江、嵊州长乐江隔断。在西白山的东南部，则有位于剡溪上游的今澄潭江、新昌

---

① （清）严可均辑，苑育新审订：《全宋文》，商务印书馆1999年版，第299页。
② （清）严可均辑，苑育新审订：《全宋文》，商务印书馆1999年版，第299页。

江、黄泽江与长乐江等流域。

西白山不仅山高，而且是一座道教名山。今既知《山居赋》中的"葩山"是西白山，是道教名山，则亦知与之处于相反方向的具有不同内涵的山，当是岇山。

"岇"音 áng，是一个专指今浙江省新昌县大市聚、西山、孟山、渡王山、塔山一带的黄土丘陵的专用字，《广韵集韵》《康熙字典》《中文大字典》《汉语大字典》中均解"岇山"为"五浪切，昂去声，山名，在越郯县界"①（"郯"当"剡"之误），除此以外，均无他义。岇山的地势呈东南—西北走向，山长 10 余公里，平面呈椭圆形。这里四面环水，顶平而突兀于今新昌江之东、黄泽江之西南，被新昌江、黄泽江（详见下面"太平江即今黄泽江"条）和东南面的雪溪环抱。宋代杨万里诗云："四面环溪溪外山，置身浑在水云间。山中隐者头如雪，清夜安眠白昼闲。"②

岇山像个浮在水上的鱼，书称"鳌鱼"，俗称"山背山"。地理坐标为东经 $120°56'42''$，北纬 $29°30'48°$，面积约为 50 平方公里。佛教般若学"六家七宗"的代表人物竺法深、支道林、于法开、道壹、于道邃等以及数十位高僧都曾隐居于岇山，岇山是佛教名山。而岇山中段有孟山（宋代黄度《爱山亭记》称"孟塘山"），这孟山当是《山居赋》中说的"葩、孟分隔"的"孟山"。

（二）太平水即今黄泽江

《山居赋》第十二节"唐嶷入太平水"中的"太平水"，即今黄

---

① （清）张玉书原撰，马涛主编：《康熙字典·现代版》第一册，九洲图书出版社 1998 年版，第 522 页。

② 浙江省新昌县文化志编：《新昌县文化志》，地方国营新昌印刷厂 1991 年版，第 206 页。

泽江,这是确定岯山及岯山中段的孟山的重要条件之一。因为按《山居赋》所述,三菁、二韭、四明等地区都在太平水之北,而太平水之北没有孟山。因此,岯山、孟山只有在太平水的东、南、西面了,而验今之地理,岯山、孟山的东、南、西面山麓,只有黄泽江,这是说"太平水即今黄泽江"的理由之一。

再从《山居赋》所云的"入极浦而邅回,迷不知其所适"句子看,也说明太平江即今黄泽江。"极浦"的"浦",指河流入海的地区,"极"是尽头的意思。从苞山(西白山)向东去岯山,太平水是最后的一条河流,故云"极浦"。"入极浦而邅回"的"邅回"是难以前进而返回的意思,下句"迷不知其所适"的"迷"是分辨不清方向的意思。这两句的意思是:从苞山到岯山,要经过这么多河流,使人难辨方向而无所适从。这是理由之二。

以上说的是太平水下游的情况。

理由之三,太平水上游情况更能说明太平水即今黄泽江。

《山居赋》第十一节云"太平,天台之始"[1],这是说太平水发源于天台山。考太平水有几条支流,最长的一条发源于天台山的吴家坑和后坛坑,经菊池、唐家坪、真诏,与沙溪汇流于合溪,继续向西流经棠家洲、扁石、竹岸、曹洲、钦村、藕岸、大明市、山头里、前良、黄泽,至浦口入海,总长约50公里。故《山居赋》云:"太平,天台之始。"

理由之四,特别是《山居赋》第十二节,详实地记叙了王羲之晚年隐居地厂(音hàn)岭一带的地名地貌。

《山居赋》云:"栖鸡,在保口之上,别浦入其中,周回甚深,四山之里。松箬在栖鸡之上,缘江。唐嶷入太平水路,上有瀑布数

---

① (清)严可均辑,苑育新审订:《全宋文》,商务印书馆1999年版,第299页。

百丈。漫石在唐嵫下,郗景兴经始精舍,亦是名山之流。"①

这里的"唐嵫"的"唐"是通向宫殿的路的意思,这里指王羲之居处厂岭(今名王罕岭),"嵫"(zī,同崦)指太阳落山的地方。"唐嵫"则指厂(罕)岭瀑布山,山因瀑布多、落差大,在夕阳照映下格外壮丽而闻名。后来有唐姓者住在该地山麓,"唐嵫"遂称唐家洲。又后来随着唐姓繁衍,山麓建起了"秋海棠祠",故"唐""棠"互用。"漫石"指瀑布水从高岩跌入平缓的山谷而四处散开,漫流石上,即今扁石。所云"郗景兴经始精舍",郗景兴即郗超,"精舍"(已废)在今秀溪村对岸、曹州村东南。

而水以"太平"命名,或与道教《太平经》有关。道教在汉末不能算是完备形态的宗教,道教真正形成完备形态是在南北朝时期。它的基调是"让天下太平",这正好符合当时隐居士人的心理。

如上所述:1."太平""太平水"是一条水路的名称;2.这条水路发源于天台山;3.这条水路沿经"郗景兴经始精舍";4."三菁"这些属四明山的地名,在"太平之北"。岫山以及岫山中的孟山在太平水与新昌江之间。

综上,太平水即黄泽江是毋庸置疑的。

(三)黄度《爱山亭记》与孟山

最能说明孟山在岫山中段的是宋代黄度的《爱山亭记》。黄度(1138—1213),字文叔,号遂初,今浙江省新昌县人。南宋隆兴元年(1163)进士,历任嘉兴知县、监察御史、太常少卿兼国史院编修、礼部尚书等。嘉定六年(1213)十月卒。赠龙图阁学士,

---

① (清)严可均辑,苑育新审订:《全宋文》,商务印书馆1999年版,第299页。

谥宣献。

《爱山亭记》全文904字，分五段。第一段记叙他父亲60岁，"筑室于孟塘山之阴"[①]而居之，"既及作亭北冈，回眺周览，万象偃伏，据登临之要"[②]。第二段记其父叫他为山亭命名，度对曰："请名'爱山'。"第三段："家君曰：'试言其意。'"黄度以山势、山林、禽鸟等答之。第四段，他父亲"展然笑曰：'汝知其外而不知其内，知其为可爱而不知吾之所以为爱也！'"[③]接着他父亲以四周所见之山为例，说明山因有名人居住而成名山的观点，他说"直东危峰中立"的水帘尖，因"道深师之所居""故吾爱其洁"；"交互经纬者沃洲"，因"支遁之所栖止""故吾爱其达"；"天姥也岂非李太白所尝蹑者乎""故吾爱其逸"；在亭的北面"金庭也。岂非王逸少之所出入""故吾爱其坚"；"四明也。岂非谢安石之所游息""故吾爱其远"。第四段记其父云：四周有此五座名山，故"建霞标于苍巅"。

以上说明：1.到南宋黄度的时候，孟山又叫"孟塘山"。2.站在爱山亭向四面远眺，可以看到水帘尖、沃洲、天姥山、金庭、四明山和四明东山。3.从爱山亭看黄度之父的居室，能看清楚一左一右屋两间，说明亭到居室的距离在500米左右。

由上可知，爱山亭建在视野非常开阔、可以目极四方的高峰上，而在岫山范围内，除了水帘尖外，就是位于今三丰村的石棋盘。石棋盘海拔虽然只有228米，但四周无遮挡，远眺水帘尖、

[①] 浙江省新昌县文化志编：《新昌县文化志》，地方国营新昌印刷厂1991年版，第241页。

[②] 浙江省新昌县文化志编：《新昌县文化志》，地方国营新昌印刷厂1991年版，第241页。

[③] 浙江省新昌县文化志编：《新昌县文化志》，地方国营新昌印刷厂1991年版，第241页。

沃洲山、天姥山、金庭、四明山、东山，都似在脚下。

　　石棋盘是孟山的主峰，按"水以地载，山以水分"这个地理学和习惯上所遵循的原则，孟山的范围东至屋基前、南至大元岗、西至年岙、北至孟家塘这样约5~6平方公里的面积。

二、山名沿革和方广寺

（一）山名沿革

　　《山居赋》中的孟山，在《爱山亭》中怎么叫孟塘山呢？其因在"孟埭"。

　　《山居赋》第十二节云："昙济道人住孟山，名曰孟埭。"①就是说，孟山又称孟埭。"埭"谓截住水流的堤坝。而在今三丰村的方广岭岗不远处有水口山村。水口谓水之要冲，这里分别有海拔163米、150米的平峰山和前门山，水从这二座山中间由南向北流过，水口山村的村名当由此而来。而据《山居赋》既云"孟埭"，则知在1500多年前这里筑有人工湖塘堤坝。《山居赋》接着"孟埭"之后说"芋薯之醪田。清溪秀竹，回开巨石，有趣之极"②，意谓这里盛产芋和薯做的药酒、醇酒；有两边用石块砌筑的土坝环绕，坝上秀竹拂着清溪。

　　过了700年，到了南宋黄度的时候，这个"湖"变成了塘，因而孟山叫作孟塘山。顺便说一下，在这堤坝之南约1公里处有孟家塘村。孟家塘村之名，不知始于何时，据明万历七年（1579）《新昌县志》，孟山地属三十八九都。清宣统二年（1910），孟山属

---

　　①　（清）严可均辑，苑育新审订：《全宋文》，商务印书馆1999年版，第299页。
　　②　（清）严可均辑，苑育新审订：《全宋文》，商务印书馆1999年版，第299页。

北区黄泽镇。1950 年 9 月,设孟家塘乡,黄泽区;1958 年 9 月黄泽公社孟家塘生产大队。1961 年 12 月,称孟家塘公社;1966 年 3 月,孟家塘公社改称八一公社,孟山属三丰村。

(二)方广寺

根据民国《新昌县志》卷十七"方广庵,县北十里水口山村左,光绪六年,陈春松经理募捐重修"①的记载,这"重修"的"方广庵"字形,当是《山居赋》"昙济道人住孟山"的住处,在今三丰村方广岭与水口山村之间。最近笔者作了实地踏勘和访问,得到了验证。

方广岭像个"广"字形,从东向西行,广字的一撇是岭,岭脚有大明市(疑"大明"是年号,市为"寺"),在方广寺东北的半岭有玄坛庙,一横是平缓的山坡,山坡尽头是位于西南的今新昌县县城;一点是方广寺(庵)。据今年 65 岁的陈伯钱说,方广寺有正殿三间,正对南距 1 公里的石棋盘山峰;寺边有关帝庙曾被用作该村的学校。关帝庙北有经堂。寺、庙于 20 世纪 60 年代被改为水田,经堂旧址尚在。

据《隆兴佛教编年通论》卷五,昙济乃《成实论》大师,他为张大其义,追溯前代,把僧肇的《三宗论》细析为"六家七宗"而闻名于世,这与孟山之寺(庵)名不无关系。按"方广"指佛教大乘方正广大之意,与"方广"之义符合,加之有岭叫方广岭,岭边有"寺弯台"地名,故疑"方广庵"原名方广寺。

---

① (民国)金城修,陈畲等纂:《新昌县志》,1919 年版,卷十七,第 1621 页。

三、昙济何时住孟山

关于昙济何时住孟山的问题，从现有资料分析，他是在元嘉六年（429）初至孟山，这年昙济 19 岁。这首先是从谢灵运《山居赋》中得知，《山居赋》在元嘉五年（428）开始写，到元嘉八年（431）完稿。《山居赋》既云"昙济道人住孟山"，则知昙济必在元嘉八年（431）前在孟山。谢灵运《山居赋》完稿后，昙济可能仍在孟山。按元嘉十三年（436），昙济 26 岁，昙济过江住中兴寺（河南），僧宗、法宠、道朗皆从之受业。在此之前，无史料说明昙济离开过孟山。

综上所述，谢灵运《山居赋》说的"昙济道人住孟山"中的"昙济"，是推动印度佛教中国化的关键人物之一；而孟山，在岈山中部；岈山四面环水，西、西北有新昌江，西南、南有雪溪，东、东北有太平水。孟山的面积约有 5—6 平方公里，石棋盘是孟山主峰。主峰之北约 500 米、水口山村南（村左）约 300 米、方广岭顶西约 100 米处，即今三丰水库边上的水田，为昙济道人 19 岁至 26 岁前居住过的方广寺（庵）旧址。

李白《与南陵常赞府游五松山》是首政治诗

安石泛溟渤，独啸长风还。

逸韵动海上，高情出人间。

灵异可并迹，淡然与世闲。

我来五松下，置酒穷跻攀。

征古绝遗老，因名五松山。

五松何清幽，胜境美沃州。

萧飒鸣洞壑，终年风雨秋。

响入百泉去，听如三峡流。

剪竹扫天花，且从傲吏游。

龙堂若可憩，吾欲归精修。[①]

以上是李白《与南陵常赞府游五松山》诗的全文。它在李白现存的一千多首诗中并不显眼，也未引起研究者们的注意。只有清代注释家王琦在"听如三峡流"句下面，注有"皆状五松之美"[②]句。

---

① （清）彭定求等编：《全唐诗》，中华书局1960年版，卷一百七十九。

② （清）王琦注：《李太白全集》，中华书局1977年版，卷二十，第958页。

　　王琦的意思是，这是一首描写五松山环境幽美、李白有归隐之意的诗。但是，细读此诗就会清楚，这不是一首闲适小诗，而是一首在重大历史转折关头、表明自己政治态度的诗。字里行间甚至让读者感受到诗人的脉搏正与动乱时代一起，剧烈地跳动着。

　　读懂这首诗的关键，在于清楚诗中"征古绝遗老，因名五松山"这两句诗的背景和用意。当时局势，一方面唐王朝昏聩腐败、武备松弛、重用权奸，国家危若累卵；另一方面，在唐玄宗的纵容下，安禄山在10年间便由幽州节度使手下的一名小小的藩将，成为兼平卢、范阳、河东三镇节度使，拥有全国一半的兵力，随时都有可能吃掉李唐王朝。这两方面的情况，李白都是清楚的。他在写此诗前数十年，耳闻目睹过朝廷轶事，经历了长安从政之失败，对唐王朝已不抱幻想。在写此诗前一年，他去过幽州"探虎穴"，亲见了安禄山炽盛的气势，知道一场将给国家和人民造成深重灾难的战祸已不可避免。李白处于报国无门、进言无路的境地，悲愤地在安徽度过了两年时间。这首诗就是在这段时间里写的。

　　诗中"征古绝遗老"句之"征"字，按《说文解字》，此处当作"评"解。"评"者，"评论是非高下"[1]；"征古"，即评议古人。"绝遗老"之"遗老"典故，出自《晋书》"徐广传"："刘裕受禅，恭帝逊位，广独哀之，涕泗交流。谢晦见之曰：'徐公将无小过也。'广收泪而言曰：'君为宋佐命，吾乃晋室遗老，忧喜之事，固不同时。'"[2]当时江山易人。晦初仕晋，后佐宋，故为徐广所讥，李白

---

　　① 广东、广西、湖南、河南辞源修订组，商务印书馆编辑部编：《辞源（修订本）》（第四册），商务印书馆1979年版，第2882页。

　　② 张元济辑：《缩印百衲本二十四史·晋书》，商务印书馆1958年版，卷八十二，第5391页。

使用这个典故，意在批评谢晦。这句诗的下面有"因名五松山"句，据《舆地纪胜》载，此山有"一本五枝"之松，引申为同宗。如唐代崔植《陈情表》云："父婴甫，是臣本生。"把这两句诗联系起来，上句"绝"了一谢，下句"五松"即比五谢。众所周知，李白对谢安、谢朓、谢灵运一向钦佩；另两谢抑或为谢石、谢玄，这两人在著名的"淝水之战"中立下了赫赫战功。诗人作此诗时，正在其地，此时此境有"今古一相接"（《宣州城谢朓楼饯别校书叔云》）的感慨，亦属情理之中。所以此诗一头，就用安石泛海遇大风而仍镇定自若、鼓浪前进（《晋书》）的典故，比喻自己在险恶的局势中，也要有处惊不变的雅量，要"跻攀"先贤不徇流俗的高尚情操，而绝不做无节气的谢晦。这就是李白把铜官山的一小丘"名五松山"的原因。

明白了"征古绝遗老，因名五松山"这两句诗的背景和用意，也就容易理解"五松何清幽，胜境美沃州"以下的几句诗了。观五松山的形胜，西有天井湖之碧波，南有钢官山之巍峨，北有玉带河与长江相望，其要不在清幽，而在壮阔。而"萧飒""洞壑""风雨""响泉"这些景物，都是一些平常之景，在沃洲比比皆是，何以"胜境美沃州"？其所以作此对比，是要唤起人们对历史的回忆，说出自己不愿做东晋时代那样的避世隐逸者。沃洲，在今浙江省新昌县长诏水库处。新昌县，古称"剡中"，《广物博志》云："剡中多名山，可以避灾。故汉晋以来，多隐逸之士。沃洲、天姥是其处。"①当时西晋倾覆，天下大乱，许多高士名僧隐居沃洲。唐代白居易《沃洲山禅院记》记载了竺道潜、支道林等十八高僧以及王羲之、谢长霞等十八高士隐游沃洲的盛况。这里丛

---

① 詹锳主编：《李白全集校注汇释集评》（第6册），百花文艺出版社1996年版，第3136页。

山环绕、溪流郁盘，几经豁口，始至其处，加上远离中原战场，可谓清幽之至！李白也有"虽游道林室，亦举陶潜杯"（《陪族叔当涂宰游化城寺升公清风亭》）句，把沃洲与陶渊明理想中的"世外桃源"并提。可见这两句诗是为了说出更深一层的意思。下面各句都不是直言景物，而是曲叙心情，如"萧"是烦乱的草蒿，"飒"是衰弱的风声，它在洞壑中嗡鸣，真够凄神寒骨了；"风雨"已使人发愁，再加"秋"字，真是愁上加愁；叮咚泉声本是悦耳的，这里用了个"入"字，"入"是四声之一声，音长而短促，所以听起来就像飞流湍急的三峡流水一样，贴切地表达了诗人作此诗时情绪不安、脉搏剧烈跳动的情景。

由此可见，"听如三峡流"以上各句，非"皆状五松之美"，而是在沧海横流前夕，展示了诗人既不愿做东晋时代那样的山林逸士，又前进无路的无可奈何的心境。

在诗题下面，诗人特意注明"有古精舍"，诗尾有"龙堂若可憩，吾欲归精修"句。统观全诗，它也不能说明李白有弃世归隐的意思，而只是像他在另一首给南陵常赞府的诗中说的"大圣犹不遇，小儒安足悲""自顾无所用，辞家方未归"那样的牢骚话而已。而这样的牢骚，正是诗人忧国忧民的思想达到顶点的表现。诗中的"憩"字就说明他并无从此归隐的意思。综上所述，《游五松山》是李白这一时期所作的诗篇中，反映当时时局最深刻、政治态度最明确的一首诗，正确理解这首诗，对于剖析李白在"安史之乱"时期的思想及其作品，都具有重要意义。

"南陵"考辨

天宝元年(742),李白得到唐玄宗的诏书,起程入京时写有《南陵别儿童入京》(一作《古意》,以下简称《别儿童》)一诗。诗云:

> 白酒新熟山中归,黄鸡啄黍秋正肥。
>
> 呼童烹鸡酌白酒,儿女嬉笑牵人衣。
>
> 高歌取醉欲自慰,起舞落日争光辉。
>
> 游说万乘苦不早,著鞭跨马涉远道。
>
> 会稽愚妇轻买臣,余亦辞家西入秦。
>
> 仰天大笑出门去,我辈岂是蓬蒿人。[①]

这首诗诗题的"南陵"在何处,过去都以《旧唐书·李白传》为依据,说是在今安徽省的南陵。1981年,郁贤皓先生发表了否定吴筠荐李白入京的文章。此诗的写作地点也因之引起了学术界的关注。笔者曾就李白《酬张卿夜宿南陵见赠》中有"月出鲁门东"的诗句,请教安旗先生。安说:"山东可能有一个小地方叫

---

① (清)彭定求等编:《全唐诗》,中华书局 1960 年版,卷一百七十四,第 1787 页。

南陵。"1987年底，笔者读到了《文史知识》刊载的詹锳先生《谈李白〈南陵别儿童入京〉》的文章，知道葛景春、刘崇德两同志已有《李白由东鲁入京考》。据詹文介绍，该《李白由东鲁入京考》一文认为《别儿童》是李白在山东所作。但诗题是"古意"，今诗题是后人误题的。而詹文认为《别儿童》诗题出自李白本人；又说他怀疑这个"南陵"是在"去鲁城不远的地方"。至于不远在何处，该文未说，这样，至今"南陵"在何处还是一个谜。

由于《别儿童》一诗历来是李白诗编年和研究李白行踪的难题，因此笔者在这里作如下考辨，来说明此"南陵"就是位于汶水之滨的阙陵城。

笔者认为，《别儿童》诗是李白向家人告别入京的诗，而李白于天宝元年（742）不但没有安家于安徽的南陵，而且他还没有到过南陵，因此此诗肯定不是在安徽作的。

按《晋书·桓温传》："隆和初年（362），复征温。温至赭圻，诏又使尚书车灌止之。温遂城赭圻居之。"①这就是东晋的南陵戍，地在今繁昌市西15公里的长江岸边。南朝梁置南陵县，治所在南陵。至唐长安四年（704）南陵县的治所，"移理"到了青阳城，即今天的南陵。但这里的"移理"，是指县治移到青阳城，不是把青阳城改名为"南陵"，赭圻岭下的南陵仍称南陵。唐代王昌龄《至南陵答皇甫岳》可证，诗云："与君同病复漂沦，昨夜宣城别故人。明主恩深岁非久，长江还共五溪滨。"②诗曰"夜别"又曰"漂沦"，知是夜出宣城溯长江至南陵时写的诗，可见南陵的名称

---

① 张元济辑：《缩印百衲本二十四史·晋书》，商务印书馆1958年版，卷九十八，第5506页。

② （清）彭定求等编：《全唐诗》，中华书局1960年版，卷一百四十三，第1446—1447页。

并没有改变。如果《别儿童》在此南陵作,则其家必已在此。然而,按詹文考证,李白《送通禅师还南陵隐静寺》作于天宝十二载(753)①,诗云:"我闻隐静寺,山水多奇踪……他日南陵下,相期谷口逢。"②隐静寺号称"江东第二禅林"③,去该寺要经过南陵谷口,李白此时尚闻而未到,则《别儿童》诗当然不在南陵所作。

据詹文说:葛、刘两同志已指出《别儿童》所描写的不是江南风光,而是中原景物,对此笔者很同意。这里笔者要补充的是两点:首先,诗人在"南陵",不但有田产,而且还参加田园劳动。《别儿童》首句"白酒新熟"之"新熟",是熟与未熟之间,这与《清异录》所载李白好饮"玉浮梁"相符。由此可见本诗之"白酒"是他自己酿造的。酿制白酒要以黍作原料,从"黄鸡啄黍秋正肥"句可以想见黄鸡所啄之黍是散落在院子里的"黍",由此可知作酒原料和鸡啄之黍都是自己家里的产物。就是说,这些产物,李白除了把它当作主食,还用来酿酒、喂鸡。正是他已具备了这样的生活条件,所以第三句"呼童烹鸡酌白酒"写得多么轻松自如!

还有许多诗可以证明这一点,如《田园言怀》:"贾谊三年谪,班超万里候。何如牵白牛犊,饮水对清流。"④《赠从弟冽》:"日出布谷鸣,田家拥犁锄。顾余乏尺土,东作谁相携。"⑤这些诗句说明他确有田产,尤其是《秋夜独坐怀故山》,此诗作于《别儿童》后

---

① 詹锳编著:《李白诗文系年》,作家出版社 1958 年版,第 92 页。

② (清)王琦注:《李太白全集》,中华书局 1977 年版,卷十八,第 836 页。

③ (清)王琦注:《李太白全集》,中华书局 1977 年版,卷十八,第 836 页。

④ (清)彭定求等编:《全唐诗》,中华书局 1960 年版,卷一百八十三,第 1867—1868 页。

⑤ (清)彭定求等编:《全唐诗》,中华书局 1960 年版,卷一百七十一,第 1762 页。

1 年左右的在京期间,诗云:"拙薄遂疏绝,归闲事耦耕。"①这里的"耦耕"就是指他 1 年前的田园生活。出京后,他果然回到了东鲁的家,可知所怀的故山,即在山东的"南陵"。也就是说,《别儿童》诗中的"白酒""黄鸡""黍"是他自家的产物。

常识告诉我们,黍是三月下旬起苗移栽,七月下旬成熟收获的作物,加上酿成白酒的时间,时已八月。而李白这年四月上泰山,到"山花异人间,五月雪中白"的五月还在那里,距奉诏入京仅 3 个月,虽有乘风之翼、蹑景之足,也不可能在安徽的南陵做到上述这一切。即使能做到,那么《秋夜独坐怀故山》又怎样解释呢?

另外,笔者以为《别儿童》中"余亦辞家西入秦"中的"西",是方位词而不是"西秦"的专用词,这从李白诗的用例中可知。如"遗声落西秦""脱履归西秦""尔向西秦我东越""西秦百万众""西秦豪侠儿""失势去西秦"等之"西秦",是以十六国之一的秦都指代西京长安。而"西归去直道""正西望长安""郑客西入关""西入长安到日边""横江西望阻西秦""担簦西入秦"等之"西",是与"东"(当然不完全是绝对的东)相对的,不然如"担簦西入秦"完全可以写作"担簦入西秦"。因此,"余亦辞家西入秦"之"西",正说明他是从东鲁进京的。

如上所述,既然天宝元年(742)前李白尚未到过安徽的南陵,《别儿童》以及有关的诗都说明其时家在山东,那么作诗之地必在山东无疑。

李白在诗里多次说过他家的地理方位,问题在于我们过去

---

① (清)彭定求等编:《全唐诗》,中华书局 1960 年版,卷一百八十二,第 1858 页。

对它们缺乏综合考察,以至于说法不同。如王琦在《李太白全集》中《沙丘城下寄杜甫》下注曰:"据此诗而约其地,当与汶水相近。"①本来已经接触"谜底"的边缘,然而他在同书《寄东鲁二稚子》下又说:"寓居任城。"而学者又多宗之,从而延缓了对这个问题的解决,这是很可惜的。其实,这首诗是揭开山东"南陵"之谜的一个清晰的"谜面"。兹抄录如下:

> 吴地桑叶绿,吴蚕已三眠。
>
> 我家寄东鲁,谁种龟阴田。
>
> 春事已不及,江行复茫然。
>
> 南风吹归心,飞坠酒楼前。
>
> 楼东一株桃,枝叶拂青烟。
>
> 此树我所种,别来向三年。
>
> 桃今与楼齐,我行尚未旋。
>
> 娇女字平阳,折花倚桃边。
>
> 折花不见我,泪下如流泉。
>
> 小儿名伯禽,与姐亦齐肩。
>
> 双行桃树下,抚背复谁怜。
>
> 念此失次第,肝肠日忧煎。
>
> 裂素写远意,因之汶阳川。②

论者公认此诗作于天宝八载(749),即李白出京返家、再次南下江南的第三年。诗第一段:"吴地桑叶绿,吴蚕已三眠。"时令在三月底、四月初,李白看到吴地的这些景物,想起了这时是北方种黍的最后季节;远在千里的自己,担心家里的地无人耕

---

① (清)王琦注:《李太白全集》,中华书局1977年版,卷十三,第656页。

② (清)王琦注:《李太白全集》,中华书局1977年版,卷十三,第673页。

种，赶回去料理"春事"显然已来不及，于是茫然失措，唯有乱糟糟的心"飞坠酒楼前"了。在这里他一反浪漫主义手法，景物、时令、地点、心事，事事是真，句句是实。如果我们把《别儿童》与此诗加以对照，不是又一次找到了他在"南陵"田园生活的证据吗？

第二段与写于七年前的《别儿童》比较，家里多了一棵桃树，女儿长高了，烹鸡嬉笑的场面，转换成倚着桃树盼父归的伤心镜头。在这里，虽说是岁月的改易而有这种种差异，但映现出的仍是"南陵"的那个家。

结尾的四句是申明写诗的原因。

这样，整首诗具有思路清晰、没有转折跳跃、用句平易明白、举事具体真实、内容尽为家常的特点。也因为有这些特点，所以"谁种龟阴田"的"龟阴田"与"因之汶阳川"的"汶阳川"，应当是与"南陵"有关的两个具体的地名，才与全诗相统一，而与任城了无牵涉。否则，若把它说成是"指代东鲁"，则这两句诗不但成了全诗中游离的部分，而且殊为乖谬。

据笔者所知，"寓居任城"说者主要是此诗有"南风吹归心，飞坠酒楼前"句，任城又有"太白酒楼"，两者搭配，遂成其说。然而，李白在世时他的"酒仙"与"诗仙"的名气，就同步齐飞于海内。据笔者的粗略统计，在他的诗篇中单是"酒"字就有 261 处；用以代酒、形容修饰酒的词有 349 处，合计为 610 处。另有提到酒楼的也很多，如有"溧阳酒楼""洛阳酒楼""当涂酒楼"等。任城只是其中的一处，何以说任城是他的家，别处不是？李白本人从来没有说过他家在任城，诗题写明是在任城作的只有两首，即《赠任城庐主簿潜》和《对雪奉饯任城六父秩满归京》：前一首是"烟霜谁与共……流泪谢鸳鸿"的悲叹归隐无伴的告别诗，后一首分明是诗人从他处赶来为六父饯行的。文只有《崇州任城县令厅壁记》一篇,明白写着"白探其东蒙、窃听舆论"①因作此文,东蒙远在任城之东,可见他是寻胜东蒙、路过任城之作。以上两诗一文,根本看不出李白家在任城的迹象,怎么能凭上举的两句诗和"太白酒楼"去构想出他"寓居任城"呢?

考最早记述任城酒楼的是唐代沈光的《李白酒楼记》。此《李白酒楼记》写于李白逝世后99年,共451字,只有转述"樵儿牧竖"说的"李白常醉于此矣"②这七个字,说到李白与任城的关系,没有一字说其家于任城,到唐孟棨的《本事诗》中,变成了"常醉于此矣"。又于"任城构酒楼"这一"构"字,酒楼便成为为李白所筑。到宋代《新唐书·李白传》里,称李白"客居任城"而又与孔巢父等六人"共隐徂徕山"、时号"竹溪六逸"这样令人难以捉摸的说法。任城距徂徕山有数百里,怎能"居任城"而"隐徂徕"呢? 可见欧阳修对此并不肯定。然而,又到后来,"客居任城"竟成定论,而"共隐徂徕"反而成了"诗仙"身上的一道光环,这实在是于理殊乖。

前面说"龟阴田"与"汶阳川"是与"南陵"直接有关的两个地名。那么,这个"南陵"在何处呢? 笔者认为它就是位于今天大汶口附近的"阙陵城"。

按《水经注》卷二十四:"汶水又西南经鲁国汶阳城北,王莽之汶亭也。县北有曲水亭。《春秋》桓公十二年《经》书公会杞侯、莒子盟于曲池。《左传》曰:平杞,莒也。故杜预曰:鲁国汶阳县北有曲水亭。汉章帝元和二年,东巡泰山,立行宫于汶阳,执

---

① 董诰编:《全唐文》,中华书局1983年版,卷三百五十,第3543页。
② 董诰编:《全唐文》,中华书局1983年版,卷八百○二,第8415页。

金吾耿恭屯于汶上，城门基堑存焉。世谓之阙陵城。"①这里说的"汶阳"在今宁阳东北 27 公里处，即今大汶口。"耿秉屯子汶上"之"汶上"不是今之汶上，而是"汶水上"的意思。如孝武帝封泰山："诸卿、校尉、将军……斋城外汶水上。"②就是说，今大汶口古称汶阳；"汶上"在汶阳城北、汶水的叉河道上，"汶上"又名"阙陵城"。

兹从李白的诗歌与此地地理位置的关系上，来阐明"南陵"即"阙陵城"这一观点：

1."阙陵城"的地理位置与李白的诗意符合。"谁种龟阴田"中的"龟阴田"在龟山之北。龟山的位置，按《春秋》杜预注、《续汉志》、郦道元《水经注》，都说在今泰安市东南、古博县之北。郦氏说："应邵《汉官仪》云：泰山东南山顶，名曰日观……其水自溪而东，浚波注壑，东南流经龟阴之田，龟山在博县北一十五里……山北即龟阴之田是也。"③又曰："又东南流经明堂下。"④明堂在今泰安城东 7.5 公里处，今遗址尚存。郦道元又说："《邹山记》曰：徂徕山在梁甫（父）、奉高、三县界。"⑤据上可知，龟阴田的确切位置西至明堂、东至泰山天门山下溪谷夹在泰山、龟山之间，是一块中有汶水流过的山麓冲积而成的小平原。

---

① （北魏）郦道元撰，王国维校，袁英光、刘寅生整理：《水经注校》，上海人民出版社 1984 年版，卷二十四，第 793 页。

② （清）严可均：《全上古三代秦汉三国六朝文·全后汉文》，黄冈王氏本，1894年版，卷二十九。

③ （北魏）郦道元撰，王国维校，袁英光、刘寅生整理：《水经注校》，上海人民出版社 1984 年版，卷二十四，第 789 页。

④ （北魏）郦道元撰，王国维校，袁英光、刘寅生整理：《水经注校》，上海人民出版社 1984 年版，卷二十四，第 790 页。

⑤ （北魏）郦道元撰，王国维校，袁英光、刘寅生整理：《水经注校》，上海人民出版社 1984 年版，卷二十四，第 791 页。

"汶阳川"当指汶水在汶阳境内的一段。按汶阳县境代有沿革,县治所有二:一在汉博县,隋名汶阳,唐名乾封,在今泰安市东南汶水西北岸;一在汉汶阳。"故汶阳城,在县东北五十四里"①,就是刚才说到的大汶口,民国时期,又名汶阳镇。汉汶阳自西汉设置以来,历代因袭之。至隋代,一度把博县也并入汶阳管辖。但是,在它的西面,从来是与平陆郡为界。换句话说,"汶阳川"是指泰山郡东部水系向西流至今大汶口处汇合,又西流至与平陆郡交界处的这一段水流。而汶水,则自泰山郡东部水系过平陆郡至巨野泽,一与由东而来的济水汇合后东流入海,一与桓水汇合后南下入淮。汶水与汶阳川的关系,是包含和被包含的关系。龟阴田在汶阳川的上段流域。

阙陵城处在泰山、龟山、徂徕山的谷口,即"龟阴田"的西边、汶阳川的上流。今既知李白在山东确有田产,则亦知"谁种龟阴田"。又说:"因之汶阳川。"则必指平陆郡以东的一段汶水。而"阙陵城"正具备了这样的地理条件,所以说其家在阙陵城。

2. 用"卡口法"分析,所谓"共隐徂徕"就是隐于徂徕山麓的阙陵城。《唐书·李白传》和《唐才子传》说,李白与孔巢父、韩准(《旧唐书》作"韩沔")、裴政、张叔明、陶沔六人,"共隐徂徕",时号"竹溪六逸",这是正确的。李白《送韩准、裴政、孔巢父还山》之"山",当是徂徕山,诗云:"昨霄梦里还,云弄竹溪月",即李白梦还徂徕山故居。《对雪奉饯任城六父秩满归京》云:"何时竹林下,更与步兵邻",这里把六父比魏晋之间的阮籍,意为"六逸"倘加六父,则"竹溪六逸"可比"竹林七贤"了。《鲁郡尧祠送张十四游河北》云:"归来泰山上,当与尔为邻。"徂徕山在泰山之南,故

① (唐)李吉甫撰:《元和郡县图志》,中华书局1985年版,卷十,第267页。

言"为邻"。

上述数首诗,有的写于入朝之前,有的作于去京之后,可见他的家一直在徂徕山麓。从下面的"卡口法"分析可以证明,这里说的"徂徕山"实是徂徕山西麓的阙陵城。

所谓"卡口法",就是在交通要道上考察李白行踪的方法。根据地理书志所述,汶水以徂徕山为分水岭,岭南与岭北诸水由东向西流至大汶口,合成一流经鲁西平原入巨野泽后,一与由西向东来的济水汇合后东流入海,一与桓水合流南入淮河。岭南汶水称小汶,岭北汶水称大汶。在汶水的南面,有一条几乎与汶水平行西流的泗水,从泗水县流经曲阜、兖州鲁桥汇合为桓水而入淮。[①] 在汶水与泗水之间,还有呈北—南流向的支流,其中最著名的有洙水,它在《水经注》的时代,源出今新泰东北,西流至泰安东南徂徕山麓,折西南至泗水县,与泗水合流。到后来,其上源成为小汶的一条支流。这一改道,实际上成为了连接汶水与泗水的一条交通线。这样,在东鲁范围内的水路交通网络,就像个"口"字形,汶水在北、泗水在南、桓水在西、洙水及其他支流在东,徂徕山在东北隅之外角。所谓"竹溪六逸"即是隐居在徂徕山麓的、沿溪而居的六位文人的总称。阙陵城紧靠东北隅,因此,位于北、东的两条路线就成了李白进出阙陵城的"卡口"。

根据对王本《李太白全集》的统计,诗题写明在东鲁所作的诗共有42篇。其中,除"东鲁""鲁""鲁郡"等5首不能确定具体的地点外,37首的写作地点是极为明确的,这些诗都反映出李白与孔巢父等岩壑高士"共隐徂徕",以及与其他友人游弋山水的概况。

---

① 参见谭其骧:《中国历史地图集第5册隋·唐·五代十国时期》,中国地图出版社1982年版,第61—62页。

再看李白在"卡口"上的行踪：天宝三载（744），李白与杜甫、高适三人俱游东鲁，高适有《东平路中遇大水》："指途适汶阳，挂席经芦州。"又有《东平路作》其二："扁舟向何处，吾爱汶阳中。"《别崔少尉》："知君少得意，汶上掩柴扉。"杜甫晚年作有《奉高常侍》："汶上相逢年颇多，飞腾无那故人何。"李白《梁园吟》："舞影歌声散渌池，空余汴水东流海。"说明他们是东浮汴水，过东平而达汶上的。李白《别中都明府兄》："城隅绿水明秋日，海上青山隔暮云。取醉不辞留夜月，雁行中断惜离群。""中都"在汶水下游，今之汶上，诗人是在中都告别这位县令的，所以他把城隅的绿水比作明镜，把县令说成是高悬的秋日。而把大、小汶水汇合处的大汶口比作"海"，地处大、小汶水的叉河道上的阙陵城是"海上青山"。"隔暮云"指归隐。这样，"海上青山隔暮云"便是他回到汶水之上的故山隐居去了的意思。又从中都到阙陵城约百里，故能在黄昏时候离别中都返抵家中。这从距离上说，"取醉不辞留夜月，雁行中断惜离群"两句诗，亦是月夜回到阙陵城之意。另外，《鲁郡东石门送杜二甫》也证明了李白家在阙陵城。此诗作于天宝四载（745）李白与杜甫第二次分别时，诗云："秋波落泗水，海色明徂徕。飞蓬各自远，且尽手中杯。""石门"在曲阜县东北的石门山，距泗水四五十里，即本文所说的"东线"之中段。徂徕山在石门之北。"秋波落泗水"句，既点明时令、送别之地，又因杜甫西归长安、与泗水西流的方向相一致，所以以泗水之西流比喻杜甫之西归。"海色明徂徕"的意思与上述"海上青山隔暮云"相似，以徂徕山的岿然不动以示自己回故乡隐居的决心。一个西去，一个北归，所以诗接着说："飞蓬各自远，且尽手中杯。"这样，在这首诗中，李白的归向是非常清楚的。

从以上对两个"卡口"的分析中可以知道，李白的家是在东、北两水路线交接点上的阙陵城。

3.李白多次说过的"沙丘城"，是他家居阙陵城的又一证明。李白《沙丘城下寄杜甫》中的"沙丘城"与《送萧三十一之鲁中》中的"我家寄在沙丘旁"中的"沙丘"在何处，过去由于不知道李白家在阙陵城，因而长期以来对此困惑不解。一说沙丘在河北巨鹿，一说在莱州掖县。[①] 复旦大学古典文学教研组编《李白诗选》注谓"临清"，郭沫若说："此沙丘为李白在鲁中的寄居处。"[②]詹锳先生说："白于沙丘寄之……"[③]其实，李白的家不在"沙丘城"，而在阙陵城。

我们知道，《沙丘城下寄杜甫》是李白与杜甫第一次相逢并同游梁、宋、齐、鲁，分手不久后写给杜甫的诗，诗共八句，如下：

> 我来竟何事，高卧沙丘城。
>
> 城边有古树，日夕连秋声。
>
> 鲁酒不可醉，齐歌空复情。
>
> 思君若汶水，浩荡寄南征。[④]

首先请注意诗题与诗句的关系。诗题标明为"沙丘城下"寄的诗，诗句却说"高卧沙丘城"。如果说"沙丘城"是李白在东鲁的"寄居处"，那么诗题中去掉"下"字，不是更精当吗？为何费墨如此！可见必有另解。

其次，过去没有读懂这首诗的原因，主要是忽略了对颈联的

---

① 参见（清）王琦注：《李太白全集》，中华书局1977年版，卷十三，第656－657页。

② 郭沫若：《李白与杜甫》，人民文学出版社1972年版，第102页。

③ 詹锳编著：《李白诗文系年》，作家出版社1958年版，第76页。

④ （清）彭定求 等编：《全唐诗》，中华书局1960年版，卷一百七十二，第1768页。

研究。实际上,它是解开"沙丘"之谜的关键。"城边有古树"的"古树",是比喻杜甫。杜甫在遇李白以前,已经经历了贡举落第的失败,作有《龙门》一诗,借游佛寺而言志。诗首联"龙门横野断,驿树出城来",写欲进龙门的急迫之状;尾联"相阅征途上,生涯定(仇本作'尽')几回",说人生有涯,能再来几回?反映诗人热衷功名而欲进无路的心境。李白之"古树",源出于此。作为大诗人的杜甫是懂得"古树"的寓意的,因此他们两人第二次分手以后,杜甫有《春日忆李白》:"渭北春天树,江东日暮云。"意思是说:我像春天的树,定居在西北,你如飘行的彩云,漫游于江东。可见,"城边有古树"喻杜甫,是毋庸置疑的。而"古树"之"古"与"春天树"的"春天",表示的是时令,别无他意。

明白了"古树"的寓意以后,第四句"日夕连秋声",也就得到了理解。这就是杜甫《寄李十二白二十韵》中说的"乞归优诏许,遇我宿心亲"所透露的消息:李、杜两人,一个失意出京,一个欲进无门,千里相会,一见如故,对国事、对人生所持有的共同观念和所发出的共同感慨,就像秋天萧瑟的风声,连着树枝落叶的声音,两者之间有着共鸣。这样,诗的前四句的意思就极为明白了。

现在再说"沙丘城"。"沙丘城"在何处?按《水经注》卷七,郦氏说:"出河之济,即阴沟之上源也……民谓其处为荥泽……有垂陇城,济渎出其北(会贞按:此济渎即上东经荥泽北之济水)……泽际又有沙城。城左佩济渎……泽际有古城,世谓之水城……济水自泽东出,即是始矣。"①

上文"荥泽"即水流从沼泽地流过之处。"出河之济"指巩县

---

① (北魏)郦道元撰,王国维校,袁英光、刘寅生整理:《水经注校》,上海人民出版社1984年版,卷七,第250—251页。

(今巩义市)之南、荥阳县(今荥阳市)北段黄河外溢之水道。"济水自东出，即是始矣"是说黄河外溢的水流，经过沼泽洼地，在泽之东端汇成了河，就是济水的开始。这里的"泽东"，即今郑州市北处。"阴沟水"在今枣庄南部。济水有北济、南济，由西向东注入山东巨野泽与汶水汇合。在枣庄南部，又分北济水流经开封后，四流至郑县、中牟等地。① 由上可知，古荥泽的范围在今荥阳、郑州、中牟、开封以北，枣庄、巩义以南这一片土地。郦氏说沙城"左佩济"，是说沙城的左面有济水，又说"泽际有古城，世谓之水城"。"水城即故宅阳也"，"宅阳"在荥阳县西 8.5 公里处②，即南、北两济分道处。今既知"沙城"左有济水，又知其在两济分道处，则知沙城在郑州之西、唐代漕运河与黄河夹角处以东。李白以此沙城泛指古荥泽的范围。而杜甫的故里和寓居地正在这一范围内，故诗云"城边有古树"③。

郦氏说的南、北两济水，到隋、唐时期，在河南境内已均不存在，而由广济渠(即隋通济渠)替代，在广济渠开封段附近，分流成汴河入巨野泽，与汶水汇合并流入海。这样，从东向西流的汶水与由西向东来的汴水的相遇，就成了在汶水上游的李白希望与在黄河之滨的杜甫再次聚首的最好的托意之物。故诗末两句："思君若汶水，浩荡寄南征。""浩荡寄南征"之"南"，谓河南府，"征"是询问的意思。同时，汶水与汴水汇成济水与黄河平行入海，这从地理上说，汶河在下游，汴水在上游，所以诗题目"沙

---

① 参见谭其骧：《中国历史地图集第 2 册》，中国地图出版社 1982 年版，第 59—60 页。

② 参见王利器：《史记注译》，三秦出版社 1988 年版，卷四十四，"魏世家"。

③ 参见国家文物事业管理局主编：《中国名胜词典》，上海辞书出版社 1981 年版，第 670—674 页。

丘城下寄杜甫",意谓在沙丘城下游的李白寄言给处于上游的杜甫。这个"下"字,正好说明李白的家在阚陵城。

有意思的是,杜甫读了李白的这首诗以后,果然于次年再游齐鲁,与李白"登临遍池台"。深秋在石门分手后,李白北归阚陵城。这再一次证明以上分析是对的。如果不是这样,则本诗以及李、杜两人在这一时期的行踪,都是说不通的。李白《送萧三十一之鲁中,兼问稚子伯禽》中"我家寄在沙丘旁"中的"旁",与《沙丘城下寄杜甫》中的"下"字所对的方向一样,是"沙城"。从诗的前六句可知,萧氏于该年六月取道水路从金陵经扬州、徐州、沛县溯泗水归鲁中的。这里要讨论的是后面的六句,也就是萧氏的家在鲁中的何处。他回到家后,为何可以"兼问"李白的稚子? 这六句诗如下:

> 高堂倚门望伯鱼,鲁中正是趋庭处。
>
> 我家寄在沙丘傍,三年不归空断肠。
>
> 君行既识伯禽子,应驾小车骑白羊。①

这里头一句"高堂倚门望"和"伯鱼"及次句"趋庭外",都是有关曲阜的典故,可以推知萧当是曲阜人。同时可知,萧是因思念其母而北归的,李白由此想到自身,故有第三、第四句的悲痛之语。第五句的"既"字说明李白的伤感又反馈到萧氏这里,于是萧主动提出到曲阜后,一定去探望他的子女。如前所述,从曲阜出东门去阚陵城有一条古旅游线路,两地相距约五十公里。这个距离,正合"兼问"。否则,若是紧邻,就不用如此认真地把"兼问"作为诗题;过远,则不是"兼问",而变"专问"了。

---

① (清)彭定求等编:《全唐诗》,中华书局 1960 年版,卷一百七十六,第1802 页。

　　做了上述分析之后，"沙丘傍"之意已明了，因为李白是在江南送萧氏北归的，是从江南的位置去观察南、北纵线的，而曲阜在纵线之东，"沙城"在纵线之西，故云家在"沙丘傍"。当然，说家在曲阜旁也可以，但诗已连用了三个有关曲阜的典故，倘再说"曲阜"，则诗近似句而非诗了。

　　以上两诗说明，李白的家不在沙丘城，而在阙陵城。沙丘城与阙陵城是可以互为证明的。

　　4. "南陵"是从"阙陵城"分离出来的地名。从上引《水经注》卷二十四可知，位于大汉口北的汶水叉河道上的这座丘陵的称谓，到郦道元时，已经有从曲池到曲水、从曲水到阙陵城这样三次的嬗变。每一次改变，都与人类活动有着密切的关系。

　　曲池之名，见于《春秋》，"曲"当指曲折之地，"池"为环绕城郭的护城河流。它在鲁的北境，对于抵抗强大的齐国来说，此地对鲁国具有重要的战略地位。"曲池"之名，正突出了这一军事意义。秦汉天下一统，此地军事作用消失，代之以帝王庆太平、封泰山、禅梁父活动，曲池成了诸卿、百官的斋地。于是，一种"修禊"风俗在这里形成。据挚虞考证："汉章帝时，平原徐肇，以三月初生三女，至三日而俱亡。一村以为怪，乃相携之水滨盥洗。因水以汎觞，曲水之义，起于此也。"[①]这里说的"平原"，以广言及之。杜预曰："曲池，鲁地。鲁国汶阳县北有曲水亭。"[②]可证，古之防地，到汉时变成游乐与"修禊"之所，曲池之名亦随之变为文气十足的"曲水"了。

---

　　①　张元济辑：《缩印百衲本二十四史·晋书》，商务印书馆1958年版，卷五十一，第5197页。

　　②　（北魏）郦道元撰，王国维校，袁英光、刘寅生整理：《水经注校》，上海人民出版社1984年版，卷二十四，第793页。

　　到郦氏活动的年代,当地已把“曲水”称为“阙陵城”,这个改变反映了由游乐向水利转变的过程。据史载,王莽始建国三年(11),黄河濮阳地段大决口,黄河大改道。①　整治黄河,成了东汉以后朝野的大事,文献中保存着当时的许多奏疏,其共同的说法是批评战国时期赵、魏、齐、鲁以塞为防的做法,主张效法大禹,“山陵挡路者,毁之……”②,郦氏在汶水所见的一些水利工程就是人工改变水流方向的例证。

　　到东晋太和四年(369),征西大将军桓温帅师北伐,在这里又进行了引汶入济的凿渠工程。袁宏《北征赋》中“背梁山,截汶波”③就是指这一工程的规模。在这大规模的工程中,阻碍水流的“曲水”自在整治之列。唐代赵良器《三月三日曲江侍宴》可以说明这一点,诗云:“圣祖发神谋,灵符叶帝求。一人光锡命,万国荷时休。雷解圜丘毕,云需曲水游。”④前四句的大意是:天降下了祥瑞,命君主来统治万民,第五句的“圜丘”指祭天的坛。按古祭天在冬至日,而此诗题为“三月三日”,故知前四句援用的是封禅故事,亦知“雷解圜丘毕”,是说人力将汶水叉河道上的丘陵凿成了阙,即分割成南、北两陵,使水流从中顺直通过。这样,譬如龙门之凿而称伊阙,“阙陵城”之名盖由此起。

　　这座丘陵的名称,除池、曲水以外,还称“汶上”“汶亭”,而郦道元在说到“阙陵城”之名时,特称以“世谓之”,意在说明其是俗名,可见其存在一地多名的可能。说明汶上被“雷解”之后,位

---

　　①　参见柏杨:《中国人史纲》(上),时代文艺出版社 1987 年版。

　　②　(清)严可均:《全上古三代秦汉三国六朝文·全汉文》,黄冈王氏本,1894 年版,卷五十二。

　　③　(清)严可均:《全上古三代秦汉三国六朝文·全晋文》,黄冈王氏本,1894 年版,卷五十七。

　　④　(清)彭定求等编:《全唐诗》,中华书局 1960 年版,卷二百零三,第 2117 页。

于南侧的被称为南陵。同时，我们确切地知道，《南陵别儿童入京》一诗，在殷璠编的《河岳英灵集》中诗题原是"古意"；而在魏万编的《李翰林集》与李阳冰编的《草堂集》上，题为"南陵别儿童入京"。《河岳英灵集》成书于天宝十二载（753），其诗题肯定是从流传者的手中得到的。而魏万、李阳冰两集编成于上元年间（760—761），诗稿是李白亲自交给他们的。就是说，两种诗题都应出自李白一人之手，似可无疑。

值得注意的是，天宝十二载这一时间。本文开始时说过，这一年李白到了安徽的南陵，在这里写下了许多诗篇，从这些诗篇中可以看出诗人对这里的山水殊为喜爱，并有终焉之志。同时，这个南陵地处长江岸边，与阙陵城在汶水之滨颇为相似；"南陵"之名来自桓温的"南陵戍"，而桓温亦令乡人凿汶水，加上李白对桓温的钦慕（有《桓公井》"路远人罕窥，谁能见清彻"可证），这诸多因素触发了诗人的联想。于是，在整理诗稿时，就从一地多名中选用了"南陵"替代了原诗题中的"古意"，既寓思旧井，又寄意于新的居住地，这是很自然的。

我们还应该注意到，自从东晋王羲之等42人在浙江绍兴西南的兰亭修禊之后，许多地方取兰亭故事命名其地，文人墨客把"曲水"当作了看家之词，而对"修禊"的发源地大汶口的曲水，却渐渐淡忘。

因此，笔者认为，《南陵别儿童入京》不是作于安徽的南陵。李白在山东有过几处滞留地，但他的家不在任城，更不在"沙丘"，而在阙陵城。"阙陵城"的别名很多，"南陵"是其中的一个。正像"阙陵城"仅见于郦氏《水经注》那样，山东"南陵"偶见于李白的诗是不奇怪的，它并不影响李白寓居阙陵城的事实。

"此心郁怅谁能论"

—— 李白安徽五松山诗诗旨初探

现存李白诗题写明"五松山"的诗共有 7 首。诸家所编的李白年谱、年表,多以为这些诗作于天宝十三载(754)或天宝十四载(755),即作于"安史之乱"前的几个月至 1 年的时间范围内。因此,探索这些诗的诗旨,对于了解李白对"安史之乱"的政治态度,可谓是至关重要的。

可惜的是,学术界对这 7 首诗,除《宿五松山下荀媪家》《南陵五松山别荀七》两首以外,其余的 5 首诗:《与南陵常赞府游五松山》《答杜秀才五松山见赠》《于五松山赠南陵常赞府》《五松山送殷淑》《纪南陵题五松山》,至今未引起足够的注意。

现在笔者就《与南陵常赞府游五松山》等 5 首诗的诗旨申述管见如下:

与南陵常赞府游五松山

安石泛溟渤,独啸长风还。

逸韵动海上,高情出人间,

灵异可并迹,澹然与世闲。

> 我来五松下，置酒穷跻攀。
>
> 征古绝遗老，因名五松山。
>
> 五松何清幽，胜境美沃洲。
>
> 萧飒鸣洞壑，终年风雨秋。
>
> 响入百泉去，听如三峡流。
>
> 剪竹扫天花，且从傲吏游。
>
> 龙堂若可憩，吾欲归精修。

按李白写有《书怀赠南陵常赞府》《与南陵常赞府游五松山》和《于五松山赠南陵常赞府》3 首诗。今按诗题和诗意，本诗当作于《书怀赠南陵常赞府》之后、《于五松山赠南陵常赞府》之前。

对于这首诗，除清代王琦"萧飒、风雨、百泉、三峡，皆状五松涛声之美"①的评点和当代肖望卿先生的赏析②，似乎未见有人作过任何评议。而王、肖都把它看作是一首闲适小诗。然而仔细体味诗意，它会使人感受到诗人的脉搏正与时代一起剧烈地跳动着。这是一首在重大历史转折关头，表明诗人政治态度的政治抒情诗，也是五首诗中最重要的一首诗，值得详究。

前面说过，五松山是铜官山最北端的一丘阜，那么李白为何对这一丘阜产生这么大的兴趣、把它命名为五松山呢？《舆地纪胜》云："山旧有松，一本五枝，苍鳞老幹，翠色参天。适李白来游，'征古绝遗老，因名五松山'。"③这是说因为有从同一根部上长出了五枝松，所以名为五松山。而林东海先生说："未必合太

---

① （清）王琦注：《李太白全集》，中华书局 1977 年版，卷二十，第 957 页。

② 宋绪连、初旭主编，肖望卿著：《三李诗鉴赏辞典》，吉林文史出版社，第 486 页。

③ 转引张才良主编：《李白安徽诗文校笺》，安徽文艺出版社 1992 年版，第 155 页。

白取名之意……李白诗云：'我来五松下，置酒穷跻攀。'据此义指五棵松为是。"①意谓因有单立的五棵松，故名五松山。对于这两种说法，笔者认为以《舆地纪胜》为可信，理由是："一生好入名山游"的李白所见的松有千千万万棵，在他诗歌里用以表达各种意象的"松"字就达 162 个之多，为何独钟情于铜官的一丘阜之松呢？按《舆地纪胜》云"山旧有松，一本五枝"，知宋代时此松已不在，但书为宋代王象之撰，上距李白未远。又王象之尝知江宁县，地近铜官。该书既重地理，更包举各地名胜文墨，所言必有典籍传闻可依而不至有误。

可惜的是，王象之、胡震亨虽然把释名缘之于"一本五枝"之松，却对"征古绝遗老，因名五松山"这两句诗，未能深究，以致对这首殊为重要的诗，至今无人赏识。其实，这两句诗是读懂全诗乃至读懂另外几首诗的关键。现详考如下：

先说"征古"。各种辞书均不见有"征古"一词，可能是李白随事生情而创造的一个新词，因此必须加以考释。按"征"字，《说文解字》云："征，召也"；《尔雅·释言》同上。陆尔奎等编的《辞源》解"召"为：1. 以手曰招，以言曰召，皆使之来就我也；2. 致，如致祸谓之召（招）祸。徐复主编的《广雅诂林》云"征，明也"。《集韵》《广韵》并云："征，明也"，《佩文韵府》、夏征农主编的《辞海》和湖北人民辞书出版社、四川人民辞书出版社的《汉语大字典》以及《康熙字典》分别释"征"字字义有："召也""证也""成也""验也""明也""求也""征兆""征询""审别真伪""问也""敛也""惩罚""评也"等。

上述各书释"征"字之义虽多，其实均系人类为适应交际而

---

① 林东海：《太白游踪探胜》，人民美术出版社 1993 年版，第 124 页。

通过象形、表意、表音的方法，使"召"字字义扩大。譬如《集韵》《广韵》《佩文韵府》释"征"为"明也"。而据《说文解字》："明，照也。"就是说，"召"旁加"日"为"昭"，"昭"字下加火为"照"，"昭""照"都是明的意思。可见上述各书释"征"为"明，明亦召也"。故清代段玉裁《说文解字注》云："按征者，证也，验也，有证验，斯有感召。有感召，而事以成，故士昏礼注、礼运注又曰：征，成也。依各文解，义则相通。"就是说，"征"一字多义，应依各篇诗文来解释它的字义。如谢灵运《登池上楼》："持操岂独古，无闷征在今"之"征"字，应作"验"解。两句意谓坚持节操岂止古人能够做到，《周易》所谓"遁世无闷"，在今人身上同样可以得到验证。李白《秋夜板桥浦泛月独酌怀谢朓》："古人谁可征，玄晖难再得"之"征"，则应作"求"解。而本诗首叙谢安泛海的历史故实，则"征古"之"古"当谓时代久远之事物；据此则"征古"之"征"，宜作"评"解。段玉裁云："召者，评也。"①复考《辞源》云："评，评议也，评定事物是非曰评。"就是说，"征古"谓评定历史事物是非的意思；倘不作如此解，则下面"绝遗老"三字，将无所取意也！

关于"遗老"一词，最早见于《孟子·告子章》："遗老失贤，掊克在位，则有让。"唐诗中的"遗老"，除先帝旧臣、朝市改姓后之前朝旧臣外，还有谓年老历练之人、改朝后仍忠于前朝的老人。按上述"征古"为评定历史事物是非的解释，和本诗前面四句诗用的是《晋书·谢安传》中"（谢安）尝与孙绰等泛海，风起浪涌，诸人并惧。安吟啸自若，舟人以安为悦，犹去不止，风转急，安徐曰：如此将何归耶？舟人承言即回。众咸服其雅量"的典故，又如前述，五松山在"淝水之战"晋军指挥中心的长江岸边，而谢安

---

① （汉）许慎撰，（宋）徐铉校：《说文解字》，中华书局 2013 年版，第 26 页。

在指挥"淝水之战"中表现出与上述典故一样的镇定自若,可知这前四句诗是因地用典,明写"安石泛溟渤"暗指"淝水之战";亦知"征古绝遗老"之"遗老",指改朝换代后的旧臣。全句的意思是:在战祸临头之际,要像谢安那样镇定自若地准备献身报国,绝不做朝市易姓后之遗老的意思。

那么,诗用谢安典故,与山命名"五松"有何关系呢?从下面的考述中知道,李白是以"一本五枝"之松比喻在"淝水之战"中战功赫赫的谢安及其子侄们的。

按"一本"之"本",于木作根解。《说文解字·木部》:"本,木下曰本。从木,一在下,草木之根柢也。"①高诱注《吕氏春秋·辩士》:"本,根也。"本文前面说过,五松山之松,不是单立的五棵松,而是从一个根部上长出的五枝松,故云"一本五枝"。而对于人,"本"则作"本宗"解。古指有血缘关系的嫡系子孙。《诗经·大雅·文王》:"文王孙子,本支百世。"毛传:"本,本宗也。"②大家都知道李白在写此诗前,已去过幽州"探虎穴"亲见了安禄山炽盛的气势,已知一场战乱已不可避免,而来到"淝水之战"时晋军前线指挥中心地五松山一带,向以谢安自比的李白,在兹念兹,忽闻有"一本五枝"之松,就很自然地联想到谢安、谢石、谢玄、谢琰、谢万等同宗英贤,于是悲欣交加:"我来五松下,置酒穷跻攀",携酒登上丘阜,与常赞府评点历史事物之是非,而欣然赞叹道:"征古绝遗老,因名五松山",把它取名为五松山了。

明白了"征古绝遗老,因名五松山"这两句诗的意思后,"五松何清幽"以下的几句诗也就能理解了。王琦说"萧飒鸣洞壑"以下几句诗"皆状五松之美"。肖望卿说:"五松山上满山都是松

---

① (汉)许慎撰,(宋)徐铉校:《说文解字》,中华书局2013年版,第114页。
② (汉)毛氏传,(汉)郑氏笺:《毛诗》,山东友谊出版社1990年版,第590页。

树,显得很清幽。"①这是极为肤浅之见。试想:五松山的形胜,西有天井湖之碧波,南有铜官山之巍峨,北有玉带河与长江相望,其要不在清幽,而在壮阔。而沃洲则如《广物博志》所云:"剡中多名山,可以避灾。自汉晋以来,多隐逸之士。沃洲、天姥是其处。"当时西晋倾覆,天下大乱,许多高士名僧隐居沃洲,唐代白居易《沃洲山禅院记》记载了竺道潜、支道林等十八高僧和王羲之、谢安等十八名士隐居沃洲的盛况。这里丛山环抱、溪流盘曲,几经谿口,始至其处,加上远离中原战场,可谓清幽之至!怎么李白因五松山有松,遂云"清幽"胜过"沃洲"呢?"萧飒""洞壑""风雨""百泉"这些景物,都是一些平常之景,在沃洲以及李白到过的许多地方触目皆是,为何独云五松山之松最为"清幽"呢?

若按王、肖的解释,则"五松之美"谓风光、风景,诗句应改为"美景胜沃洲",而不会用"胜境"。按"胜境"者,形胜之地也,胜迹也,"胜迹:有名之古迹也"②。既然此山在李白作此诗前无名,那么这里当然无胜迹可言。因此,"胜境美沃洲"之"胜境",只能作形胜之地解。五松山地处唐代淮南道与江南西道之间的长江南岸,《南史》云:"淮南近畿,国之形胜。"即使到近现代,也有"守江必守淮"之说,因此这里真可谓胜境,此为一。其二,如前面所述,这一带曾经是"淝水之战"晋军前线指挥中心,李白在"安史之乱"前夕身在形胜之地,正欲像名相谢安那样,一展平生之志,故称五松山为胜境。其三,诗以沃洲与五松山作对比,更可说明这一点。大家知道,沃洲在剡溪上游(今新昌县境内),参加"淝

---

① 宋绪连、初旭主编:《三李诗鉴赏辞典》,吉林文史出版社1992年版,第487页。

② 陆尔奎等编:《辞源》,商务印书馆出版1929年版,第350页。

水之战"的谢安以及子侄们,均曾隐游于此。本诗开头四句,说的正是发生在这隐游期间之事。但一旦强秦压境,东晋朝廷震恐时,他们出奇制胜,取得淝水大捷,可知"五松何清幽,胜境美沃洲"这两句的意思是:五松山有何清幽呢? 因为它是"国之形胜",而沃洲则是隐居之地。换言之,他把沃洲视为"安石在东山,无心济天下"时的隐游处,把五松山当作谢安"一起振横流,功成复潇洒"(《赠常侍御》)的建立奇功之境,这从"安史之乱"后,他在有心报国、无力回天情况下写的《经乱后将避地剡中留赠崔宣城》一诗,把剡中沃洲当作"避地",可以证明这一点。

"美沃洲"以下各句,都不是直言景物,而是曲叙心情。"萧飒鸣洞壑"之"萧"是烦乱的草蒿,"飒"是衰弱的风声,并不是所谓"优美的松涛声",而是衰弱的风声在洞壑中嗡鸣,真够凄神寒骨。"终年风雨秋"之"风雨"已使人发愁,再加"秋"字,真是愁上加愁;"响入百泉去"之叮咚泉声,本是悦耳的,这里用了个"人"字,所以听起来就像飞流湍急的三峡流水一样。

笔者还认为,上述这四句诗不是因景写实,而是借晋代名士阮咸创作的《三峡流泉》[①]琴曲的旋律,抒发自己的郁勃之情。据《通鉴》卷一百五,"淝水之战"结束后,"丁亥,谢石等归建康,得秦乐工,能习旧声,于是宗庙始备金石之乐"。胡三省注:"太宁(323—326)末,明帝又访阮孚等增益之。""今破苻坚,获其乐工杨蜀等,闲习旧乐,于是金石始备也。"阮孚是阮咸之子,他"增益"之曲,必有其父创作的乐曲。《通鉴》两次所云的"旧乐",当包括《三峡流泉》在内。又从李白《答杜秀才五松山见赠》中"袖拂白云开素琴,弹为三峡流泉音"两句诗,可知李白熟谙此曲,亦

---

① 转引张才良主编:《李白安徽诗文校笺》,安徽文艺出版社1992年版,第162页。

知本诗"听似三峡流"以上"萧飒""风雨""百泉"三句诗的韵律，与《三峡流泉》之音乐性相合。就是说，诗人的寄托要比字面上意义深得多，而绝非所谓"皆状五松之美"云云。

诗尾"剪竹扫天花，且从傲吏游。龙堂若可憩，吾欲归精修"这四句诗，从字面上说，诗人欲在五松山隐居。但其真意，与诗第一段六句诗相呼应，把自己在"五松山"比为与"安石泛溟渤""淡然与世闲"那样，是暂栖于此，等待时机，"谢公终一起"（《送裴十八图》）罢了。句中的"憩"字，就可以说明他并无归隐之意。

如上所述，诗首叙谢安处变不惊的雅量；次以"一本五枝"之松为寄托，寄寓对谢安宗支的景慕；接着以《三峡流泉》来表达自己不安的心绪，全诗纵横古今，脉脉清晰，对国运深情关注，须知此时的唐王朝对将要发生的"安史之乱"仍昏昏然于歌舞升平中，李白却虽孤云无依，尚悯时伤乱，志切报国。若非识时忧世之士，其孰能如于此哉！故笔者以为《与南陵常赞府游五松山》是李白这一时期所作的诗篇中，反映当时时局最深刻、政治态度最明确的一首诗。正确理解这首诗，对于理解李白在五松山所作的另外几首诗以及他在"安史之乱"时期的思想，都具有重要意义。

答杜秀才五松山见赠

昔献长杨赋，天开云雨欢。

当时待诏承明里，皆道扬雄才可观。

敕赐飞龙二天马，黄金络头白玉鞍。

浮云蔽日去不返，总为秋风摧紫兰。

角巾东出商山道，采秀行歌咏芝草。

路逢园绮笑向人，而君解来一何好。

闻道金陵龙虎盘,还同谢朓望长安。

千峰夹水向秋浦,五松名山当夏寒。

铜井炎炉歊九天,赫如铸鼎荆山前。

陶公矍铄呵赤电,回禄睢盱扬紫烟。

此中岂是久留处?便欲烧丹从列仙。

爱听松风且高卧,飕飗吹尽炎氛过。

登崖独立望九州,阳春欲奏谁相和?

闻君往年游锦城,章仇尚书倒屣迎。

飞笺络绎奏明主,天书降问回恩荣。

肮脏不能就珪组,至今空扬高蹈名。

夫子工文绝世奇,五松新作天下推,

吾非谢尚邀彦伯,异代风流各一时。

一时相逢乐在今,袖拂白云开素琴,

弹为三峡流泉音。从兹一别武陵去,

去后桃花春水深。

诗有"从兹一别武陵去"句,可知此诗作于李、杜于五松山相逢后、杜将别五松山时,故系于第二篇。

关于此诗的主题,未见有人论述。只有在诗的结构上,有明代的朱谏云:"此诗辞意冗杂,妍媸不一,前八句颇清畅。至于'两君解来一何好',又不成句法矣,意谓相逢东园公、绮里季二人为好,特意圆而语滞耳。一时相逢乐在今'句,又雅俗,结语亦无味。以今论之,若去中间陈腐冗杂,则当为绝作也。"奚禄诒亦同朱说。已故詹锳先生云:"以谋篇而论,此诗诚不免微有冗杂之病，然无伤大体也。"①

　　本文不想就上述评论发表意见，只对涉及诗旨部分提出自己的看法。笔者认为：朱谏说要去掉的"中间陈腐冗杂"部分，正是诗旨所在，问题是朱氏没有把这部分诗句读懂。按中华书局出版的《全唐诗》，此诗第十二句为："而君解来一何好"，缪本亦作"而"，王本作"两"，在"两"字下注曰"缪本作而"。朱谏依从的是王本"两"，但不言王本所注"而"。而从上下诗句分析，笔者以为"两"乃"而"之形讹。诗前八句叙述李白奉召入京到受谗放归的过程。接下去第九句"角巾东出商山道"意谓李白戴着方巾从长安到商山。第十句"采秀行歌咏芝草"，指李白在商山作的《商山四皓》和《过四皓基》两首诗。第十一句"路逢园绮笑向人"，是以四皓中的东园公和绮里季比杜秀才，意谓在商山喜遇杜。第十二句"而君解来一何好"，"解"谓分别，是问杜自商山分别以后可好的意思。如果是"两"字，则"两君"谓园、绮。然商山有四皓：东园公、绮里季、夏黄公、甪里，李白为何不写"四君"呢？又四皓为秦汉高士，到唐时，墓已成"荒凉千古迹，芜没四坟连"（《过四皓墓》），而只好"飞声塞天衢，万古仰遗迹"（《商山四皓》）了，李白安能与之"路逢"，又问"别来可好"哉！

　　再从以下十四句诗来分析，也说明只有"而"字才能说得通。詹锳先生说："'闻道金陵龙虎盘，还同谢朓望长安。千峰夹水向秋浦，五松名山当夏寒'。知太白由金陵经秋浦抵南陵五松山，时方当夏季。"②现在我们知道"而君解来一何好"句是李白问杜

①　詹锳主编：《李白全集校注汇释集评》（第5册），百花文艺出版社1996年版，第2764页。
②　詹锳主编：《李白全集校注汇释集评》（第5册），百花文艺出版社1996年版，第2756页。

秀才别后的情况的,那么"闻道金陵虎龙盘"句之"闻道"应当作听说解,如李白"闻道龙标过五溪"(《闻王昌龄左迁龙标遥有此寄》)、"闻道阿娇失恩宠"(《白头吟》)之"闻道",均是听说之意。按李白此前多次到过金陵,诗题标明"金陵"的诗就达 14 首之多,称金陵龙盘虎踞形胜的诗句也屡屡可见。其中《登金陵凤凰台》尤为妙绝,为何在这里"答杜秀才"时,还只是"听说"金陵是龙盘虎踞之地呢?故"闻道金陵龙虎盘"句,当指杜从金陵向西南至五松山见李白,而不是李白由金陵到五松山。"还同谢朓望长安之"之"谢朓"是李白自喻,"望长安"谓讨论国事(详见下述)。"千峰夹水向秋浦"是杜由五松山去秋浦,而李白仍在"五松名山当夏寒"的五松山。诗当于此分别时作。"铜井炎炉"至"扬紫烟"四句,瞿悦园、朱金城先生云:"疑白之居南陵,实为从事矿冶,而托之于炼丹。"①安旗先生云:"其说甚新,惜无佐证。"②笔者则认为这是李白以秋浦炉火冲天,不如五松山凉爽,劝杜尽快回五松山的意思。故诗紧接"紫烟"句后而云"此中岂是久留处",意谓秋浦太热,不宜久留,还不如在五松山"爱听松风且高卧,飕飕吹尽炎氛过"呢?结尾"从兹一别武陵去",是以武陵比五松山;"去后桃花春水深"句,是说杜去后,李白深深地怀念着杜秀才。这样,词意就不是所谓"妍媸不一",而是相互贯通了。朱谏疏于鉴别,误"而"为"两",几毁了谪仙的诗作。

在做了上述梳理之后,本诗诗旨也就豁然明朗了,杜秀才,其名与里籍不详。但由李白此诗,知此人当是与李白甚投缘的

---

① 转引张才良主编:《李白安徽诗文校笺》,安徽文艺出版社 1992 年版,第163 页。

② 安旗:《李白全集编年注释》,巴蜀书社 1990 年版,第 1251 页。

有识之士。诗云："路逢园绮笑向人"，疑杜可能其时隐居商山，两人言谈甚洽，故李白以园绮比杜，"而君解来一何好"句知这次在五松山是旧交重逢。"闻君往年游锦城，章仇尚书倒屣迎，飞笺络绎奏明主，天书降问回恩荣"四句诗，指天宝六载（747）杜秀才曾受章仇兼琼推荐进京一事。按《通鉴》卷二百一十五：天宝五载（746）五月，乙亥，以剑南节度使章仇兼琼"为户部尚书"，知诗句"往年"为天宝五六载之际；杜受到章仇热情的迎接。《通鉴》同卷：天宝六载（747）"丁亥……上欲广求天下之士，命通一艺以上皆京师……"章仇"飞笺络绎奏明主"，向朝廷推荐杜，杜应"天书降问回恩荣"赴京。"肮脏"同"抗脏"，高亢刚直貌，"珪组"代指仕宦，意谓杜秀才高亢刚直，不肯屈从于权贵，因而未得一官半职，以致至今空负高蹈之名声。其实，据《通鉴》同卷云："李林甫恐草野之士对策斥言其奸恶"，制造了一个"野无遗贤"的欺上压下的恶作剧，竟无一人及第者。更何况杜是那样的刚直，自然是仕途失意、报国无门，他的遭遇就必然与李白一样了。

在了解李、杜的相似点以后，就知"还同谢朓望长安""登崖独立望九州，阳春欲奏谁能和""弹为三峡流泉音"这些诗句是与诗旨最为密切的诗句，如"还同谢朓望长安"句，李白不仅是在诗艺上景仰谢朓，更在国事上心念谢朓。按谢朓21岁时"解褐豫章王太尉行参军"，步入仕途；到36岁以吏部郎遭谗言下狱死，其仕途生涯只有15年。他一生进退荣辱与南朝刘宋宗室之频繁争斗紧密相连。他家在京邑建邺（今南京），他的许多首诗既可看作是怀念家乡，亦可视为心系朝廷安危。《通鉴》卷一百四十一录有谢朓告发岳父王敬则有反上之心的记载，说明他是多么关心国家的安危。

　　而这时的李白自比谢朓，以建邺比喻长安，显然与安禄山即将兴兵作乱有关。"还同"两字是说杜甫与李白共同关注着长安的安全，由此亦可知"登崖独立望九州，阳春欲奏谁能和"诗句意在劝杜早日从秋浦回到五松山，与他共叙心曲。这"阳春"曲，就是"弹为三峡流泉音"之"三峡流泉"，即上面说过的《三峡流泉》。可知本诗诗旨与前诗一样，是心系国家之安危。

于五松山赠南陵常赞府

　　为草当作兰，为木当作松。

　　兰秋香风远，松寒不改容。

　　松兰相因依，萧艾徒丰茸。

　　鸡与鸡并食，鸾与鸾同枝。

　　拣珠去沙砾，但有珠相随。

　　远客投名贤，真堪写怀抱。

　　若惜方寸心，待谁可倾倒？

　　虞卿弃赵相，便与魏齐行。

　　海上五百人，同日死田横。

　　当时不好贤，岂传千古名？

　　愿君同心人，于我少留情。

　　寂寂还寂寂，出门迷所适。

　　长铗归来乎，秋风思归客。

　　李白赠常赞府诗凡三见，此篇结句云："长剑归来乎，秋风思归客"，此诗当作于前篇之后。我们知道，在《与南陵常赞府游五松山》一诗中，李白曾称常赞府为"傲吏"，而这首诗诗末六句使人想起他早年在安陆写的《上安州裴长史书》，其中有云"何图谤言复生，众口攒毁"，求裴长史"终乎前恩，再辱英盼"，不然将"永辞君侯""何王公大人之门，不可以弹长剑乎"的话来。这是怎么回事呢？常赞府与李白之间究竟发生了什么事，问题的性质怎么样，为了搞清楚这些问题，这里需要回顾一下李白到南陵后初识常赞府时写的《书怀赠南陵常赞府》这首诗。

《书怀赠南陵常赞府》诗共 42 句，分四段，第一段十句，借汉代东方朔写自己供奉翰林期间的情况及所感受到的世态炎凉；第二段十句，描写与常赞府欢聚和回答常向李白提出的问题。"君看我才能，何似鲁仲尼？大圣犹不遇，小儒安足悲？"意谓我的才能没有孔子大，但孔子也遭厄运，我有什么可悲叹的呢？这既是安慰自己，更是消除常赞府对李白半信半疑的最好解释。第三段十二句，揭露安史之乱前夕朝廷对南诏战争的失败和农业连年歉收给人民带来的灾难。第四段十句，其中"赖得契宰衡，持钧慰风俗"两句，意谓希望当权者像虞舜时掌管教化的司徒契那样，把国家治理好，使百姓安居乐业。这是针对当时政治腐败、世风不正提出的。诗接着云："自顾无所用，辞家方未归，霜惊壮士发，泪满逐臣衣。以此不安席，蹉跎身世违。""自顾""辞家"两句似乎是诗人自谦，实为反调正唱。这从接着的"霜惊"至"蹉跎"四句诗，可说明李白被迫辞朝后，为"使寰区大定，海县清一"而奔走呼号，其拳拳报国的心胸是何等壮阔！诗尾"终当灭卫谤，不受鲁人讥"两句，更显示出他以身许国的决心是何等的坚决！

我们读着这首诗，感到两点：一是经邦济世、拯物救民的宏愿深蕴其中，一是常赞府对李白并不十分了解，尤其是对李白遭谗出京一事是这样。

到李白作《与南陵常赞府游五松山》时，李白向常赞府提出了一个要求,这就是李白欲在"龙堂""归精修",以伺候时机,一展鹏抟之志。但常赞府并没有为李白提供这个方便。这就引出了《于五松山赠南陵常赞府》这首诗来。

这是一首壮志未伸、反遭讥讽的忧愤之作,诗前十句以兰、松、艾蒿、鸡与鸢、沙、珠为比附,说明交友亦须择类而交:"远客"以下十句,用了战国时期赵国宰相虞卿援救贤士魏齐的故事,和秦末汉兴之际齐王田横兄弟深得士人之心的两个典故,以赞美爱护贤才之义举暗示常赞府来效仿。这十句的意思是:我从老远的地方来投靠你,真可以抒发我的胸怀。你若爱惜我这片心思,将来你就会令他人佩服!你看战国时期赵国虞卿,不是抛弃了宰相的职位,跟着贤士魏齐去了吗?还有秦末汉初的田横,不也是因为他尚贤得人心,五百位壮士才跟着他自杀。如果当时他们不好贤士,他们的大名能流传千古吗?希望你成为我的"同心人",在生活上周济我。现在我就像冯谖客孟尝君的故事中"食无鱼""出无车"呢!你若不允,我只好像张翰那样见秋风起而回家了。

以上是李白向常赞府表白自己的心迹,并向常赞府说明与己结交的意义,求得常赞府的理解,以便在此形胜之地寻找实现志向之策。

常赞府此人曾给李白以"傲吏"的印象,可能是个自视甚高、追名逐利的角色。李白受谗被逐一事已过去了十多年,被逐的原因是"才高世难容,道废可推命"(魏万《金陵酬翰林谪仙子》),早已为天下人所知。而这位薄宦却还要问个究竟。对于李白"安能摧眉折腰事权贵,使我不得开心颜"而辞朝还山,以保持独立人格之举,他不理解而表示悲伤惋惜,迫使李白以孔子的遭遇作比,说:"大圣犹不遇,小儒安足悲?"我们有理由说:《于五松山

293

赠南陵常赞府》前十句的"萧艾""鸡"等暗讽的是常赞府辈，而"松寒不改容"句既表明了李白自己的人格和理想，也可以窥知他们之间在对时局的看法上有了冲突。按诗末句"秋风思归客"，用的是西晋吴人张翰在当时的京城洛阳做官，见内战将起而借秋风起、思念吴中菰菜莼羹鲈脍就辞官回家的典故。故"松寒"之"寒"指战乱将起，意谓要像青松不惧寒那样，在多难之秋不改变自己的救国之志。同时，从"松兰相因依"句看，也有劝常赞府"顾君学长松，慎勿作桃李"（《赠韦侍御黄裳二首》）的意思，此亦见出常乃"多花必早落"（《箜篌谣》）之桃李也。

如上所述，李白在五松山之初下的"终当灭卫谤，不受鲁人讥"的决心，到后来曾再一次被人视为是空怀壮志的大话。当时国运已险象丛生，而李白在逆境中仍不改变自己济世报国之志，是本诗诗旨。

五松山送殷淑

秀色发江左，风流奈若何？
仲文了不还，独立扬清波。
载酒五松山，颓然白云歌。
中天度落月，万里遥相过。
抚酒惜此月，流光畏蹉跎。
明日别离去，连峰郁嵯峨。

按诗以东晋殷仲文比殷淑，说殷淑一去，诗人于五松山别无知音而只好"独立扬清波"了。又有"流光畏蹉跎"句，疑李白在五松山已久，此时最后一位知音向他"别离去"，"思归"之念益甚，故系此诗于第四篇。

关于殷淑其人，郁贤皓先生已有很好的考证。他说："颜真卿在《玄静先生广陵李君（含光）碑》中说'真卿与先生门人中林子殷淑、遗名子韦渠牟尝接采真之游，绪闻含一之德'。可知殷淑与韦渠牟一样，曾为道士，道名为中林子，拜李含光为师。按李含光卒于大历四年（769），当时韦渠牟只有 21 岁，颜真卿既把韦渠牟与殷淑并列，可以想见殷淑的年龄也不会很大。"①

笔者在这里要补充的是，殷淑的年龄当比韦渠牟大六七岁。按郁先生的说法，大历四年（769），韦为 21 岁，则其生年当为天宝七载（748），倘殷淑与韦年龄相近，则天宝十四载（755）李白作此诗时，殷年仅 7 岁左右，李白是不可能把他比作殷仲文的。按《晋书·殷仲文传》："殷仲文，南蛮校尉（殷）颛之弟也。少有辞藻，美容貌。"故本诗一开头就说："秀色发江左，风流奈若何？"可知这时的殷淑，也像殷仲文那样"有辞藻了"。诗又云："载酒五松山，颓然白云歌。中天度落月，万里遥相过。""白云歌"是王母在瑶池唱给穆天子听的歌。"中天度落月"以下三句，是说从月在中天时分开始升起，直至月落西山，还"抚酒惜此月"。我们知道，李白时年已五十有五，安与小儿如此。我想李既以仲文比殷淑，而仲文"少有辞藻"之"少"，谓 13 岁到 16 岁的少年，再揣度诗意，殷淑是年约十五六岁，比韦长六七岁。

我们考释殷淑的年龄，是想说明南宋刘辰翁说此诗"此其浅易者，意亦洒然"②的话，是未加深究所作的错误结论。试想，向甲子相悬的一位束发少年写赠别诗，焉能情尽笔墨？而诗人若非识时忧世者，岂能从浅易中非常自然地流露出"独立扬清波"之高情哉？"独立扬清波"句之"清波"，当谓清澈之水波，犹《楚

---

① 郁贤皓：《李白丛考》，陕西人民出版社 1982 年版，第 128—129 页。
② 何家荣：《李白皖南诗文千年遗响》，安徽文艺出版社 2017 年版，第 141 页。

辞·渔父》中之沧浪之水。"仲文了不还，独立扬清波"，意谓殷淑此一去，只留下李白独自一人唱着"沧浪之水清兮，可以濯我缨"了。这与《答杜秀才五松山见赠》的"登崖独立望九州，阳春欲奏谁能和"是同样的意思。诗寓心于淡淡的笔墨之中，故是研究李白这一时期政治态度和思想感情的重要作品之一。

纪南陵题五松山（一作《南陵五松山感时赠别》）

圣达有去就，潜光愚其德。

鱼与龙同池，龙去鱼不测。

当时板筑辈，岂知傅说情？

一朝和殷人，光气为列星。

伊尹生空桑，捐庖佐皇极。

桐宫放太甲，摄政无愧色。

三年帝道明，委质终辅翼。

旷哉至人心，万古可为则。

时命或大谬，仲尼将奈何？

鸾凤忽覆巢，麒麟不来过。

龟山蔽鲁国，有斧且无柯。

归去来，归去来，宵济越洪波。

此诗为李白将离开五松山时所作，故系于最后一篇。瞿悦园、朱金城先生说此诗"末句'宵济越洪波'，当是旅途中偶然有感而作，不似在五松山所题"①，笔者认为这个说法尚可商榷。按《说文解字》曰："纪，别丝也。"段玉裁引各本云："纪者，别理丝缕……别丝者，一丝必有其首，别之是为纪。"《辞海》："纪，整理、

----

① 转引张才良主编：《李白安徽诗文校笺》，安徽文艺出版社 1992 年版。

综理。"郑玄笺："理之谓纪。"①可见诗题之"纪",谓诗人对在五松山期间全部感受之综合梳理,就是说,这是一篇诗人在五松山期间的具有总结性的诗作,而不是"偶然有感而作"。"题五松山"之"题",《辞海》谓："书写、署,如题字、题诗。"如李白《题宛溪馆》《题江夏隐静寺》等都是题在馆、寺中的,故"题五松山"应解作把诗书写于五松山之某处,而诗末："归去来,归去来,宵济越洪波",当是在五松山题完这首诗后,趁夜色渡江而去,非于"旅途中"作。

诗前四句的意思是,德高通达的人知去就之分,深藏荣光而不显其德。鱼与龙同在一个池里,龙跃出水池飞向云天,鱼哪会想象龙怀风云之志呢? 前面说过,《于五松山赠南陵常赞府》是李白劝常赞府择贤为友,而这里第三、第四句显然是斥常赞府辈为鱼,以龙喻己。"当时"以下十二句,用了两个典故,一个是殷商时期的傅说,他的才能未被人赏识时,是个奴隶,后来被商王武丁访得,举以为相,治国理政,使殷商出现中兴局面。一个是商汤时期奴隶出身的伊尹,受汤赏识,佐商灭夏,综理国事,连保汤、外丙、中壬三朝。中壬死后,传位太甲,太甲专权自恣,伊尹将太甲放逐至桐宫。三年后伊尹迎太甲复位,自此"帝道明","诸侯咸归殷,百姓以宁"。

接着诗云："旷哉至人心,万古可为则",是说傅说、伊尹这些开朗达观、道德修养达到最高境界的古人,是永远可以效仿的榜样。这十二句诗紧接在"龙""鱼"句后,说明李白对时局的看法和救国之策不仅没有得到常赞府之流的理解和支持,反而受到了他们的嘲讽;否则,李白就不会作此"鱼""龙"之比了。

---

① 夏征农主编：《辞海》,上海辞书出版社 1999 年版,缩印本,第 1392 页。

　　从"时命"至"无柯"六句诗中，我们感受到李白离开五松山时的心境是非常痛苦的。前面说过，李白在《书怀赠南陵常赞府》一诗中曾借孔子时运不济排解自己之忧愤。又云："终当灭卫谤，不受鲁人讥。"然而，过了一段时间，到写本诗时，不但"卫谤"没有被肃清，反而谤言再起。故再次以孔子生不逢时为比云："时命或大谬，仲尼将奈何？鸾凤忽覆巢，麒麟不来过。""鸾凤"两句用的是晋国赵简之得志后，杀了帮他从政的窦鸣犊、舜华两大夫，孔子对此叹道：这是连鸟兽也不如的不义之事。①　这再一次说明前面说过的李白在五松山后期，必困坷忧深，于是诗人有"归去来"之叹，并连夜离开五松山了。

　　值得注意的是，"龟山蔽鲁国，有斧且无柯"这两句诗。诗句源自孔子《龟山操》："予欲望鲁，龟山藏之。手无斧柯，奈龟山何？李白是有斧无柯，孔子是斧与柯均无，二者是不同的。按《说文解字》："斧，斫也。"孙诒让云："斫亦即斧刃。"《墨子·备穴》："斧以金为斫。"就是说，斧是一种非常锋利的工具或兵器；"柯"，《广雅诂林》云："豳风伐柯传云：柯，斧柄也。"孔子以龟山蔽鲁国喻宵小当道，自己主张的道不能实行，而自叹"手无斧柯"，意谓既无斧，亦无斧柄，李白则云"有斧且无柯"，意为利斧是有的，却没有柄。在这里，"斧"显然指破敌救国之策，而以"柯"比喻无进言之路。这就比起"手无斧柯"来，李白对自己的主张更充满自信。这是本诗的诗旨所在。

　　至此，我们对李白后来写的《赠王判官时余归隐居庐山屏风叠》中的"苦笑我夸诞，知音安在哉"这两句诗的所指，也就明晰了，是指他在五松山期间始终关心国家安危、谋求为国献身的机

---

　　①　（汉）司马迁：《史记·孔子世家》，中华书局 2010 版，第 3748 页。

会。他之离开五松山，盖高论骇俗、迥出时流，反遭白眼之故。

我们今天讨论李白在安徽五松山诗作的意义，并不单单限于这五首诗，它的意义还在于填补李白北上幽州之后到隐居庐山、从永王璘之间的政治思想上的一段空白。

论李白人格力量的现实意义

如果把人格理解为保持自身的尊严、为实现人生价值而百折不挠和对现实的态度有明确的选择这三者组成的整体的性格结构，那么，在唐代诗人乃至整个诗歌史中，最有代表性、能够震烁千古的无疑是伟大的李白。

我们一提到诗歌，首先想到的是李白，想到他的"安能摧眉折腰事权贵，使我不得开心颜"（《梦游天姥吟留别》）、"长风破浪会有时，直挂云帆济沧海"（《行路难》）、"天生我材必有用，千金散尽还复来"（《将进酒》）这些令人激昂的诗句来。

早在李白在世时，人们就说"李白不能屈身，以腰间有傲骨"[1]。这是一个文化现象，用李子龙先生的话说："这是前不见古人，后不见来者的特异文化现象。"那么，李白是以什么力量震撼着一千多年来的人们的心灵呢？笔者认为不只是他的诗歌艺术，更是他光耀千古的人格力量。

李白的人格力量是与国家命运紧密地结合在一起的，是在社会和他的经历变化中展现出来的，尤其是当理想受到挫折、人

---

[1] 安旗：《李白全集编年注释》下，巴蜀书社，1990年版，第2260页。

格受到污辱和社会发生重大变化时,展现得最为鲜明。我们看到他在理想受挫时,意志反而更加坚定。他的族叔李阳冰为他作的《草堂集序》中写道:"咏歌之际,屡称东山。"这里说的"东山"在剡溪岸边今绍兴市上虞区境内。东晋(317—420)谢安隐居于此,屡征不起;后指挥"淝水之战",一举打败苻坚,这就是"东山再起"典故的出处。"咏歌之际,屡称东山",意思是说李白常以谢安自比。据笔者粗略统计,李白在诗中直接援引"东山""安石"的典故有 48 次。而李白喜欢称道的历史人物有傅说、吕尚、管仲、范蠡、乐毅、鲁仲连、张良、韩信、诸葛亮等安邦定国、功成身退、叱咤风云的人物,但他们在李白诗中出现的次数总共才 24 次,仅是"谢安"出现次数的一半。

"东山再起"的谢安的形象,始终伴随着李白"兼济天下"的理想,他一遇到挫折,就从"东山"中汲取力量,励节亢高。开元十八年(730)他在湖北安陆,当时的裴长史轻信谗言而责难李白,李白立即写了《上安州裴长史书》,大谈自己存交重义、养高忘机的崇高品德,信中又说若裴长史不容,则"白……再拜而去,西入秦海,一观国风。永辞君侯,黄鹤举矣,何王公大人之门不可以弹长剑乎"[①]接着他去了长安,然竟黄鹤未举,这时他的精神反而振作起来,以"东山高卧时起来,欲济苍生未应晚"(《梁园吟》)来激励自己,这是发生在他青年时期的事。

天宝元年(742),步入中年的李白抱着"达者兼济天下"的想法,希望一申雄心壮志而奉诏入京。虽然唐玄宗给李白以文人的最高礼遇,但李白要的是作为一位政治人物的尊重和承认,而这时的唐王朝已由盛极开始走向衰弱,唐玄宗诏他进京,是要他

---

① (清)王琦注:《李太白全集》,中华书局 1977 年版,卷二十六,第 1250 页。

做一个舞文弄墨的侍从文人，只是要他奉旨填诗词而已。于是李白不领唐玄宗赐予他的翰林待诏这份情，写了表示失望和不满的诗。几个月后，眷念东山，写了"不向东山久，蔷薇几度花。白云还自散，明月落谁家"的《忆东山二首》诗。接着于天宝三载(744)秋，又写了"小隐慕安石，远游学屈平"（《秋夜独坐怀故山》）、"乍向草中耿介死，不求黄金笼下生"（《乐府杂曲·鼓吹曲辞·雉子班》），毅然放弃了一般人求之不得的帝王身边宠臣的机会而辞职还山，展现了"千载独步，唯公一人"①的勇气和人格力量！

李白入朝受到皇帝空前绝后的恩宠殊遇，假设他像高适那样写诗歌赞颂李林甫，则得个"中书舍人"这样的官职应该是没有问题的。但是，正如魏颢说的那样，禄位是一般人追求的事，横海的鲲，岂是池中之物？背负青天的大鹏，岂能养在笼里？②李白的人格是与国家命运紧密联系在一起的。他在朝一年多，目睹了朝廷的腐败，曾向唐玄宗进言，但"能言终见弃，还向陇西飞"（《初出金门，寻王侍御不遇，咏壁上鹦鹉》），唐玄宗反而疏远了他。李白终因不向黑暗势力低头，又无力回天，只好去朝回山。

他自己如此秉忠贞之节，也要求朋友坚守正道。天宝三载(744)秋，李白离京前夕，写诗送裴图南离长安归隐嵩山，诗云："君思颍水绿，忽复归嵩岑。归时莫洗耳，为我洗其心。洗心得真情，洗耳徒买名。谢公终一起，相与济苍生。"（《送裴十八图南归嵩山二首》）在赞扬裴图南的同时，更以谢公为楷模，劝他不要忘记为国家出力。天宝五载(746)，李白被赐金还山后写的《送

---

① （清）王琦注：《李太白全集》，中华书局1977年版，卷三十一，第1445页。
② （清）王琦注：《李太白全集》，中华书局1977年版，卷三十一，第1449页。

岑征君归鸣皋山》,再次表达了《送裴十八图南归嵩山二首》一诗的意思,诗云:"岑公相门子,雅望归安石。奕世皆夔龙,中台竟三拆……余亦谢明主,今称倦蹇臣……西来一摇扇,共拂元规尘。"[①]元规为东晋拥兵长江中上游的庾亮,元规是庾亮的字。诗尾二句,用晋谢安讥笑庾亮的典故,暗喻当时朝廷面临的局势。"西来一摇扇,共拂元规尘",意思是两人都不与黑暗势力同流合污,一旦国家需要,就要像谢安那样报效国家。如此唯以国家为是,在诗林中是绝少的。

　　对现实的态度有明确的选择是人格结构中的重要部分之一,而李白恰恰有着与常人迥异的个性。我们已经知道,李白曾经厌恶唐玄宗,使其毫不犹豫地放弃了帝王近侍的职位。然而当国难将要降临的时候,他转而眷念唐玄宗,这是因为当时只有依靠唐玄宗,才能制止安史之乱。天宝十一载(752),他"且探虎穴向沙漠",专程北上幽燕,实地了解安禄山的造反之势。不久,从幽燕回归途中,一路写下了"揽涕黄金台,呼天哭昭王""中夜四五叹,常为大国忧"等极富郁勃之情的诗篇。这时候的李白,虽然实实在在地感到"安史之乱"就在眼前,但他身为文士,哪有一兵一卒抗敌?心有良策,怎奈唐玄宗连在朝大臣的话都听不进去,而他一个已被放逐的布衣哪有进谏的机会?李白正处在报国无门、进言无路的境地中,但他仍一方面为北方万一失落在安禄山手中而往来于安徽宣城与金陵一带,作保住江南的准备;一方面想借李唐王室中的徐王李延年及延年胞弟延陵、吴王李祗之名(也包括他随永王李璘之经略江南),召集东南军事力量

---

① (清)王琦注:《李太白全集》,中华书局 1977 年版,卷十七,第 807 页。

北上勤王,挽救即将倾覆的唐王朝。① 这是他面对现实的最佳选择,在当时诗人中是绝无仅有的。譬如高适、杜甫与李白三人曾经是好友,而高适是唐代诗人中最熟悉幽燕情况的人,史书记载他到过安禄山老巢就有两次,一次是开元十九年(731),有《三君咏》《巨鹿赠李少府》《真定即事奉赠韦使君二十八韵》《蓟门》《酬司空璲》等诗可证。天宝九载(750)他再次北上幽燕,至清夷军(今河北怀来),至蓟北,是送兵去的,有《蓟中作》《送兵到蓟北》诗可证。这时是安禄山潜蓄异志、秣马厉兵、准备叛变的时期,但在高适诗中根本没有这方面的反映。即使享有"诗圣"盛誉的杜甫,在李白北上幽燕时起直至天宝十四载(755)安禄山陷东京洛阳,他还在长安求仕进;天宝十五载(756),听到李亨在灵武即皇帝位,他在赴灵武途中被安禄山所俘。著名的"三吏""三别"反映的是因安史之乱引起的社会残破景象及人民的痛苦,其时安禄山已去世两年。对比之下,唯李白有拳拳报国之心,可昭日月!

有的学者对李白辞京还山后,曾经从高如贵道士受道篆于齐州紫极宫一事大肆渲染,多方非议,说李白"像秦始皇一样地迷信神仙的实质的存在"②,这是不得不商榷的。笔者认为李白之入道,是对黑暗势力的一种反抗,是借游仙的方式挥斥自己在政治上怀才不遇的忧愤,表现自己壮浪纵志和蔑视礼法的性格,抒发他对自由解放的理想生活的憧憬。

前面说过,他是抱着"达者兼济天下"的满腔热情入朝的,但结果是大失所望。这个巨大的反差,使他几乎无法承受而走向

---

① 参见阎琦:《李白与三峡》,《中国李白研究》,安徽文艺出版社 1997 年版,第 7 页。

② 郭沫若:《李白与杜甫》,人民文学出版社 1972 年版,第 87—88 页。

了事物的另一端,这与"人生在世不称意,明朝散发弄扁舟"(《宣州谢朓楼饯别校书叔云》)的心态是相同的,并不是什么所谓"秦始皇一样地迷信神仙的实质的存在",何况李白诗中的"神仙",并不是天上飞来飞去的神仙,而是地上的贤达、隐者、饮酒者。例如:"令弟字延陵,凤毛出天姿。清英神仙骨,芬馥茝兰蕤"(《感时留别从兄徐王延年、从弟延陵》),这神仙是徐王延陵。"拙妻好乘鸾,娇女爱飞鹤。提携访神仙,从此炼金药"(《题嵩山逸人元丹丘山居》),这神仙是隐居嵩山的元丹丘。"神仙多古貌,双耳下垂肩。嵩岳逢汉武,疑是九疑仙"(《嵩山采菖蒲者》),这是在嵩山采菖蒲的老者。"我行至商洛,幽独访神仙。园绮复安在,云萝尚宛然"(《过四皓墓》),这里李白拜访的神仙是隐居商山的四位老者……李白自己也自称神仙,那是在他喝醉了酒、仿佛迈进了神仙世界的时候:"蟹螯即金液,糟丘是蓬莱",醉眼望那糟丘,竟是蓬莱仙岛!他还更明白地说:"贤圣既已饮,何必求神仙。三杯通大道,一斗合自然"(《月下独酌四首》),人性恢复到"自然"状态就是神仙,何须去求呢!在《梦游天姥吟留别》中他明确地写道:"海客谈瀛洲,烟涛微茫信难求。"这怎么能说李白的仙"出于迷信",是"实质的存在"呢?李白之于道只不过是宣泄壮志难酬而已,或者说是正调反唱,或者说遁词而已。

若依其说,那么我们可否把《天上的街市》也说成是"迷信神仙的实质的存在"呢?当然这都是不可以的,因为这是诗。我们实在不应该为了自己的某种目的而不顾诗歌的特性,去咒骂已经死了1600多年、已没有反驳能力的李白。李白在这个时期写的《古风》可以证明他一直心系国家。我们应该把李白放到他那个时代去,才能较正确地理解李白的本意,受道箓只不过是宣泄忧愤,就像我们对杜甫的"世事已黄发,残生随白鸥。安危大臣在，不必泪长流"(《去蜀》)这诗句，不能理解为杜甫不关心国家之安危那样。

李白的人格力量源于他超乎寻常的自信。在唐代知识分子的人格层面中，干谒、献诗是普遍存在的，就像我们今天求职时的自我推荐一样普遍。以李白所尊敬的孟浩然为例，李白写诗称赞他"醉月频中圣，迷花不事君"。但实际上，孟浩然进京赶考落第后，便给丞相张九龄写了一首五言律诗《临洞庭湖赠张丞相》，希望得到推荐，诗歌委婉地表达了希望为圣朝干一番事业的急切心情。杜甫、高适是这样，李白也有过这样的经历。李白与众不同的是，一般的干谒、献诗总是附势献媚，而李白则坚信自己的学识和才干能够实现"使寰区大定，海县清一"的远大政治理想，而拒绝走大多数士人不得不走的科举之路；当有人怀疑甚至讥讽他的时候，他毫不留情地予以回击。在《五月东鲁行答汶上翁》诗中，他非常坚定地写道："……我以一箭书，能取聊城功。终然不受赏，羞与时同。西归去直道，落日昏阴虹。此去尔勿言，甘心为转蓬。"①后四句诗的意思是：我坚持一贯信念，勇往直前，去争取我的前途，而你们就像日落时的虹一样，很快将失去光彩。现在我离开鲁地，用不着你们多说，即使失意飘零，也在所不惜。又如"登龙有直道，倚玉阻芳筵"(《赠宣城宇文太守兼呈崔侍御》)，都表现了李白不屑走科举道路和求人引荐，而要走被皇帝征召的道路。即便是投诗献赋，他也从不作乞求献媚之语。他的"天生我才必有用，千金散尽还复来"这样的诗句，是何等的自信！对此，清代的叶燮说："白得与甫齐名者，非才为之，而气为之也。历观千古诗人，有大名者，舍白之外，孰能有是

---

① (清)王琦注：《李太白全集》，中华书局1977年版，卷十九，第872页。

气者乎?"①(《原诗·外篇下》)简言之,李白的人格力量是其强大气势的反映,也是他成为一个伟大诗人的原因。

如上所述,李白无论是在逆境还是在顺境中,都以济苍生、报国家为念。他洁身自守,不苟合腐败,不妄交非类。在他身上,不仅体现了伟大诗人的魅力,而且体现了伟大人格的魅力!

古今人们喜欢、敬崇李白的人格,本就说明了他的时代精神,说明了其至今仍具有深刻的现实意义。第一,他的一生是在吃亏中度过的,但他一身浩然正气,始终情系国家。第二,他仇视腐败而舍弃荣华富贵后还山,但当国家有难就挺身而出,这种把腐败与国家分开的识见和处置方法,是非常有现实意义的。第三,他不屈不挠、矢志不渝地追求理想的精神,永远是有志者的楷模。第四,他待友诚挚,不妄交,在今天有着特殊的现实意义。我们应当将之视为李白留给我们的一份弥足珍贵的传统文化遗产,这对于构建和谐文化和和谐社会,具有重要的现实意义。因此我们必须加强研究,继承和发扬他的人格,让他在新时代迸发出新的力量!

---

① 吕智敏:《诗源·诗美·诗法探幽〈原诗〉评释》,书目文献出版社 1990 年版,第 159-160 页。

下编

学术随笔

中国唐代文学学会第七届年会
暨唐代文学国际学术讨论会综述

　　以研讨"浙东唐诗之路"为重点的中国唐代文学学会第七届年会暨唐代文学国际学术讨论会,于 1994 年 11 月 22 日至 26 日在浙江省新昌县隆重举行。国内学者 72 人,日本学者 13 人,韩国学者 9 人,马来西亚学者 1 人,另有列席代表地方史专家 3 人,共计 98 人参加了这次讨论会。

　　这次大会是由中国唐代文学学会会长傅璇琮,南京师范大学教授、浙江新昌唐诗之路研究社名誉社长郁贤皓,浙江新昌唐诗之路开发社名誉社长吕槐林,浙江新昌唐诗之路研究开发社社长竺岳兵,中外合资浙江越州制药有限公司董事长王华润联合发起主办的。会议经费由中外合资浙江越州制药有限公司独家资助。

　　大会收到了前中央领导宋任穷、彭冲、叶飞和著名科学家严济慈的贺词和世界各国人士发来的十多封贺信,中宣部文艺局副局长成志伟到会致贺。国际著名版画大师黄丕谟特地为会议创作的 40 幅《唐诗之路风貌》版画在会上展出。《中国新闻》《人民政协报》《文学报》以及《世界论坛》《星岛日报》《香港商报》《港人日报》等近 20 家报刊报道了这次会议。会议取得了圆满成功。

大会开幕式在新昌大佛宾馆举行，由本次会议组织委员会主任郁贤皓主持，会议首席顾问傅璇琮致开幕词，会议秘书长竺岳兵作了题为《关于筹备工作的几点说明》的报告，本会学术委员会主任周勋初主持了会议的学术活动。

大会收到学术论文七十余篇，按研究课题分四组同时进行讨论，中间安排了半天时间的大会发言和两天的实地考察。中外学者济济一堂，畅所欲言，不仅发扬了唐代文学学会彼此尊重、互相支持的优良学术传统，还在学术研究上取得了许多突破。

这次学术会议在新昌举行，本身就有着它新的意义。代表们认为，浙东自晋代起，渐成为人文荟萃之地，山水诗在此诞生，与之有连带关系的书法、绘画以及宗教等，也在这一地域达到鼎盛。唐以降，许多诗人在浙东一带流连忘返，吟咏不绝，使浙东一带再次成为唐诗发展中一个特异的地区。对于这一人文现象，竺岳兵提出的"唐诗之路"是一个形象、具体而科学的概括和归纳。怎么来认识浙东在唐代乃至整个中国文化史上的地位和作用，这是与会代表普遍关心的问题。郁贤皓曾先后 6 次到新昌，他的论文《唐代诗人与剡中风光》，全面深入地论述了唐代各个时期许多诗人专程赴剡中游览的情况。钱茂竹《试论"唐诗之路"的历史渊源》详征博引，分析了这个地区的文化底蕴。而作为山水诗鼻祖的谢灵运，也自然地成为与会代表的议题。周寅宾《论方干的浙江山水诗》把方干的山水诗与谢灵运的山水诗作比较，认为方诗既继承谢的"声色大开"的传统，而又胜于谢。佟培基《方干诗考辨》考订出他人误为方诗者 17 首，方诗误入他人集中 9 首。莫砺锋《论李杜对二谢山水诗的因革》从李杜推重二谢的原因和二谢异同的分析入手，认为李杜山水诗之差别自二谢之相异发展而来,又远胜二谢。于景祥的《谢灵运与唐代几个时期的诗人对浙江山水的不同反映》翔实地阐述不同的创作主体对同一题材的不同反映。李白一生曾三至越中,竺岳兵《〈梦游天姥吟留别〉诗旨新解》,认为"越人语天姥"之越人,是谢灵运,李白的遭遇与谢公的悲剧,是联系全诗各部分的一条主线。而阎琦《李白三至越中考索》提出了李白第三次入越的目的是"要鼓动延年""召集东南军事力量北上勤王"的观点,引起了与会代表的兴趣。

佛教是"浙东唐诗之路"的底蕴之一。姜光斗《论唐代浙东的僧诗》对 17 位浙东诗僧行事、作品内容、作品特色及其形成原因作了全面而深入的论述。陈耀东《征引、拟作、赓和寒山子诗"热"考》从多方面考察了浙东诗僧寒山子在我国历史上的地位和影响。

唐代诗人在浙东的行迹,是这次会议的热门话题之一。如朱顺佐、陈荣昌《骆宾王临海之行》,依诗追踪高宗调露二年(680)骆宾王贬授临海丞南下之行。而有的学者从《与程将书》一书的材料分析,认为骆赴临海任的时间为永隆二年(681)。又有学者据《龙宫寺诗序》考定温庭筠元和三年(808)在浙东见李绅等例颇多。

浙东历史悠久、山水传说丰富,吕洪年《情思何所寄,山川一缕魂——"唐诗之路"山水传说的审美价值》论述了山水传说的审美价值和它对"唐诗之路"的意义。胡大浚《唐诗中的"丝路"之旅》别开生面地提出了丝绸之路上的"唐诗之路"。而肖瑞峰《浙东唐诗之路与日本平安朝汉诗》一文,从日本汉籍中钩稽出大量的咏及剡溪这条"唐诗之路"的日本汉诗作品,进行多角度、多方位的观照。

代表们认为，"浙东唐诗之路"的提出，不但对于当代经济、旅游业的发展有着现实意义，而且对于历史和文化的发掘、拓宽唐代文学研究的路子，也有着重要的意义。

考证辨析方面成果之丰富，是本次会议的又一大特色。自明代万历年间以来，《二十四诗品》一直影响着诗论界，并认为是唐代司空图所作。陈尚君、汪涌豪《司空图〈二十四诗品〉辨伪（节要）》，经过细致的考证，考定它是明末人据明前期浙江嘉兴人怀悦所撰的《诗家一指》的伪作，并托名于司空图，引起了大会的强烈反响。

对版本、经籍研究以及旧注纠谬，章句训诂、字义疏证方面，有陶敏《〈宋子问集〉考辨》、程章灿《唐代墓志中所见隋唐经籍辑考》、刘学锴和余恕诚《〈樊南文集〉〈樊南文集补编〉旧笺补正与佚文补遗》、曾广开和齐文榜《王棨考》、王国良《〈乾膜子〉研究》、韩国学者金周汉《李晬光论唐诗提要》；有日本入谷仙介《关于王维早期的乐府诗》、蒋寅《〈杜诗详注〉与唐诗之注释》、钭东星《〈赋得古原草送别〉之误解与正解》、李子龙《读〈李白集〉三题》、邝健行《杜甫府试下第试说》、杨军《"欲采苹花不自由"解析》、韩理洲《唐代散文作者辑佚考》、周祖譔和叶之桦《韩偓年谱补正》、梁超然《温庭筠考略》、周建国《李商隐黄陵晤别刘蕡地、时、背景考辨——兼论北图藏拓本〈刘琈墓志〉的史料价值》、日本西村富美子《关于白居易诗歌创作年代的几个问题——谈"写真图"和"曲江的秋"》、日本芳村弘道《白居易杭州刺史转任考》、胡正武《顾况任新亭监的"新亭"究在何处》，均穷根溯源，拔新领异，显示出当代学者很高的诗学修养。

对流派和文人群体的研究，代表们也给予了关注。例如吴企明《"萧门"考》、张宏生《姚贾诗派的界内流变和界外余响》、梅新林《略论唐人的唐诗编纂》、陈伯海《〈唐诗汇评〉前言》、廖仲安《杜诗学》、韩国学者柳晟俊《王维诗对李朝诗人之影响考》、日本市川桃子（蒋寅译）《中唐诗在唐诗之流中的位置》，成果丰硕，具有较高的学术价值。而罗时进《亦悲亦欢的寒食歌吟——对一种唐诗题材的阐论》、陶文鹏《传神肖貌，诗画交融——论唐诗对唐代人物画的借鉴吸收》、黄世中《论唐人醉酒诗的"道味"》、高利华《道教与诗教夹缝中的奇葩——论唐代女冠诗人》、戴伟华《对文人入幕与盛唐高岑边塞诗几个问题的考察》等论文，各臻其妙，就文学与社会其他方面的联系进行比较研究。

在作家及作品研究方面，有薛天纬《嘤其鸣矣，求其友声——关于李白情系谢朓的解说》、罗宗强《自然范型：李白的人格特征》、周勋初《李白思想中的"异端"因素》、葛晓音《论李白乐府的复与变》，都各有新意。还有日本道坂昭广《试论初唐四杰笔下的陶渊明形象——以卢照邻为中心》、张明非《论李商隐诗的比兴风骚》、张金亮《白居易闲适诗创作心态刍议》、刘曾遂《略论杜牧咏史七言绝句》、林伯谦《韩愈文学理论与佛法行持之研究》，均就作家的某一方面提出新的见解。马来西亚林水檺《从刘禹锡与柳宗元的唱和诗看两人的友谊》、毛水清《论李商隐与郑亚》，说明诗人的交游对作品的影响。

上述论文，均已收入《唐代文学研究》第六辑，罗联添教授向会议介绍了台湾唐代学会的活动及研究状况，互通了学术信息，促进了相互了解。与会代表还兴致勃勃地考察了"浙东唐诗之路"的主要景区沃洲，竺道潜旧居水帘洞、古水道、石梁飞瀑、国清寺、镜湖和历史文化名城绍兴。

这次会议还有以下四个特点：

第一，这样的大型国际学术研讨会，放在一个山区小县城召开，在唐代文学学会历史上是第一次。

第二，会议的费用由一个乡镇企业独家承担，在唐代文学学会历史上是第一次。

第三，大会秘书处于会前会后编辑出版"会务简报"，并配以《唐诗之路版画展》，介绍会务活动和当地风情，在唐代文学学会历史上是第一次。

第四，许多老一辈革命家、科学家关心会议，祝贺会议成功，这在唐代文学学会历史上是第一次。

会议的成功，一赖各方的密切配合。第一，在促成企业与学会联合筹办学术活动的过程中，绍兴市人民政府协作办公室原副主任吕槐林先生作了诸多努力，新昌县政协主席梁光道先生自始至终出席会议和协助会务工作，新昌唐诗之路研究开发社的工作人员、南京师范大学、南京大学的一些学者以及与会代表均通力合作。第二，正如学会会长傅璇琮先生在开幕词中所说，这次学术会议在"浙东唐诗之路"的中段——新昌举行，有它新的意义。它有利于使传统与现代结合起来，有利于文献研究与实地考察结合起来，加深了对历史文化的认识与理解。因而许多代表在闭幕会上说，参加这次会议，"深觉学术上得益很大"，"如许胜境里群贤毕至，同声同气，交流欢谈。岂不是增进实现天下一家之人类崇高理想吗"？在会议闭幕后的两年里，许多学者不断给会议组织者写信，表达他们对这次会议的美好记忆。日本人谷仙介就是其中一位。他在 1997 年 4 月 8 日给新昌唐诗之路研究开发社的信中说："时常怀念中华之游，其中挂念尤深是新昌唐诗之路之游……令人有身在晋唐，交臂谢灵运、李太白之感。"这短短的几句话，充分反映了与会代表对这次会议的印象至深。

"李白与天姥"国际学术研讨会暨中国李白研究会特别会议纪要

"李白与天姥"国际学术研讨会暨中国李白研究会特别会议于 1999 年 5 月 21 日至 5 月 24 日在浙江省新昌县举行。会议开幕式由新昌县人民政府副县长张岳明主持，县长谢卫星致欢迎辞，中国李白研究会会长郁贤皓教授致开幕辞。会议闭幕式由钟振振教授主持，中国李白研究会副会长薛天纬教授致闭幕词。与会学者国内有 42 人；国外有澳大利亚、德国、俄罗斯、韩国、加拿大、美国、日本等学者 11 人，共计 53 人。

这次研讨会，由浙江省新昌县人民政府和中国李白研究会联合主办，浙江新昌唐诗之路研究开发社承办。

这次会议也是"99 新昌旅游节"的一项重要内容，新昌县人民政府对这次学术会议不仅给予会议资助，而且在组织、会务等方面给予全力支持，此为国内外学术会议所罕见，充分说明新昌县党政领导对精神文明建设所具有的宏伟魄力和深刻远见。

会议共收到论文 67 篇，收到浙江省委宣传部、省文化厅、省政府外事办、省旅游局，安徽省马鞍山市人民政府、中国唐代文学学会、(台)中国唐代学会等单位和部门发来的贺信、贺电 24

件。中国唐代文学学会会长傅璇琮先生到会并在开幕式上致辞。会议还收到任继愈先生"天姥山"题词，启功先生诗并书《奉题浙东唐诗之路一首》和郁贤皓教授撰、黄丕谟先生书的《天姥山记》碑文。

会议讨论的重点是：1. 李白《梦游天姥吟留别》的诗旨；2. 天姥山得名由来及其地理位置；3. 李白与剡中；4. 其他。

1.《梦游天姥吟留别》是李白的代表作之一。对此诗的诗旨，会议集中、深入地作了探讨，总的倾向是认为此诗揭示李白自感与谢灵运有着共同的人生遭际而追寻谢踪梦游天姥的创作心态。由此展开了李白对谢灵运山水诗的精神内涵、艺术追求上的传承与开拓的研究。还从不同角度阐述了该诗追求自由、坚持济世理想与独立人格的主题，显示出学术界对此诗诗旨的认识逐渐趋向统一。

2. 山川风光及其所包含的历史文化底蕴，对于理解《梦游天姥吟留别》一诗的诗旨具有重要作用。竺岳兵在《天姥山得名考辨》中提出了"天姥"即神话传说中的王母的观点，得到了与会者的关注和赞同。许多学者的论文，对天姥山的文化底蕴作了深入挖掘。

3. 在学术论证的基础上，会议确认从谢灵运到李白等许多诗人的诗中写到的天姥山（岑），在今新昌县境内。它南起藤公岭、王渡溪，北至央于，西以惆怅溪，东临三十六渡、剡溪上游（在今沃洲湖）。

4.5 月 22 日，与会人员前往天姥山，举行了由著名学者任继愈先生题写的"天姥山"碑揭碑仪式。从而廓清了浙东地区流传的一些关于天姥山位置的误说。

5. 李白曾多次漫游剡中，这次研讨会对于李白在剡中的行迹、诗文、交游以及诗篇艺术风貌等,作了较为集中的探讨,取得了很多成果。

6.许多学者,特别是国外学者提交的论文,为我们带来了世界各地关于李白研究、唐诗研究乃至汉学研究的信息。还有用现代科技手段进行研究工作的新鲜经验,对于李白研究均大有裨益。

提交会议的论文,经过精选,编为《中国李白研究——李白与天姥国际会议专辑》。

大会还组织代表实地考察了"浙东唐诗之路"的一些主要景区:穿岩十九峰、新昌大佛寺、沃洲湖、天姥山、溪口等,领悟唐诗之妙趣。与会代表一致认为,"浙东唐诗之路"是一项非常有前途的事业,大家对新昌县唐诗之路研究开发社所获得的成果给予了高度重视和充分肯定。

与会代表一致认为:会议取得了圆满成功,向为保证会议成功举办的新昌县人民政府和中国李白研究会以及与会代表表示诚挚的谢意! 向会议承办单位新昌县唐诗之路研究开发社和所有参与会议筹备、服务的同志以及各祝贺单位表示由衷的感谢!

傅璇琮先生与"浙东唐诗之路"

当我执笔写这篇文章的时候,中央电视台科教频道《探索·发现》栏目正在播放《唐诗之路》纪录片。在纪录片开头部分,当我说到"唐诗之路'走'到今天"的时候,画面上出现了很大的傅璇琮先生的头像。

是的,傅璇琮先生的大力支持与"浙东唐诗之路"事业的发展,的的确确是密不可分的。在这本纪念文集里,会有很多篇称誉傅璇琮先生关于提携后学方面的文章。尤其是在年轻人中,凡目傅先生为宗师者,更有这方面的深切体会。但似我这样与傅先生的年龄相仿而学识、资历悬殊的人来写这方面的体会文章,或许是唯我一人了。

我在这篇文章里,将记录一些感受,希望能从一个角度既展示傅先生的风范,更让后人记住傅先生为"唐诗之路"事业、唐代文学乃至整个中国传统文化所作出的巨大贡献!

一

"浙东唐诗之路"自提出以来至今,约有一千多种媒体、六千多篇文章作了报道和介绍,尤其在国内外学术界有着较高的声誉,称誉它是与"丝绸之路"媲美的文化之路。中国唐代文学学会在一份贺词中则说:"唐诗之路是对浙东一带唐诗发展中的特异地区的具体而科学的概括和归纳。"

"回味无穷"是一个日常用语,意思是回想某一事物,越想越觉得有意思。我怀着知遇之恩,在写这篇文章之前,整整花了一天多时间,重温傅先生给我的来信,往事不禁历历在目。

1990年11月底,在南京召开了中国唐代文学学会第五届年会暨唐代文学国际学术讨论会。我不是这次国际学术会议的代表。在一百多位代表中,我认识的人只有郁贤皓教授、日本早稻田大学文学院院长松浦友久教授和他们两人的博士研究生寺尾刚。

我们现在将乔布斯说的"最永久的发明创造都是艺术与科学的嫁接"奉为经典,而我那时以51岁年龄,提前从浙江省新昌县风景旅游管理委员会办公室主任和县旅行社经理的岗位上退下来,脑子里装的是自然山水必须与人文历史相结合方能驰名遐迩的观念。因此我把早些年写的《李白行踪考异》和发表在《唐代文学研究》第一辑里的《李白"东涉溟海"行迹考》缩写成几百字的《一条古代著名水上旅游线——唐诗之路》,从浙江新昌来到讨论会现场,请专家们传阅这篇文章。我想通过这样的方式,给学术界注入新的活力和提高旅游质量,进而开辟高雅旅游线路,我将之称为"学术研究与经济实业对流服务",从行事准则上说,这也许是学术与实业的"嫁接"。

这次"嫁接"很成功,我第一次见到了敬仰已久的傅璇琮先生。他看了我的文章后,就和郁贤皓先生领先当场联名倡议研究和开发这条旅游线。接着周勋初、吴企明、霍松林、姜光斗、佟培基、钟来因、王伯敏、朱易安、丁锡贤、莫砺锋、松浦友久、横山弘、寺尾刚、兴膳宏、西村富美子、罗联添、杨承祖、汪中、李丰懋、罗宗涛、吴宏一等先生，联名写信给绍兴、宁波、台州、金华四市地政府，认为"浙东是唐代诗人最向往的圣地之一"，一致认为这一考证结论是正确的。

"倡议书"还建议建立一个学术研究所，"研究所最好属民间性质，政府给予支持，以便发挥其与国内外学者、专家及各社会团体联系的特殊作用。今后，我们一定大力宣扬浙东的风物名胜，促进贵地文化经济旅游事业的发展"。

大家都说傅先生以睿智的目光注视并把握着新的文化潮流，说他早在 20 世纪七八十年代，就看到了有一股新潮流正在思想界、学术界逐渐形成，傅先生把它概括为"文化学"。我与傅先生第一次见面，先生就对我的研究予以倡导、支持，应当说这是他倡导"文化学"内核的一个实例。在某种程度上，它预示着一个封存千年的"浙东唐诗之路"的到来。

二

1991 年 5 月 25 日至 29 日，在南京师范大学举办了"中国首届唐宋诗词国际学术讨论会"，我有幸第二次见到了傅先生。

这次会议，是当代著名词学大师唐圭璋先生和著名唐诗学专家孙望先生倡议召开的。会议由南京师范大学和中华书局联合主办。八十余名海内外专家学者济济一堂，进行学术交流。5 月 26 日下午是大会发言时间，我居然在讲台上宣讲了我的《剡溪——"唐诗之路"》论文。

主持那次会议的是郁贤皓教授，傅先生坐在主席台的左边。

他听着我的演讲,两次端着一把竹壳热水瓶过来给我倒茶,使我不胜惶恐。

傅先生是备受钱锺书、启功、程千帆先生等著名学人称赞的,诸如"以渊博出人头地者""影响也是非常巨大""应该属于新中国成立后的第二代学者""领风人物"等,竟给从"三家村"里来的我如此荣遇,是何因缘呢?

我后来回味这件事,觉得这是傅先生肯定"唐诗之路"的一种标赏性的姿态。这当然是傅先生大家风范的展现,但更是傅先生的学术思想的体现。

傅璇琮先生曾说过:"我一直呼吁中国古代文学的研究要从文学艺术的整体出发,强调从社会史、文化史的角度来建构文学史。""要注意从地域和群体的角度来理清唐代文学发展的基本脉络。"他早在20世纪七八十年代,就以睿智的目光注视并把握着新的文化潮流。我们从先生的《要重视地域文化的研究——〈浙江十大文化名人〉序》《地域文化研究的创作性——〈长安学丛书〉序》《古代文学的整体研究评议——从〈中国中古诗歌史〉谈起》《加强文学史的横向和纵向研究——重读鲁迅的〈魏晋风度及文章与药及酒之关系〉有感》《关于唐代文学研究的一些想法》《谈古代文学研究中的文化意识——由〈佛教唐音辨思录〉所想起的》《清华学风可作进一步具体探索》等许多文章中,强烈地感受到这一点。他第一部专著《唐代诗人丛考》,就体现了他对唐代文学从文学的整体出发、从社会生活和社会思潮影响下产生的不同流派的作家群来研究唐代诗歌。他一再提倡和反复强调"区域文化独创性和中华文明整体性的和谐结合",他在《浙江十大文化名人》序中说:"中华文化研究,没有地方特色,就没有整体风格;不研究地区文化的特点,也不可能对整个民族的传统文化作出准确的阐释与判断。"而"唐诗之路"的地域性和在这一地域范围内长期形成的山水诗、儒、佛、道、书、画、茶以及士文化等遗存、文化形态、社会习俗、生产生活方式等相互渗透、互相影响，被睿智的傅先生很快发现了，于是在这样的鸿儒济济的国际学术讨论会上，他给一个从"三家村"来的人倒茶，真可谓是千古佳绝的事了！

三

1993 年 7 月 18 日至 7 月 22 日，中国唐代文学学会、新昌县唐诗之路研究开发社在浙江绍兴、新昌、嵊岙联合举办了"唐诗之路学术讨论会"，当时担任中国唐代文学学会会长的傅璇琮先生率副会长和理事，以及一些来自国内及日本的专家学者共计24 人与会。

那个时候，学术交流还不像现在这样活跃，会议规模虽小，但其层次之高和有那么多的海内外学者参加，在绍兴文化史上算得上是空前的。

这次会议的背景是：从"唐诗之路"提出以来，学术界、舆论界对它颇为关注，1992 年 11 月在厦门召开的中国唐代文学学会第六届年会暨国际学术讨论会上，海内外学者提出了第七届年会暨国际学术讨论会把"唐诗之路"作为中心议题的动议。这样，这次"唐诗之路学术讨论会"的目的有两个：一是确定"唐诗之路"作为中国唐代文学学会第七届年会讨论的主题，二是落实中国唐代文学学会第七届年会的地点。

这两个会议目的，就要求年会地点最适宜在浙江的东部地区举行；同时，按照有关规定，国际性学术会议必须由国家教委批准建立的大学报经国家批准。而当时浙东还只有宁波大学、绍兴文理学院、台州学院等，都还不是全日制本科大学。一些地市级研究机构则无力承担这么大的学术会议，落实会议地点是很有困难的。

我想，像落实会议地点这样的事，在中国唐代文学学会中自有其人，而不一定需要时任中国唐代文学学会会长的傅璇琮先生亲身安排。但过了这么多年之后，回头再去看这件事，我看到了先生的宿怀，这就是弘扬"唐诗之路"。

我重温着傅先生给我的来信，傅先生先是与宁波大学的一位教授联系，看来主要是会议经费问题，这事进展不太顺利，因而傅先生于 1992 年 12 月向时任宁波市委书记、市人大常委会主任的项秉炎先生写了信，信中在叙述了那年 11 月中旬在厦门举行的唐代文学六届年会暨国际学术论会上，海内外学者对"浙东唐诗之路"甚感兴趣后写道："'浙东唐诗之路'如加适当宣传，当不亚于西北之'丝绸之路'。"希望项秉炎先生出面与绍兴市、台州市、舟山市联合起来办第七届年会。

信是由我专程去宁波转交项书记的，同时我还送他拙文《剡溪——"唐诗之路"》油印本。不巧，项书记不在，由他的秘书接待了我。他的秘书先看了我文章的题目，就高兴地接待了我；再接傅先生给项书记的信，并答应一定转项秉炎先生。

在此之前，宁波、绍兴、台州、舟山四地市有一个联席"会议纪要"，称对"唐诗之路将作进一步实质性讨论"，傅先生的信是据此而发的。也许这个"联席会议"，也只是泛泛之谈而已。我等了几个月后，宁波之行没有下文。因而我把希望转向由新昌企业资助，我们唐诗之路研究开发社承办、南京大学领衔主办的思路。

傅先生的担心是有原因的，上面说的 1993 年的"唐诗之路学术讨论会"，就因为会议经费不到位而差一点取消了。所以他在 1993 年 3 月 9 日的来信中说："大家看在眼里，记在心里。"一再来信、来电叮嘱要落实好 1994 年年会的资金。

四

1993 年和 1994 年这两年，傅先生肩负着两件颇为相似的重担，一件是《续修四库全书》，一件是举办中国唐代文学学会第七届年会暨国际学术讨论会。

大都知道傅先生主持完成的《续修四库全书》是在 1993 年。一些研究《四库全书》的学者与上海古籍出版社等出版单位开始策划出版《续修四库全书》。1994 年 7 月 4 日，成立了由出版界、图书馆界、学术界以及投资方的代表共同组成的工作委员会，完全由民间力量组成的。而举办中国唐代文学学会第七届年会暨国际学术讨论会，也如上面所说，是在 1993 年策划、1994 年完全由民间力量组成的。这两件事，在时间和运作上相似，压在傅先生肩上的重量也相似。

《续修四库全书》规模浩大，需巨额投资，虽有主管部门支持并被批准为国家重点出版工程，但国家并不投资，政府主管部门也不直接出面组织，整个工程基本属于"民间运作"。相比之下，虽然举办中国唐代文学学会第七届年会暨国际学术讨论会所需资金要少得多，但也完全是"民间运作"。傅先生在后来说过：在《续修四库全书》编纂的那八年间，一直都是"如临深渊、如履薄冰"。而在中国唐代文学学会第七届年会暨国际学术讨论会一事上，又何尝不是这样呢？

1993 年秋冬之际,中国唐代文学学会、新昌县唐诗之路研究开发社(即今新昌浙东唐诗之路研究社)和浙江越州制药有限公司联合签订了协议。中国唐代文学学会负责会议组织和学术讨论,新昌县唐诗之路研究开发社负责筹备会议,浙江越州制药有限公司承担会议费用。时任新昌县唐诗之路研究开发社的名誉社长吕槐林先生作协议见证人。

从傅先生给我的诸多来信中可以知道,他一直担心会议经费的落实问题。到会议前两个月,即 1993 年 9 月 3 日,先生来信说:"不知你对会议经费的把握如何? 请如实告知我(包括困难何在)。如实在把握不大,我们也宜及早准备,此事务请慎重考虑。"另一封来信说:"吕槐林同志我曾几次打电话,都打不进去(包括新昌、绍兴两地电话)。我曾写信给他,也未回信。请在近日内与他联系,请他给我一信,如何?"于此可见先生焦急之心情! 他哪里知道见证人到深圳及韩国去了呢!

直到 1994 年 11 月 22 日,会议勉力在新昌县举行。中国学者 72 人,日本学者 13 人,韩国学者 9 人,马来西亚学者 1 人,另有列席代表地方史专家 3 人,共计 98 人。

按照协议,这次会议经费预算为 15 万元,但到会议开幕时实际到位的费用只有 6 万元。代表报到的那一天晚上,我一直忙到天亮,连开幕式上要作的"关于会议选址的说明"讲稿也还没写,就去参加会议开幕式。幸好这时南京大学莫励锋教授递给我他代写的讲稿,让我在会上照读,得以掩人耳目。

会议的第三天,傅先生与周勋初、郁贤皓、周祖譔等先生在一个小会客室里问我会议经费到位情况,傅先生先问我:"听说经费还没完全到位,请你如实说说,我们好有应对措施。"接着,时任中国唐代文学学会副会长的厦门大学周祖譔教授说:"今后这样的会不能放到县里开。"我听到这里,接着说:"如果这样说,那是会议地址选错了? 至于会议经费,我相信越州制药有限公司董事长王华润不会失信。"果然于次日,经费全到位了。

这次会议于 26 日闭幕,副会长周祖譔教授在闭幕词里说:"对当年李白、杜甫等诗人在此地写下的锦章绣句有了更加深切的体会,这也将有助于对唐代诗人的游踪、生平事迹的考证研究。把文本研究与实地考察相结合,这将为唐代文学研究开辟新的途径。所以我认为,本次学术讨论会已经取得了圆满的成功! 对越州制药有限公司的慷慨资助表示最诚挚的感谢!"

周祖譔教授还感慨良深地说:"由一个全国性的学术团体与地方上的研究机构及企业联合举办大型的国际学术讨论会,这在国内尚属首创。这次会议的成功,将为今后学术界与经济界加强联系、互相支持,提供有益的经验,因为在任何国家、任何时代,经济的发达与文化的繁荣总是相辅相成,同步前进的。"

一般地说,闭幕词多是溢美之词,但周祖譔教授的闭幕词,是恰如其分的。在《中国唐代文学学会年鉴》中,还记述了这次会议的四个第一次:

第一,这样的大型国际学术研讨会,放在一个山区小县城召开,在唐代文学学会历史上是第一次。

第二,会议的费用由一个乡镇企业独家承担,在唐代文学学会历史上是第一次。

第三,大会秘书处于会前会后编辑出版"会务简报",并配以"唐诗之路版画展",介绍会务活动和当地风情,在唐代文学学会历史上是第一次。

第四,许多老一辈革命家、科学家关心会议,祝贺会议成功,这在唐代文学学会历史上是第一次。

周教授的闭幕词和这四个"第一次"是互为因果的。这就是傅先生倡导的"区域文化独创性与中华文明整体性的和谐结合研究"的重要意义。

现在回想起来,傅先生在会议闭幕时,也会像完成《续修四库全书》时那样,在心底里说:"我们总算为'唐诗之路'做了一件有益的事。"

莫逆之交的秘密

一

很多人知道我与郁贤皓教授交往非常密切，但不知道这里边有一个秘密，一个连郁教授自己也不知道的秘密。现在要把它说清楚，需从28年前说起。

1983年6月13日，我在杭州新华书店的书架上，看到了一本赭石色书脊上写着"李白丛考"四个字的书。我就请营业员把它拿过来给我看看。我先看到孙望先生为这本书所作的序，再看郁贤皓先生的《吴筠荐李白说辨疑》等考证文章，又回头看孙望先生对该书的评述，如此反复琢磨起考证的方法，直到营业员问我"买不买"时，我才抬头看到时钟已指向打烊的时间了。于是向营业员付清了书价上标着的0.63元钱，买下了这本书。

看了《李白丛考》，再看我自己正在写的《天台山麓觅旧踪》文章，不觉惭愧不已！

我写作《天台山麓觅旧踪》文章的初衷，是论述剡溪是一条著名的古代文人路线，这个想法始于我的中青年时代。那个时候,我负责一个县的毛竹公路建设工作,当时毛竹是一项重要而紧缺的物资。为了开发毛竹资源,国家商业部从卖毛竹收入中提取一定的资金用于建设运输毛竹的公路,也就是毛竹资源丰富的山区公路,因此我有机会穿梭在城市与深山之间。

山区公路建设要比平原公路建设复杂得多,尤其是在公路选线上,往往随地形变化而变化。往往先选在溪边,沿溪而建,待到深山处,左旋右盘,"一路听泉到上方"。久而久之,我想到古代诗人出门远游的路线上去了。

有句成语叫"南船北马",在南方,古人的交通工具主要是船,悠哉悠哉的,一边赏景,一边饮酒赋诗,于是形成了"山川""江山""山河""河山""名山大川""山清水秀""山重水复""山高水长"这样的词语。

就像自然科学界的许多发明源自刹那的灵感那样,我是从山与水的词组里,蓦然发现古人旅游多从水路,所以名胜古迹多分布在水道边;还发现它是能够帮助我们较准确地了解古代诗人作品的钥匙。例如,对杜甫《壮游》诗"剡溪蕴秀异,欲罢不能忘。归帆拂天姥,中岁贡旧乡"中的"归帆拂天姥"句,著名唐诗研究专家傅庚生先生解释为"云帆擦着天姥峰开始了我的归程"(傅庚生著《杜诗散绎》)。盖因其不知在"剡溪"上游,有一条绕天姥山流转的沃洲水路,故有此误。"拂"意谓斜擦而过也,泛沃洲而未游天姥,所以言"拂"。

造成这个错误的原因还在于这条水路,大约从明代起,随着水源枯竭和水路功能渐失,已被人们淡忘了。这样,傅庚生先生既没有实地考察,又无志书可征,就难免有误了。而我一方面运用河流流量计算原理和方法,得出在植被茂盛、雨量充沛的古代,剡溪是一定有舟楫之利的。另一方面,用大量古人舟楫沃洲的诗，如"前辈高风不可追，舟来陵谷互推移""古柳垂溪水，门前整雪舟""泛舟东来古剡县，舍櫂朝入桃花溪""连岭若无路，绝壑乃通舟"等古人的诗句，印证古人行旅在这条水路上的状况，于是我着手写起了《天台山麓觅旧踪》文章。文章的主题是关于李白是否到过天姥山的问题。

二

历史地理与古代诗歌相互印证，说明剡溪上游（今新昌江）是一条古代文人水上路线这个方法，是一个研究方法。但是，如何使研究向纵深发展，使对李白是否到过天姥山的论题得到科学的阐述呢？这是我在那时苦苦寻求解决的问题，在书架上的《李白丛考》之所以吸引我，原因就在这里。而它之所以吸引我逐字逐句、细针密缕般地读，则是由于《李白丛考》严谨精审的学术研究思路。郁先生在书中的观点和结论都建立在周备坚实的考证基础上，不但言之有据，而且各个证据互相联结，非常扎实。反顾我在写的《天台山麓觅旧踪》，之所以写不下去，在于证据不足，只是较为表面地谈谈而已。这是不能服人的，甚至是徒费唇舌的。这是我读郁先生《李白丛考》的第一个体会。

第二个体会，治学必须确立方向。确立研究方向，这是一个老生常谈的话题，但对我来说，能认识到这一点，却有一个较长的过程。我兴趣广泛，什么都想研究，连人类从何时开始剃头到清人为何留辫子、从女人何时开始缠小脚到康熙为何要禁止民间女子缠足这样的问题，也曾花了一年半载的时间去左思右想，希冀把它弄明白。过了"不惑之年"，还以发表一两千字的文章为得意。到 1982 年、1983 年，我接到了好几种技术职称申报表要我填报，促使我再一次调整自己的人生目标，去想一个问题：我应该朝哪个方向发展？那时我已年近"知天命之年"了。

"知天命之年"是定位之年，是整合自己优势、实现人生价值之年。因为我从事过多种行业，认为文学研究也应该像文学创作那样需要有丰富的生活积累和沉淀。而我多方面积累起来的知识，都是我搞文学研究的优势，于是我想到了唐代文学研究。而唐代文学浩浩瀚瀚，虽倾其一生，也不能穷其一角。恰好这时我得到了郁先生《李白丛考》，便如痴如醉地读完了它。

《李白丛考》荟萃了有关李白生平事迹的13篇考证性文章。虽然这些文章各自独立成篇，每篇又是各拈一题，但都着眼于李白生平事迹中带有关键性的问题和李白研究史中学术界争论较多的问题。例如李白在蜀中从赵征君蕤学，向苏廷"路中投刺"，李白出蜀的年代、出蜀后"南穷苍梧，东涉溟海"，就婚安陆，两入长安，以至安史之乱后长流夜郎、遇赦东归，直至卒于当涂等史实，文中都有涉及，把各篇的内容沟通起来，李白生平的梗概便清晰无碍、实实在在地呈现在我的脑海中。

看得出，郁先生在开笔前是有一个明确的研究方向的，这就是经过细致坚实的考证，梳理审订古今李白研究中存在的问题，要为李白生平事迹勾勒出崭新的轮廓。

我研读了《李白丛考》，撰写了《李白行踪考异》《李白"东涉溟海"行迹考》之后，知道必须定下心来，确立方向，坚持不懈地走下去。我便以51岁的年龄向政府要求退休，领导问我为什么要提前退休、退休到哪里去的时候，我回答说："我要躲到地球的某一个角落里研究某一个人。"这里说的"某一个人"，指的便是李白。领导说："你要写作，那把你调到写作的单位去好了，今后工资年年要增加的，提早退休损失太大了。"我指着墙上的座右铭——"用最少的时间考虑质量生活；用最大的精力研究疑难问题……"这样，我就以51岁的年龄退休，专力于唐代文学研究。

不论我在唐代文学研究上是否取得了成就，取得了多少成就，《李白丛考》显然使我找准了人生坐标。

第三，博览精读。我的藏书，虽不能说洋洋大观，但也不算少了。早在1984年12月，著名学者、教育家孙望先生就来信说：我"在新昌县城能找到如许资料，写出如此论文，是难能可贵的"。然而，我的存书很杂，方向不够明确。1985年5月，郁先生应我之邀，率国际著名版画家黄丕谟先生、西北大学安旗教授、青年书法家伍天玉女士、陈有英女士等组成的"六朝至唐文人行迹考察团"来新昌考察。我向他们介绍了剡溪这条古代文人水上路线之后的次日，郁老师对我说："搞唐代文学研究，这四本书是必须具备的。"说着，他撕开了我放在案桌上的"西湖牌"香烟壳，在壳的反面写了《全上古两汉三国魏晋南北朝文》《先秦两汉魏晋南北朝诗》《全唐诗》《全唐文》这四本书的书名及其价格（见图1）。从那时起迄今，我购书有了明确的方向，基本涵盖了唐代文学研究领域所有重要的文献资料，自唐迄今的李白研究论文、论著也基本完备。但正如郭沫若先生所说，读书不妨就"读破一本"，我觉得是很对的。

说实话，我读得最多的书是《李白丛考》（见图2）。这本书给我的不单是每篇文章观点的正确，更在于它给了我科学的研究方法。我的研究越深入下去，碰到的问题就越多，越枝节横生。而且往往彼此相连，要搞清这一个问题，必先要搞清楚另一个问题，而要搞清楚另一个问题，就又牵扯到另外的一些事上去了。譬如在了解李白诗文中提到的某个人物的生平事迹时，又牵扯到了更多人物的生平事迹，这些牵扯到的人物中又会牵扯出另

图 1   图 2

一些人物来，没完没了，可谓"莫言下岭便无难，赚得行人错喜欢。正入万山圈子里，一山放出一山拦"。而在遇到诸多问题时，我会有针对性地去翻翻它，看它是怎样进行排比，找出问题症结，从时间、地点、交友、校勘、训诂、历史地理、建置沿革、墓志文物、历史大事等方面寻找论据。正是后者，引领我不但在"万山圈子里"走出了一山又一山，而且在解决一个个问题的过程中，研精钩深，扩大了视野，发现了"唐诗之路"。

前些天，中央电视台"探索·发现"栏目组摄制"唐诗之路"，来板屋采访，看到了这本书后说："这可是历史文物啊！"我想这话是对的。

第四，审慎读书。所谓审慎读书，就是孟子说的"尽信书，则不如无书"。过去我常用这个话，但说得上真正领悟其意，是在我读了《李白丛考》之后。

关于对李白的研究，从李白活着的时候就已经开始了，宋、元、明、清各代均有许多论著，但不是片言只语，就是诸说互异，读了令人不知所措。20世纪70年代初，人民出版社出版了郭沫若先生的《李白与杜甫》，我读后觉得有许多"结论"是作者凭想象推论出的。例如关于杜甫之死，郭老说死于腐牛肉中毒；还说："聂县令所送的牛肉一定很多，杜甫一次没有吃完。时在暑天，冷藏不好，容易腐化。腐肉是有毒的，杜甫中毒而死是完全有可能的。"还往往望文生义，如李白"会稽愚妇轻买臣，余亦辞家西入秦"之"会稽愚妇"，这里明明用的是朱买臣五十得志的典故，却被说成是李白在会稽又娶了一妇。这个话虽然出自魏颢"又合于刘，刘决"，但仅凭魏颢这么一个孤证，在李白根本没有在天宝元年（742）与吴筠共隐会稽剡中的情况下，怎么可以随意发挥呢？如此臆造，不一而足。

《李白与杜甫》虽在当年名噪一时，但与《李白丛考》相比，就显得云里雾里了。孙望先生在《李白丛考》序里写到郁先生为李白诗歌研究提出了许多新的见解时道："可是《旧唐书·李白传》却说成是李白和崔宗之一同乘舟'自采石达金陵'。史传铸错于前，论家踵误于后，遂使读李白诗者横添了几许困惑。"郭沫若说的李白在会稽又娶了一妇，就是盲从《旧唐书·李白传》的结果。而孙先生说郁先生为李白诗歌研究提出了新的见解所举的关于辨明崔侍御即崔成甫例子，说明纠正前人所作出的错误，应该是当代研究者的任务之一。这是我读《李白丛考》得到的第四个体会。

类似崔侍御、崔成甫、崔宗之这种问题是很多的。拙著《唐诗之路唐代诗人行迹考》中，就遇到过杨损还是杨勋、杨埙，魏徵还是魏征，皇甫冉还是皇甫曾等问题；还有像《八月十五日象自江东止田园移庄庆会未几归汝上小弟幼妹尤嗟其别兼赋是诗三首》这样把不同作者的作品牵混在一起，竟封存了大诗人王维一生22％的行迹。按此诗在《全唐诗》卷一百二十二卢象诗中，题为"八月十五日象自江东止田园移庄庆会未几归汝上小弟幼妹尤嗟（一作悲）其别兼赋是诗三首"，题下注曰："俱见王维集。第一首题云休假还旧业，第二、第三首题云别弟妹。"《全唐诗》卷一百二十五王维诗中，题为"别弟妹二首"，题下注曰："一作卢象诗。"

前辈学者对此诗已作过不少研究，但没有结论。我通过宽领域的考证，不但论证了《八月十五日象自江东止田园移庄庆会未几归汝上》为卢象作，《别弟妹二首》为王维作，而且还挖掘出王维曾携弟妹寓家越州及其寓居地、寓居时间和随王维寓居越州的弟弟叫王纮、同行友人叫皇甫岳、生活的来源等史料，解决了长期困扰学界的王维"行止不明"的困惑。由此还辨正了他的《皇甫岳云溪杂题五首》的《鸟鸣涧》《莲花坞》《鸬鹚堰》《上平田》《萍池》以及《山居秋暝》《相思》等名篇均作于越中。

我读书审慎，几近是抱着怀疑的态度，连《李白丛考》也没放过。譬如郁先生在《李白出蜀年代考》中定李白于开元十五年（727）入剡，我据此提示，再经过许多资料排比，在《李白"东涉溟海"行迹考》中认定李白于开元十四年（726）的春夏之交入剡中，实现了他"拂石卧秋霜"的初衷，比郁老师说的时间提前了一年。

有记者说：我的文章为什么总是独树新义的？我举着《李白

丛考》说："它是我的老师，是它教我的。"

三

郁先生每次听到我恭敬地称他为"老师"的时候，他总是谦虚地说："不不不！我们是平辈兄弟。"这就是我在前面说的"连郁贤皓教授自己也不知道的秘密"。他可能是从两人年龄相近的角度而言，而我是从学高为师、德高为范上说的。

我听人说过郁老师青年时期，在酷暑中赤膊摇大扇、专一做学问的励志事迹。2001 年 11 月，《人民日报》（海外版）刊载有吴瀛写的《郁贤皓：埋头做学问的学者》一文，写郁先生在非常困难的情况下做学问，有人还讥笑他为"异想天开"；当时的他，参考书籍有的还不能随意借阅，也没有科研经费，但他没有在困难面前退缩。他自费到上海、北京、西安、成都、开封、洛阳等地查访遗迹、考索碑碣、查阅野史、翻检方志、寻觅古籍，积累卡片资料万余张，耗时 10 年之久，写成《唐刺史考》。

是的，我觉得这样的"傻子"，是一种对我们国家、对中华民族负责任的"傻子"！

郁教授勤奋过人做学问的事，是很多人知道的，我料想在这本纪念文集里，也会有这方面的精彩文章。我只想说郁老师的另一个方面，就是性格方面。

郁老师的性格，快言快语，单刀直入，不管你痛或不痛。但见血即止，不较劲到底。

有一次他听我说唐诗，说到"二胡"两个字的时候，他突然打断我的话，很认真严肃地说："那不叫二胡，叫胡琴"，说着他背起了岑参的"中军置酒饮归客，胡琴琵琶与羌笛"诗句来。

1993年,中国唐代文学学会第七届年会暨国际学术讨论会在新昌举行的前数月,他与莫砺锋教授来新昌检查筹备情况。起初他大声批评我的一位年轻助手,而我的助手竟不知高低当众顶撞他,郁老师竟"切"了一声就走开了!

郁老师每次来新昌,大都是以国际学术研讨会组织者的身份来的,哪里顾得上游览、休息。前年,我想到我们都进入暮年了,就专门邀请他偕夫人来新昌游玩。在沃洲湖边的餐馆吃中饭的时候,有人吟诵杜甫"……得鱼已割鳞,采藕不洗泥。人情逐鲜美,物贱事已暌"的诗句,他当众问我这个"鲜"字,古代是怎么写的?我说不出来。他就大谈简化字、大谈古籍数字化,说这个"鲜"字古代写作"鱻",是对鲜味的强调。一条鱼鲜,三条鱼更鲜,鲜得不得了啦!他又说到"郁"字,他说:"我姓郁,有的人把郁字写成'鬱',以为郁是简写,鬱是繁写。其实,中国有姓'鬱'的吗?"

他接着说:"利用数字化手段保护和传播古籍这一份宝贵精神遗产,是一件非常好的事情,但在古典文学研究中,还得靠纸版本","古籍数字化学科建设不仅是个技术问题,更是个文化水准问题"。

在我与郁老师的交往中,他的个性大都是在这方面展现出来的。我由此想到很多人与人之间的关系问题。我觉得人是生活在现实世界中的,同时是生活在精神世界中的。这个精神世界是多层面的,对人生的意义、人生的价值以及与之关联等问题的不同,分出不同的层面。在同一层面上的人,就比较容易互相理解,比较"将心比心""设身处地"而不断增进相互间的友谊。所以郁老师对我的批评,我都认为是他无偿给予我的一份"珍贵的礼物"!在我的心中,他是可敬可亲的人。

不信？我再举个例子吧！拙著《唐诗之路唐代诗人行迹考》是一本考索 451 位唐代诗人游浙东的目的、时间、路线、方式、交友、事迹、诗篇等的书。2003 年，我把电子稿发给郁先生，请他作序。过了几天，他来电说：

"老竺啊！你怎么搞的？"

我说："怎么啦？"

他说："你发来的电子稿里，有你的许多发明呀！这些都是金子，你怎么与沙子掺和在一起呀？"

我说："我懂了！"

他问："你怎么懂了？"

我说："你说的是编排问题吧！"

他说："你继续往下说。"

我就说："我原来是按姓氏笔画排的，现在我把它分为考、疏、录三种编排，上编是把过去学术界没有提到或者虽然提到过却有很大错误，这次是我纠误了的考证成果，叫考证；中编把过去学术界已有考论、但不够精确，或者众说纷纭的，这次我通过进一步阐释和分条梳理，作出新的结论的，称附疏；下编是附录，是学术界已经考明唐代诗人行踪及其诗篇，不需要重述而可以录入的。"

他说："就是这个意思。"

我放下电话后，很是兴奋，大声对在场的朋友说："什么叫导师？这就是导师！"朋友们听了莫名其妙，我解释说，我刚完成的《唐诗之路唐代诗人行迹考》，共收进 451 唐代诗人，其中有许多是我研究发现的成果，有许多是别人研究的成果，但证据不够充分或者有部分错误，我提供了新的证据或进行了梳理。而我原来编排时混在一起，简单地按姓氏笔画编排，就乱了。

后来,我据此分上编、中编、下编三编,上编考证收唐代诗人61位;中编附疏162人;下编附录228人,共计收451人。

郁老师见了,很高兴地为拙著写了一篇长长的序。这使我想到"点石成金"的典故:假如没有神仙许逊,何来有以石遁赋?

所以于我来说,敬称郁先生是我的导师是完全没有错的。他深邃的科学眼光和渊博的知识、严谨的科学研究方法,在学科研究领域里长期形成的学术造诣、成就和声誉;他对理想、对事业的执着、坚定的追求、强烈的责任感和无私奉献的高尚精神,至今感召我奋斗不止。

这就是我说的"莫逆之交的秘密"。

四

我与郁先生的交往是十分密切的,郁先生一直把我当作同辈兄弟,他写的《天姥山记》,记叙了他来到位于我家乡境内的天姥山的情况。《天姥山记》较长,有1837字,但很好读,全文如下:

天姥山记

余少时读太白诗,尝讶其何独钟情于天姥?其出蜀之初也,曰"此行不为鲈鱼脍,自爱名山入剡中",其别储邕之剡也,曰"辞君向天姥,拂石卧秋霜",其辞朝出游也,则有梦游天姥吟。诚如周珽所云:"出于千丝铁网之思,运以百色流苏之局,忽而飞步凌顶,忽而烟云自舒。想其拈笔之时,神魂毛发尽脱之于毫楮矣!"何物天姥?竟使谪仙子神往如此!余心慕之。常冀亲临其境,一睹天姥真容。

乙丑岁,友人竺君岳兵典新昌景旅,请余考察剡中,夙愿始偿也。遂约学界友人安旗教授、画家友人黄丕谟夫妇、弟子伍天玉同行。夏历四月廿七日,竺君遣车来迎,两日后抵新昌,宿石城山大佛寺,即孟浩然礼拜之地也。

明日,竺君陪同游览。驱车二十余里,至铁壁古关,实为天姥与沃洲之界。两山壁立,溪水奔流,徒步越堤,豁然开朗,鸿洞大湖,烟雾浩渺,此即沃洲湖也。盖因山而得名焉。登舟东南行,环湖层峦叠翠,移步换形。是日也,碧空晴朗,惠风和畅。忽见西岸远峰,高耸霄汉,若隐若现,仿佛仙境。余询之,竺君曰"此乃天姥之高标斑竹峰也"。吾等兴奋踊跃,齐同远眺。时浮云飘散,半山青葱,而峰顶犹掩埋于飞雾。余恍然曰:"此非'云霞明灭或可睹'之景乎!"众皆呼曰:"然!"于是余始悟:谪仙东涉溟海,乃溯剡溪经沃洲而上华顶者。其所见之天姥,亦余今日之所见也。岂唯太白,即少陵之游吴越,亦历此途。其所谓"归帆拂天姥",岂非置身于沃洲湖乎?盖往昔天台北麓及天姥沃洲诸水,皆注蓄于此,而流为剡溪也。惜今上游诸源,不通舟楫,故世人莫知李杜之行矣。是时也,遥望天姥,宛似越中秀黛;俯视沃洲水色,酷如清澈明目。余脑际突现白傅华章:"东南山水,越为首,剡为面,沃洲、天姥为眉目。"眉目乃容颜传神之最,沃洲、天姥,不愧为东南美景之极致也。夫有非常之境,然后有非常之人居焉。东晋以降,十八高僧竺道潜、支遁之辈,十八名士戴逵、孙绰等人,皆曾隐居于此。竺道潜隐居之岫山,盖以支遁买沃洲小岭,故唐人概之曰沃洲山,今沃洲湖东岸群峰是也。道教称此为第十五福地,吾等遂登岸览古。真君殿前,今存雕龙两柱,气势雄伟;殿壁嵌刻,神采飞扬；犹有道教氛围，余神游焉。

又明日，驱车径往天姥西麓，路始平坦，少顷过兰沿桥，地势渐高。竺君指点曰："此处为天姥北端，有刘阮洞在焉。"言语间，车盘旋而上，至会墅岭，危岩耸峙，谷深林密，盖东晋后北方士人南迁，多筑别墅于此，故名之。至儒岙，忽见三峰突起，吾等下车仰望，竺君指北部最高峰曰："此即昨日所见之斑竹峰也，昔年谢公木屐所登之天姥岑是焉。"又指中峰曰："此名大尖也。"更指南峰曰："此乃拔云尖也。"但见此峰突兀孤耸，峰顶云烟萦绕。再远眺东南之天台华顶，则掩没于连绵群峰间，远不若此之横空挺拔也。太白诗云："天台四万八千丈，对此欲倒东南倾。"良有以也。竺君又指远处山谷曰："彼冷水坑有谢公古道。"余翘首望之，依稀可见陡峭羊肠。刘文房诗云"鸟道通闽岭，山光落剡溪"，其庶几乎？遥想谢客当年，"暝投剡中宿，明登天姥岑。高高入云霓，还期哪可寻"。足见穿越天姥何其艰难！经踏勘，约而言之：天姥之域，东与沃洲山隔湖相对，西至惆怅溪，北至央于，南至藤公岭下。绵延起伏三十余里，可谓大矣。太白诗云"天姥连天向天横"，信非虚语也。

后周天顺元年，于天姥支脉莲花峰麓建天姥驿，后改驿为寺，明代好事者立碑寺内，云"李白梦游天姥处"，致使后人不识天姥真面目。桐城方望溪，寻医浙东，慕名来游，误以莲花小峰为天姥，曰："小峰耳，无可观者。"又曰："即此知观物之要矣，天下事必见之而后知，行之而后难。"嗟乎！方氏实临其境而未见天姥，故亦未能知天姥也。而妄发评议，不悟己之盲，而又厚诬太白。惜乎，悲哉！

余是行也，所得甚多，所感甚深。然兴犹未尽，其后十年，又五下剡中：或携门下弟子，或邀学界友人，共游天姥，同享其乐。

甲戌岁十月廿日至廿四日，由浙江越州制药有限公司王华润先生慷慨解囊，襄赞盛举，余主持组委会，于新昌召开唐代文学国际会议，竺君实司其事。其间海内外近百名学者游览天姥，皆叹为观止。己卯岁四月初六至初十，李白与天姥国际学术会亦于新昌召开，明府谢君卫星、赞府张君岳明主持组委会，竺君又司其事。余则主持学术委员会。中、美、日、俄、韩、德、澳、加八国及台、澳地区学者五十余人，会聚天姥，研究李白与天姥之论文凡六十余篇，竺君以天姥即西王母之宏论，赢得与会者盛誉。自是而后，学人领悟太白诗旨也益深且真矣；天姥之闻名于世界也益广且实矣；故余谓天姥山不朽，谪仙诗不朽。余也不敏，仅略述所历，聊以为记。

己卯岁四月初九日陶谷居士郁贤皓记

《天姥山记》历数了他"五下剡中"的情况，其中"乙丑岁"是1985年。在此之前，我与郁先生已通过好多封信。到见面的时候，已是神交成故交了。这是怎么一回事呢？这还得从"乙丑岁"以前说起。

记得1985年1月5日，我读了孙望先生的来信后，把信高高地举起来向在场的朋友们说："学术界是一块最干净的土地！"

我原不认识孙望先生，我是在他为郁贤皓教授著的《李白丛考》作的序中知道他的大名，并知道他在南京师范大学任职。1984年12月2日，我写好了《李白行踪考异》的油印本，分寄给许多学者，向他们请教。当时，我不认识郁先生，只好按照该序落款的提示，于1984年12月17日把本子寄到了南师大，请孙先生转交郁先生。不几日，我就接到了孙先生在病中用蝇头小楷写来的信，信中给我诸多夸赞。又过了几天，郁先生来信说："五个问题都说得很有道理，可以补充目前学术界对李白事迹考察之不足。尤其是最后一部分，非常精彩。我认为可以发表出来给学术界一新耳目。"（他们说的最后部分，就是发表在《唐代文学研究》第一辑里的《李白"东涉溟海"行迹考》）从那以后，我与郁先生就书信往来不断。

郁先生在他的《李白丛考》后记里写到的日本早稻田大学松浦友久教授，也经郁先生的介绍，读到了我的《李白行踪考异》，于 1985 年 4 月 30 日来访板屋，考察这条水路。不多日，即 5 月 23 日，以郁先生为首的"六朝至唐文人行迹考察团"，应我之邀来新昌考察。

《天姥山记》说到郁先生五次入剡中，而我记得至少有 7 次，1988 年那一次名曰"新昌文化旅游资源考察团"，仍由郁先生为首，国际著名版画家黄丕谟夫妇、上海师范大学人文学院古典文献学教授朱易安、《上海商报》记者叶松等；另一次是上面写的那一次。而我去南京看望郁先生则有 10 次以上了吧！

屈指算来，我与郁先生的交谊已有 28 年。28 年是个什么概念呢？按照现在我们庆祝郁贤皓教授八十大寿来计算，我与郁先生的交往占了 80 年的三分之一；而按照"自信人生二百年"来计算，28 年是线型生命总长的七分之一。我提笔写这篇文章的时候，想起了李白"海内贤豪青云客，就中与君心莫逆"的诗句。

郁先生把这种莫逆之友谊缘于李白心中的天姥山，无疑是对的，但他不知道，我则系于他的一本书——《李白丛考》和他的导师素质。郁先生现在依旧日无暇晷，仍然鞭策着我奋进。

一部填补文学史研究空白的佳作

——《融合与超越——隋唐之交诗歌之演进》读后感

在文学史研究中,对于南北朝诗歌如何向唐代诗歌演进,一直未引起学术界的重视,更未被进行过认真深入的发掘与勾勒。近来,我读到 1997 年由江苏文艺出版社出版、南京师范大学张采民教授著的《融合与超越——隋唐之交诗歌之演进》。该书广征博引,条分缕析,有力地论证了盛唐之音的形成,揭示出了这一时期诗歌创作发展的内在规律,从而填补了文学史研究中的空白。

一,隋、初唐的诗歌研究,在文学史研究中一直是个薄弱环节,长期以来没有出现可以与其他阶段文学史研究相媲美的成果。本书把这一时期作为中国诗歌发展史上一个有特殊价值的重要阶段——由南北朝诗歌向唐代诗歌演进的过渡时期。本书从这个角度切入,对这一时期的诗歌作了全面、深入、细致的研究,正确地描述了这一过渡时期诗歌创作中新旧因素消长起伏和南北诗风交融的演变过程,论证了盛唐之音形成的必然性,发前人之未发,令人信服!

二,历史的描述与理论探讨相结合。事物的发展主要是由事物内部矛盾运动的结果决定的。本书在研究隋唐之际诗歌发展演变的过程中,对此作了深层次的考察,作者发现这一时期诗歌的发展始终贯穿着南、北诗风这一组矛盾的对立统一。具体地说,就是南朝、北朝诗风相互排斥、渗透、融合的过程。融合,始终是贯穿这一过程的总趋势和基本线索,而"北人学南""南人学北"的双向推进则是这种融合的主要表现形式,在理论分析的基础上,本书又根据南、北诗风矛盾斗争的发展阶段,把这一时期诗歌的发展演变分为五个阶段,紧扣新旧因素的消长变化,比较准确地描述出这一时期诗歌发展演变的轨迹。这样,即使史实的描述有了正确的理论指导,又使理论的探讨有了坚实的史实依据,因而得出的结论就更加令人信服。

三,把诗歌的发展置于社会文化的大背景中加以考察。文学的发展是一个综合性社会现象,它必定要受到各种社会因素的影响与制约。本书对这一时期社会思潮、文化氛围及文学理论的发展作了全面、深入的考察,不仅提示了诗歌发展的内在动因,也提示了诗歌发展的外部影响,从而令人信服地说明了隋唐之际诗歌发展演变的历史必然性。

四,提出了一些极有学术价值的创见,纠正了前人的一些错误看法:如隋代诗歌的发展是"北人学南""南人学北"的双向推进;杨广诗风的转变;高宗、武后时期诗风的转变并不是个别人的功劳,而是"四杰"、陈子昂、卢藏用等一大批有识之士共同努力的结果;陈子昂的诗歌革新与诗歌创作的功绩与缺陷;杜审言在律诗发展中的贡献;初唐七行歌行的体行特征及特点;高宗、武后时期是诗歌发展中新旧因素由量变到质变的重要阶段,等等,新意迭出,妙析奇致。

　　五,资料翔实。本书的结论都是在深入考察大量作品和文献资料的基础上得出的。值得一提的是,为了宏观上把握隋唐之交诗歌发展的总趋势,作者从大量的文献资料中钩辑出诗坛大事记,从而使每一个结论的获得,自有"百川灌河""水到渠成"之势。自然,这样的结论也就是坚实可信的了。

　　学界大师郁贤皓教授在本书"序"中说,本书原是张采民教授在攻读博士期间撰写的学位论文。张采民"在取得博士学位后,不汲汲于将学位论文付梓,而是不断地进行修改补充,几年如一日,力求臻于完善"。这使我想起了另一位学界大师傅璇琮先生的话,傅先生说:"我认为,我们不必跟那种一年写一个长篇、七八个中篇、十几个短篇赛跑,精神产品最终是要看质量的。有质量就有数量,没有质量也就没有数量,古往今来,莫不如此。"今观张采民教授之佳作,斯言是也。如今,这部系统而深入地研究隋唐之际诗歌发展进程的学术专著终于问世,它必将会极大地推动唐代文学的研究。

殿堂建筑的时代特征

　　我国殿堂建筑的特点是大屋顶、木结构。《诗经》等古代文献中有"如翚斯飞""作庙翼翼"之类的描写，可以想见周代时就已经有了很大规模的建筑。可惜木结构有易霉易朽、易遭兵火之灾的缺陷，使当时著名的建筑，如秦代阿房宫、汉代未央宫、唐代大明宫等都不复存在，在现存的为数不多的早期建筑中，也经过后人的多次维修、改建或重建，亦非完全是创建时候的本来面貌，这就给我们欣赏历代建筑艺术造成了困难。但是，如果我们具有对殿堂建筑时代特征的一般知识，那么就能够较快地克服这些困难，提高欣赏水平，加深对文明古国的认识。

　　殿堂建筑结构非常复杂。一座较大规模的建筑物，就有数千个构件，每一构件都有其时代特征，要说清楚它很不容易。这里只能就其主要构件的主要特征，略作说明；同时，从现有资料看，现存的建筑物都是唐代以后建造的，所以这里也就从唐代以后说起。

　　一，屋顶：我们今天见到的屋顶形式已有久远的历史，屋顶的时代特征主要表现在它的瓦兽件上。屋顶前后两个斜屋面相交形成的一条隆起的棱脊，称为正脊。正脊两端的脊饰，汉代就有状如凤凰的卷瓣；到唐代发展成为整体如鱼尾、卷曲向正脊中央的"鸱尾"；到晚唐变为具有羽毛、鼻、眼、唇、牙且张口吞脊的"鸱吻"。到宋代，鸱尾像龙尾巴，鸱吻是龙嘴，中间是盘曲上弯的龙身；宋代以后，沿用这一形式。各代的区别在：元代龙尾稍向外卷曲，背上多了剑把状的装饰；明清龙尾完全向外卷曲，剑把上的卷瓣明代时斜向前方，清代时多为直立。正脊两端沿屋面隆起的四条脊，称为垂脊；垂脊下端向上翘起处的一条脊，称为兽脊。垂脊和兽脊上的兽件，分别称为垂兽和戗兽。各代的区别主要在兽件配置的数量，唐代用筒瓦三五枚；宋代用嫔伽一枚，蹲兽一至八枚；清代用单数三、五、七、九枚。我国北魏时期已能烧制较为精美的琉璃瓦；唐宋重要建筑的屋顶，多覆黄色琉璃瓦，四周用绿琉璃瓦剪边；明代以后全部用一色琉璃铺盖。

檐口第一块覆瓦叫勾头瓦，檐口第一块仰瓦叫滴水瓦。滴水瓦的形制，唐代以前呈"▭"形，元代和元代以后像倒悬的蒙古包形"▽"。唐代和唐代以前，瓦的表面凸出的纹饰和文字，多为双龙双虎、莲花纹或"延年益寿"等吉祥语；宋元时期用宝相花，明清时期用龙纹、花、卉、兽面等。

二，木构构件：主要木构构件是柱、梁架。在建筑平面上，纵横成行地排列着若干柱子，称为柱网，外一圈柱子称为檐柱，它所围成的空间称为外槽；里面一圈的柱子称为内柱或金柱，它所围成的空间为内槽。历代柱网的变化是内柱的变化，唐宋时柱子都是纵横成行，排列规整，宋代后期出现了减去前金柱或后金柱的"减柱法"。山西五台山佛光寺三殊殿，通过殿内两个纵向组合梁，承受横向梁架，而减去了四根内柱。到元代时，减柱法成为这一时期主要特征之一。但到明清时，在大型建筑中的柱子与唐宋时期的排列一致。

柱的样式,唐代以前多为棱柱,即柱子两头小,向下三分之一处大的柱子;唐时多为方柱,还有小八角柱、正八角柱;宋时出现在木柱上雕龙的做法。如山西太原晋祠圣母殿前檐的八根木柱,即是现存的实例。而小八角柱很少见,明清则用方形擎檐柱,四角内颤称为梅花柱,在石柱上雕制张牙舞爪的蟠龙。浙江新昌真君殿,是在青石龙柱上还雕刻着众多的人物和蟹虾。

各代柱子是由粗向细变化。柱径与柱高之比,唐代为1:8至1:9;宋代檐柱与唐同,内柱为1:10至1:14。浙江宁波保国寺殿内瓜轮的镶拼木柱,是国内最早的实例;元明1:9至1:11,清1:10。还有在细柱外面拼装一层板的做法,可能是承袭自宁波保国寺的做法。柱子的高度,唐代内外柱基本相等。宋时内柱逐渐加高,在单层建筑中,内柱柱高约为外柱柱高的1.4倍至1.8倍,在多层建筑中,出现了把第二层柱子插在第一层柱头上的斗拱里,并且向内移半个柱径的"叉柱造"和把第二层柱子与第三层连接在一条直线上的"缠柱造"的做法;辽宁义县奉国寺低柱上的梁尾插入高柱柱身,形成一种别具特点的结构形式;明代开始用各层柱子自地面到顶处在同一直线上的"通柱造"的做法,清代全用通柱造。

如果仔细观察,各代柱子还有三个不同特点,即"侧脚""升起""卷杀"。柱子向某一方倾斜称为"侧脚";横向的柱子自中间明间向两侧逐渐升高的做法称为"升起";柱子部分加工成某种形状称为"卷杀"。各代柱侧脚的变迁是由大变小,唐宋元时期柱向内倾斜百2.9%至1%,明清则小至难以察觉。柱升起,明代以前从中间明间向两侧依次递增5厘米至7厘米,明代以后则不多见。卷杀部分,明代以前柱头加工成曲线,状如覆盖,明代以后柱头正面抹成斜面。

柱础:垫在柱子下面的构件称为柱础。露明柱础的特征是:唐到元多为覆盆式,其区别在:唐多雕宝莲花,每瓣中间起脊,卷瓣尖起如意头;宋多用各种花纹,元则不加雕琢;明清多用鼓形,称为"鼓镜式",并由单层变为双层、三层。单层的仍为鼓形,双层的下层为方形或八角形,或覆莲。上层为鼓形,三层的上下层与双层相似,中层为方形、八角形,各层都雕刻各种繁琐的花纹。

梁架构件:梁架构件主要有梁、屋架、斗拱、雀替、穿插枋、天花板。各代梁的变迁正好与柱相反,是由细向粗演变。唐代梁的断面高宽比为 2∶1,宋为 1∶1,元代则有用两根等长的梁拼成一根大梁的做法。而南京灵谷寺大殿全用石占卷砌成,是现有最大和最早的无梁殿。四川峨眉山也有一座无梁殿。清代则有在较小的梁的四周钉一层厚板,再用铁箍钉牢而成大梁的做法。建于这个时期的内蒙古库力图召,方形的殿柱上包以黄蓝色花纹毡毯,是蒙古族喇嘛教寺庙的典型。

屋架:屋面正脊擦下的三角形屋架的做法,各代的区别是,唐代用两根斜木支撑在平梁上,用以支承屋面的檩条,称为叉手造;宋代不用叉手造,而在平梁正中设一短柱(蜀柱)与脊棟联接,其余各节点用驼峰、斗拱承托;元代不用驼峰,而用矮木承托;明清时期全部用短柱,很少用驼峰。

斗拱:梁与柱相交处相互叠架,层层出跳的构件称斗拱,方形垫木叫斗,两边悬挑的弓形横木叫拱。斗拱的式样,隋代时就已定型,区别各代斗拱的依据,一是斗拱的大小,就是斗拱的垂直高度与柱子高度的比例大小,唐代为 40%～50%,宋代 30%,元代 25%,明代 20%,清代 12%。二是斗拱的布置,唐以前多用于内柱,檐柱每柱一朵,明代内柱很少用斗拱,外柱却增加至四到六朵,清代内柱多不用斗拱,外柱最多增至八朵。三是斗拱纹饰从简到繁,唐代斗拱为直拱,宋元多隐刻,明时刻"三幅云",清代多用雕花拱。

雀替:梁与柱交接处,有一状如鸟翼飞展之横木构件,称为雀替。这一构件出现于北魏时期。其时代特征,一是布置,元代以前都用于内檐,元以后则外檐中普遍使用;二是形制,元代以前似拱形,尽端刻曲线;元明时雀替底部通长刻层层卷瓣,清代在最外一端处做成下垂;三是明代以前雀替的纹饰是彩画,明代以后雕刻各种旋纹或禽兽、龙头。

穿插枋:我们常常看到有一根前端交在檐柱柱头,后端插入内柱里面的拉扯构件,称为穿插枋。它是区别建筑时代的重要根据之一,宋末以前均无此构件,宋末时出现将檐柱斗拱尾部加长到内柱的构件,是穿插枋的雏形,到元代才正式定型;明末以后,有的将穿插枋雕成龙身,龙尾在室内一端,龙头伸出檐柱外。

天花板:殿堂内栋梁下设置天花板的做法已有久远的历史。唐朝时就有将外槽做成平阔、内槽做成斜面,宛如一个覆斗的做法,金末元初有元好问的妹妹自补天花板的故事,说明其应用之普遍。天花板的时代特征,是用木条组成的方格子,明代以前为长方形,清代皆为正方形。北宋时期,浙江宁波保国寺大殿前部天花板上的斗八藻井等做法,是国内最早的例证;山西应县净土寺大殿天花板,则为四方、六方、八方等形式的藻井。明清时期,形制繁复,雕刻、彩绘越来越精细,北京天坛、河北承德外八庙普乐寺旭光阁等是这个时期的代表作品。此外,各代梁架结构的表面处理也不同,唐宋时期天花板以上的构件,不用斧斤加工,称为"草本伏";天花板以下的构件加工精细,称为"明本伏";不用天花板时,则上下都作加工处理,称为"彻上露明造";到元代,不论有无天花板，上下全用草本伏，明清时期则与元代相反，上下全用明本伏。

以上只是对主要构件的主要特征作简略介绍，其他如窗等构件，各代都不同。

词与园林

在表现音乐性上，词与园林是很近似的，一个用平仄四声，一个以象外之象，均组织起波澜壮阔的韵律。

《词源》作者张炎谈他父亲张枢写《惜花春起早》时，用了"琐窗深"三个字，唱起来好像"深"字变成别一个字；换成"幽"字，也不悦耳；再改成"明"字，就好听了。

北京可园由南、北两个庭院组成。北院以凝重的厅堂建筑为主，南院有一座庞大的假山，作为北院的对景。这座假山虽高达 3 米，看起来却不峻峭；后来在它的东端顶上加置了一座六角小亭，山势顿显雄奇挺拔。

张枢所以易字换韵，是因为"窗""幽""深"三字的声调都是阴平，阴平连用，缺少变化；换上阳平的"明"以后，就有了波折，所以韵律美了。可园的假山和厅堂，一个庞大，一个凝重，形式上似乎对称平衡，却因无波礏之感而不峻；建了小亭以后，不但假山本身的高差有悬殊了，而且它那指向天空的亭子攒尖顶，使这一组对景有了腾跃跌宕之美。这就是"象外之象"的音乐效果。

不过，人们对声韵的音乐性较为熟悉，而对园林的音乐性则难以理解。因为它既不像声乐那样直接，也不像一般建筑那样由符合几何规律的整体形态和符合力学规律的构图形式所表现的外在和谐，使人联想出它的音乐美感。园林追求的是象外之象、味外之味，就是由景象激起的情感上的内在和谐。正因为如此抽象，所以迄今还很少有人注意到词与园林在表现音乐上的相似之处。事实上，声与景物都是情感的外延，是为表达情感而发声和赋形的。平仄四声的错综使用和园林手法的丰富多变，同是为了表达喜、怒、哀、乐的不同情感的。因此，倘若把由景物激起的情感语言，譬如把庄重、富丽、激越、雄厚等表达亢奋情感的语言，简化为仄或拗怒；把纤巧、优雅、素淡、怡静等表达舒缓情感的语言，简化为平或和谐，那么，一座完整的园林就似一首有韵味的词了。

当然，这种分类未免是粗略的。但在考察园林与词的关系时，作为特殊情况下的特定的切入角度，它将会帮助我们比较容易地进入园林的音乐世界。试以可比性较大的宋代周邦彦《兰陵王》与苏州留园为例分析，以期引起人们的兴趣和进一步研究。

《兰陵王》

柳阴直，烟里丝丝弄碧。隋堤上，曾见几番，拂水飘绵送行色。登临望故国。谁识？京华倦客。长亭路，年去岁来，应折柔条过千尺。

闲寻旧踪迹。又酒趁哀弦，灯照离席。梨花榆火催寒食。愁一箭风快，半篙波暖，回头迢递便数驿，望人在天北。

凄恻，恨堆积。渐别浦萦回，津堠岑寂。斜阳冉冉春无极。念月榭携手，露桥闻笛。沉思前事，似梦里，泪暗滴。①

留园的平面像个倒写的"品"字形，向上一边在北、一边在南，中间部位有假山、水池；园有两个出入口。外部出入口临街而建，在南部东隅；内出入口在东部一角，与住宅相连。在两个出入口之间，是一条由南向西转北又返南折东的、呈"8"形的轴线。在轴线上，有疏密、大小、主题各异的八个主题空间，依次为：古木交柯、绿荫、涵碧山庄、餐秀轩、远翠阁、垂荫池馆、五峰仙馆、揖峰轩。

以上是《兰陵王》全词和留园布局的概貌。我们按照前述简化方法，作以下比较：

首先，词的对偶句与园林对景颇为相似，它们都和谐与拗怒递用：《兰陵王》的四个对偶句：

酒趁哀弦对灯照离席，是和谐对拗怒；
一箭风快对半篙波暖，是拗怒对和谐；

别浦萦回对津堠岑寂，是和谐对拗怒；
月榭携手对露桥闻笛，是拗怒对和谐。

留园的八个主题空间首先是古木交柯对绿荫：古木交柯的主景，是挺立在一堵高大的白粉墙下的古木。它的东、西、北三面建筑物都采用深茶色调，与白粉墙形成鲜明的对比，使这株古拙苍劲的古木形象更为鲜明，此似拗怒音节；绿荫位于水边，前面巉岩带水，芳池涨碧，庭后花木倚墙，绿荫匝地，一派清新宁谧的气氛，可谓和谐音节。第二组绿荫对涵碧山庄，涵碧山庄是宴

---

① 匡扶选注：《两宋诗词选》，新疆人民出版社 1983 年版，第 94—95 页。

乐场所。榭画楼台，华贵富丽，使人想到昔日高士云集、歌舞升平的盛况，音节又显拗怒。第三组涵碧山庄对餐秀轩：餐秀轩在园的最西边，它背靠院墙，面对山川，轩接翠黄四五枝，时鸣黄鹂三两声，确有"午枕觉来闻语鸟，欹眠似听朝鸡早"的无比恬静的意境，这是十分和谐的音节。第四组餐秀轩对远翠阁：由餐秀轩走完长长的游廊，拾山径野坡，登上远翠阁。这里是全园最高的地方，南可撷园内诸景，北可揽虎丘古胜，更兼脚下晚疏红、老蝉声长，直催人感天地之悠悠、畴平生之往昔，音节又显拗怒。第五组远翠阁对垂荫池馆：垂荫池馆在远翠阁南，馆与水面相接，池在千树丛中，于此小憩，"花枝入户犹含泪，湖水浸阶乍有声"的诗句不禁脱口而出，此是十分和谐的音节。第六组垂荫池馆对五峰仙馆：由垂荫池馆曲折东进，林尽路明，精丽华贵的五峰仙馆，光明闪耀；院中一柱高达 9 米多的"冠云峰"石峰，在几块平凡无奇的乱石衬托下，兀立在碧池岸边。它那"突然一峰插南斗"的孤高磊落的形象，令人心潮澎湃！它与古木交柯前后呼应而又变化出更为亢奋的音节。第七组五峰仙馆对揖峰轩：由五峰仙馆转至揖峰轩，又见一块太湖石峰，在树石花竹的点缀下，小巧玲珑，与"冠云峰"的气势恰成鲜明的对比，显示了和谐中见清劲的音节。

若用"——"表示词句的和谐与园林主题空间的和谐，用"～～"表示拗怒，则《兰陵王》的四个对偶句为：

    ——　～～；　～～　——；

    ——　～～；　～～　——。

留园：

    ～～　——；　　～～；

    ～～　——；　　～～；

～～　——；　——　～～；　　～～　——。

这样，我们看到他们都是和谐与拗怒递用的。

其次，对偶句的句脚字，也是平仄交替使用的。"弦""席"，一平一仄，显示和谐；"快""暖"，两仄连用，显示拗怒；"回""寂"，一平一仄，显示和谐；"手""笛"，两仄连用，显示拗怒。这亦与留园的过渡空间相似。在各个主题空间之间，总有一个相对静止的过渡空间，这里仅举两例，来说明这一相似性：

在古木交柯与涵碧山庄之间，有绿荫这一和谐空间。但它们都处在坐南朝北的一条直线上，平面上的进退幅度过小则音节不够清脆。因此，设计者将涵碧山庄向北推进一步，从而腾出了南面的一块空地，组织了"听雨楼"（今不存），使游览线路由绿荫向南又返北，转了一个"U"形弯以后，才进入涵碧山庄；它与绿荫连缀起来，极为掩映低回。这样，古木交柯、绿荫、涵碧山庄一带，起伏犹如山峰峡谷，音节若脱线珍珠，美妙之极。又如餐秀轩与远翠阁之间，有一条达二百余米的长廊。长廊的一面布置花台小景，另一面建各式空窗、漏窗，让窗外的景物一部分呈现在洞窗里，一部分遮掩起来，使游览者沉浸在餐秀轩的怡静意境之中；游廊尽头，可见远翠阁隐现在半空烟雨里，波澜又起。这种承前启后的过渡空间的低抑和扬起，与词句的平收、仄收的作用是很相近的。其他如一门洞、一花带都有近似上述空间的作用，可谓不胜枚举。

更值得一提的是，留园的前导空间最似词的领格字。词用得最多的领格字是去声字，如《兰陵王》的"又""渐""念""送""过""望"等，都是去声字。因为去声字"由低而高，最宜缓唱"，所以常常用在句头，借以提挈下文，振起有力的音节。留园的前导空间，即园门至古木交柯这一段空间的作用，就是去声字的作用。

留园是闹中取幽的园林,在它的门外有一条苏州最早的马路,是人声鼎沸的地方。在这种情况下,如果游人从马路上的嘈杂气氛中至古木交柯中,则如明处看日,古木形象不可能如此强烈地沁人心脾。所以设计者于此安排了长长的光线幽暗的九折曲廊和两次收缩的空间,使游人在行进中逐渐消除外界纷杂的影响,投入宁静的环境之中;然而,当人们在幽暗中放大的瞳孔还来不及调整的时候,已蓦地门开路转,一片明丽山川扑面而来;超负荷的光量,使古柯庭院的白粉墙格外见白,古木分外清劲。这先暗后明的艺术效果,就似去声字在词结构中的作用。

《兰陵王》中清壮激越的声情与留园千转百回而高亢的情调,是在多方面的矛盾统一中显示出来的,上面只是择其要点加以对比分析。当然,词与园林是两个不同门类的艺术;园林建筑不能像词那样更加自由和可变地运用字调的规律组织起能歌的声乐。但毋庸置疑,两者的内在联系是非常紧密的。因此,汉语结构决定了中国古典词曲的韵律规则,使中国古典园林在世界园林史上有着鲜明的特色和引人瞩目的地位。

真实的比例与比例的真实

　　最近，在杭州岳王庙瞻仰了岳飞坐像。岳飞头戴盔帽，身着紫袍，足履武靴，左手持剑，右手握拳，倒也潇洒；但美中不足的是，其头部与整个身体比较，似乎小了一些，有失庄重。

　　此坐像出自我国著名雕塑家萧传玖教授之手，可以相信，坐像本身的比例，一定是符合人体的真实比例的，可是在观赏者的眼里，为什么会有些比例失调呢？细想起来，原因有二：一是透视造成的视差，一是观赏者的主观因素所致。我们都有这样的经验：当我们站在平地上从近处仰看一座高大的斜铁塔时，就会明显地发现，斜铁塔的所有与地面垂直的竖线，都会由于平行而变得倾斜，而且与地面平行的横线逐渐缩短；如果把它计算一下，就会进一步发现，这种变化是按照等级的比率变化的。由此，也就不难理解当塑像比真人高数倍时所发生的透视变形了。

　　对于这种透视现象，在两千多年以前几何学故乡古希腊和古埃及，就已经有人做过解释；十五世纪意大利艺术家乌契洛、德拉、弗朗切斯卡等人确立了透视的基本法则；到现代，这种透视现象不仅已成为常识，而且在建筑中，特别是在造型艺术中，人们已运用透视法则创造出非常动人的艺术作品了；但当这种透视现象发生在岳飞坐像上时,人们为什么感到比例失调而觉得美中不足呢?这里有观赏者的主观原因。因为人们在瞻仰塑像的时候,同时也在看塑像的内涵,直观感和抽象思维是交织在一起的。岳飞是我国历史上著名的英雄,八百多年来人们热爱他、敬仰他,用各种艺术形式歌颂他,在人民的心中已有一座至高至大、至善至美的英雄塑像,人民希望看到的正是这座心中的塑像。这种心理上对美的要求,也就有别于对其他建筑物的美的要求。

上述两个原因,就产生出这样一个问题:在纪念性的大型塑像中,辨别比例正确与否的客观标准,是塑像本身的真实比例,还是观赏者视觉上的比例呢?

显然,塑像的目的是用巨大而宏伟的形式,颂扬在重大历史时期中的伟大人物的精神,并通过这种形式的颂扬,向观赏者作直观的思想教育和审美教育。因此,这就要求塑像具有优美动人、紧凑有力、轮廓清晰等特点,还应该给观赏者一种匀称和比例适中的感受;如果不能满足这一点,那么,即使塑像是按照黄金比例分段塑造的,也仍然似文学作品中的人物缺乏典型形象那样,难以对观赏者产生艺术感染力。因此,辨别比例的正确与否的客观标准,不是对模特儿作机械放大,而是观赏者视觉比例的正确性。试想,美国自由女神铜像如果不是耸立在纽约港中的小岛上,而是耸立在空间受到限制的街边上,其效果将会是很差的。该像建筑总高度为 93 米,假如我们站在距离神像 93 米处仰头看她,则在视觉上,其头部的视觉大小远小于下半身的视觉长度。自由女神铜像的雕塑者法国艺术家巴陶第是充分注意到了这一情况的。从他对神像的构图开始到神像的正式立像,经过了 30 年的时间,可知他为了观赏效果花费了不少心血,最后把神像安置在贝德罗岛上,使观赏者可以在辽阔的海洋上选取任一角度去欣赏神像端庄美丽的容颜。巴陶第采用的这种加大视距来校正视差的方法,在西方是常用的,他们为此对竖立塑像的广场尺度作了种种规定,足供我们借鉴。但我国建筑艺术多用遮挡隔离、以小取胜的手法,如果照搬西方模式,不但不经济,而且有损我国传统建筑艺术的特色和民族审美习惯,因此,对于受到空间限制的大型纪念性的人物塑像,应当作视差校正。

从上述自由女神铜像的例子可以得知,视距不同,视差也不同。因此校正视差的关键是要从整个空间出发,选择最佳的观赏点。在一个空间里,那些具有代表性的最佳观赏点总是可以找到的,因为如果找不到这样的观赏点,那么作为观赏对象的塑像也就没有存在的必要了。试以杭州岳王庙为例,这里从人站在山门外的路上能隐约看见的坐像称起,到坐像的距离计约 78 米,山门内设计了一道屏风,所以马路上显然不是最佳观赏点。过山后人站在屏风后面看塑像,塑像眉目以上部分被正殿檐口斗拱下面的一个横梁遮住,所以仍不是最佳观赏点,下面台阶往前走 17 米,已可看见整个塑像,但视像模糊,视差不明显;再向前走 15 米,上六步台阶,站在甬道的平台上看塑像,其身体部分已渐清晰;假设观赏者到坐像的水平距离为 D,地面线以上到塑像顶端的高度为 H,则 D=31 米,H=7.04 米(塑像高 4.54 米,基座 1.6 米,地面高 0.9 米),D/H=4.4,塑像头部与整个体量比较,照计算短 0.08 米,这样的视差值在视觉上尚不致被明显地感觉出来;再向前走 19 米,上六步台阶,已到正层的大门处。此时 D/H=2,整个座像已处在视域之中;进殿内 6 米,D/H=1,观赏者只能细辨塑像的纹饰及其局部。从上述几个观赏点分析,正殿殿门以外的几个观赏点都不是最佳观赏点,它们的作用只是使塑像成为观赏者在整个观赏过程中的视觉中心，并通过视感上的片像、全像、小像、大像的变化，以加强对观赏者的吸引力，就像小说中的铺垫、戏剧中的渲染一样，只有当观赏者到达正殿门口，仰见塑像的时候，就像小说之点出主题，或是戏剧冲突发展到了高潮的时候，才是人们瞻仰塑像的最佳观赏点。而此殿内5米处，即 D/H＝1 处，游人在观赏塑像细部，其造视变形是意料中的事了。

综上分析，则 D/H＝2 作为最佳观赏点是比较适宜的，观赏点一经确定，就可以用几何图形作图法作造视图体。当然人体各部的凹凸曲折是极为复杂的，我们不可能也无必要对它作十分精确的计算，而只能对其起关键作用的体部作线或面的计算，例如对岳飞坐像的几个体部计算结果发现，其头部似可增高 0.3 米左右。在这个视差值的范围内，应作适当的校正。这里说的"适当校正"是要求艺术家按照特定的对象作艺术概括，如采用的校正值大，塑像就会显得端正亲切一些；校正值小，塑像就会显得疏远一些。有时因形象需要，艺术家常常采用强调塑像的某一个部分的手法，例如为了显示岳飞的威武，左手掌背的宽度比脸宽，此本来是艺术夸张，但由于膝盖以下部分敞大的紫袍，从而又加大了头部的视差值，这样视差校正值的选取究竟以多少为好，应取决于艺术家给自己提出的任务，取决于艺术家对对象内涵的理解深度。

这里只是说应该对在历史上作出过巨大贡献的人物塑像作视差校正，并不是说所有人物塑像都应该作视差校正。实际上，有些塑像因为比例失调反觉其可爱或可憎，例如，头小腹大的弥勒佛坐像，是多么逗人欢喜；长跪在岳坟前面的秦桧夫妇，万俟卨、张俊四座铁像，身长腿短，是多么令人厌恶！这也正说明，对于以表明庄严为主题的塑像作视差校正的必要性。

看来我国古代对视像的视差校正颇有研究,雕凿于1600多年前的浙江新昌大佛寺寺内的石弥勒,盘膝而坐,基座2.4米,佛身13.26米,其头部相对于一般人体比例故意加长了3.06米左右,这一数值似乎偏大了一些,但因为这里的地形呈"U"形,D/H＝1.6,视差值恰好得到了校正,所以此像虽然高大,视觉上仍然感到比例正确,匀称和谐。位于长江三江汇合处的高度71米的乐山大佛、河北承德普宁寺的木雕大佛等,均有类似情况。当时视差校正的手段主要依靠视觉,想见其难度是何其大啊!

当然,佛像不同于英雄人物的塑像,佛像大多采用浪漫主义的手法,但它在视差校正上的经验,是值得我们重视并加以认真研究的。

雕塑艺术因其直观性而对人们产生出巨大的感染力。列宁对此极为重视,在他的倡议下,制定了"宣传计划";1918年苏维埃政府为此颁布了特定法令。我国的风景名胜与历代名人有着密切的联系,壮丽的山河因名人而大放异彩,一座座纪念名人的塑像正在这些地方竖立,因此,提出对塑像作视差校正的问题,以引起专家们的重视,笔者认为是很有必要的。

文章出处

上编　"唐诗之路"考论

1.《剡溪——"唐诗之路"》

南京师范大学编:《中国首届唐宋诗词国际学术讨论会论文集》,江苏教育出版社,1994年版,第220—237页。

2.《〈梦游天姥吟留别〉诗旨新解》

《唐代文学研究》编委会编:《唐代文学研究》(第六辑),广西师范大学出版社,1996年版,第832—845页。

3.《天姥山得名考辨》

中国李白研究会编:《中国李白研究》(1998—1999年集),安徽文艺出版社,2000年版,第82—100页。

4.《李白行踪考异》

竺岳兵:《浙东唐诗之路》,中国文化艺术出版社,2008年版,第151—169页。

5.《李白"东涉溟海"行迹考》

《唐代文学研究》编委会编:《唐代文学研究》(第一辑),广西师范大学出版社,1988年版,第229—242页。

6.《李白"移家东鲁"考》

中国李白研究会编:《中国李白研究》(1990年集·下),江苏古籍出版社,1990 年版,第 256－265 页。

7.《王羲之晚年居住罕岭考——兼论罕岭在"唐诗之路"上的地位》

竺岳兵:《浙东唐诗之路》,中国文化艺术出版社,2008 年版,第 72－95 页。

8.《晋唐名人与沃洲山水》

《广西教育学院学报》1993 年第 4 期,第 89－97 页。

9.《替东晋隐士翻案》

竺岳兵:《浙东唐诗之路》,中国文化艺术出版社,2008 年版,第 198－213 页。

10.《试论鄞州在"浙东唐诗之路"上的地位及其他》

2013 年 8 月"鄞州与浙东文化暨书院文化学术研讨会"参会论文。

11.《重视地域文化　促进学术繁荣——以"浙东唐诗之路"为研究重心》

2010 年 10 月"中国唐代文学学会第十五届年会暨唐代文学国际学术讨论会"参会论文。

12.《渔浦——"浙东唐诗之路"的起讫点》

中共杭州市萧山区义桥镇委员会等编:《从义桥渔浦出发:浙东唐诗之路重要源头学术研讨会论文集》,浙江人民出版社 2013 年版,第 157－163 页。

中编　文化与文学散论

13.《"三家村"成语的源流和影响——兼论陆游故里景观之一"三家村"的恢复》

中国陆游研究会编:《陆游与鉴湖》,人民出版社 2011 年版,第 547—554 页。

14.《昙济住孟山考》

《绍兴文理学院报》2018 年第 4 期。

15.《李白〈与南陵常赞府游五松山〉是首政治诗》

竺岳兵:《浙东唐诗之路》,中国文化艺术出版社,2008 年版,第 228—230 页。

16.《"南陵"考辨》

中国李白研究会编:《中国李白研究》(1991 年集),江苏古籍出版社,1991 年版,第 310—324 页。

17.《"此心郁怅谁能论"——李白安徽五松山诗诗旨初探》

中国李白研究会编:《中国李白研究》(2000 年集),安徽文艺出版社,2000 年版,第 250—267 页。

18.《论李白人格力量的现实意义》

竺岳兵:《浙东唐诗之路》,中国文化艺术出版社,2008 年版,第 253—260 页。

下编　学术随笔

19.《中国唐代文学学会第七届年会暨唐代文学国际学术讨论会综述》

傅璇琮、郁贤皓主编:《唐代文学研究年鉴》(1995/1996 合辑),广西师范大学出版社,1997 年版,第 3—11 页。

20.《"李白与天姥"国际学术研讨会暨中国李白研究会特别会议纪要》

中国李白研究会编:《中国李白研究》(1998—1999 年集),安徽文艺出版社,2000 年版,第 442—444 页。

21.《傅璇琮先生与"浙东唐诗之路"》

卢燕新、张骁飞、鞠岩编:《傅璇琮先生学术研究文集》,商务印书馆,2012年版,第258—267页。

22.《莫逆之交的秘密》

张采民编:《郁贤皓先生学术思想研究文集》,凤凰出版社,2012年版,第198—212页。

23.《一项填补文学史研究空白的佳作——〈融合与超越——隋唐之际诗歌之演进〉读后感》

2002年5月完稿,未发表。

24.《殿堂建筑的时代特征》

《绍兴学刊》1996年第2期,第44—45页。

25.《词与园林》

上海《园林》杂志,1988年6月22日。

26.《真实的比例和比例的真实》

未发表。

后　记

　　"唐诗之路"自竺岳兵先生从 1988 年提出到今天,已经 35 年了。在"中国首届唐宋诗词国际学术讨论会"上,竺先生向会议提交了《剡溪——"唐诗之路"》论文,立即在学术界引起强烈反响。宋任穷、薄一波、谷牧、彭冲、叶飞、严济慈、任继愈、顾廷龙、启功等前国家领导人和著名学者纷纷为"唐诗之路"题词,学界泰斗傅璇琮先生说:"'唐诗之路'是一条可与北方'丝绸之路'媲美的文化之路。""唐诗之路"魅力何在?中国唐代文学学会给新昌浙东唐诗之路研究社发来的贺辞对此作了回答,贺辞中说:"浙东,自晋代起,渐成为人文荟萃之地,源远流长的山水诗在此滋生,与之有联带关系的书法、绘画以及宗教等,也在这一地域达到鼎盛。唐以降,许多'壮游'的文人、失意的诗人以及'宦游'的官吏在浙东一带流连忘返,吟咏不绝,使浙东一带再次成为唐诗发展中一个特异的地区。对于这一人文现象,'唐诗之路'是一个形象、具体而科学的概括和归纳。"

　　在《剡溪——"唐诗之路"》一文中,竺先生明确指出:"所谓'唐诗之路',是指对唐诗特色的形成,起了载体作用的,具有代表性的一条道路。"根据这一定义,则这条道路由范围的确定性、形态的多样性和文化的继承性三个要素构成。"三要素中的任何一项,都不能单独形成或构成'唐诗之路'。准上,则剡溪当是一条名副其实的'唐诗之路'。"文后又一次强调:"唐代诗人四处漫游,祖国各地都留有他们的足迹和诗文。然而,倘按前述三要素,作内涵总量的综合比较,剡溪的综合优势,是极为显著的。因此,我们有充分的理由说:剡溪是一条'唐诗之路'。"不仅如此,在竺先生其他的论文和会议发言中,很多都是围绕"唐诗之路"三要素的,其中 2018 年全国唐诗之路与天姥山学术研讨会,是他最后一次参加的会议,在这次会议上,竺先生重申了"唐诗之路"三要素,可见三要素的重要性。

　　本书的编纂,是对竺先生唐诗之路学术论文的汇总和梳理。竺先生 51 岁提前退休,"躲到地球的某个角落研究某个人",这个人就是李白。他不但研究了李白,而且将"唐诗之路"的研究推向了新的境地。竺先生的研究主题非常广泛,如本书即涉及三个主要方面,一是"唐诗之路"考论,是直接论述"唐诗之路"的;二是文化与文学散论,是与"唐诗之路"相关的学术论文;三是学术随笔,基本上是与"唐诗之路"相关的散文。书末附有文章出处。在编纂本书时,碰到了不少问题:一是有些文章因年代久远,未能找到;二是篇目的选择和编排,需要凸出其在"唐诗之路"研究中的成就;三是需要按照现在的学术规范重新校改补订。为此我重新翻看了竺先生当时用过的一些书籍、论文。由于水平有限,错误在所难免,祈请读者批评指正。

　　竺先生号"白杨老人",本书是《白杨集》中的第一本,也是分量最重的一本,力求体现竺先生的学术思想和水准。竺先生以严谨的学术研究对历史负责,以充分的文史研究为现实服务,以拳拳的赤子之心,服务于中华文化的传承和发扬,具有深刻的历史意义和现实意义,也必将深远地影响后世之人。如今,"唐诗之路"事业方兴未艾,本书的出版或将为"唐诗之路"研究提供基础,指明方向。

2006 年,竺先生把"唐诗之路"丛书赠送给一位学生时,在扉页上曾写下一句话:"我经常问自己,我们为什么来到这个世界?"现在我也常这样问自己。这些年,我们工作的核心是"保根守魂",即保"唐诗之路"的根,守"唐诗之路"的魂。前述的三要素是"唐诗之路"的魂,包括汇编《白杨集》在内的工作都是以此为核心的。

2023 年 7 月 6 日,是竺岳兵先生去世四周年纪念日,这本《白杨集:竺岳兵唐诗之路学术研究文集》终于快要和读者见面了。我们深切缅怀这位"唐诗之路"的发现者和首倡者,同时也深深追思孙望先生、傅璇琮先生,感谢他们对"唐诗之路"事业的关心和扶持。十分感谢新昌县文化广电旅游局为本书出版提供经费支持。特别感谢郁贤皓先生为本书作序,薛天纬先生为本书题写书名。还要感谢张采民、李招红、房瑞丽、曹亮、李永鑫、袁伯初等各位老师为本书提供的帮助和支持。

451 位唐代诗人漾舟剡溪,留下了 1500 多首唐诗,现在,在这条翰墨飘香的"唐诗之路"上,又走来了千千万万人。我们有理由相信,"唐诗之路"将更加熠熠生辉,前途光明。

编者

2023 年 7 月